Rahmi Bey

Naşide Gökbudak

Rahmi Bey
Yazar: Naşide Gökbudak

Genel Yayın Yönetmeni: Tanıl Yaşar
Editör: Sibel Yıldız
İç Tasarım: Adem Şenel
Kapak Tasarım: Deniz Karatağ
Baskı-Cilt: Kilim Matbaası

1. Baskı / Eylül 2008
3. Baskı / Nisan 2009

ISBN 978-975-254-292-1
Yayıncı Sertifika No: 11389

Kilim Matbaası: Litros Yolu Fatih Sanayi Sitesi
K.2 Davutpaşa / İstanbul Tel:0212 612 95 59

YAYINCI
NEDEN KİTAP
www.nedenkitap.com
info@nedenkitap.com
Tel: 0212 438 47 70 (pbx) Fax: 0212 438 47 73

Rahmi Bey

Naşide Gökbudak

Neden?

Bu kitabı,

Hikâyemin kahramanı, Rahmi Yalçıntürk'e, benim ve onun yakınlarının anısına, yani köklerime armağan ediyorum.

Naşide Gökbudak (Yalçıntürk)

Bu kitap Neden Kitap Yayınları tarafından Eylül 2005 tarihinde
'Ben Eşkiya Değilim' adında yayınlanmıştır.

Önsöz

Bu güne kadar romanlar, hikâyeler, diziler ve bu konuda anlatılanların hepsi, köy ağalarının zulmünü, hak yediğini, korkuyla insanları sindirdiğini anlatırlar. Belki çok kere doğrudur da, ama bir köyde büyük arazi sahibi olmanın, onu tam kapasiteyle kullanıp, çevresindekilerin ve kendinin hakkını korumanın da ne kadar zor olduğunu biliyor musunuz? Eğer olaya başka yönden ve açıdan bakarsanız, bu işin hiç de kolay olmadığını, belli kültür seviyesindeki insanların, kurallara ve kanunlara uygun davranma yolunda hiç de gayret sarf etmediklerini göreceksiniz. Böyle anlarda, çok adil olmak için çırpınan bazı kişilerin bile zaman zaman acımasız davranmak zorunda kaldığını, servetini ve sahip olduğu her şeyi korumak için insafsız ve isyankâr olabildiğini de göreceksiniz. Şüphesiz her iki tarafın da haklı sebepleri vardır. Bu kargaşayı legal şekilde halletmeleri için, güçlü bir yönetim ve güçlü bir adalet mekanizması gereklidir. Tarihin her döneminde, bu şartların yerinde olduğu söylenemez. İşte o zaman, hakkı olmayanı almaya kalkan bir sınıfın karşısında, hakkını silah zoru ve baskıyla korumaya kalkan bir köy ağası tipini de görürsünüz. Bu durum sadece köy ağalarıyla çalışanlar arasında yaşanmıyor. Buna en çarpıcı örnek olarak, günümüzde de sık sık şahit olduğumuz gecekondu gerçeğini gösterebiliriz. O arsalar üzerine gecekondu yapanlar, buna hakları olmadığını biliyorlar. Bildikleri için de gizlice inşa ediyorlar. Belki de buna mecburlar. Orasını tartışmak, benim üstümde bir konu. Ama insanlar legal yoldan elde edemedikleri her ihtiyacını illegal yoldan karşılamaya kalkarsa, toplumda düzen, huzur ve mülkiyet hakkı ve hatta güven diye bir şey kalmaz. Kaçak yapılan gecekondular ve onları yıkmaya çalışan devlet temsilcileri yani yıkım ekiplerine, akla gelmeyecek kadar ürpertici yollarla karşı konulduğunu görüyoruz. Görevini yerine getirmek isteyen devlet güçleri bile zaman zaman zor kullanmak durumunda kalıyorlar. Burada kimin haklı olduğunu tam olarak söyleyebilir misiniz? Hayır.

İşte bu kitapta, bu tip ağalardan birinin hayatını okuyacaksınız. Aşklarıyla, korkularıyla, duygularıyla, isyanlarıyla ve zaman zaman saklamak zorunda kaldığı gözyaşlarıyla...

Size "Asıl Adı Atiye" romanımın önsözünde "Artık ailem hakkında yazmayacağım," diye söz vermiştim. Bu konuda aşırı bir istek ve baskı aldım. Bu bahar Elâzığ'da yapılan imza günlerimde, şair ve yazar Günerkan Aydoğmuş Bey "Perçençli Rahmi Bey'i tanıyor musunuz?" diye sordu. Ben de "Amcam olur," dedim. Günerkan Bey, "Ben amcanızın bir hikâyesini yazdım, Türk Edebiyatı dergisinde birincilik ödülü aldım. Böyle bir kaynağınız varken, yeni hikâyeler aramak niye?" diye sordu.

Günerkan Bey haklıydı. Ayrıca ben amcamla uzun sayılan bir beraberlik yaşamıştım. Karakteri ve kişiliği hakkında derinliğine bilgim vardı. Böylece yine ailemden yazmak zorunda kaldım. Sözümü tutamadığım için özür dilerim.

Umut ediyorum ki bu romanımı okuduktan sonra, haklı olduğumu anlayacaksınız.

İyi okumalar.

NAŞİDE GÖKBUDAK

Birinci Bölüm

Hacı Hafız Ağa'nın konağı o gün bambaşka hareketliydi. Telaş vardı. Yüzlerde korku, ümit ve endişe vardı. Her şeyden çok da koşuşturma vardı. Evin büyük oğlu Mustafa Efendi'nin soylu, güzel ve narin eşi Hayriye Hanım üç gündür doğum sancısı çekiyordu. Evleneli beş yıl olduğu halde, Hacı Hafız Ağa konağına geleceğin ağasını verememişti. Bir-iki doğum ve çokça düşük yaşamıştı. Bu konuda köy halkı arasında dolaşan bazen komik bazen ürpertici hikâyeler de vardı. Mesela Hayriye Hanım'ın bundan evvel bir yılan doğurduğu ve bu yılanın hemen yok edildiği gibi... Böyle bir olay tabii ki yaşanmamıştı. Ama halkın hiç değilse küçük bir kısmı, bu hikâyelere inanacak kadar saftı, eğitimsizdi. Bu tip dedikodular konağa kadar geliyor ve Hayriye Hanım'ın çok üzülmesine, köylü ile arasına mesafe koymasına sebep oluyordu. İçten içe ağalara kızan köy halkı ise bu tip davranışları, duyduğu kine ve hırsa ekliyordu. Hayriye Hanım, bu hamilelik süresini büyük bir itina göstererek ve gösterilerek tamamlamıştı. Köyün ebesinin yanında, şehirden de bir ebe getirilmiş, her türlü hazırlık itina ile yapılmış, o devirde yapılması mümkün olan her yol denenmişti. Ne yazık ki doğum bir türlü gerçekleşemiyordu. Hacı Hafız Ağa'nın eşi Mürüvvet Hanım gelininin sancı çektiği odanın önünde küçük bir sedirin üzerinde oturmuş, elinde tespihi ile durmadan dua okuyordu. Hacı Hafız Ağa, Hacı Hamit Ağaların selamlık kısmında köyün eşrafı ile sohbet ediyordu. Ama o da içten içe bir müjdecinin yolunu gözetliyordu. Reşat altını mintanının cebinde hazır duruyordu iki gündür. Hacı Hafız Ağa ile evden uzaklaşan baba adayı Mustafa Efendi ise bu gün hoş karşılanmayacağını bile bile, konaktan uzaklaşamamış, karısının kurtulması ve kendisine bir erkek evlat vermesi için anası Mürüvvet Hanımın yolunu seçerek, bildiği bütün duaları okumaya başlamıştı. Şüphesiz bu işi içinden yapıyor, çevresine endişesini belli etmemeye çalışıyordu. Bunu pek başardığı söylenemezdi. Zira Mustafa Efendi halim selim, duygusal ve çok insancıl bir yaradılışa sahipti. Bütün bu hasletlerinden ve de Mısır sarayında gördüğü tahsil ve terbiyeden dolayıdır ki başarılı, sert mizaçlı, hükmedebilen bir köy Ağası tipine asla uyum sağlayamıyordu. Hacı Hafız Ağa, oğlunun bu yönünü çoktan keşfetmiş ve bu büyük arazinin nasıl idare edileceği yolunda endişelenmeye başlamıştı. İşte bu sebeplerden dolayıdır ki köy ağalarının hep ihtiyaç duyduğu erkek evlada Hacı Hafız Ağa çok daha fazla ihtiyaç duyuyordu. Ve kendi tabiri ile, gözü pek, "erkek gibi erkek" bir torun hayal ediyordu.

Hafife kız doğum odasından telaşla çıktı. Mürüvvet Hanım'ın yanına kadar geldi. Yüzünde endişe vardı.

"Büyük Hanım! Büyük Hanım! Çağa göründü ama ters geliy. Bir ayağını aha böle bükmüş. Tek ayağını diz kapağına doğru kıvırdı. Ebe temiz bir çarşaf istedi. Çocuğun çene kemiğinden tutup çekecekmiş."

Mürüvvet Hanım şaşkın:

"Götür öyleyse, durma! Yüklüğün içinde! Yerini sen bilirsin," dedi. Ayağa kalktı, doğum odasına doğru yürürken, birden döndü. Gelinini bu durumda ürkütmemeliydi. Sonra çocuk geri gidebilirdi. "Bu doğumun sağ salim olması artık çok zor. Bebeği sağ salim çıkarmaları imkânsız. Bari Hayriye kurtulsa!" diye düşündü. Yine köşesine oturup, dua etmeye başladı. On-on beş dakika sonra, içeriden gür bir bebek sesi duyuldu. Mürüvvet Hanım birdenbire ayağa fırladı. Artık gelinin ürkmesini falan düşünecek halde değildi. Doğruca odaya koştu. Şehirli ebe bebeği ayaklarından tutmuş, baş aşağı sarkıtmıştı. Uzun boylu bir bebekti. Büyük Hanım bebeğin sırtını görebiliyordu. Ebe Gülüş gülerek bağırdı:

"Büyük Hanım, nur topu gibi, uzun boylu erkek bir torununuz oldu. Gözünüz aydın!" Şehirli ebe, bebeği Mürüvvet Hanım'a doğru döndürdü. Büyük Hanım:

"Yani şimdi, her tarafı sapasağlam öyle mi?"

Odadakiler hep bir ağızdan:

"Çok şükür!" dediler. Hayriye Hanım çok bitkin, yarı baygın bir haldeydi. Galiba olanların farkında değildi. Büyük Hanım acele ile, evin çevresini boydan boya dönen balkonu koşar adımlarla yürüdü. Akşam vaktiydi. Büyük baş hayvanların sesleri geliyordu. Konağın büyük kapısı açılmıştı. Nahırın eve dönme zamanıydı. Camızlar ve inekler bir bir kapıdan giriyordu. Mustafa'nın yanına yaklaştı.

"Mustafa, nur topu gibi bir oğlun oldu, maşallah!" Mustafa söyleneni anlamamış gibi bir müddet anasının yüzüne baktı.

"Ana ne dedin?" Hayriye Hanım, oğlunun yüzüne doğru eğildi. Biraz daha yüksek bir sesle:

"Bir oğlun oldu. Sapasağlam, uzun boylu bir erkek."

Mustafa Efendi ellerini kaldırdı.

"Çok şükür ya rabbim! Çok şükür!" dedi ve anasına soran gözlerle baktı. Mürüvvet Hanım anlamıştı.

"Anası da iyi. Tabii çok yorgun ve bitkin. Düzelmesi zaman alacak. Ama sağlıklı. Ben hemen Hüseyin'i Hacı Hafız Ağa'ya göndereyim."

Hacı Hafız Ağa kapıyı gözetlemekten yorulmuştu. Yine akşam olmuş, akşam namazı için camiye gitme zamanı gelmişti. Ne yazık ki evden bir haber alamamıştı. Birden Hüseyin'i karşısında görünce,

"Kötü bir şey yok değil mi?" dedi.

"Hayır ağam, kötü bir şey yok." Hüseyin öylece duruyordu. Hacı Hafız Ağa sinirlenmeye başlamıştı ki Hacı Emin Efendi söze karıştı:

"Hacı Ağa, uşağın müjdesini ver." Hacı Hafız Ağa uzun bir "Haa!" çektikten sonra, cebindeki Reşat altınını Hüseyin'in avucuna koydu. Hüseyin daha bir şevkle konuşmaya başladı:

"Bir oğlan çocuk, uzun boylu ve yakışıklı." Hacı Hamit Ağa güldü.

"Ulan kel, daha on dakikalık bebeğin yakışıklılığı mı olurmuş!" Hüseyin kızdı hem sözüne inanmadıkları için, hem de yüzüne karşı "kel" dedikleri için. Gerçi lakabının Kel Hüsen olduğunu biliyordu ama, yine de doğrudan doğruya söylenmesine kızıyordu.

"Ben ne bilem ağalar? Bana öyle dendi." Hacı Hafız Ağa mutlu ve muzaffer bir eda ile odadakilere döndü.

"Rahmi, bizim aile efradı için de, köy halkı için de hayırlı olsun. Adı gibi rahim olur inşallah."

Gülerek Hüseyin'e döndü.

"Git konağa söyle, Rahmi'ye iyi baksınlar." Sonra odadakilere döndü. "Eh, bizde dükkan önüne, camiye gidelim. Bu gün büyük Allah'a şükretmek için çok daha fazla sebebimiz var," dedi.

Hayriye Hanım da Ayşe'nin pişirdiği tereyağlı cacurumu yemiş az da olsa kendine gelmişti. Hâlâ çok bitkindi, rengi sapsarı idi ve kollarını kaldıracak gücü yoktu. Yıkanıp, kundaklanıp kucağına verilen bebeği zor tutuyordu.

Henüz sütü yoktu ve bebek ağlamaya başlamıştı bile. Ebe elindeki kaynatılıp, soğutulmuş şekerli su ile geldi. Rahmi'yi itina ile kucağına aldı. Doyurması gerekiyordu. Ev halkının da çalışanların da yüzlerinde mutlu bir ifade vardı. Ev sahipleri hasret çektikleri bir erkek evlada kavuşmaktan, çalışanlar ise aldıkları bahşişlerden dolayı mutluydu.

Mürüvvet Hanım telaşla Hafife kızı yanına çağırdı.

"Kız Hafife, eltime müjde götürdünüz mü?" Hafife kız şaşırmıştı.

"Büyük Hanım, siz demeden biz kimseye bir şey söyleyemeyiz ki."

"Koş o zaman, doğumun biraz evvel gerçekleştiğini, Ahmet Ağa'nın, nasıl olduğunu sor."

Firdevs Hanım, Hacı Hafız Ağa konağının selamlık tarafında oturuyordu. Hacı Hafız Ağa'nın küçük kardeşi olan Ahmet Ağa, bir müddetten beri hastaydı. Hastalığının ne olduğu pek anlaşılamamıştı, ama devamlı öksürüyor ve aşırı yorgun görünüyordu. Köylüye göre Ahmet Ağa kızını on yedi köyün sahibi Saraylı Küçük Bey'e verdikten sonra nazara uğramıştı. Beş yıla yakın bir zamandır dillerde gezen bu evlilik herkesin dikkatini çekmiş ve köyün bütün genç kızlarının hayallerini süslemişti. Mürüvvet Hanım ile Firdevs Hanım elti oluyorlardı. Görünürde iyi geçinmelerine rağmen, özellikle Mürüvvet Hanım'ın pek de dostane duygular beslediği söylenemezdi. Ahmet Ağa hastalandığından beri ise devamlı kocasına "kardeşinin çalışmadığı halde maldan eşit hisse almasının haksızlık olduğunu, bu servetin içinde Mustafa'nın Mısır'dan getirdiği altınlarla alınan malların da olduğu, bu yüzden malda kendi hisselerinin çok olması gerektiğini," söyleyip duruyordu. İlk günlerde sertçe karşı çıkan Hacı Hafız Ağa son günlerde bu fikri benimsemeye başlamıştı. Tabii bütün bunlar henüz ne Ahmet Ağa, ne de iyi huylu eşi Firdevs Hanım tarafından bilinmiyordu.

On beş - yirmi dakika sonra Firdevs Hanım elinde çevresi dilim dilim, o yörenin tabiri ile, kenarları "kıtirikli", büyükçe bakırdan kayık bir tabak olduğu halde göründü.

"Mürüvvet Hanım, geline taze peynir helvası yaptım. Benim helvamı sever de, hem de sütü bol olur. Çocuğun hayırlı olmasını analı babalı büyümesini dilerim" diyerek Mürüvvet Hanım'ın odasındaki sedire oturdu. Hayriye Hanım uyuduğu için onun yanına girememişti.

"Uzun müddet sancı çekti değil mi? Ne zaman doğum oldu?"

"Nahır eve döndüğünde." Küçük Rahmi'nin doğum şerhi böylece düşmüştü. "Yoncalar yeşerdiğinde, bağlar bozulduğunda, harman kalktığında ve nahır eve döndüğünde..." Bu, köy halkının kendince attığı doğum tarihleriydi. Rahmi de erikler çiçek açtığında, akşam üzeri nahır eve döndüğünde dünyaya gelmişti

Aslında Rahmi 1900 yılının, 28 nisanında dünyaya gelmişti. Mustafa Efendi bu şerhi, Kur'an'ın arka kapağının iç yüzüne hemen düşmüştü.

Mürüvvet Hanım'ın gözleri pırıl pırıldı. Nihayet beklenen torun gelmişti

"Ayşee! Ayşee! Eltimle bana iki şekerli kahve yap" diye sesledi.

On dakika sonra Ayşe elindeki küçücük tepsi ve içinde iki fincan kahve ile odaya girdi. Bugünkü koşuşma ve heyecan, Ayşe'nin kıvır kıvır saçlarını iyice kabartmış, koyu rengi kızarınca mora çalan bir hal almıştı. Kahveleri verdi, iki adım geriye çekildi.

"Bilir misin Büyük Hanım, ters gelen çağa, zor çağadır." Mürüvvet Hanım kızdı.

"Sen üstüne vazife olmayan şeylere karışma! Ve o saçını başını da hemen toparla! Biliyorsun Hayriye her şeyden çabuk korkar. Gece karşısına böyle çıkma!" dedi. Ayşe hızla odadan çıktı. İçinden kendinden korkan nazlı geline de, sözünü esirgemeyen kaynanaya da küfrediyordu.

Mürüvvet Hanım eltisine dönerek,

"Bu insanlara nerede konuşup, nerede konuşmayacaklarını bir türlü öğretemedim." Firdevs Hanım çekingen bir tavırla,

"İyi de Mürüvvet Hanım, Ayşe'nin kalbi kırıldı. Çirkin olmak onun suçu değil ki."

Mürüvvet Hanım bu cümleyi duymazlıktan gelerek, büyük bir heyecanla doğumun ayrıntılarını anlatmaya başladı.

Mürüvvet Hanım, eltisine cevap vermedi, kafası Ayşe'nin sözüne takılmıştı. Zira bir sene evvel yaşadığı bir olayı hatırlamıştı, Mürüvvet Hanım geçen yaz ağalık bağında otururken iki bohçacı kadın gelmiş, önce bir şeyler satmaya çalışmış, başaramayınca da "Hanım, fal bakalım" diye tutturmuşlardı. Onların ısrarına karşı durmak oldukça zordu. Mürüvvet Hanım başından savmak için "Eh, hadi bakın" demişti. Falcı elinin içine uzun süre baktıktan sonra,

"Bu konakta çağa hasreti çekiliy, bir seneye kalmaz nur topu gibi bir oğlan gelecek ama çok zor bir çağa olacak." Falcı biraz duralamıştı. Mürüvvet Hanım merakla sormuştu.

"Nasıl yani?"

Falcı tereddüt içinde,

"Zor çağa işte ne bilem, sizi çok yoracak." Falcı hep tereddüt içinde konuşuyordu.

Mürüvvet Hanım, omuzlarını hafiften silkeledi, kendi kendine söylenir gibi, "Aman sen de! Bu evde bu kadar kadın var. Bir çocuk ile başa çıkamayacak mı? Söylesin dursunlar." Uzun süredir sessizce eltisine bakan Firdevs Hanım sordu.

"Bir şey mi dedin, Mürüvvet Hanım?"

"Hayır hayır, sadece düşünüyordum."

Firdevs Hanım eltisinin yüzündeki gergin ifadeye bir anlam verememişti, ayağa kalktı.

"Ahmet Ağa'nın akşam yemeği saati geldi, gitsem iyi olur, Hayriye Hanım'a geldiğimi söylersin. Hayırlı uğurlu evlat olsun. Güle güle büyütün inşallah," diyerek uzaklaştı. Selamlık tarafının merdivenlerine yaklaşınca, Ahmet Ağa'nın öksürüklerini duymaya başladı. Adımlarını hızlandırdı. İçinden "Bu adamın öksürükleri ne zaman dinecek? Daha doğrusu dinecek mi acaba? Aylar oldu, hiçbir ilaç fayda vermedi," diye söyleniyordu.

Mürüvvet Hanım eltisini gönderdikten sonra, doğruca gelinin odasına gitti. Oğlu Mustafa Efendi de karısının başı ucunda, gülerek bir şeyler söylüyor, bir taraftan da saçlarını okşuyordu. İkisinin yüzünde de büyük bir mutluluk vardı. Anasını görür görmez elini çekti. Mürüvvet Hanım da bir müddet sonra, içindeki endişeleri bir kenara atarak mutluluk tablosunda yerini almıştı. Geniş pirinç karyolanın başına yaklaşıp, gelinini öptü ve kırmızı kurdeleli beşibiryerdeyi göğsüne iğneledi. Gelininin kolunda güzel bir burma bilezik vardı. İçinden " Mustafa takmış, benim oğlum kadar ince fikirli bir erkek, zor bulunur. Tabii, o bir kalem efendisi..." diye düşündü. Tam o sırada şehirli ebe kucağındaki bebeği, Mürüvvet Hanım'a uzattı. Mürüvvet Hanım bebeği kucağına alırken, sevinç ve heyecan içindeydi.

"Mustafa, oğlun çok yakışıklı, ne de keskin bakışları var. Adeta beni inceliyor. Ben adını İzzet koymak isterdim ama, Hacı Hafız Ağa öyle münasip görmüş. Neyse toprağınca yaşasın, ona benzemesin inşallah, uzun ömürlü olsun." Bebeği aniden ebeye uzattı. Gözleri dolmuştu. Dalgın dalgın odadan çıktı. Ortanca oğlu İzzet, askerlik görevini tamamlamaya az bir zaman kala, Ermenilerin, Tiflis'te kurdukları terör yanlısı Taşnak komitacılarının silah depolarının yakılması sırasında yedi askerle beraber şehit düşmüştü. Çok yakışıklı ve dürüst bir delikanlı idi. Adına maniler yakılmış, köy halkı tarafından matemi tutulmuştu. Askerlik dönüşünde düğünü yapılacaktı. Nişanlısı Zeliha yataklara düşmüş, intihara kalkışmıştı. Öteki oğlu ise Mısır'a yerleşmişti. İshak Paşa'nın maiyetinde, iyi bir görevdeydi. "Neyse ki Mustafa Mısır'dan döndü ve neyse ki Allah bize bu yavruyu bahşetti," diye düşünürken, Hacı Hafız Ağa'nın "Hanım, neredesin?" diyen sesini duydu.

Mustafa Efendi aslında çok sâkin ve terbiyeli bir insandı. Şu anda bütün itidalini kaybetmiş, avazı çıktığı kadar bağırıyordu.

"Rahmi! Rahmi! Neredesin çık! Beni deli etme! Yine kardeşine ne yaptın?" Kıvır kumral saçları gözlerini kapatmış bir vaziyette yalınayak dolaşan Fatma, babasının yanına yaklaşıp usulca:

"Ayvanın arkasında baba," dedi. Mustafa Efendi ayvanın arkasına doğru yürüdü, yere çömelmiş vaziyette elindeki bir çubukla yer elmalarını kazıp çıkartmaya uğraşan Rahmi'yi kulağından yakaladı. Rahmi hiç itiraz etmeden ayağa kalkıp, babasının yanında ayvanın önüne doğru yürüdü. Fatma'yı görünce eli ile "sen görürsün" gibisinden bir işaret yaptı.

"Oğlum bizim işimiz gücümüz yok da seninle mi uğraşacağız? Sabahtan beri sıra ile Remzi'yi dövdün, Mürüvvet'i dut ağacından aşağıya ittin, küçücük Fatma'nın saçlarını yoldun. Ne istiyorsun onlardan, hatta herkesten? Onlar yanında değilse, komşu çocuklarla olay çıkarıyorsun! Nedir? İsteğin ne?"

"Ben kimseye bir şey yapmadım." Mustafa Efendi daha da sinirlendi.

"Bari erkek gibi davran! Yaptıklarını kabullenmek cesaretini göster."

"Ben erkek gibi davranıyorum ama onlar değil." Eli ile kardeşlerini işaret ediyordu. Mustafa Efendi başını iki yana salladı.

"İkisi zaten kız, Remzi de senden küçük. Sen güya abisin, onları koruman gerekmez mi?"

Mustafa Efendi hâlâ Rahmi'nin kulağını çekiştiriyordu. Birden fark etti. Kulağı kıpkırmızı olmuştu. Karşısında kendisine bakan karısının ve anasının içi gidiyordu, ama müdahale edemiyorlardı. Zira Mustafa Efendi her seferinde onları suçluyor, "Bu çocuğu siz bu hale getirdiniz!" diye söyleniyordu. Haksız da sayılmazdı, ilk çocuk olması ve birkaç yıl çocuk hasreti çektikten sonra doğması ona özel bir ilgi ve sevgi gösterilmesine sebep olmuştu. Hemen arkasından Remzi, sonra Mürüvvet, sonra da Fatma doğmuştu; ama Rahmi özel olma vasfını koruyordu. Zaten çok haşarı ve hareketli olan çocuk bu özel ilgi ile de iyice şımarmıştı. Rahmi kızaran kulağını ovuşturduktan sonra, başını yavaş yavaş kaldırdı.

"Baba sizden bir ricam var. Ben caminin içindeki mahalle mektebine gitmek istemiyorum. Tamam işte, okuyup yazıyorum, Kur'an'ı kaç kere okudum. Beni artık Harput'un altındaki Mekteb-i İdadi'ye gönderin. O zaman hiç yaramazlık yapmayacağım. Göreceksiniz çok da çalışkan olacağım. Söz veriyorum." Mustafa Efendi biraz durdu.

"Peki, bu konuyu düşüneceğim. Şimdi kaybol gözümün önünden, bu gün başka bir olay istemiyorum. Artık sabrım kalmadı." Rahmi bağın altına doğru yürüdü, gövdesi oldukça kalın, yaşlı bir armut ağacının dibine oturdu, cebinden çıkardığı çakı ile elindeki çatal çubuğu hırsla yontmaya başladı. İçinden "Bugün Fatma'nın gammazlığını cezalandıramam," diye düşünüyordu.

Dört beş yıl evvel Ahmet Ağa'yı kaybetmişlerdi. Konağın selamlık tarafında tek başına hizmetkârları ile kalan Firdevs Hanım'a o ev çok büyüktü. Ahmet Ağa hastalığı süresince işlerle ilgilenememiş, servetinin bir kısmını eritmişti. Hacı Hafız Ağa da kardeşinin hanımını bitişikteki küçük eve çıkması için ikna etmiş, hatta biraz da mecbur bırakmıştı. O zamandan beri Mustafa Efendi konağın selamlık tarafına geçmişti. Mustafa Efendi zaman zaman bu durumdan rahatsız olmuyor değildi. Yengesini o küçücük eve göndermeleri ne derece doğruydu? Bilemiyordu. Köylüye göre çok yanlıştı, ama babası Hacı Hafız Ağa ve de özellikle anası Mürüvvet Hanım'a göre ise o ev kendilerinin hakkıydı. Bu servetin içinde Mustafa'nın şahsi serveti de vardı. Dört çocuk ile onların kendi taraflarında sıkışıp oturması, Firdevs Hanım'ın da hizmetkârları ile konağın en güzel yerini işgal etmesi hiç de doğru değildi.

Hacı Hafız Ağa'yı iki yıl evvel kaybetmişlerdi. Mustafa Efendi konağın tek ağasıydı. Bu kadar araziyi çekip çevirmekte zorlanıyordu. Köylü şimdiden istismar etmeye, harmanları yağmalamaya başlamıştı. Kavgacı bir yapıya sahip değildi. Zaman zaman Mısır'dan döndüğüne, en azından yanında getirdiği servet sayılacak parayı yine toprağa yatırdığına pişman oluyordu. Annesi Mürüvvet Hanım da artık yaşlanmıştı. Hafife kız ve Rahmi ile hâlâ konağın haremlik tarafındaydı. Hafife kız ile Kel Hüseyin birbirlerine sevdalanmışlar, evlenmek istediklerini bildirmişlerdi. Mustafa Efendi konağın karşısında onlara bir oda, bir mutfaktan oluşan, küçük bir ev yaptırıyordu, güz sonunda düğünlerini yapıp o eve yerleştirecekti. Bu durumda annesi yalnız kalacaktı. Evinden çıkmayı da asla kabul etmiyordu. Mustafa Efendi haremlik tarafını fazla sevmediği halde, tekrar o tarafa taşınmak zorundaydı. Eşi Hayriye Hanım ise çocuk ruhlu ve biraz da inatçı bir tipti. Çocuklara Arap asıllı Ayşe bakıyordu. Koyu tenli, kıvır kıvır saçlı Ayşe'den pek hoşlanmayan Hayriye Hanım, çocukların bakımı için Hafife'yi istemişti ama Hafife dört çocukla başa çıkacak kadar becerikli ve akıllı değildi. Bu durumda hem araziyi hem de konağı idare etmek, Mustafa Efendi'ye düşüyordu. Hepsinden zor olanı da Rahmi'nin idaresiydi. Bunları düşünürken hafiften gülümsedi." Beni yoruyor ama gözü pek bir çocuk, bu toprağı ancak o yönetebilir. Şu tahsil isteği acaba ne kadar ciddi? Ya 'okuyacağım' diye tutturup da köyü bırakıp giderse? Israrlı olunca da göndermek zorunda kalabilirim." Eğri pişot** ağacına sırtını dayayarak düşüncelere dalan Mustafa Efendi karısının sesi ile kendine geldi.

"Efendi kahveni getirdim. Sonra da biraz ayvanda uyu istersen? Yorgun gözüküyorsun."

"Sağ ol hanım, ama şu siyah üzüme bir aşı yapmak istiyorum, eğer tutarsa yeni bir üzüm çeşidi olacak." Hayriye Hanım omuzlarını silkerek:

"Bu kadar çeşit yetişmiyor mu? Ne gereği var kendini yoruyorsun? Hem aşı mevsimi değil ki," dedi.

* Pişot: iğde

"Bu zevktir hanım." Birdenbire, bağ komşuları Baba Faik'in torunu Sabire Hanım'ın oğlunun ağlama sesi duyuldu. Arkasından da Sabire Hanım'ın oldukça sinirli haykırışları...

"Hayriye Hanım, Rahmi artık çok oluyor. Bak oğlanın alnı kan içinde kaldı. Neredeyse gözü çıkacaktı." Hayriye Hanım ve Mustafa Efendi çocuğa doğru koştular, gerçekten de alnından aşağıya kan sızıyordu. Mustafa Efendi çocuğun başını kaldırdı. Kanın aktığı yeri dikkatle inceledi. Neyse ki küçük bir yaraydı. "Çocuğu Allah korumuş, gözü gidebilirdi," diye düşündü.

"Evladım, ortalarda Rahmi yok, onun yaptığından emin misin?" Çocuktan önce anası cevap verdi.

"Başka kim olabilir ki? Bu gibi işlerin altında hep Rahmi vardır."

Hayriye Hanım hiçbir yorum yapmadan duruyordu. Mustafa Efendi de itiraz etmedi. Gönlü kabul etmese bile Sabire Hanım'ın doğru söylediğinden emindi.

"Peki oğlum, ben onunla meşgul olurum. Anan yaranı temiz bir su ile yıkasın, bir müddet üzerine temiz bir bez bastır," diyerek başını okşadı ve hızla uzaklaştı.

Rahmi bağın alt tarafından "Bu dere baştan başa ayvalı bağ" türküsünü mırıldanarak geliyordu. Gayet sakin bir görünüşü vardı. Mustafa Efendi sakin bir sesle,

"Rahmi buraya gel!" dedi. Rahmi türküyü kesip, sakin adımlarla babasının yanına geldi. Öylece bekledi.

"Baba Faik'in torununun başını neden kırdın? Sakın ben yapmadım deme! Sinirlerime hâkim olamayabilirim." Rahmi önüne bakarak bir müddet bekledi.

"Hayır, yapmadım demiyorum. Eğer yine öyle bir şey söylerse yine başını da ayağını da kırarım."

"Ne söylemiş?" Rahmi söylemekte tereddüt ediyordu. Babası biraz daha yüksek sesle sordu.

"Sana ne söylemiş?" dedim.

"Ben büyüyünce Mürüvvet ile evleneceğim," demiş. Hayriye Hanım başını ayvana doğru çevirdi. Gülmemeye çalışıyordu. Mustafa Efendi ise nasıl bir cevap vermesi gerektiğini düşünüyordu.

"Bak, onun bu yaşta böyle bir şey söylemesi doğru değil. Ama sen her yanlış yapanın başını kırarsan, bunun sonu gelmez. Bir gün senin de başını adamakıllı kırarlar, bir daha doğrultamazsın. Hem senin iki tane kız kardeşin var. Zamanı gelince tabii ki evlenecekler. İsteyenlerin başını mı kıracaksın? Tamam, bunun yaptığı yanlış. Henüz böyle şeyler konuşmaması gerek. Tabii başının da kırılmaması gerek." Rahmi birden bağırmaya başladı.

"Ben bu çocuklarla aynı mektebe gitmek istemiyorum. Beni İdadi'ye gönder, ne olur! Göreceksin çok akıllı olacağım."

Mustafa Efendi sağ elini havaya kaldırdı. Rahmi'nin yüzüne şiddetli bir tokat indirecekken, Rahmi babasının kolunu kavradı. Babasının yüzüne öyle bir bakıyordu ki, gözlerinden alev çıkıyor, çevreye kıvılcımlar saçılıyor gibiydi. Mustafa Efendi elini yavaşça indirdi, kıpkırmızı olmuştu.

"Sana bu gün başka bir olay çıkarırsan, cezan büyük olur. demiştim. Hem olay çıkartıp, hem de karşıma geçip benden bir şey isteyebiliyorsun. Ayrıca bu yaşta babanın kolunu tutmak cüretini de gösteriyorsun. Defol! Çabuk defol! Seni görmek istemiyorum." Rahmi hızlı adımlarla uzaklaşırken, dişlerini gıcırdatıyor, sol elindeki çatal ağacı hala sıkıyordu. Nihayet elinin acısını hissetti. Elini açtığında avucunun içine yer yer kan oturduğunu gördü. Çatal çubuğun çıkıntıları elinin birkaç yerini, neredeyse deliyordu. Hırsla çubuğu dut ağacına doğru fırlattı. Bir şeyler söylenerek, yine yaşlı armut ağacına doğru yürüdü. O ağacın altı Rahmi'nin sığınağıydı.

Mustafa Efendi aşıyı falan düşünemeyecek kadar sinirliydi. Karısına döndü:

"Hayriye ben dükkan önüne kadar gidiyorum. Biraz laflayayım, hayvan kesmişlerse et de alırım," diyerek hızla uzaklaştı. Mürüvvet Hanım arkasından konuşmaya devam ediyordu.

"Mustafa sakin ol! O henüz bir çocuk." Mustafa anasının yüzüne hışımla baktı.

"Hareketleri hiç de çocuk gibi değil. O tokadı indirseydim, belki de karşılık verecekti. Bu çok önemli, farkında değil misiniz?" Sonra daha hızlı adımlarla uzaklaştı.

İkindi namazından çıkan köyün erkekleri Çatalpınar'ın başında, caminin sebilinin çevresinde veya bakkal Nazım'ın dükkanı önünde üçer beşer guruplar halinde sohbete başlamışlardı. Mustafa Efendi, Mama Ağa ile Hacı Hakkı Bey'in bulunduğu küçük gruba doğru ilerledi.

"Selâm Ağalar."

"Ooo hoş geldin, Mustafa Efendi sen dükkan önünde görünür müydün?"

"Niye görünmeyeyim canım? Elbette görünürüm. Takdir edersiniz ki sizler kadar kalabalık bir ailem yok. Çocuklarım henüz küçük. İşlerin altından ancak çok çalışarak kalkabiliyorum."

Ekşi Memet gülerek:

"Pek kalktığında söylenemez Mustafa Efendi. Rahmetli pederinden sonra, işler düzgün yürümüyor galiba? Yine Kekliktepe'deki harmanı yağmalamışlar galiba?"

"Evet, ne yazık ki öyle. İnsanlar kimsenin malına mülküne saygı göstermez oldu. Neyse o kadar da önemli değil. Ben Hacı Hakkı Bey ile başka bir durumu konuşacaktım."

Mustafa Efendi aslında bu gibi yağmaların çok önemli olduğunu biliyordu. Eğer karşılarında güçlü birini bulamazlarsa, işi yavaş yavaş azıtacak, her türlü hasada hatta cebindeki paraya ortak olacaklardı. Ama ne yapabilirdi? Nasıl yapabilirdi? Bu grupların içinde Ermeniler, dışarıdan orak için gelen işçiler, hepsinden kötüsü de onları maşa gibi kullanan ve yataklık eden köylüler vardı. Hacı Hakkı Bey gruptan ayrılmak için adım atarken Mustafa Efendi, "Yok Hacı Bey, hususi bir durum yok. Rahmi İdadi'ye devam etmek istiyor. Seninle o konuyu konuşacaktım," dedi.

Ekşi Memet atıldı:

"Köy mektebini hakladı da orası mı kaldı?"

Tatar Ahmet Ekşi'nin bu durumuna sinirlenmişti. Mustafa Efendi'den önce o cevap verdi:

"Arkadaş, Rahmi çok zeki, bizim oğlan söylüyor. Yaramaz ama çok zeki bir çocuk. Köy okulunu cidden hakladı. İdadi'ye de gidebilir bence." Hacı Hakkı Bey sakalını sıvazlayarak:

"Eh biraz da biz uğraşalım Rahmi ile. Hoca Efendi yorulmuştur," dedi.

Rahmi armut ağacının dibinde uzun süre oturmuştu. Ninesi Mürüvvet Hanım'ın sesi ile daldığı hayallerden uyandı. Kendini at üzerinde çakı gibi bir subay olarak hayal ediyordu.

Çok parlak bir kılıcı vardı. O kadar parlaktı ki güneş vurunca yansımasından, köyün genç kızları şanşenlerden*, zabit Rahmi'nin at üzerinde geçişini seyrediyordu. Ayvana doğru giderken düşünüyordu. "Önce şu her gün birkaç kişiyi öldüren ve olay çıkartan Ermenileri haklamalıyım. Hayır! Hayır! onlardan önce şu Ermenileri kışkırtarak

* şanşen: büyük bir çıkması olan, evin en güzel ve ferah, büyük oturma salonu

başımıza dert açan devletleri. Sonra babamın malını yemek isteyen çıkarcıları..." Tam o sırada gök gürültüsüyle beraber sağanak yağmur başladı. Rahmi koşmaya başladı. Ayvanın önüne geldiğinde babasının, ninesinin, anasının ve çocukların kışlık eve dönmek için hazır vaziyette, kendisini beklediğini gördü. Yağmur bardaktan boşalırcasına yağıyordu. Islanmamak için hepsi ayvana koşuştu. Mustafa Efendi elindeki üzüm dolu sepeti sedirin kenarına bırakarak, "Biraz beklememiz gerekecek, bu yağmur hemen duracağa benzemez. Kel Hüseyin düşünse de arabayı getirse, yağmur dursa bile yollar çamur içinde olur. Kızlar yürüyemez," dedi.

Mürüvvet Hanım gülerek, "Meraklanma Mustafa, Hüseyin bu günlerde bizi memnun etmek için her şeyi düşünür, bir an evvel Hafife kıza kavuşmak hayali ile yanıp tutuşuyor," dedi. Mürüvvet Hanım lafını henüz bitirmişti ki bağ yolunda atların nal sesleri duyulmaya başladı. Hüseyin arabayı ikinci kapıdan içeriye sokar sokmaz, arabanın üzerinden hızla atladı. Yüzünde sırnaşık bir gülümseme ile, Mustafa Efendi'ye doğru koştu. Ellerini ovuşturarak:

"Efendi, hava bozar bozmaz arabayı hazırlayıp getirdim. Büyük hanım ve küçük hanımlar gelmekte zorlanır, diye düşündüm de."

Mustafa Efendi çok dalgındı. Aklı hep Rahmi'nin davranışları ve yağmurun ekinlere zarar verip vermeyeceği konusu ile meşguldü.

"İyi düşünmüşsün, Hüseyin," diyerek ayvana doğru seslendi.

"Hayriye çabuk olun! Yağmur hafiflemiş, kendimizi eve atalım."

Mustafa Efendi kafasında bin bir düşünce ile uzun zaman yatakta dönmüş, gece yarısını geçtikten sonra ancak uyuyabilmişti. Tam o sırada Hayriye yataktan bağırarak fırladı. Mustafa Efendi gözlerini açtığında, karısının sinir içinde, Ayşe'ye bağırdığını duydu.

"Allah seni kahretsin e mi? On paranı sabah alamaz mıydın? 'Gece yarısı o kabarık saçlarınla karşıma çıkma!' diye kaç kere tembihledim. İnadıma mı yapıyorsun?" Ayşe önüne bakarak,

"Ama hanımım, bu gün akşama kadar bekledim, vermedin."

"Kör olasıca bağdaydık, bilmiyor musun? On para için insan gece ayağa dikilir mi?" Mustafa Efendi biraz sinirli, biraz şaşkın sordu.

"Hayriye, bu on para muhabbeti nedir?"

"Evvelsi gün bohçacı kadından kızlara çeyiz olsun diye çarşaf aldım. On param çıkışmadı, Ayşe'den aldım. Gece yarısı başıma dikilip, 'Hanım on paramı ver' diye dürtükleyince, birdenbire korktum." Mustafa Efendi gülmeye başlamıştı.

"Bu kadınlar hep böyle midir, bana mı akıllısı rastlamadı? Kızım Ayşe, senin on paran bizde kaybolur mu? Peki sen Hayriye, bu kız yıllardır karşında, kocaman kadınsın, o ne çığlıktı öyle? Üçüncüsü, henüz büyüğü altı yaşında olan çocuğa ne çeyizi hazırlıyorsun? Çocuklara bir şey oldu sandım" diyerek arkasını döndü. Ayşe yaptığından utanmış bir halde süklüm püklüm odadan sessizce çıktı.

Remzi, Kasapgil'in Osman, Mama Ağaların Mustafa ve bir iki muhacir çocuğu ile konağın önünde uzun eşek oynuyordu. Ağabeyinin atının nal seslerini duydu. Başını çevirdiğinde Rahmi her zamanki gibi büyük bir gururla at üstünde konağın büyük kapısına doğru ilerliyordu. Sabah akşam eşek üzerinde Rahmi'yi İdadi'ye götürüp, getiren Hüseyin iki yıldır bu vazifeden alınmıştı. Çünkü Rahmi, artık büyüdüğünü, bir dadıya veya koruyucuya ihtiyacı olmadığını söylemişti. Bu yıl İdadi'yi bitiriyordu ve arkadaşı Celâl ile beraber Erzincan'a Askeri Rüştiye'ye gitme hayalleri kuruyorlardı. Ama henüz babasına açmak cesaretini gösterememişti. En yakın arkadaşları Hurrem'i de kandırmaya çalışıyorlardı. Ne yazık ki başarılı oldukları söylenemezdi. Hurrem'in başka idealleri vardı. Remzi ağabeyine doğru koşarak,

"Biz uzun eşek oynuyoruz, sen de gelsene." Rahmi başını çevirdi, "Ben o oyunu hiç sevmem. Üstümden atlasınlar diye kimsenin karşısında belimi bükemem" dedi.

"Ama ağabey, hepimiz öyle yapıyoruz." Rahmi biraz sertçe "Ben yapmam" dedi. Mustafa Remzi'nin yanına yaklaşarak, elini omzuna koydu.

"Şu kendini beğenmiş ağabeyini bırak, gel biz oyunumuzu oynayalım" dedi. Rahmi aniden attan atlayıp, Mustafa'nın yüzüne bir yumruk indirdi.

"Sen kendini ne sanıyorsun da, bana laf ediyorsun aptal!" diye bağırınca, konağa henüz girmiş olan Mustafa Efendi kapıda göründü.

"Rahmi hayrola, kaideleri bozmaya başladın galiba? İdadi'ye girdiğinden beri sözünde duruyordun ne oldu?" Rahmi kendini çok haklı görüyordu ama, yine de babasının duymasını istemezdi. Babasının yanına yaklaştı. Ona kısaca olanları anlattı. Mustafa Efendi ne demesi gerek pek kestiremiyordu. Çocuğunun kendine bu kadar güvenmesi, ne derece iyi idi? Evet, farklı bir çocuktu. Çevresine göre çok zeki ve çok korkusuzdu. Şüphesiz her şeyin normal ölçülerde olması çok daha iyi idi. Başını ağır ağır kaldırdı.

"Oğlum, belki bazı konularda arkadaşlarından ve hatta kardeşinden farklısın. Bunu her fırsatta onlara hatırlatıp, yüzlerine vurman doğru bir hareket mi? Ayrıca her sinirlendiğinde şiddete baş vurman, senin gibi okumuş, akıllı bir çocuğa yakışıyor mu?" Rahmi biraz düşündü.

"Baba oynadıkları oyun çok aptalca. Beni de çağırdılar, ben de fikrimi bildirdim. Neden kendimi beğenmiş olayım?" Mustafa Efendi çaresizdi, bu çocukla başa çıkmak zordu.

"Hadi arkadaşının gönlünü al. Sonra da yukarıya çık, konuşalım." Rahmi'nin hiç niyeti yoktu Yine de Mustafa'ya döndü.

"Mustafa oyun oynamak istiyorsanız, yarın Kuyulu yolunda koşma ve atlama yarışı yapalım." Mustafa ve diğer çocukların yüzünde bir heyecan ve mutluluk belirdi. Rahmi kendileri ile oynayacaktı. Remzi çok iyi niyetli ve sevgi dolu bir çocuktu. Hemen Mustafa'nın yanına yaklaştı, gülerek:

"Bak, ağabeyim hiç de kötü bir insan değil. O sadece çok akıllı." Sonra da çok akıllı olmak bir suçmuş gibi, boynunu bükerek devam etti. "Ne yapsın, onun elinde olan bir şey yok ki."

Mustafa Efendi köşedeki büyük odanın sedirinde oturmuş, karşısındaki gem iskemlesinde de Rahmi'yi oturtmuştu. İtiraf etmese de onunla aynı hizada olmak istemiyordu. Belki böylece daha iyi bir otorite sağlayabilirdi.

"Oğlum kaç yıldır sözünü tuttun. Ufak tefek olaylar, onlar da mühim değil. Bugünkü olayı da fazla mühimsemiyorum. Benim için mühim olan herkese üstten bakan tavrın. Bak, durmadan Sıdıka'nın kızı Atiye'yi tenkit ediyorsun. Aynı şeyleri kendin yapıyorsun."

"Baba ben erkeğim. Bir kızın bu kadar kendini beğenmiş olması herkese üstten bakması hiç hoş değil."

"En azından kimselere dayak atmıyor."

"O kız, gücü olsa atar."

Mustafa Efendi içinden hep aynı cümleyi tekrarlıyordu" Bu çocukla başa çıkmak çok zor."

"Neyse, mevzuumuz o değil. Ben senin düşünce tarzının ve şiddet kullanmanın çok kötü bir şey olduğunu anlatmak istiyorum. Eğer kendini kontrol altına alamazsan, ileride sana zararı dokunacaktır." O sırada kapı yine açılmış, Hayriye Hanım sandıktan bir çarşaf almıştı. Tam çıkmak üzere iken, Mustafa Efendi bağırdı.

"Hayriye yeter artık! Bu odaya dördüncü girişin. Şurada bir laf konuşuyoruz. Bildiğin gibi biz baba oğuluz, birbirimize uygun olmayan vaziyetler yaratmayız. Huzur ver de konuşalım." Hayriye Hanım acele ile çıktı. Rahmi başını kaldırdı babasının gözlerinin içine bakarak,

"Ben Erzincan'a, Askeri Rüştiye'ye gitmek istiyorum." Aslında bu, Mustafa Efendi'nin beklediği bir teklifti, yine de irkildi.

"Oğlum buradaki vaziyetimi görüyorsun. Yalnızım, köylü bunu istismar ediyor. Arazilerimiz çok fazla. Bu evde dört kadın var. Bütün bunları kim idare edecek?"

"Baba siz henüz genç bir adamsınız. Remzi de yetişiyor. Aramızda ne kadar tarкı var ki? Onun buradan asla uzaklaşmayacağına eminim."

"Neden bu kadar eminsin?

"O, Sıdıka bibimin Dilşat'a aşık, onu bırakıp bir yere gitmez."

"Bu yaşta mı?

"Evet bu yaşta, o uzun dilli kızda ne bulduysa...." Mustafa Efendi düşünüyordu. "Ben çok mu geride kaldım? Bu çocuk benimle bu meseleleri çok tabii bir şeymiş gibi konuşabiliyor."

"Sen bu konuda ne düşünüyorsun? Atiye de çok hoş bir kız. İstersen bir söz keseriz." Mustafa Efendi, Rahmi'nin bağlanacağı bir yavuklu veya sözlü olursa, gitmek fikrinden vazgeçer diye düşünüyordu. Ayrıca Rahmi'nin itiraf etmese de Atiye'yi beğendiğini biliyordu. Rahmi biraz duraladı.

"Hayır o kendini beğenmiş kızı istemem. Evet çok güzel, ama bana göre değil. Hem benim yapmak istediğim bir sürü iş var. Memleket ne durumda biliyorsun. Bütün düveller karşımızda, bize karşı harp açmışlar. Padişah artık bütün gücünü kaybetmiş. Geçen yıl Ermenilerin yaptığını gördün. Eğer erken uyanmasaydık, soyumuzu kurutacaklardı. Önce vatanımızı kurtarmam gerek. Sonra kendimizi düşünürüz. Öyle değil mi baba?

"Sen bunları düşünmek için çok gençsin. Hem bu havadisleri nereden alıyorsun?

"Riyaziye hocam Abdullatif Efendi, geçenlerde benim ile Celâl'e anlattı. Biz de karar verdik zabit olacağız. Hem malımı koruyacak kadar cesur ve kuvvetli isem, vatanımı da koruyabilirim değil mi?"

Mustafa Efendi gene çaresiz kalmıştı. "Hocaları oğlumu adam yerine koyup, memleket meselelerini konuşuyorsa, benim de güvenmem gerekiyor zannımca, bu konuyu uzatmam boşuna, Rahmi her zamanki gibi, istediğini yapacak. Bari benim tasvibim ile yapmış olsun." diye düşündü.

"Rahmi, bu konuyu hocaların ile konuşacağım. Bana bir söz vermen gerek. Eğer ben ve ailen zor durumda kalırsak, yanımızda olacaksın değil mi? Sırtını dönüp, gitmek yok."

Rahmi olgun bir adam tavrı ile.

"Baba, böyle bir şeyi benden nasıl bekleyebilirsin? Tabii ki ailemi koruyacağım. Müsaade ederseniz, bugün dersim çok, çalışabilir miyim?"

"Tabii gidebilirsin." Rahmi mutlu bir yüzle odadan çıktı. Heyecan içinde, aralıkta bekleyen anası ve ninesine gülümseyip, karşı odaya girdi. Hayriye Hanım:

"Hanım anne, galiba Mustafa Efendi fazla yüklenmemiş" diyerek, ocakta pişen güvecin altına iki tane çırpı attı.

Rahmi askeri okula başlayalı bir sene olmuştu. Orada da çok başarılı idi. Celâl ve Malatyalı Lütfü en samimi arkadaşları idi. On beş gün bir tatili vardı. Uzun ve yorucu bir araba yolculuğundan sonra, Elâziz'e varmışlardı. Celâl ile vedalaşıp on dördüncü günü, Perşembe günü sabah namazından sonra Hergele meydanında, atlı arabaların olduğu yerde buluşmak üzere ayrıldılar. Kel Hüseyin atını getirmiş, kendisini bekliyordu.

"Hoş geldin beg."

"Hoş bulduk. Köyde ne var ne yok?"

"İyilik vallah, pek bir şey yok." Konuşmak için can atan Hüseyin bu sefer pek istekli değildi. Rahmi üstelemedi. 'Zorlayıp da yalan yanlış havadis alacağıma, yarım saat sonra orada olur, bizzat görürüm' dedi. 'Hem Hüseyin'in yalanlarına dayanamayacak kadar yorgunum' diye düşündü.

Konağın kapısına kadar hiç konuşmadan geldiler. Aslında Rahmi az konuşan bir gençti ama Hüseyin'in konuşmaması pek hayra alamet değildi.

Hayriye Hanım oğlunu taş merdivenlerin altında karşıladı. Koşarak boynuna sarıldı, ağlıyordu. Hayriye Hanım duygularını pek belli eden bir kadın değildi. Mustafa Efendi onun bu haline, zaman zaman çok sinirlenir. "Ne hissiz kadınsın" diyerek sitem eder, içten içe de kendisinin bu kadar duygusal olmasına sinirlenirdi. Fazla duygusallık bir erkek için, hele de bir köy ağası için, birazcık zayıflık demekti ve Mustafa Efendi bu zayıflığından dolayı çok şey kaybediyordu. Rahmi anasının çenesinden tutarak başını havaya kaldırdı.

"Ne var ana? Ne oldu?" diye sordu. Anası cevap vermeden, bir değneğin taş merdivenlere vuran sesi ile büyük kız kardeşinin sesini aynı anda duydu.

"Hoş geldin ağabey!" Rahmi başını kaldırınca, babasının baston ile ve Mürüvvet'in koluna girerek merdivenlerden inmeye çalıştığını gördü. Hâlâ elinde tuttuğu tahta bavulu, fırlatırcasına atarak, taş merdivenleri birer ikişer çıkmaya başladı.

"Babaaa! Babaaa! Sana ne oldu?" Mustafa Efendinin iki gözü, iki çukur halinde idi. Çok daha zayıflamış, rengi solmuştu. Yüzünde ıstırap ve umutsuzluk vardı. Sol eli ile gözlerini işaret ederek,

"Gözlerim oğlum, gözlerim artık görmüyor." Babasının 'gözlerim' diye gösterdiği yerde iki ıslak çukur vardı. "Neyse sonra uzun uzun konuşuruz. Hüsen beni dükkan önüne götürsün, ikindi namazına yetişeceğim."

"Baba, bu durumda evde kılsan?" Mustafa Efendi sakalını sıvazladı.

"Hayat ile tek bağım dükkan önüne gidip, ibadetimi yapmak ve birkaç tanıdık ses duymak. Bundan da vazgeçersem, yalnız vücut olarak değil, ruh olarak da ölü sayılacağım" diyerek bir sonraki basamağın yerini bulmak için, bastonunu kısa aralıklarla vurmaya başladı.

Rahmi çok kötü olmuştu. Ağlamamak için kendini zor tutuyordu. Balkon girişinde kendini karşılayan Fatma'yı eli ile itti ve acele ile ninesi Mürüvvet Hanım'ın odasına girdi. Rahmi hep çok sevdiği ninesi ile aynı odayı paylaşmıştı. Yattığı sedirin üzerine çökercesine oturdu. Üzerinde kanaviçe ile kuş resmi işlenmiş olan, saten kırlenti kucağın alıp, başını üstüne koyarak ağlamaya başladı. Birkaç dakika sonra, birisi kapıyı açmak için kurcalamaya başladı.

"Kim o?" diye soran Rahmi ninesi Mürüvvet Hanım'ın gelmiş olduğunu, o zaman kapıyı açması gerektiğini düşünüyordu. Kapıdaki küçük Fatma idi.

"Rahmi Ağabey, benim aç! Seni öskedim*" diye sızlanıyordu. Fatma'nın sesi onu rahatlatmıştı. Onu savmak kolay olacaktı. Rahmi birden irkildi "Ninesi hiç gözükmemişti. Neredeydi? Bir yerlere gezmeye gitmiş olabilirdi. "Hayır olamaz. O bu gün benim geleceğimi bile bile bir yere gitmez." diye düşündü. Acele ile kapıya koştu. Fatma, üzgün bir ifade ile, kapıdan uzaklaşıyordu. Fatma'yı acele ile kolundan tuttu.

"Ninem nerede? Bir yere mi gitti? Kız şaşkın şaşkın ağabeyinin yüzüne bakarak, tavanı işaret etti.

"O göğe çıktı. Cennet'e gitti" dedi. Rahmi sinirlenmişti,

"Saçmalama kız!" Birdenbire Fatma'nın ne demek istediğini anlamıştı. Çocuğa bu şekilde anlatmışlardı. Taş merdivenleri ikişer üçer atladı. Bahçedeki ocakta sac ekmeği pişirip, tereyağı sürmekle uğraşan annesini omuzlarından tutarak, sarsmaya başladı.

"Ninem nerede? Nineme ne oldu?" Hayriye Hanım, ayağa kalkmak için çabalıyordu ama Rahmi omuzlarını hem bastırıyor hem de sıkıyordu.

"Oğlum kendine gel! Kemiklerimi kıracaksın!" diye bağırdı. Rahmi birden anasının canını yaktığını fark etti. Ellerini çekti. "Ninem nerede?" diye tekrarladı. Hayriye Hanım'ın gözleri dolmuştu.

---

* öskemek: özlemek

"Oğlum metin ol! Her insan gibi o da ömrünü tamamladı."

"Ne zaman? Hastalığı neydi? Hekime götürmediniz mi?

"Götürdük oğlum, götürdük. Hem babanın gözlerini, hem de nineni... Harput'taki hastanenin hekimine, Mıstıfike götürdük. Ama ne yazık ki dertleri amansızmış. Ninen sadece yirmi gün yattı. Babanın gözlerini de çok merak etmişti. Galiba yüreğine indi" dedi. Tekrar gem iskemlesinin üzerine oturup, tahtanın üzerindeki hamura oval bir şekil vererek, kızgın sacın üzerine attı. Rahmi'nin kulakları uğulduyor, başı dönüyordu. Anası sakin bir şekilde,

"Dur da sana taze ekmek vereyim." Rahmi gözlerinden alev fışkırırcasına anasına baktı. Bu durumda ekmek ikram etmeyi nasıl düşünüyordu? Hava kararmak üzere idi. Nahır eve dönüyordu. Uzaktan hayvanların meleme sesleri geliyordu. Hızla konağın kapısından fırladı, köyün arka sokaklarından ağalık bağına doğru koşmaya başladı, nefesi kesilircesine hızla koşuyordu. Nereye, niçin koştuğunu bilmiyordu. Bağın alt kapısından girip, oraya yakın olan yaşlı armut ağacının dibine oturdu. Cebindeki çakıyı çıkararak, yerden aldığı bir dalı yontmaya başladı. Bağdaki renkler solgundu. Ağaçların boynu bükük gibiydi. Acaba onlarında mı ninesi ölmüştü? Galiba havada oksijen de kalmamıştı. Nefes alamıyordu. Yanaklarından aşağıya iki çizgi halinde yaşlar iniyordu. Henüz yaz bastırmamıştı, bağlarda kimse yoktu. "İyi ki kimse yok. Ağladığımı görmesinler." diye düşündü.

Hava iyice kararmıştı. Akşam yemeğini çoktan yiyen Hacı Hafız Ağa konağı halkı büyük bir sessizlik ve merak içinde idi. Herkes birbirine işaretle bir şeyler sorup anlaşmaya veya Mustafa Efendi'den uzak bir yerde konuşmaya çalışıyorlardı. Mustafa Efendi birkaç kere:

"Rahmi nerede?" diye sormuştu. Ona uyuyup kaldığını, uyandırmaya kıyamadıklarını söylemişlerdi. Ama vakit çok geç olmuştu. Artık kendileri de merak etmeye başlamışlardı.

Remzi birden "Ben buldum!" diye bağırdı. Mustafa Efendi görmeyen insanların hassasiyeti ile, bir tuhaflık olduğunu anlamıştı. Acele ile "Neyi buldun Remzi?" diye sordu.

"Tarih kitabımı baba." Bir eli ile de anasını dışarıya çağırıyordu.

"Ana, ağabeyim bağdaki armut ağacının altındadır. Ben atı alıp gidiyorum." diyerek uzaklaştı.

Remzi bağın üst kapısından girmişti. Atı oraya bağladı. "Önce pişot ağacının oraya bir göz atayım" diye düşündü. Beklediği gibi Rahmi orada yoktu. Armut ağacına doğru yürüdü. İçinden "Neyse ki parlak bir dolunay var" diye geçirdi. Rahmi ağaca belini dayamış, hâlâ bir şeyler yontuyordu. Yanına iyice yaklaşıp, çömeldi.

"Ağabey, babam seni sorup duruyor. O bu kış çok kötü günler yaşadı. Uyuyor dedik, ama biraz sonra yok olduğunu anlayacaktır. Hadi kalk, gidelim."

Rahmi ayağa kalkıp, Remzi'nin arkasından yürümeye başladı. İçi boşaltılmış gibiydi.

Kızgındı. Kime, neye olduğunu bilmeden kızgındı. Belki hayata, belki haksızlığa. Babası henüz genç bir adamdı. Çok iyi bir insandı, kibardı. Hem de fazlası ile kibardı. Karıncayı bile incitmekten korkardı. Kör olmayı, çocuklarının büyüdüğünü, aşı yaptığı ağaçların tutup, tutmadığını, başakların oluşunu, güneşin doğup batışını, gökkuşağını görememeyi hak etmiyordu. Remzi ağabeyini daldığı düşüncelerden uzaklaştırmak istiyordu.

"Neler düşünüyorsun ağabey?" diye sordu.

"Dünyada her şeyin bir sebebi vardır değil mi?" Remzi biraz düşündü. Ağabeyinin yanında kısacık kalmıştı. Yüzüne bakmak için, başını havaya kaldırması gerekiyordu.

"Evet, öyle derler.

"Babamın kör olmasının sebebi ne? Allah mı onu cezalandırdı? Cezalandırdı ise niye? O hiç kimseye kötü bir şey yapmadı ki." Remzi biraz durdu.

"Günaha girme, ağabey. İsyan ediyorsun.

"İsyan değil, madem ki bana bir akıl vermiş, düşünme gücü vermiş, düşünüyorum ama hiçbir mantıklı cevap bulamıyorum." Konağın kapısına gelmişlerdi. Atın üzerinden atladılar.

Rahmi artık bazı şeylerin asla eskisi gibi olamayacağını, omuzlarına büyük bir yük konmuş olduğunu hissediyordu. Sanki bu ağır yükün altında omuzları çökmüştü. Başını dikti, omuzlarını yukarıya doğru kaldırdı. Galiba beş-altı yaş birden büyümüştü. İki kardeş babalarının olduğu evin en ferah ve aydınlık odasına girdiler. Mustafa Efendi:

"Rahmi sen mi geldin?" dedi.

"Evet baba, uyuya kalmışım, özür dilerim." Mustafa Efendi'ye taht gibi yüksek ve geniş bir sedir yapılmıştı. Duvara kocaman bir çalar saat asılmıştı. Mısır dönüşünde beraber getirdiği saat. Mustafa Efendi Rahmi'ye doğru bakıyordu.

"Hayır oğlum, uyumuyordun. Her nereye gittin ise iyi ettin. Bu olanları hazmedebilmen için zamana ve yalnızlığa ihtiyacın vardı. Biliyor musun Rahmi, kör insanların bazı duyuları çok daha keskin oluyor. Mesela senin çok uzamış olduğunu, daha zayıf, daha keskin bakışlı olduğunu hissedebiliyorum. Benim için fazla üzülme! İnsan görmeden de hissedebiliyor. Önemli olan da hissetmektir.

Ninene gelince ben de çok üzüldüm tabii. İnsan her yaşta kendini öksüz hissedebiliyor. Babam öldüğünde bu kadar yalnızlık hissetmemiştim. Ama ölüm hayatın bir gerçeği. Ne kadar acı olursa olsun bir gerçek. Kabullenmek zorundayız. Sen yemek de yemedin, anan sana isotlu köfte ile su böreği yapmış. Biraz ye de o da memnun olsun."

Rahmi'nin içi yanıyordu. Kendini öyle tok hissediyordu ki, bir

ömür hiçbir şey yiyemeyecekmiş gibi. Babasını üzmemek için "Olur baba, hemen yerim" diye cevapladı.

Rahmi yatmak için odasına girdiğinde, Remzi'nin kendisinden önce odaya girmiş ve hatta uyumuş olduğunu gördü. Ninesinin büyük pirinç karyolasının yerine Remzi'ye tek kişilik bir yatak konmuştu. "İlk girdiğimde nasıl da fark etmedim" diye düşündü. Yatağının üzerine uzandı, gözlerini kapadı. Bundan on ay evvel, şurada, büyük pirinç karyolada saçları bembeyaz, nur yüzlü, konuşkan, hayat dolu ninesi yatıyordu. Birdenbire ninesinin sevgi dolu sesini duydu:

"Paşa oğluma atlı süvarinin hikâyesini anlatayım mı?" Rahmi yavaşça dudaklarını kıpırdattı.

"Anlat nine" dedi. Gözlerini kapadı. Ne kadar da güzel anlatıyordu. her zamanki gibi.

Mustafa Efendi her zamanki sessizliği ve tevekkülü ile hayatını devam ettiriyordu. Yatsı namazı hariç, hemen hemen bütün namazlarını camide kılıyor, köyün ileri gelenleri ile sohbet ediyordu. Rahmi geldiğinden beri, cevabını çok merak ettiği bir soru beynini oyup duruyordu. Rahmi askeri mektebe geri dönecek mi idi? Kendisini bu vaziyette bırakacak mı idi? Ailesine sahip çıkacak mı idi? Rahmi bir haftadır evde olduğu halde, bu konuda Mustafa Efendi hiç bir şey sormamıştı. Rahmi de hiçbir fikir beyan etmemişti.

Hafife kız büyük camızın sütünü sağıyor, bütün çocuklar da taze süt sağıldıktan sonra kahvaltıya oturmak için bekliyorlardı. Hayriye Hanım bu gibi işleri yapamazdı. Hele camızlardan çok korkardı. Tam o sırada konağın büyük kapısının büyük tokmağı çalındı. Hafife Bacı,

"Mürüvvet Hanım kapıyı aç. Ben kalkarsam bu deli hayvan bir daha oturtmaz" dedi.

Gelen Mama Ağa'nın dillere destan güzellikteki kızı idi. Uzun boyu ve ince vücudu çarşafın içinde bile hemen dikkati çekiyordu. Rahmi gözleri ile, genç kızı takip ediyordu. Genç kız Hafife Bacı'nın yanında durdu.

"Hayriye diyeze* yok mu?" diye sordu. "Rahmi bey izinli gelmişmiş, Hanım ablam taze tereyağı gönderdi". Hafife tuhaf bir tavırla,

"Şimdi ben de yapacaktım Niye yoruldunuz?" dedi. "Hayriye Hanım yukarıda. Çocuklara yemek hazırlıyor." Kız başını yukarıya doğru kaldırdı, balkonun kenarında, kendine bakan Rahmi ile göz göze geldiler. Bir iki dakika öylece kaldılar. Tevhide birden farkına varmış gibi çarşafını yüzüne çekti. Yanakları pespembe olmuştu. Masmavi gözleri, pembe beyaz, duru bir teni, uzun kumral saçları vardı. Dudakları dolgun ve biçimliydi. Rahmi "Bir ressam tarafından özenilerek yapılmış gibi" diye düşündü.

Tevhide ne yapacağını, nasıl hareket edeceğini şaşırmış gibiydi. Başı dönüyordu. Acele ile elindeki küçük bakır tabağı, taş merdivenin ikinci basamağına koydu.

"Benim acele gitmem lâzım Hafife Bacı, hanım ablam

---

* diyeze: teyze

bekler." Telaşla kapıdan çıktı. Dükkan önü henüz sessizdi. Sabah namazı çoktan bitmiş, köy erkeklerinin çoğu, tarlalara, bahçelere gitmişti. Ağa-bey takımı ise henüz sabah kahvaltılarını yapıyorlardı. Tevhide büyük kapıdan içeriye kendini attı. Genişçe bir avludan geçip, sağdaki kapıya yöneldi. Burası da ondan biraz küçük bir avluydu, taş döşeliydi. Hemen kapının karşısında mutfak, sol tarafta da, bütün dükkan önünü gören büyük kocaman bir şanşen ve yatak odalarına yani, üst katlara çıkan taş merdivenler vardı. Faika Hanım ayak sesini alınca mutfaktan acele ile çıkmıştı. Görümcesini şöyle bir süzdü.

"Ne var kız ne oldu? Biri mi kovaladı?"

"Yok hanım abla, sadece biraz hızlı yürüdüm" diyerek çarşafını çıkarıp, mutfağa girdi. Mutfak biraz daha loştu. Kalbinin hızla çarptığını kimse fark edemezdi. Dört beş dakika elini göğsüne bastırarak durdu. Sonra acele ile birkaç çukur bakır tabak ile kaşıkları alarak avluya çıktı.

Rahmi kim olduğunu bilmediği bu güzel ve sarışın kızı merak ediyordu ama o Mustafa Efendi'nin oğlu Rahmi Bey'di ve kızlara, hatta kimseye fazlaca ilgi gösteremezdi. Nasılsa mevzu olacaktı ve de kim olduğunu öğrenecekti. Bir an Sıdıka bibisinin büyük kızı Küçük Hanım'ı düşündü. "Acaba hangisi daha güzel? " Bu soruyu cevaplayamadı. Küçük Hanım da babasının kullandığı tabir ile garplı ve saraylı tipi vardı. Kendinden çok emindi. Asil görünüşlü ve bilgiliydi. Ayrıca çok da güzeldi. Bu yabancı kız da şarkta pek rastlanan bir tip değildi. Masmavi gözleri, ancak bir kısmını görebildiği sarı saçları, uzun bir boyu ve pembe beyaz bir teni vardı. Rahmi birden gülmeye başladı. "Kız beni görünce çarpılmışa döndü, yazık "diye düşünürken, elinde taze süt dolu sitil* ile merdivenleri çıkan Hafife bacı-

* sitil: bakırdan yapılmış, kulplu küçük kova

yı gördü. Hemen arkasından içeriye girdi. Zira Hafife bacı, anasına gelen kızdan haber verecekti.

"Gelin Hanım, Mama Ağa'nın kızı Tevhide tereyağı getirdi. Faika Hanım göndermiş. Rahmi Bey'in geldiğini duymuş da." Hayriye Hanım biraz şaşırmış gibiydi. Hafiften gülümsedi.

"Sağ olsunlar, düşünmüşler," dedi ve devam etti: "Ben Efendi'nin kahvaltısını vereyim. Sen de bizimkini hazırla, Hafife." Rahmi atıldı:

"Ben kahvaltımı ve bundan sonra bütün yemeklerimi babamla yiyeceğim. Onu böyle bırakmakla, yalnızlığa terk etmiş oluyoruz." Hayriye Hanım atıldı.

"Oğlum, bu onun kendi isteği."

"Ana farkında değil misin? Acizliğini kimseye göstermek istemiyor. Ona bu durumun hiç de saklanacak veya utanılacak bir şey olmadığını anlatmamız gerek." Hayriye Hanım pek kavrayamamıştı ama Hafife'ye döndü.

"Sofrayı ben ve çocuklar için hazırla. Bundan böyle Rahmi babası ile yiyecekmiş." Sesinde hoşnut olmayan, elinden oyuncağı alınmış bir çocuğun üzüntüsü gizliydi.

İşin tuhaf tarafı, babası da bu ilgiden pek hoşlanmış değildi. Rahmi kahvaltıyı kendisi ile yapmak istediğini söyleyince,

"Ben annenlerle yemeni tercih ederdim. Çünkü onların başında bir otorite olduğunu hissetmelerini istiyorum. Aile reisleri günde bir öğünü olsun, aile fertleri ile yemelidir."

Rahmi bir iki dakika durdu.

"Baba bu evin otoritesi sensin. Her şey normale döndükten sonra, hep beraber yeriz gene. Mustafa Efendi'nin yüzünde acı bir gülümseme belirdi.

"Normale dönmek mi? Gün ışığı görmeyen bir insandan normale dönmeyi nasıl ümit edebiliyorsun Rahmi?"

Rahmi cevap vermedi. Çünkü verecek bir cevap bulamamıştı.

Bu başlangıca rağmen, bir müddet sonra, Mustafa Efendi oğlu ile daha mutlu bir görünüm içinde yemeğini yemeye başlamıştı.

Tevhide bütün geceyi rüya görerek geçirdi. Uyudu mu? Uyanık mıydı? Pek farkında değildi. Bütün rüyalarının kahramanı genç zabit adayı Rahmi Bey'di. Kendisi kuyulu yolundaki bağda dut toplarken Rahmi birden beliriyor. Yağız bir atın üzerinde. Tevhide'yi ince belinden tuttuğu gibi atın üzerine alıyordu. O arada dut topladığı sepet devrilmişti. Ama Rahmi'nin umurunda bile değildi. Bir müddet dörtnala harman yerine doğru gitmişler, sonra birdenbire Rahmi Tevhide'yi attan itercesine indirmiş.

"Burada beni bekle!" demişti. Tevhide uzun süre bekledikten sonra, kendini Kekliktepe'de bulmuştu. Silah sesleri vardı ve korkuyordu. Yine Rahmi belirmiş, yine onu atın üzerine çekmişti. Sabaha kadar bu ve buna benzer sahnelerden oluşan rüyalar görmüştü. Sabah biraz yorgun, biraz da şaşkın uyanmış, odasındaki ucu kırık, lekeli aynanın önüne geçerek, sarı saçlarını taramaya başlamıştı. Rüyalarını yorumlamaya, anlamlar çıkarmaya çalışıyordu. Ne yazık ki bir yere varamıyordu. Rahmi onu bir alıp, bir bırakarak ne yapmak istiyordu acaba? Hem üzerinde zabit kıyafeti de yoktu. Kılıcı da yoktu ve güneş ışığında parlamıyordu. Zaten Rahmi beyi bir kere askeri kıyafetle görmüştü. Çatalpınar'dan dönüyordu. O da babası ile konuşarak yürüyordu. Mustafa Efendi'nin henüz gözleri kör olmamıştı. "Ne kadar da yakışıklıydı yarabbim!" diye düşündü. Tevhide hayallerinin içinde kaybolmuşken, Faika Hanım'ın sesini duydu.

"Tevhide neredesin? Gel, Gülüş ile beraber kahvaltıyı hazırla. İshak durmadan ağlıyor. Ben onun sesini kesmeden inemem."

Rahmi'nin askeri liseye dönmesine üç gün kalmıştı. Sabah kahvaltıdan sonra, Sıdıka bibileri kahve içmeye gelmiş, Rahmi ile konuşacağı bazı şeylerin olduğunu söylemişti. Rahmi, Sıdıka bibisini çok severdi. Kendini beğenmiş kızlarına hiç benzemeyen, cefakâr, fedakâr bir kadındı. Çok da güzeldi ama güzelliği kadar da şanssızdı. Bir sarhoşun eline düşmüştü, bütün ömrü acılar ve yokluklarla geçiyordu. Babası ile amca torunları oluyorlardı.

Rahmi bugün Elâziz'e inecek, arkadaşı Celâl'i görecekti, ama "Biraz geç gitsem de olur. Sıdıka bibim kolay kolay kimseden bir şey istemez. Bakalım ne istiyor," diyerek, kılıcını ve askeri elbisesini beyaz bir çarşafın içine sarmaya başladı. Sonra da atının heybesine yerleştirdi.

Tam o sırada Sıdıka Hanım köşede göründü. Rahmi içinden, "Zavallının beli biraz daha bükülmüş. Eh, bu yükün altında kimin beli bükülmez ki?" diye düşündü.

"O kendini beğenmiş kızlar biraz yardımcı olsalar ya!" dedi. Arkasından güldü. "Ben de iyice haksızlık ediyorum. Daha ne yapsınlar? Küçük durmadan dikiş dikiyor. Uzun dilli Dilşat da oya yapıyor."

"Nasılsın Rahmi?

"İyiyim bibi," diyerek arkalı önlü taş merdivenleri çıktılar. Hal hatır sorulduktan sonra, Sıdıka Hanım "Rahmi! Ziver Askeri Rüştiye'ye girmek istiyor. Ona bir yol gösterip, yardımci olur musun?" dedi.

"Ne demek bibi, başım üstüne. Ben biraz sonra Elâziz'e gideceğim. Ziver de gelsin, onu arkadaşım Celâl ile tanıştırayım. O benden çok daha faydalı olur."

Sıdıka Hanım çok sevinmişti. Ziver'i göndermek için acele evinin yolunu tuttu.

Rahmi Bey kendi atı Yıldırım'a, Ziver de Yıldırım'ın yavrusu Şimşek'e binmişti. Ziver birden sünnet düğününü ve ninesinin kendine hediye ettiği muhteşem atı hatırladı. "Adı neydi?"diye düşündü. "Aaa evet, Çello'ydu," diye kendi kendini cevapladı. Rahmi, Ziver'in bu dalgın halini fark etmiş ve yorumlamaya çalışıyordu.

"Ziver, askeri mektebe sen, isteyerek gidiyorsun değil mi?" Ziver afallamıştı.

"Elbette Ağabey. Ben istemesem, kim zorlayacak ki?"

"Peki öyle derin derin ne düşünüyorsun? Bir sıkıntın varsa söyle! Biliyorsun, seni ve Sıdıka bibimi çok severim." Ziver bir an duraladı. Bir şey söylemek istiyordu ama tereddüt içindeydi.

"Ağabey beni ve annemi sevdiğini biliyorum. Babamı zaten ben de dahil kimse sevmiyor. Hiçbir zaman ne sevgiyi ne saygıyı hak etmedi. Yalnız anlayamadığım bir şey var. Ablalarımı neden sevmiyorsun? Bir yanlışlarını mı gördün?" Rahmi çok kesin bir tavırla;

"Asla dedi. Onlar çok sağlam karakterli ve becerikli kızlar. Öyle bir şey ne ben söyleyebilirim, ne de başkasına söyletirim."

"Peki, öyleyse ne?

"Büyük ablan kendini çok beğenmiş, bir kadın olarak çok bilgili ve herkese üstten bakan bir hali var. Ortancası yani Dilşat'ın da dili çok uzun."

"Ama ağabey, onların nasıl büyütüldüğünü biliyorsun. Bu devirde özel hocalarla, dadı ve hizmetçilerle büyüdüler. Tam karakterleri oluşurken öyle bir ortam içindeydiler. Belki kızacaksın ama, köydeki insanlar da senin için aynı şeyleri söylüyor." Rahmi kızmadığı gibi, yüzünde bir gülümseme belirdi.

"Ama ben erkeğim. Erkeklere yakışır. Kızlar için bu derece başı havada olmak hiç iyi bir şey değildir."

"Bence, ben onların kardeşleri, sen de ağabeylerisin, onlara benim kadar sahip çık," diyecektim.

"Diyebilirsin, aslında demene de gerek yok, namus benim de namusumdur. Onların yanlış bir şey yapacaklarını sanmam. Rahmi biraz duraladı. Ama benden de sizin gibi, onları da sevmemi bekleme!" Rahmi sözünü bitirir bitirmez iki katlı, büyükçe bir evin kapısının önünde atını durdurdu. Ziver'e dönerek:

"Burası Celâl'in evi," dedi. Ziver biraz çekiniyordu. Hem verdiği kararın doğru olup olmadığında tereddüdü vardı, hem de dört tane genç ve güzel kadını yalnız bırakmanın ne kadar doğru olduğu konusunda. "Neyse ki Beko var" diye düşündü. Tam o sırada kapı açılmıştı.

Esmer tenli zayıf bir kadın kapıyı açtı.

"Buyurun bir şey mi istemiştiniz?"

Rahmi "Celâl'i görecektim," dedi. Kadın bir an durdu.

"Celâl Bey uyuyor," dedi. O sırada üst kattan Celâl'in sesi duyuldu.

"Hasibe Bacı, misafirleri içeriye al! Şimdi iniyorum."

Rahmi atın terkisine ihtimamla sarıp, yerleştirdiği kılıcını ve tabancasını aldı ve içeriye girdi. Ziver de onu takip ediyordu.

" Hoş geldin Rahmi. Beni rüyanda mı gördün?

"Ehh, öyle sayılır. Yakın akrabam Ziver, bu sene Askeri Rüştiye'ye başlayacak. Onu seninle tanıştırmak istedim. Ona ağabeylik yapmanı istiyorum." Celâl biraz duraladı:

"İyi de bu işi zaten beraberce yapardık..." Gerisini getirmedi. Bir an "Buraya kadar yorulmanıza ne gerek vardı?" diye soracaktı ama kabalık olacağını düşündü.

Rahmi elindeki paketi, eski oymalı konsolun üzerine bıraktı.

"Celâl bir ricam daha var. Ben artık askeri mektebe dönemeyeceğim. Celâl de Ziver de çok afallamışlardı. Rahmi konuşmak isteyen Celâl'i eli ile işaret ederek susturdu. Kısaca babasının durumunu ve kendisine yüklenen ağır yükü anlattı. Celâl çok üzülmüştü.

"Bu kadar muvaffakiyetten sonra, böyle bir karar çok şaşırtıcı ve üzücü. Ayrıca Askeri Rüştiye'ye öyle istendiği zaman girilip, çıkılmaz ki," Rahmi çok üzgündü. Bu konuda fazla konuşmak istemiyordu. Sesi titremeye, gözleri dolmaya başlamıştı.

"Vaziyetimi riyaziye hocam Rüştü Efendi'ye anlat, bana yardım edecektir. (Konsolun üzerindeki paketi işaret ederek) Bunları da lütfen mektebe teslim edin. Ben oraya kadar gelmeyeyim artık," diyerek ayağa kalktı, geniş yola bakan pencereye doğru yürüdü. Gözlerinden akan iki damla yaşı göstermek istememişti ama hem Celâl hem de Ziver farkındaydılar.

Odanın kapısı yavaşça açıldı. Hasibe bir tepsi içinde üç limonata bardağı ile girdi. "Celâl Bey, misafirlerine limonata getirdim," dedi.

Rahmi biraz daha sokağa baktı. Yanağından akan yaşları, eli ile kurulayıp, arkadaşlarının yanına yaklaşırken;

"Neyse, atlar sakin sakin duruyorlar. Güneş de henüz üstlerine vurmamış," diyerek limonatasını içmeye başladı.

Rahmi'nin mektebe dönme günü gelmişti. Mustafa Efendi, Rahmi'nin mektepten ayrılma gibi bir niyeti olmadığına karar vermiş, çok da üzülmüştü. Bu üzüntünün içinde çaresizlik ve korku gizliydi. İri taneli bir yağmur camlara çakıl taşları fırlatılıyormuş gibi vuruyordu. Hava gibi ev halkının içi de karanlıktı. Akşam yemeğinin sonuna doğru Mustafa Efendi:

"Oğlum hazırlıkların tamam mı? Yarın gidiyorsun, paran var mı?" diye sordu. Rahmi'nin gözleri yine dolmuştu. Şu anda babasının gözlerinin görmemesi, Rahmi'yi rahatlatıyordu. Ağladığını, kimsenin özellikle babasının görmesini hiç istemezdi. Kendine hâkim olmaya çalışarak:

"Baba ben Rüştiye'ye dönmüyorum. Kılıcımı ve tabancamı Celâl'e verdim." Mustafa Efendi çok sevinmişti. Onun da iki çukur halindeki gözleri doldu. Aynı olay karşısında, baba sevinçten, oğlu ise üzüntüden ağlıyordu. Mustafa Efendi, bez mendili ile gözlerini kuruladı.

"Rahmi, şu takanın* perdesini aç, onun duvarına asılı üç tüfek var, ortadakini al." Rahmi denileni yaptı. Mustafa Efendi sâkin ve mutlu bir tavırla devam etti.

"Bu ailenin ve bütün bu servetin koruyucusu sensin artık. Yalnız bir isteğim ve tavsiyem var. Bu silahı çevrene zarar vermek için değil, kendini bizi ve servetimizi korumak için, gerekince ve sadece caydırıcı olarak kullan! Aksi durumda silah, herkesten çok sahibine zarar verir," dedi.

Tevhide büyük mutfakta Gülüş'ün yıkadığı bulaşıkları yerleştirmeye çalışıyordu. Kapıda yengesi, Mustafa Efendi'nin, köylünün tabiri ile "Çapraz Mustafa'nın eşi İkbal Hanım"ın sesini duydu. İkbal Hanım'la Mustafa Efendi bir iki yıllık evliydiler, henüz çocukları yoktu. İyi, oldukça güzel, sakin bir hanımdı. Sık sık eltisi Faika Hanım'a sabah kahvesine gelirdi. İkbal Hanım Tevhide'yi çok sever, Küçük Hanım'dan sonra köyün en güzel kızı olduğunu söyler dururdu. Tevhide ise bu sözü iltifat gibi değil, hakaret gibi algılar, köyün en

---

* taka: kalın duvarlara yapılan ağzı açık dolap

güzel kızının kendisi olduğunu düşünürdü. Ayrıca o kızlara karşı hiç de sevgi veya yakınlık duymuyordu. Onlarla konuşurken sıkılıyor, kendini çok beceriksiz ve bilgisiz hissediyordu. İkbal Hanım'ın sesini duydu:

"Tevhide birer sabah kahvesi yap da Gelin Hanım'la içelim. Güzel elinden kahve içmek sevaptır."

Tevhide elindeki son bakır tencereyi de yerine koydu. Orta büyüklükteki cezveyi alarak, içinde odun ateşleri olan büyük ocağın karşısındaki gem iskemlesine oturdu. Kahve yapmayı hiç sevmezdi, hafif ateşte yapıldığı için dakikalarca beklemesi gerekiyordu. Fincanları tepsiye yerleştirip, çıkarken İkbal Hanım'ın konuşmasını duydu.

"Biliyor musun? Gelin abla, Rahmi Beg artık askeri rüştiyeye gitmeyecekmiş." Tevhide sonunu duyamadı. O kadar sevinmişti ki, heyecandan elindeki tepsiyi, avlunun taşları üzerine düşürdü. Çok heyecanlanmıştı, kalbi çarpıyordu. Yanakları kıpkırmızıydı. Acele ile merdivenin altına koşup, yer bezini alıp geldi. İkbal Hanım bu konularda çok anlayışlıydı. Başından beri Tevhide'nin Rahmi'ye karşı bir şeyler hissettiğini anlamıştı.

Rahmi kasketini başına geçirdi, silahını kontrol edip, Yıldırım'ın üzerine atladı.

"Hadi oğlum, bizimkiler şu anda atış talimindedir, ne yapalım bizim şansımıza da Perçenç yollarının tozu varmış. Aslında sen ve ben orduda ne mucizeler yaratırdık," dedi.

Sonra birden " Ne Celâl'den ne de mektepten hiçbir haber yok. Acaba benim çıkış işim halloldu mu?" diye düşündü. Kıraçlardaki tarlalara doğru atını sürdü.

Cuma günü akşam üstü, konağın büyük kapısı çalındı. Rahmi babasının merdivenden inmesine yardım ediyordu. Mustafa Efendi akşam namazı için aşağıya avluya iner, orada biraz oturur, sonra da ya Hüseyin veya başka bir çalışan ile, bazen de küçük oğlu Remzi ile camiye giderdi. Yine camiye gitmek için avluya iniyordu.

Rahmi Bey kapının sesini duyunca, üst kata doğru döndü.

"Hafife, biriniz kapıyı açın!" diye sesledi ama yukarıdan bir cevap alamadı.

"Baba, şu korkuluğa tutun, biraz dur. Kapıyı açayım. Ev halkı yine kaybolmuş," diyerek babasının sağ elini, korkuluğun üzerine koydu. Taş merdivenleri atlayarak indi. Kapıyı açtı. Karşısında arkadaşı Celâl ile riyaziye öğretmeni Rüştü Efendi duruyordu. Rahmi eğilerek hocasının eline sarıldı.

"Buyurun hocam!" Çok heyecanlanmıştı. Hem hocası hem Celâl, Rahmi'nin çok sevdiği askeri kıyafetleri içindeydiler. Acele ile taş merdivenleri işaret etti.

"Hocam üst kata buyurun" diyerek eli ile üst katı işaret etti. O sırada Hafife merdiven başında belirdi. Rahmi Bey Hafife'yi görünce, "Hüseyin veya Remzi nerede? Babamı camiye götürsünler," dedi. Mustafa Efendi "Hayır Rahmi, bu gün evde kılarım. Hocan lütfedip buralara kadar gelmiş, evimizde bu kadar kıymetli bir misafir ağırlamak her zaman nasip olmuyor. Beni de yukarıya çıkarın," dedi.

Hal hatır sorulduktan sonra, Rüştü Efendi hemen söze girdi.

"Mustafa Efendi, tabii ki siz aile reisisiniz. Kararınıza saygı duyarım. Ama Rahmi gibi doğuştan zabit olan bir çocuğun bu meslekten uzaklaşması, hepimizi yeise boğdu. Ordunun da Rahmi gibi zabitlere ihtiyacı var. Hele hele şu sıralarda "ordu" diye bir şey yok. Hatta, devlet ve padişah diye bir şey yok. Çok acıdır ki, biz ihtilaf devletleri tarafından idare ediliyoruz. Bütün ordu ve sivil halkın ağzında ve gönlünde bir isim dolaşıyor. Anafartalar komutanı Mustafa Kemal! Onun bir yolunu bulup, Anadolu'ya geçmesini ümit ediyoruz. Halkı ve orduyu toparlayacağını düşünüyoruz. Daha doğrusu bu yolda çok söylentiler var. İşte bu aşamalarda Rahmi gibi bir zabite, ne çok ihtiyacımız olacak, bunu takdir edeceğinizden eminim. Mustafa Efendi ve Rahmi sessizce dinliyorlardı. Rahmi başını kaldırdı. Gözlerinde biriken yaşı göstermemeye çalıştı:

"Çok muhterem hocam, buraya kadar benim için yorulup gelmeniz ve sizin gibi kıymetli bir hocadan bu sözleri duymak, benim için şereflerin en büyüğüdür. Ben de bütün gönlümle zabit olmak, orduda kalmak istiyordum. Hocam durumu görüyorsun (derken eli ile babasını işaret ediyordu). Benden küçük bir kardaşım, ondan da küçük iki bacım var, oldukça geniş bir araziye sahibiz. Ermeniler, işçiler ve onlarla birlik olan köylü bizi sömürüyor. Bu aileye kim, nasıl sahip olacak? Ailesine sahip olamayan bir insan, vatanına ne derece sahip olabilir? Bilemiyorum. Şu anda bu konakta elli sekiz tane orakçı çalışıyor. Bunları Remzi'ye emanet edemem. Hem Celâl (meşhur Kore kahramanı Celâl Dora) sorumluluk alacak yaşta değil. Hem de o kadar güçlü değil. İşte bu şartlarda bu kararı ben aldım. Babamın bir tesiri olmadı," dedi. Mustafa Efendi hiçbir şey söylemedi. Oğluna bir kere daha hayran oldu. Bir kere daha onun bir rençper olarak kalmasına sebep olan şartlara lanet etti. Rüştü Hoca ve Celâl de susuyordu. Zira Rahmi'nin bu cevabı üzerine söyleyecek herhangi bir söz yoktu. Rüştü Hoca elinde tuttuğu paketi Rahmi'ye uzattı:

"Bunu sana ordunun bir hatırası olarak veriyorum."

Rahmi paketi alıp açtı. İçinden iade ettiği, çok sevdiği kılıcı çıktı. Kılıcını kaldırıp, dudaklarına götürdü. Gözlerinde biriken yaşları göstermemek için odadan çıktı.

İkinci Dünya Savaşı sona ermiş, koca Osmanlı İmparatorluğu bize karşı birleşerek, yok etmeye çalışan devletler tarafından paylaşılmıştı. Padişah Vahdettin İhtilaf Devletleri'nin bir kuklası durumunda kalmıştı. Yine Ermeniler ve az da olsa diğer azınlıklar, onların da kışkırtması ile dişlerini göstermeye başlamış, daha önce başlayıp da başaramadıkları hayallerini yeniden hayata geçirmeye çalışıyorlardı. Her evde savaşa kurban verilmiş bir veya iki erkek vardı. Elâziz bizzat savaşı yaşamamış, düşman askeri ile yüz yüze gelmemişti, ama acıları yoklukları ve bütün vahşeti ile savaş burada da kendini gözle görülür şekilde hissettiriyordu. İnsanlar en zaruri ihtiyaçlarını bile bulmakta zorlanıyorlardı. Özellikle genç erkeklerin savaşta şehit olmaları, hayatını toprak ve ziraatle sağlayan halkın zor durumda kalmasına sebep olmuştu. Bunlar da yetmiyormuş gibi, feci bir sıtma salgını ortalığı kasıp, kavurmaya başlamıştı. Her evde yatan bir iki sıtmalı hasta vardı. İnsanlar yeterince beslenemiyor, yeterince korunamıyorlardı. Bu sebeple hastalığa karşı dirençleri çok azdı. Tedavi için tek ilaç olan kinin de kolayca temin edilemiyordu. Tek ümitleri Harput'a çıkışındaki taş hastane ve oranın tek sorumlusu halkın 'Mıstirik' diye adlandırdığı Ermeni doktordu. Ne hastaneden ne de evde tedaviden pek sonuç alınamıyor, savaşın alıp götürdüğü erkeklerin arkasından, şimdi de sıtmanın kadın, kız, genç dinlemeden aldığı canlar için gözyaşı dökülüyordu.

Rahmi yağmacıları ve onlarla yandaş olan köylüleri sindirmişti. Uzun süreden beri kimse harmanlarını yağma edemiyor, sularına el koyamıyordu. Şüphesiz bu durum, bir çoklarının çıkarlarına ters düşüyordu. Bu yüzden Rahmi'ye karşı bir nefret ve intikam hissi gittikçe büyümeye başlamıştı. Rahmi de iyiden iyiye kendini bir kabadayı gibi görmeye başlamış, ufak tefek de olsa haksız işler ve kavgalar yapmaya başlamıştı. Bu genç delikanlı, köylünün kendisinden çekinmesinden, korku ile de olsa sözünün dinlenir olmasından çok memnun oluyordu. Bütün bu olaylara rağmen, o anda Elâziz ve çevresindeki en önemli ve korkutucu olay sıtmaydı. Perçenç köyünden on beş gün içinde on sekiz ölüm olmuştu. Bunlardan yedisi hastaneye kaldırılmış, ayakları ile giden hastalar ikişer veya üçer gün ara ile ölmüşlerdi. Dışarıdakilerin ilaç bulma imkânları yoktu. Hastanedekilerin bu imkânları vardı ama dışarıdaki hastalardan çok daha çabuk hayata veda ediyorlardı. Halk fısıltı halinde Ermeni doktor, Mıstırik'in Müslüman hastalarını bilerek öldürdüğü haberini dolaştırıyordu. Bir nevi, 1915 yılında başaramadıkları isyanlarının intikamını alıyordu. Bu sözlerine gerekçe olarak da, sayıları az da olsa Ermeni veya başka bir azınlıktan hiç kimsenin ölmediğini, ne yazık ki Müslümanlardan hiç kimsenin iyileşmek şöyle dursun, sağ çıkmadığı söyleniyordu.

Rahmi köşe odada, babasının karşında oturmuş, çok sevdiği tüfeğini temizliyordu. Hafife bacı oda kapısını açtı.

"Beg seni genç bir adam arıyor, arkadaşınmış." Rahmi başını bile kaldırmadan;

"Benim odama al! Geliyorum," dedi.

Rahmi hemen kalktı, odanın eşiğinde içeriye giren İdadi'den çok iyi arkadaşı olan Zarfana'lı Lütfü'ydü. Lütfü'nün yüzü allak bullak, gözleri kıpkırmızıydı. Rahmi'yi görünce duraladı. Rahmi hızlı adımlarla yaklaşıp, arkadaşının boynuna sarıldı.

"Hoş geldin dostum." Lütfü kısaca, "Hoş bulduk," dedi ve devam etti: "Rahmi, hiç havadan sudan konuşacak durumda değilim," derken ağlamaya başlamıştı. "Hani sen bilirsin ta o zamandan aşık olduğum büyük teyzemin torunu Gülsüm vardı ya..." Ağlaması hıçkırıklara dönüşmüştü. Rahmi arkadaşının yanına yaklaştı.

"Lütfü devam et! Sen benim en iyi arkadaşlarımdan birisin. Çekinme!"

"Çekinmiyorum, konuşamıyorum, içim yanıyor. Uzun mücadelelerden sonra, Gülsüm ile nişanlandık. Güze düğünümüz vardı. Ben dünyanın en mutlu insanıydım. Düşünebiliyor musun? On bir yaşından beri aşık olduğum yavukluma nihayet kavuşacaktım." Rahmi dikkatle dinliyordu ama sabırsızlanıyordu da. Lütfü devam etti: "Evvelki gün Gülsüm hastalandı. Biliyorsun sıtma salgını var. Hemen alıp, hastaneye götürdük. Ayağı ile güle oynaya gitti. Ne yazık ki dün akşam üstü, ziyaretine gittiğimde, (Lütfü yine hıçkırmaya başlamıştı) artık Gülsüm yoktu. Düşün Rahmi, sevgilim, aşkından öldüğüm insan, tam kavuşacağım zaman elimden uçtu. (Yanındaki masaya bir yumruk indirerek) Rahmi bu normal bir ölüm değil, o Mıstirik denen katil, Müslümanları öldürüyor. İnan bunu bilerek yapıyor!" Lütfü şimdi de göğsünü yumrukluyordu. Rahmi kapıya doğru yürüdü:

"Hafife Bacı! Acele limon kolonyasını getir!" diye bağırdı.

Rahmi telaşla Lütfü'nün bileklerini, yüzünü ovmaya başladı.

"Hafife Bacı bir bardak su getir! Arkadan da iki az şekerli kahve yap!"

Rahmi su dolu bardağa bir kaç damla limon kolonyası damlattı. Lütfü'ye içirdi. O arada Hafife kahveleri getirmişti. On-on beş dakika sonra Lütfü daha sâkin görünüyordu.

Rahmi arkadaşının gözlerinin içine baktı:

"Bana bak arkadaş! Birkaç araştırma yapayım. Eğer bu dediklerin ve benim düşündüğüm doğru ise, ben o katil hekimden intikamımı alırım. Ama önce emin olmamız ve meşru yolları denememiz gerek. Belki bu ne senin nişanlını, ne benim ninemi ne de babamın gözlerini geri getirmeyecektir, ama en azından başka yuvalarda ağıt yakılmasını önleyecektir." Rahmi kapıya doğru yürüdü.

"Hafife, öğlene ne yemek var? Bize yemek hazırlayın!" diye sesledi.

Rahmi bütün gece Lütfü'nün anlattıklarını, ağlayışını, o çaresiz ve acı çeken halini düşündü. Gerçi zavallı babası, ağzını açmıyor, şikâyet etmiyordu ama ne kadar acı çektiği her halinden belliydi. Sanki yaşamıyordu, büyük sedirin üstündeki mezarındaydı.

Babasının baş ucundaki saat çalıyordu, gece yarısını çoktan geçmişti. Sabaha karşı bir ara daldı. Ninesi Mürüvvet Hanım, uzun beyaz bir elbise içinde gülerek kendisine doğru geliyordu. Köşeden bir adam çıktı. Ninesi onu görünce geri dönüp Harput'un sarp kayalarına doğru kaçmaya başladı. Arkasında bir sürü insan belirdi. Genç, ihtiyar, kadın, erkek... "Mıstırik yapma! Mıstırik yapma!" diye feryat ediyorlardı. Mıstırik onlara doğru yürümeye devam ediyordu. Bir müddet sonra sarp kayaların üzerinde sıkışmışlardı. Birden hepsi kayboldu. Yüksek bir kayanın üzerinde tek başına oturan Lütfü kalmıştı, yine hıçkıra hıçkıra ağlıyordu. Rahmi yatağından fırladı. Ter içindeydi. Odadan çıkıp, balkonu çepeçevre dolaştı, tandır damının üstünde duran gem iskemlelerinden birinin üzerine oturdu. Cebinden tabakasını çıkartıp, ince sigara kağıdının üzerine bir parça koydu, itina ile sarıp, çakmağı ile yaktı. Rahmi ilk defa sigarayı kendi istediği için ve yanında kimse olmadan içiyordu. Birkaç aydır yanında taşımasına rağmen pek içmemişti. Ancak dışarıya büyüdüğünü ve erkek olduğunu göstermek için onları taşıyordu. Bir-iki öksürdükten sonra içmeye devam etti. Sigarasını bitirince ayağa kalktı. Daha rahat görünüyordu. Yüzünde uzun tereddütlerden sonra bir karara varmış insanların sükuneti vardı.

Sabah erkenden atını hazırlattı. Babasının odasına girdi.

"Sabahı şerifin hayır olsun baba."

"Senin de oğlum. Bir yere mi gidiyorsun?" Rahmi şaşkınlıkla çevresine bakındı, babasına döndü:

"Nereden anlıyorsun baba? Bu hassasiyetinizin sırrını bir türlü çözemiyorum."

"Körlük evladım, körlük. Yaradan gören gözlerimizi ışığa kapatınca, gönül gözümüz biraz daha fazla açılıyor. Eh, teselli mükafatı gibi bir şey." Rahmi dişlerini gıcırdattı. İçinden "Ben gözlerini kimin kapattığını biliyorum. Eğer yüzde yüz emin olursam," dedi ama sonunu getirmek istemedi.

"Baba, Lütfü'nün halini gördün. Onu bir yoklayayım, dedim. Bir de sizden bir ricam olacak. Harput paşası Nurettin Paşa'nın yanında bir zabit akrabanız vardı. Onun adı neydi? Biraz araştırma yapmak istiyorum da." Mustafa Efendi sakalını sıvazladı.

"Rahmi yanlış bir şey yapma sakın! Tamam arkadaşınla ilgilen. Binbaşı Fahrettin ile görüş, ama sonuç ne olursa olsun. Ceza verme hakkına sen sahip değilsin. Allah, Allah'tan sonra da devlet bu hakka sahiptir."

"Baba, hangi devlet? Devlet, memleket mi kaldı? Artık ne Osmanlı İmparatorluğu, ne de padişah var. İtilaf Devletleri'nin bir oyuncağı olmuş. İtilaf Devletleri de şu anda bütün azınlıkları, özellikle de Ermenileri hem destekliyor hem de kışkırtıyorlar. Bütün gayeleri 1915 yılında yapamadıklarını tekrar yaptırmak." Mustafa Efendi, oğlunun dediklerinin harfiyen doğru olduğunu biliyordu ama, bütün ailenin yaslandığı Rahmi'nin de yanlış bir şey yapmasını istemezdi tabii.

"O zaman Allah'a bırak. Adalet yerini muhakkak bulacaktır. Bu dünya olmazsa öbür dünyada." Rahmi biraz sinirlenmişti.

"Baba yani bırakalım bu adam Türk'lerin canını almaya, insanları Lütfü'nün durumuna sokmaya devam mı etsin?"

"Siz durumu rapor halinde Nurettin Paşa'ya bildirin. O gerekeni yapacaktır."

Rahmi ve Lütfü, Binbaşı Fahrettin'in karşısında oturmuş, bizzat yaşadıklarını ve de duyduklarını binbaşıya anlatmışlardı. Binbaşı bir müddet sustu. Sonra da pek fazla önemsemeyen bir tavır içinde,

"Biz durumu biliyoruz. Nurettin Paşa da çok üzüldü. Hekimi tutuklamak istedi ama biz mani olduk. Padişahlığın ve imparatorluğun durumunu biliyorsunuz. Bu adam "Hınçak" komitacısı imiş. Ona herhangi bir şey yapılırsa, Tanzimat Fermanı gereği zor duruma düşebiliriz dedik. Paşa da İstanbul'a bildirdi. Yakında bir emir alıp, gerekeni yaparız. Ayıca elimizde ispatlamak için bir delil de yok." Rahmi sıkılmıştı, pek de nazik olmayan bir tavır ile ayağa kalktı.

"Peki Fahrettin Bey, bizi dinlediğiniz için sağ olun," diyerek oda kapısına doğru yürüdü. Lütfü de onu takip ediyordu. Rahmi bir zabite rütbesi ile hitap etmemenin saygısızlık olduğunu biliyordu. Ama bu binbaşının bu tavrı hak ettiğine inanıyordu.

Rahmi atını Harput'un eteklerindeki hastaneye doğru sürdü. Hastanenin kapısında duran adam, buranın hem bekçisi, hem hastabakıcısı hem de temizlikçisiydi.

Rahmi adama yaklaştı.

"Merhaba emmi!"

"Merhaba evlat!"

"Hekim içeride mi?"

"Evet ama hastası çok, sizinle görüşemez, epeyce beklemeniz lazım."

"Mesela ne kadar?"

"İki - üç saat sürer."

"Sağ ol, biz o zaman tekrar geliriz. Allahaısmarladık."

Rahmi atını dörtnala Harput'a doğru sürmeye başlamıştı. Lütfü arkasından zor yetişti.

"Rahmi, şimdi nereye gidiyoruz?"

"Mıstırik'in evine."

"Niye? Evde yok ki."

"Olmadığı için gidiyoruz ya!" Lütfü başka bir sual sormanın yersiz olduğunu anlamıştı. Sustu ve Rahmi'yi takip etti.

Bir söğüt ağacının altında üç ihtiyar oturmuş sohbet ediyordu. Rahmi atını yaklaştırdı:

"Emmiler, Hekim Mıstırik'in evi nerede?" diye sordu. İçlerinden en yaşlısı yüzünü buruşturarak,

"O insafsızı ne yapacaksınız? Sakın hastanızı götürmeyin! Bırakın kendi eceli ile ölsün."

"Hayır emmi, hastamız yok, görülecek bir hesabımız var."

"Haa, onunla bütün Harput'un görülecek hesabı var ama uyuyan bir devlet ve korkak bir millet olduk artık.

Dümdüz yürüyün, Arap Baba'ya gelmeden sola bir yol sapar, oraya dönün büyük bir pişot ağacı var. Oradaki iki katlı cumbalı yeşil ev. Bilirsiniz, orası Ermeni mahallesidir."

"Sağ ol emmi."

"Siz de sağ olun. Allah sizi korusun." Rahmi içinden, "İyi bir duaydı. Böyle dualara çok ihtiyacımız var," diye geçirdi.

Evi elleri ile koymuş gibi buldular. Sokaklarda başka kimse görmemişlerdi. Hava çok sıcaktı ve öğlen namazı vaktiydi. Kapının üzerindeki pirinç tokmağı birkaç defa çaldılar. Bir müddet beklediler. İçeriden hiçbir ses gelmiyordu. Zaten hekim bekârdı. Hep kötü olayların içinde oldukları için, komitacıların çoğu evlenmezmiş. Rahmi geri geri çekildi, kapıya bütün kuvveti ile bir omuz vurdu. Ama kapıda bir gevşeme olmamıştı.

"Lütfü, ikimiz aynı anda aynı hareketi yapalım," dedi. İki arkadaş uğraşırken, karşı tarafta iki genç belirdi.

"Ne yapıyorsunuz gardaş?"

"Bu katilin evine girmek istiyoruz." İçlerinden uzun olanı, hiçbir sual sormadan;

"Durun ben size bir demir çubuk getireyim. Kapıyı daha kolay açarız."

Uzun boylu genç çocuk, koşarak gitti, elinde bir demir çubukla geri döndü. Bu yolla kapıyı kolayca açtılar. Dört genç yıldırım hızı ile içeriye daldı. Demir çubuk getiren çocuk, Rahmi'ye dönerek:

"Ne arayacağız?"

"Bu kadar insanı öldürmek için bu vicdansız, elbet bir ilaç kullanıyor. O cinsten bir şey."

Bütün evi didik didik etmeye başladılar. Bir şey bulamamışlardı. Pirinç karyolanın köşesinde, üzerinde, çevresi baskılı bir masa örtüsü ile kapatılmış, oldukça büyük ve ağır bir kasa vardı. Kasayı açmak için uğraştılar, ama nafileydi. Demir çubuk getiren ve arkadaşı tarafından Hasan diye çağrılan çocuk yine Rahmi'ye hitaben:

"Dördümüz bu kasayı, Arap Baba'nın bulunduğu kayadan aşağıya atalım. Kesinlikle dayanamaz açılır."

Hep bir ağızdan, "Olur!" dediler.

Mıstırik'in yatağının yanındaki gömme dolabı açıp, içinden dut hasavanına benzer büyük bir örtüyü alıp, dört kat yaptılar. İçine kasayı yuvarlayarak koydular. Üzerine başka bir örtü örtüp, eve biraz çeki düzen verdiler. Her biri örtünün bir ucundan tutarak, Arap Baba'nın türbesinin olduğu kayalara doğru yürümeye başladılar. Sokaklarda hiç kimse yoktu. Rahmi içinden "Allah bize yardım ediyor," diye geçirdi. Dört tane genç olmalarına rağmen, taşımakta zorlanıyorlardı. Arap Baba'nın önündeki kayalıktan örtü ile birlikte kasayı attılar. Rahmi, Hasan ve arkadaşına dönerek:

"Arkadaş, çok mert insanlara benziyorsunuz. Bu olay hiç olmadı. Siz bizim gibi birilerini hiç görmediniz." Hasan Rahmi'nin yanına yaklaştı.

"Biz günlerdir bu vicdansıza kimin 'dur' diyeceğini bekliyorduk. Bizim yapamadığımızı siz yapıyorsunuz. Eğer bize ihtiyacınız olursa, bundan sonra da karınca kararınca yardımcı olmaya çalışırdık. Sizi de hiç mi hiç görmedik. Hadi Allah'a emanet olun." Rahmi Lütfü'ye döndü,

"Hadi atlarımızı alıp, acele ile Sarayköyü'nün düzlüklerine inelim, bakalım o kasada bizim katil ne saklıyormuş?"

At ile de olsa kayaların arasına girmek zordu. Nihayet kasanın kapağını buldular. Biraz ileride de yüzü koyun düşmüş kasa vardı. Kasayı zorlayarak ittiler. İçinde bir kutu vardı. Kutunun kapağını açınca, yüzlerce Reşat altını, bir miktar gümüş mecidiye ile karşılaştılar.

"Lütfü, bunu atının terkisine koy. Sizin ve bizim köydeki bütün yoksullara, hasta olan evlere dağıt. Tabii bizim aradığımız bu değil. Tekrar kasaya eğildiklerinde, büyükçe bir şişenin kırıldığını içinden bir sıvının sızdığını gördüler. Sıvının sızdığı yerin sonunda eski bir asker postalı vardı. Postalı bir çöple döndürdüklerinde, sıvının değdiği yerlerin erimiş olduğunu gördüler. Rahmi hırsla bağırdı.

"Bu bir nevi zehir, yani asit gibi bir şey. Bak Lütfü bak! Postalı nasıl eritmiş. Babamın gözleri gibi. Zannederim 'benim yaptığım kininler' diye hastalara verdiği ilaçların içinde de bir miktar bu veya buna benzer bir ilaç koyuyor bu köpek!" dedi ve devam etti.

"Haydi artık gidelim. Sen dediklerimi unutma! Bir müddet de görüşmeyelim. Bugünü hiç yaşamadık."

Nurettin Paşa odasında bir taraftan öbür tarafa hızla gidip geliyordu. Bir taraftan da söyleniyordu.

"Yani, bu katil herifi elimizle koruyarak, başka bir yere nakledeceğiz. Git, biraz da oradaki Türklerin canına oku!" diyeceğiz, öyle mi? Padişah ve vezirler veya bu kararı gönderen her kimse delirmiş olmalılar. Bunu ben yapamam. Bu Ermeniler, istediklerinde veya yaptıklarında haksız olduklarını anlayınca ağlayarak, vaveyla koparak istediklerini elde etmeye, haklı çıkmaya uğraşırlar. Benim anlayamadığım bu kadar millet, bu kadar insan nasıl bunlara inanıyor?" Karşısında, gözleri ile Nurettin Paşa'yı takip eden Binbaşı Fahrettin ellerini ovuşturarak,

"İnandıklarını kim söylüyor Paşam? Onlar da Ermenileri kendi emelleri uğruna kullanıyor. Osmanlı'ya göz koyanlar bir şekilde ortaklık kurup, emellerine kavuşmak istiyorlar. Bunu ben de biliyorum. Ne yazık ki Paşam, biz emir kuluyuz. Emir de çok büyük yerden. Başka yapacak bir şeyimiz yok zannımca." Tam o sırada kapı çalındı. Nurettin Paşa "Gir!" diye bağırdı. Karşısındaki emir eri korkmuştu. Acaba paşa kendisine mi kızmıştı.

"Söyle oğlum ne var?"

"Paşam hastanenin Ermeni hekimi sizinle görüşmeyi talep ediyor. İçeriye alayım mı?"

Nurettin Paşa büyük bir kızgınlıkla,

"Ben soyumu yok etmeye çalışan katillerle görüşmem!"

Binbaşı Fahrettin hemen atıldı:

"İzin verirseniz ben görüşeyim Paşam. Bir şeyden şüphelenmemesi gerek."

"Ne yaparsan yap Binbaşı."

Binbaşı ayaklarını birleştirip, selamını çaktıktan sonra, odadan çıktı.

Mıstırik, Paşa'nın kapısının biraz ilerisinde ellerini ovuşturarak bekliyordu. Allah bilir bacakları da titriyordu. Binbaşı içinden "Bu insanlar tarihin hiçbir devrinde, açıktan açığa kimse ile muharebe etmemişlerdir. Hep desiseler ve yalanlarla ve başka düvellerin maşası olarak yaşamaya devam etmişlerdir. Şunun haline bak," diye düşündü. Mıstırik yerlere kadar eğildi.

"Binbaşım, Paşa benimle görüşecek değil mi?" dedi.

"Hayır ben görüşeceğim. Arkamdan gel!" Mıstırik bu tavrı pek sevmemişti ama bunları düşünecek hali ve zamanı yoktu. Binbaşı odasına girer girmez:

"Şikâyetin nedir?"

"Binbaşım evimi didik didik edip, kasamı almışlar."

"Yani adi bir hırsızlık öyle mi?" Mıstırik ellerini daha hızla ovuşturmaya başladı.

"Hayır binbaşım, zannetmiyorum."

"Neden? Kasanın içinde para ve altından başka ne olabilir ki?"

"Şüphesiz bir şey yoktu. Ama benim can güvenliğim yok."

"Neden? Kasayı almışlar işte, seni ne yapsınlar?" Mıstırik bir cevap bulmakta zorlanıyordu.

Binbaşı onun bu korkak halini seyrederken düşünüyordu. "Bak işte, can ne kadar kıymetliymiş. Genç, ihtiyar, çocuk demeden öldürdüğün o zavallıların da birer canı vardı." Sonra bu adamı seyretmekten sıkılmış gibi, birdenbire, "Seni perşembe sabahı iki jandarma eşliğinde Malatya garnizonluğuna göndereceğim. At ile yolculuk yapacaksınız. Fazla bir eşya almamalısın."

"Ama binbaşım paralarım, altınlarım ne olacak?"

"Eğer istiyorsan bekle! Araştırıp, bulmaya çalışalım." Mıstırik acele ile,

"Hayır binbaşım gitmek istiyorum," dedi.

Rahmi iki gündür normal hayatına devam diyordu. Ne olup, bittiğini bilmiyordu. Hep tetikte bekleyen bir hali vardı. Dükkan önüne doğru yürürken, kaç gündür düşünmediği Tevhide aklına geldi. Başını Mama Ağaların şanşene doğru kaldırdı. Elde örülmüş tül perde ardına kadar açıldı. Tevhide arkasında, beline dökülmüş lepiska saçları ve gözlerinde büyük bir sevgi ile, Rahmi'ye gülüyordu. Bu görüntü ancak birkaç saniye sürdü. Tevhide acele ile perdeyi kapatıp, önünden uzaklaştı. Hanım ablası şanşene girmişti. Rahmi de Bakkal Kazım'ın dükkanına doğru yürüdü. Köylülerden birkaçı sohbet ediyorlardı. Rahmi bir taşın üzerine oturdu. Konuşulanlarla pek ilgilenmiyordu. Birkaç kişi Rahmi'ye selam verdi, hatır sordu. Rahmi çok dalgındı. Sonra birdenbire Mıstırik adının geçtiğini duydu. Veysel Efendi kızgın bir sesle:

"Duydunuz mu? Katil Mıstırik devlet-ü alâmızın jandarmasının refakatinde yarın Malatya garnizonuna teslim edilecekmiş. Eh, bize de bu ağır misafiri uğurlamak gerek. Ulan ne günlere kaldık? Koca Osmanlı İmparatorluğu bu hale mi gelecekti?"

Rahmi Bey sessizce oradan uzaklaştı. Konağın kapısından girince anası ile karşılaştı.

"Rahmi, yemek yer misin?"

"Hayır ana, babam camiden gelsin sonra, ben bir koşu orakçılara bakıp, döneyim."

Babası ile yemek yemek, Rahmi için en zevkli saatler olmaya başlamıştı. Zira Mustafa Efendi az ve sakin konuşurdu ama bilgiliydi. Yerinde ve zamanında yaptığı latifelerle, hoşsohbet bir insan olarak tanınırdı. Aniden sordu.

"Şu Mıstırik'in işi ne oldu? Fahrettin ile bir daha görüştün mü?"

"Hayır baba, görüşmek de istemem. O binbaşıyı gözüm tutmadı. Sanki bizim tarafımızı değil de o katilin tarafını tutuyor gibi."

"Fakat oğlum, bir Osmanlı binbaşısı için nasıl böyle bir şey söylersin? Yanılmış olmayasın. Her neyse benim korkum senin bu işe bulaşman. Sakın öyle bir hata işleme!" Rahmi gönülsüzce:

"Korkma baba, başımı o tıynetsiz yüzünden belaya sokmam. Baba, müsaade ederseniz biraz uyuyup, sonra orakçıların başına gitmek istiyorum. Remzi de ağalık bağındaki işçileri bir kontrol etsin. Ama lütfen söyleyin, kazmayı alıp kendi çalışmasın. Hadi bana eyvallah," dedi.

Rahmi odasına girdi. Martin'ini aldı. Evirdi çevirdi. Dolu olup olmadığını kontrol etti. Sonra onun yanında duran ve hocası tarafından kendisine hediye edilen kılıcını alıp, üzerindeki örtüyü açtı. Hayran hayran birkaç dakika baktı. Camın önüne doğru tuttu ve pencereden vuran güneş ışığının, kılıcının üzerinde nasıl yansıdığını seyretti. Aniden kılıcı sardı ve yerine yerleştirdi. Yatağının üzerine uzandı. Çok sıcak bir gündü. Bir müddet sonra dalmıştı.

Uyandığında ikindi namazı çoktan kılınmıştı. Odasında, ninesinin zamanından kalan çevresi oymalı çerçeveli aynaya baktı, saçlarını taradı. Aşağıya inip atını çıkardı, eyerini düzeltip, üzerine atladı. Kuyulu yoluna doğru yol alıyordu. Birden Ziver ile karşı karşıya geldi. Ziver:

"Nereye Ağabey?" diye sordu. "Ekşilere uğrayacaktım. Bir işim vardı da..."

"Yapabileceğim bir şey ise ben yapayım."

"Hayır Ziver sağ ol! Rüştiye ne alemde? Celâl seninle meşgul oluyor mu?"

"Eksik olmasın çok yardımlarını gördüm. Ben de artık oranın eskilerindenim."

Rahmi acelesi varmış gibi birdenbire "Hadi Allahaısmarladık," diyerek atını hızla sürdü.

Rahmi'nin, Mama Ağaların bağının önünden bu üçüncü geçişiydi. Ne yazık ki Tevhide ortalarda gözükmemişti. Birdenbire bağın kapısında belirdi. Elinde kocaman bir paşa armudu ile Rahmi'ye gülüyordu. Rahmi atını Tevhide'ye doğru sürdü, eğilerek:

"Aşağıdaki çalıların arkasına gel," dedi. Tevhide başı ile 'olur' işareti yaptı.

Rahmi atını oradaki tek ağaç olan yaşlı kavağa bağladı. Tevhide'yi beklemeye başladı.

Tevhide bayağı gecikmişti. Rahmi sinirlenmeye başlamıştı. "Bir kız bu kadar beklenilir mi? Ne kadar güzel olursa olsun!" diye düşünürken, ince uzun boyu ile Tevhide göründü. Yanakları ve dudakları pembe pembeydi. Başında gözlerinin renginde oyalı bir yazma, altında şalvar ve üzerinde mavi çiçekli bir mintan vardı. Elindeki paşa armudunu hala tutuyordu. Rahmi'ye uzattı.

"Bu çok güzel bir armut, ye! İki gündür sana saklıyordum." Rahmi hafiften güldü. Bütün vücudunu bir sıcaklık basmıştı. Biraz daha sokulup, yazmanın altından beline kadar uzanan saçlarını eli ile kavradı. Tevhide daha da kızarmıştı. Rahmi Tevhide'nin gözlerinin içine bakarak:

"Geleceğimi biliyor muydun?"

"Evet, hissediyordum. Bir şekilde, beni arayacağını hissediyordum," dedi.

Rahmi armudu aldı. Uzanıp atının terkisine koydu.

"Sonra yesem olur değil mi?" Tevhide güldü:

"Olur." Tam o anda bağın kapısı açıldı. Gülüş var gücü ile bağırıyordu.

"Tevhide Hanım neredesin? Ağabeyin seni soruyor." Tevhide acele ile:

"Gitmem gerek," dedi. Rahmi bir anda önüne geçip, ellerini tuttu.

"Tevhide ne olursa olsun beni bekle! Seninle evleneceğim. Belki bir yıl, belki beş yıl, ama sen benim olacaksın! Nikâhlı karım, çocuklarımın annesi." Tevhide gülerek döndü.

"Niye beş yıl? Gerçi yüz yılda olsa beklerim." Rahmi çok şaşırmıştı. Bir kız bir erkeğe böyle bir soru nasıl sorardı? "Bu biraz safça bir kız galiba." Ama hoşuna da gitmişti.

"Yani... lafın gelişi söyledim. Tabii ki çok daha erken olabilir. Senin biraz daha büyümen gerekmez mi? Kaç yaşındasın kayısı çiçeği?" Tevhide tekrar kızarmıştı. Birden bir rüzgar çıktı. Tevhide'nin yazması uçmuş, saçları rüzgarda savrulmaya başlamıştı. Rahmi hayranlıkla bakıyordu. Gülüş yine bağırmaya başlamıştı. Tevhide'den önce Rahmi koşup, yazmayı yakaladı. Gitmeye hazırlanan Tevhide'nin önünde durup, yazmayı kendi elleri ile başının üzerine koydu. Aslında büyük bir arzu ile onu kollarına alıp, pembe dudaklarından öpmek istiyordu. "Gerçek bir erkek, evlenmeyi düşündüğü bir kıza, nikâhtan evvel böyle şeyler yapmamalı! Çok zor da olsa," diye düşündü. Tevhide bağa doğru hızla koşmaya başlamıştı.

Rahmi ise atına atladı. Elindeki paşa armudunu evirdi, çevirdi. Bir lokma ısırdı. "Bu ne kadar lezzetli bir armut? Tıpkı veren gibi. Bu güne kadar bu kadar güzel bir armut yememiştim," diye düşündü. Mutlu bir yüz ifadesi ile evinin yolunu tuttu.

Rahmi yatağında bir o yana bir bu yana dönmüş, çok az uyumuştu. Birden gözlerini açtı. Acele etmeliydi. Ortalık neredeyse ağarmaya başlayacaktı. Martin'ini alıp, sessizce aşağıya indi. Yıldırım'ın boynunu okşadı. Kulağına doğru eğildi.

"Sakın ses çıkarma dostum! Bugün seninle büyük bir iş başaracağız. O kadar büyük ki, koca padişahın yapamadığını biz yapacağız. Aramızda sır olarak kalmalı!" dedi.

Doğuda yaşayan insanlar, gün kararınca yatar, hafiften ışıyınca da kalkar. Henüz gün ışımamış, hayat başlamamıştı. O yüzden köydeki tek ses, Rahmi'nin atının nal sesleriydi. Bir de çok uzaktan gelen bir köpeğin havlama sesi...

Rahmi, Han köyünden geçip Malatya yoluna çıkarken, etraf aydınlamaya başlamıştı. İki yüz üç yüz metre gittikten sonra, sığ bir çalılıkla karşılaştı. Çalılığın çevresini dolaştı. Çalılığın biraz ilerisinde oldukça derin bir çukur vardı. Çukurun etrafını dolaşıp, yanındaki cılız söğüt ağacına atını bağladı. At, kendinin pusuya yatacağı yerden oldukça aşağıdaydı. Bunu atın ürkmemesi için yapıyordu. Ayrıca çukura atlayabilir, atın üzerine görünmeden binebilirdi. Sonra sessizce gelip çalılıkların arkasına gizlendi.

Yolun karşı tarafında büyük bir kaya vardı. Rahmi ilk kurşunu bu kayaya sıkmayı, kurşunu sektirip, o tarafa dikkati çekmeyi düşünüyordu. Çok iyi nişancıydı. Askeri Rüştiye'de de bu konuda dereceleri vardı.

Rahmi sıkılmaya başlamıştı. Vakit neredeyse öğlene yaklaşıyordu ama ne gelen ne de giden vardı. Acaba kasten yanlış bir haber mi yayılmıştı? Daha ne kadar beklemeliydi?

Birden uzaktan uzağa nal sesleri duyulmaya başladı. Rahmi iyice sindi ve nişan aldı. Evet, işte görünmüşlerdi. Her yanında bir jandarma, sakin bir şekilde ilerliyorlardı. Kendi hizasına çok az kala, Rahmi ilk kurşunu, hedeflediği kayaya doğru sıktı. Gerçekten de kurşun sekmişti. Üç at birden ürktü. Jandarmalar ve Mıstırik o yöne doğru bakıyorlardı. Rahmi'ye taraf olan jandarma, ileriye fırlayınca Rahmi ilk kurşunu Mıstırik'in göz hizasına, sonraki kurşunu da kalbine doğru sıktı. Acele ile çukura atlayıp, atına bindi.

"Hadi Yıldırım uçur beni!"

Mıstırik kanlar içinde yola düşmüş, atı hızla kaçmıştı. Jandarmalardan biri "Vahap, sen şu tarafa, ben de karşıya bakayım. Galiba iki kişiydiler. Öteki yere atladı," dedi. Mıstırik'in gözlerine ve nabzına baktı.

"Neyi, kimi arayacağız? Kim ise Allah razı olsun, bu katili yok ettiği için. Hadi şunu bir şekilde alıp, Paşa'ya götürelim."

Binbaşı telaşla, Nurettin Paşa'nın odasına girdi.

"Paşam Mıstırik'i vurmuşlar." Paşa'nın gözleri parladı.

"Bu kahraman kimmiş acep? Bizim yapamadığımızı yaptı. Yalancıktan bir soruşturma açtır. Hemen İstanbul'a da bir rapor yaz."

Nurettin Paşa üç gün sonra, faili meçhul bir ölüm diye, Mıstırik'in dosyasını kapatmıştı. Ama Hınçak komitacıları bu işin peşini bırakmıyor, durmadan İstanbul'a yazılar gönderip, İtilaf Devletleri'ni kışkırtıyor, Nurettin Paşa'yı rahatsız ediyorlardı. Diğer taraftan da kurdukları bir ekip ile araştırmalarını kendileri yürütüyorlardı.

On-on beş günün sonunda, bu işi Perçençli Rahmi Bey diye birinin yaptığını öğrendiler. Doğru Nurettin Paşa'ya gelerek,

"Paşam eğer hasır altı etmeye kalkarsanız, sizi İstanbul hükümetine rapor ederiz. Ayrıca bizim de elimiz kolumuz var!" diyerek bir de tehdit savurdular.

Nurettin Paşa, Rahmi'yi yakalamak şöyle dursun, elinden gelse taltif edecekti. Ne yazık ki, kısa sürede Paşa'nın başka bir yere tayini çıktı. Yerine gelen paşa, dosyayı yeniden açtırmıştı. Belki de Harput gibi gözde bir yere tayin edilmesinin sebebi buydu.

Rahmi babası ile o yılki hasadın durumunu konuşuyor, bilgi veriyor, bazı talimatlar alıyordu. Kapıda nal sesleri duyuldu. Arkasından Remzi'nin taş merdivenleri koşarak çıktığını gördüler.

"Ağabey seni jandarmalar istiyor." Rahmi ayağa kalktı. Babasına döndü. Mustafa Efendi şaşkındı.

"Oğlum neler oluyor?" diye sordu. Rahmi biraz durdu. Sonra babasına doğru yürüdü.

"Baba beni affet! Yüzlerce Türk'ü öldüren bir katilin cezasını verdim diye, kendi devletimin jandarmasının peşime düşeceğini, hiç mi hiç düşünmemiştim. Ne olur beni affet!"

Taş merdivenlerden başını dikerek indi. Anası Hayriye Hanım ocağın önünde ekmek pişiriyordu.

"Nereye Rahmi?"

"Ana sana babam anlatır." Şaşkın şaşkın bakan Remzi'ye döndü.

"Evdekilere iyi bak. Çok uzun süreceğini zannetmem," diyerek büyük kapıya yürüdü. Jandarmanın birisi, elinde hazır tuttuğu kelepçeyi bileğine takarken, Çapraz Mustafa Kuyulu yolundan, konağın önüne doğru geliyordu. Rahmi jandarmalara döndü.

"Hadi çabuk olun!" dedi. Kimse ile karşılaşmak bir soruya muhatap olmak istemiyordu.

İkbal Hanım telaşla Mama Ağa'nın konağına girdi. Büyük avlu öğlenden sonraları çok serin olurdu. İshak elinde, ucuna delinerek ip bağlanmış bir karton kutu ile dolaşıyor, Faika Hanım yün eğiriyor, Tevhide de ince bir dantel örneğini çıkarmaya çalışıyordu.

Faika Hanım:

"Buyur İkbal, hoş geldin." İkbal Hanım telaşla,

"Duydunuz mu? Mustafa Efendi'nin oğlu Rahmi Bey tutuklanmış, jandarmalar bileğine kelepçe takarak götürmüşler," dedi. Tevhide başına balyoz ile vurulmuş gibi irkildi. Ayağa kalkmak istedi ama başaramadı. Oturduğu minderin arkasındaki sap yastığa başını dayadı, bayılmıştı. Faika Hanım,

"Tevhide kalk, içeride yat!" diye sesledi. Cevap alamayınca yakınına geldi. "Bu bayılmış İkbal! Koş biraz sıcak su getir. Bu sıcakta arka bahçedeki vişneyi topladı. Yapma dedim, ama dinleyen kim?" İkbal Hanım onun vişne toplamaktan dolayı bayılmadığını anlamıştı.

İkinci Bölüm

Rahmi, Ermeni komitacıların, İstanbul Hükümeti'nin ve İtilaf Devletleri'nin yoğun baskısı ile Nurettin Paşa'nın yerine gelen paşa tarafından, üstünkörü bir soruşturmadan sonra tutuklanmıştı. Rahmi suçunu inkâr etmemiş, hatta paşanın karşısına geçerek "Yüzlerce vatandaşımı öldüren bu alçak herife, devletim cezasını vermedi. Onun, bir o kadar insanı daha öldürmesini bekleyemezdim. Malatya veya Muş'a gönderilmesi neyi önleyecekti? Yine Türkleri ve Müslümanları öldürecekti. Bunu önlediğim için bana ceza verileceğini hiç düşünmemiştim. Eğer hak ettiğime inanıyorsanız, ben cezama razıyım!" diye bağırmıştı.

Rahmi, Diyarbakır hapishanesine gönderilmişti. Henüz Elâziz'de hapishane yoktu. Remzi'nin dışında, ailesinden kimseyi görememiş, hiç kimseye veda edememişti. Aklı ailesinde olduğu kadar, sevdiği kızda da kalmıştı. Tevhide henüz çok küçüktü. Ama çok da güzeldi. Kendisi hapiste iken belki de cazip bir kısmet çıkabilirdi. Mama Ağa da, büyük ağabeyi İbrahim Efendi de mala ve toprağa (kaderini toprağa bağlamış her insan gibi) düşkünlerdi. Çok yüksek duvarlarla çevrili taş hapishane binasının kapısından bu düşünceler içinde girmişti. Geniş bir avludan geçerken, volta atan bir sürü mahkum, onu dikkatle süzüyorlardı. Yüzleri ifadesiz gibi görünse de, dikkatle bakılınca bir merak ve üzüntü seziliyordu. Uzun, taş bir koridora girdiler. Oldukça uzun bir koridordu. Sağında solunda koğuşlar vardı. Çevreyi ağır bir koku kaplamıştı. Bir an Rahmi midesinin bulanacağını zannetti. İki günden beri ağzına, Remzi'nin getirdiği, birkaç lokma çörekten başka bir şey koymamıştı. Tam o sırada önünde iki nöbetçi olan bir odaya girdiler.

Sağ tarafındaki uzun boylu, iri yarı jandarma, bir adım öne çıkarak, masanın başında oturan adamın önünde durdu. Adam uzun boylu zayıf, gür bıyıklı, orta yaşlı, babacan görünüşlüydü. Jandarma, ceketinin iç cebinden katlanmış bir kâğıt çıkararak adama uzattı.

"Sabahı şerifler hayır olsun Müdür Efendi. Bu (eli ile Rahmi'yi işaret ederek) Mustafa oğlu Rahmi. Elaziz'in Perçenç köyünden."

"Hayırlı sabahlar. Mahkûmun suçu ne?"

"Adam öldürmek." Müdür bir Rahmi'ye bir de elindeki kâğıda baktı. Kâğıdı açıp, okumaya başladı. Sonra jandarmaya döndü. "Şimdi bu genci adam öldürdü diye mi hapishaneye gönderdiler? Benim nazarımda adam falan öldürmemiş, yerinde bir temizlik yapmış." Jandarma şaşırmıştı.

"Müdür Efendi, ben bize söyleneni naklettim, kâğıdı okumadım." Müdür üzgün bir ifade ile,

"Kâğıtta da öyle yazıyor ama, benim nazarımda öyle değil," dedi. Müdür masanın üzerindeki çıngırağı bir iki kere salladı. Kapıdaki nöbetçi acele ile içeriye girdi.

"Baş gardiyanı çağır." Bir müddet sonra pehlivan kılıklı, bos bıyıklı bir adam göründü. Müdür,

"Mahmut bu genç, meşhur hekim bozuntusu Mıstrik'i öldürmüş, ne yazık ki devletimiz tarafından hüküm giymiş. Bu genci sayısı az ve adam gibi adamların kaldığı bir koğuşa yerleştir."

Baş gardiyan önde Rahmi ve jandarmalar arkada, taş koridora döndüler. Baş gardiyan sağdan ikinci kapının önünde durdu. Anahtarların içinden birini çıkarıp, kapıyı açtı.

İçerisi aydınlık ve havadardı. Oda küçüktü ama temiz görünüyordu. Üç yatak, küçük eski bir masa, masanın üzerinde küçük bir ispirto ocağı, birkaç fincan ve rengi sararmış çay bardakları vardı. Çevresinde zayıf ince bacaklı üç iskemle vardı. Gardiyan:

"Odanıza yeni bir mahkum geldi," dedi.

Rahmi koğuşa girdi. Jandarma yanına yaklaşıp, kelepçeyi açtı. Rahmi hemen uyuşan ellerini ovuşturmaya başlamıştı. Jandarmalar ve gardiyan hemen çıkıp, kapıyı kilitlemişlerdi. Rahmi ayakta öylece duruyordu. Odada Rahmi'den başka iki kişi vardı. Birisi kırk beş-elli yaşlarında iri yarı bir adam, öteki Rahmi'den ancak dört-beş yaş büyük bir gençti. Genç hemen ayağa kalktı.

"Şu yatak boş gardaş. Senin bavulun falan yok mu?" Rahmi o ana kadar böyle bir şeyi hiç düşünmemişti. Kel Hüsen ile, Remzi ile iki kere görüşmüştü ama ne kendisi, ne de onlar bazı ihtiyaçları olacağını akıl edememişti. Bunun altında tutuklanmama umudu da vardı, tabii.

Hiçbir şeyi yoktu, şimdi ne yapmalıydı? En önemlisi de bu dört duvarın içinde ve de bu insanlarla yedi yıl nasıl geçecekti? Cevap alamayan genç mahkum:

"Anlaşıldı gardaş, senin hiçbir şeyin yok. Üzülme! Bu koğuşa geldiğine göre birinden iltimaslısın, sana bir şeyler bulurlar. Ben de sana bir iki şey verebilirim." Yaşlı olan mahkum hiç konuşmamıştı. Öylece dinliyordu. Hatta yüzünde bu konuşmalardan hoşnut olmayan bir ifade vardı. Nihayet dayanamadı bağırırcasına,

"İbo, yeter gevezelik ettin. Başım ağrıyor. Neyse koğuşa yeni bir hizmetkâr geldi. Senin işin azalacak diye seviniyorsun herhalde," dedi ve arkasını döndü. Rahmi'nin kızgın bakışlarını görmemişti. Genç adam sesini biraz daha alçalttı.

"Benim adım İbrahim, Diyarbekir'in köylerindenim. Senin ne?" Tam o sırada yaşlı mahkum yine bağırdı:

"İbo, galiba dediğimi duymadın." Rahmi Bey'in konuşmaya hiç niyeti ve isteği yoktu, ama adama sinirlenmişti. Yüksek sesle bağırdı:

"Benim adım da Rahmi, Perçençli Rahmi Bey derler." Adam daha yüksek sesle, Rahmi'ye doğru döndü.

"Size konuşmayın dedim," dedi. Rahmi umursamaz bir şekilde,

"İyi de, bizim canımız da konuşmak istiyor," dedi.

"Size canınızın ne istediğini sordum mu?" derken ayağa kalkmıştı. Rahmi yine aynı sükunetle:

"Ben canımın istediği bir şeyi yaparken kimseye sormam. Öyle bir alışkanlığım hiç olmadı."

"Bundan sonra olacak!" diyen adam yumruğunu havaya kaldırdı. Rahmi kolunu kavrayıp kıvırdı. Yüzünü adamın kıpkırmızı pancara benzeyen yüzüne yaklaştırdı, gözlerini gözlerine dikti. Adam karşısında bir şahin duruyor hissine kapılmıştı.

"Bana bak! Büyüklüğünü bilirsen, sana bir büyüğe göstermem gereken saygıyı gösteririm. Aksi halde seni hiç yok sayarım. Sakın bana hükmetmeye kalkma!"

"Sen galiba eceline susamışsın? Bir Ermeni'yi öldürdün diye kendini kahraman mı sayıyorsun?"

"Ben Ermeni, Türk veya Yahudi değil, yüzlerce insanı öldüren bir katili öldürdüm. Daha başkalarını öldürmesin diye. Ayrıca kurşun milliyet ve din bilmez, herkese aynı şeyi yapar. Kurşun kötülere daha da çabuk ulaşır. Yaşın büyük ama hala bunu öğrenememişsin." Adamın kolunu hala tutuyordu. Yatağına doğru iterek, kolunu bıraktı.

Adam hem acısından hem de hırsından, iyice kızarmıştı. Dudaklarının arasından fısıldar gibi,

"Sen görürsün" dedi. Rahmi bir an İbrahim dedikleri çocuğa doğru baktı. Yüzünde öyle mutlu ve muzaffer bir ifade vardı ki... Rahmi " Zavallı çocuk, kendini kabadayı sanan bu adamdan çok çekmiş olmalı," diye düşündü.

Rahmi'nin Diyarbakır hapishanesine geldiğinin üçüncü günüydü. Baş gardiyan kapıda belirdi.

"Mustafa oğlu Rahmi! Bir ziyaretçin var." Rahmi hiç de ziyaretçi beklemiyordu. Yine de gardiyanın yanında yürümeye başladı. Müdürün odasına doğru gidiyorlardı. İçeriye girdiklerinde, bir kadın ile altı yedi yaşlarında bir erkek çocuğun oturduğunu gördü. Kadın yüzünü iyice örtmüştü. Müdür gayet yumuşak bir sesle:

"Rahmi, teyzen seni görmeye gelmiş, oğlum burada akrabaların olduğunu neden söylemedin?" diye sordu.

"Kimsenin duymasını istemedim müdür bey."

"Ben sizi yalnız bırakayım. Hanımefendi daha rahat eder."

Gelen teyzesi Saadet Hanım'dı. Diyarbakır'ın çok tanınmış, köklü ve zengin bir ailesine gelin gelmişti. Galiba eşi bir aşiret reisiydi. Birçok köyleri vardı. Bunlardan en ünlüsü Zorova, "Bahçeliköy" diye tanınırdı. Kurşunlu Camii'nin yakınında çok güzel bir konakta otururlardı. Rahmi hayal meyal hatırlayabiliyordu. Teyzesi yeni evliyken annesi ile gelmişlerdi. Konak kendilerininkinden küçüktü ama havuzu, değişik mimarisi ve bahçesinin güzelliği ile dillerdeydi. Teyzesi yüzünü açtı, ağlıyordu. Yeğeninin boynuna sarıldı.

"Rahmi bu işi nasıl yaptın?" Rahmi önüne bakıyordu. Teyzesi Rahmi'ye içi dolu bir çanta uzattı.

"Bunun içinde ihtiyacın olacak bazı şeyler var, don, gömlek gibi. Belki ben bir daha gelemem ama senin ihtiyaçlarını gönderirim. Çünkü kadınların böyle yerlere gelmesi pek doğru sayılmaz. Zaten eniştenden izinsiz geldim. Sen müdür beye söylersen bize iletir. Yakınımızda oturuyor, komşu sayılırız" dedi. Rahmi üzülmüştü.

"Eze hiç yorulmasaydınız. Ben başımın çaresine bakardım. Sağ olsun müdür bey vatanperver ve iyi bir insan. Bana zaten hususi bir muamele yapıyor." Teyzesi göğsünün içinden bir kese çıkardı.

"Sezai bunu da Rahmi ağabeyine ver," dedi.

Rahmi siyah deri çantayı açtı. İçinde neler yoktu ki? Kat kat çamaşırlar, sabunlar, bir lif, bir tarak, bir torbada en iyi cinsten tütün ve sigara kağıtları, peksimetler ve taze orcik daha bir çok şey. İbo yanına yaklaştı.

"Rahmi Beg, bunu kim getirmiş? Ve nasıl koğuşa alman için izin verdiler?"

"Babamlar göndermiş, bunların içinde zararlı bir şey yok ki?"

"Gaggoş, zararlıları zaten vermezler, diğerlerini de yer içerler. Memleket ne durumda bilmiyor musun?" Rahmi Bey cevap vermedi. Çantadakileri kontrol etmeye devam ediyordu.

Musto kızgın bir surat ile konuşulanları dinliyor, bir taraftan da çantanın içine bakıyordu. Onun endişesi, çantada kendisine karşı kullanılacak bir aletin olup, olmadığını anlamaktı. Rahmi çok huzursuzdu. Ailesini ve Tevhide'yi merak ediyor, özlüyordu. Ayrıca koğuştaki yaşlı mahkûmun her an bir fırsat kolladığının, ilk günkü karşılaşmayı unutmadığının farkındaydı. Patlamaya hazır bir bombaya benziyordu.

Tevhide, küçük yengesi İkbal Hanım'ın verdiği o acı haberden sonra, günlerce hasta yatmış, hâlâ kendine gelememişti. Bir ara sıtmaya yakalandığından şüphelenmiş, el altından buldukları kinini içirmeye başlamışlardı. Yemek yiyemiyor, uyuyamıyordu. Zayıflamış, kininden dolayı sapsarı olmuştu. Aklı fikri Rahmi'deydi. Acaba ne zaman çıkabilirdi? Bu konuda hiç kimse bir şey söylemiyordu. Ya bu arada kendisine bir talip çıkar da, ağabeyi vermek isterse, ne yapacaktı? Ya Rahmi Bey orada birini bulursa? Sonra "Yok canım hapishanede kadın olarak kimse yok ki. Onu da dışarıya bırakmazlar" diyerek rahatlamaya çalışıyordu. Tevhide'nin bu haline çevresindeki herkes çok şaşırıyordu. Hizmetçi Gülüş ve yengesi İkbal Hanım'ın dışında.

Mustafa Efendi ve eşi Hayriye Hanım çok üzgündü. Oğullarının bu yaşta, katil damgası yiyip hapishaneye düşmesi, sebebi ne olursa olsun, ne kadar haklı olursa olsun, onları kahrediyordu. Remzi işlere dört elle sarılmıştı. Çok iyi niyetli ve sevecen bir tipti. Ne yazık ki aslında meziyet olan bu yönleri bir köy ağası için zayıflık oluyordu. Kızların neler düşündüğü pek belli değildi. Belki de ağabeylerinin aşırı baskısından kurtulmak onları rahatlatmıştı.

Mustafa Efendi, Rahmi'nin Diyarbakır hapishanesine gönderildiğini öğrendiği gün Diyarbakır'a adam yollamış, bacanağı Sait Ağa'ya ve baldızı Saadet Hanım'a haber ulaştırmıştı. Haberci geldiği zaman, Saadet Hanım evde yalnızdı. Kocasına akşam söylemiş, ondan" Ben ilgilenirim" cevabını almıştı. Saadet Hanım dayanamamış, ertesi günü Rahmi'yi ziyarete gitmişti. Kocasının duymaması için dua ediyordu. Hapishane müdürüne de bunu ihsas ettirmişti.

Ziver Hacı Hafız Ağaların konağına hep sivil elbise ile gelmeye çalışıyordu. Çünkü Rahmi'nin bu konuda ne kadar hassas olduğunu biliyordu. Belki anası babası da aynı üzüntüyü duyuyordu. Aslında şalvar çok daha rahat hareket sağlıyordu, bu yüksek taş merdivenleri ikişer, üçer çıkmak çok daha kolay oluyordu.

Ziver odaya girdiğinde Mustafa Efendi'yi tespihi elinde dua okurken buldu. Çok daha zayıflamış, çok daha çökmüştü. Ziver ve ailesi her zaman çabuk affeden insanlardı. Mustafa emmilerinin yeterince kendileri ile meşgul olmadığını, hatta dedesinden kalan malı da hakkı ile paylaştırmadıklarını biliyordu. Ama onlar on yedi köyün sahibi babalarından bir şey görememiş, sefalete terkedilmişlerdi. Üç-dört göbek uzak akrabadan ne bekleyebilirlerdi? Bütün bunları çoktan unutmuşlardı. O zabit çıkınca, bütün bu acılar ve sıkıntılar bitecekti. Mustafa emmisine acıyordu. Onun bu kadar kötü bir kaderi hak etmediğine inanıyordu. Yüksek sedire yanaştı.

"Emmi elini öpeyim." Mustafa Efendi birden irkildi. Sonra hafiften güldü.

"Sen misin Ziver? Mustafa Efendi'nin kupkuru elleri, daha da kurumuş, sekiz-on yaşında bir çocuğun elleri kadar küçülmüştü. Saygı ile dudaklarına götürdü.

"Benim emmi. Bir hatırını sorayım dedim. Nasılsın?" Mustafa Efendi dudaklarını kıvırdı.

"Nasıl olabilirim Ziver? Durumu biliyorsun. Rahmi o delikten çıkmadan ben nasıl iyi olabilirim. Remzi evladım elinden geleni yapıyor. Ama yeterli değil. O çok iyi niyetli, karıncayı bile incitmekten korkuyor. Daha bir defa Hafife Bacı'dan su istediğini bile duymadım. Kalkar kendi alır. İşçilere, orakçılara da aynı şeyi yapıyor. Eh, bu durumda kimse ondan çekinmiyor."

"Haklısın emmi, çok iyi bir insan. Keşke herkes onun gibi olsa. Rahmi nasıl?"

"Orada rahatı iyi imiş. Belki bilemezsin Hayriye'nin bir küçüğü, Diyarbakır eşrafından biri ile evli. Ellerinin uzanamadığı yer yok. Zaten hapishane müdürü de Rahmi'yi çok seviyormuş. O kansıza 'dur' dediği için. Ama sonuçta o hapishanede, biz de buradayız. Ne kadar iyi olursa olsun hapishane işte oğlum. Adı bile ürkütücü." Ziver biraz daha yaklaştı.

"Emmi, Celal Ağabey hürmetlerini sundu. Mustafa emmiye söyle, üzülmesin," dedi. "Yakında çok şey değişecekmiş. Mustafa Kemal diye bir paşa, gizlice Samsun'a çıkmış. Toplantılar, kongreler yapıyormuş. Yakında ne padişah, ne de kanunları geçerli olmayacak," dedi. Mustafa Efendi elini havada daireler çizerek salladı.

"Oğlum koca padişah pes etti. Onun bir paşası mı yedi düvele karşı gelecek. Bunlar zor hayaller." Ziver biraz daha eğildi.

"Emmi bütün hocalarımız gidip, gidip, kongrelere katılıyor. Hepsi olacağına inanıyor. Ben de inanıyorum."

"İnşallah oğlum, inşallah."

Rahmi iki yıldır bu hapishanede, bu koğuştaydı. Bu zaman zarfında babası görmeyen gözleri ile iki kere buralara kadar Hüseyin'in yardımı ile gelmiş, kendisini ziyaret etmişti. Eniştesi Sait Ağa da bir iki kere uğramış, koğuşun içine kadar girmişti. İlk geldiği günü Rahmi hiç unutamıyordu. Kabadayı koğuş arkadaşı Musto, birdenbire ayağa fırlamış, Sait Ağa'nın ayaklarına eğilmişti.

"Allah razı olsun ağam, buralara kadar yorulmasaydınız." Eniştesi fazla önemsemez bir tavırla,

"Kalk ayağa Musto. Ailene bakmak insanlık görevi o evde beş tane çocuk var, ocaklarının tütmesi gerek. İnşallah sen bundan sonra yeni haltlar karıştırmazsın," dedi. Rahmi'ye döndü.

"Yeğenim şöyle yaklaş, uzak durma! Nasılsın? Rahatın yerinde mi?" Rahmi nasıl davranması gerektiğini pek kestirememiş gibiydi.

"İyiyim, Efendim. Neden zahmet buyurdunuz?"

"Ne demek oğlum, seni gözümle görmem gerekti." Musto ağzını beş karış açmış, korku içinde Rahmi'nin kendisinden şikâyet etmemesi için dua ediyordu.

Rahmi eniştesini gönderdikten sonra, teyzesinin gönderdiği çantadan çıkan, ambalaj kağıdı niyetine kullanılmış, mecmua yapraklarını okumaya çalışıyordu. Mecmualar Fransızcaydı. İdadi'de ve Rüştiye'de Fransızca'sı çok iyi idi. Yine de bir Fransız mecmuasını okumaya yeterli değildi. Bir ara baş gardiyandan, Fransızca-Osmanlıca lügat istemişti. Gardiyan Mahmut çok şaşırmış ama birkaç gün sonra eski bir lügat ile gelmişti. O günden beri lügat bir elinde, mecmua yaprakları bir elinde uğraşıyordu. Yine başını önüne eğip, sayfaları karıştırmaya başladı.

Musto uzun süre, nasıl bir tavır takınması gerektiğini düşündü. "Rahmi Bey, Sait Ağa'nın yeğeni olduğunu niye söylemedin? O bu havalinin Allah ve peygamberden sonra gelen insanıdır. Hepimizin velinimetidir. Onun yakınları da başımızın tacıdır." Rahmi başını kaldırdı.

"Eniştem için söylediklerin beni memnun etti. Ama ben saygıyı Mustafa Efendi'nin oğlu Perçençli Rahmi Bey olarak görmek isterim." Musto:

"Yav gardaşım, aramızdaki kırgınlığı yok etmeye çalışıyıdim. Sen de çok kibirlisin." Rahmi gülmeye başladı.

"Aramızda kırgınlık yok, rahat ol!" diyerek başını önündeki kâğıtlara eğmişti.

O günden bu güne kadar, koğuşta hayat sakin ve rahattı. Yemeklerin yenemeyecek kadar kötü olmasının ve hürriyetten mahrum olmanın dışında....

Osmanlı İmparatorluğu diye bir şey kalmamış gibiydi. Kalan enkazının çatırtısı, en ücra köşelerden bile duyulup, hissediliyordu. Herkesin ağzında Mustafa Kemal Paşa adı dolaşıyordu. Bazıları mucizeler yaratacağına inanıyor, bazıları da Osmanlı İmparatorluğu'nun asla yok olamayacağını, bir şekilde yeniden toparlanacağını düşünüyordu. Çünkü onlar sadece padişah değil, halifeydiler. Dünyanın en mükemmel dini sayılan Müslüman dininin halifeleri, onlar yok olamazdı. Bu, dünyanın da yok olması demekti. Bu tip düşünceler, daha çok aşırı dincilerin ve yobazların benimsediği bir düşünce tarzıydı.

Hapishanede bütün söylentiler yıldırım hızı ile yayılırdı. Bu işi nasıl becerirlerdi? Kimse sırrına eremezdi. Bu günlerde kulaktan kulağa, siyasi suçluların, affedilip Mustafa Kemal'in ordusuna yollanacağı sözleri dolaşıp, duruyordu. Hapishanedeki mahkumların bir çoğu, kendilerinin ne tip bir suçlu olduğundan emin değillerdi. Bunlardan biri de Rahmi'ydi. Birini öldürmüştü, her ne kadar bu insan ve yandaşları, başka düvellerle birleşmiş, Osmanlı'yı yok etmeye çalışmış bunun için birkaç defa teşebbüs etmişse de 1915 yılında ve daha bir çok kereler olduğu gibi... Bizzat kendi devleti kendisine katil muamelesi yapmıştı. Aslında Rahmi'yi hapiste olmak kadar, bizzat devleti tarafından verilen bu ceza ve vurulan bu damga mahvediyordu.

Rahmi elinde bir yıl evveline ait bir gazeteyi karıştırırken, koğuşun kapısı açıldı, içeriye baş gardiyan girdi. Baş gardiyanın girmesi, bir mahkûmun, hapishane müdürü tarafından çağrılması demekti. Üçü de gardiyana dikkatle bakıyorlardı. Memlekette herkes gibi onlarda, tam olarak neler yaşandığını bilmiyorlardı ama yeni oluşumların, yeni olayların cereyan ettiğinin farkındaydılar.

"Mustafa oğlu Rahmi! Müdür sizinle görüşecek."

Rahmi eski gazeteyi kenara bırakıp, kalktı. Gardiyan önde, Rahmi arkada acele ile koridoru geçtiler. Müdür odada yalnızdı. Rahmi'yi her zamanki gibi dostane bir tavırla karşıladı. Müdür baş gardiyana döndü:

"Sen gidebilirsin Mahmut," dedi. Mahmut kapıyı çekerek çıktı. Müdür Rahmi'ye oturmasını işaret etti.

"Olanlardan haberiniz yoktur tabii. Mustafa Kemal'in arkadaşı, orta Anadolu'da İnönü denilen bir mevkide büyük bir muvaffakiyet göstererek, tabii bu vefakar milletin desteği ile, bir meydan muharebesi kazandı. İtilaf Devletleri ağız değiştirmeye, milli hükümet ile anlaşmaya çalışıyorlar. Mustafa Kemal'in idaresindeki yeni hükümet temsilcileri ile Londra'da bir anlaşma yaptılar. Yine de bir şeyler koparmaya çalışıyorlar. Fransızlar Elaziz, Diyarbakır ve Sivas illerinin ekonomik gelişmesi için yapılacak her türlü teşebbüste ve Ergani bakır işletmesinde üstünlük hakkı istediler ve aldılar. Onun karşılığında da yeni bir milli idarenin varlığını kabul ediyorlar." Rahmi sessizce dinliyordu. Söylenenler çok güzel şeylerdi Ama müdür beyin bunu kendisine bu kadar inceden inceye neden anlattığını anlamakta zorlanıyordu. Müdür devam ediyordu:

"Neyse söylemek istediğim şu ki, siyasi mahkumlar bundan sonraki muharebelerde asker olarak vazifelendirecekler. Ancak senin hangi sınıfa girdiğin kanunen açık değil, adam öldürmekten hüküm giymişsin. Bence hiç hüküm giymeyip, madalya almalıydın. Zaten her halinle sıradan bir insan olmadığın belli. Ben kendi tercihimi kullanarak seni siyasi suçlu sayacağım. Orduya da göndermeyeceğim. Bu yörenin adamısın. Fransızca'ya da yabancı değilsin. Fransızlarla çalışmanı, işbirliği yapmanı, aynı zamanda gerçek niyetlerinin ne olduğunu, her an dikkatle incelemeni istiyorum. Böylece evine de gidip gelebilirsin. Yarın Sait Ağalar gelip seni alacaklar. Koğuşta ve herhangi bir yerde bu durumu anlatma. 'Milli hükümetin emri ile askere gidiyorum,' dersin."

Rahmi sevinçten bağırmamak için kendini zor tutuyordu. Nihayet ailesine ve Tevhide'ye... derken birden mahzunlaştı. "Acaba Tevhide kendini bekliyor muydu?" Ayağa kalktı.

"Sağ olun, Müdür Bey. Bu iki yıl içinde bana gösterdiğiniz anlayışlı tavır için ve en önemlisi beni bir katil olarak görmediğiniz için, size ömrümün sonuna kadar minnet duyacağım."

Müdür çıngırağını çaldı. Gardiyan kapının önündeydi.

"Mahkumu koğuşuna götür oğlum." Rahmi tekrar dönüp, müdürün önünde hafifçe eğildi.

"Yolun açık olsun, Rahmi."

Rahmi birkaç parça eşyasını, teyzesinin gönderdiği çantaya yerleştirmiş, koğuş arkadaşlarına bir miktar akçe ve çantasındaki tütünleri vermişti. Koğuştaki iki mahkum da Rahmi'nin gidişine üzülmüşlerdi. Hem dışarıdan durmadan gelen yiyecek, içecekten mahrum olacaklardı, hem de koğuşa kim bilir ne biçim bir mahkum gelecekti. İtiraf etmeseler de Rahmi kaliteli bir gençti, davranışları ile kültürü ile bunu gösteriyordu.

Gardiyan kapıda görünür görünmez, Rahmi ayağa kalktı. Koğuş arkadaşlarına veda etti. İçinde bir burukluk vardı. "Hayret, ayrılığın her çeşidi insanı bir tuhaf ediyor." Sonra birden Tevhide'ye ve ailesine kavuşacağını hatırladı. Yüzünde bir gülümseme belirdi. Kafasındaki düşünceler bir yerden bir yere atlıyordu. "Acaba Küçük ne yapıyor? Evlenmiştir herhalde. Acaba kiminle?" diye düşündü.

Tevhide henüz on altısının içindeydi. Şimdiden köydeki belli başlı aileler, Mama Ağaların kapısını aşındırmaya başlamıştı. İçlerinde İbrahim Ağa'nın çok beğendiği, vermek istediği gençler de vardı. Ama Tevhide bu yaştaki bir genç kızın asla gösteremeyeceği bir cesaretle karşı duruyor, kendisini öldürebileceğini söyleyip, tehdit ediyordu. Her seferinde yengesi İkbal Hanım, Tevhide'nin tarafını tutup, "Kızın henüz küçük olduğunu, bu güzellikle, bu kızı daima isteyeceklerini, neden acele ettiklerini, bu kadar istemeden yapılan evlilikte onun asla mutlu olamayacağını, Mama Ağa'nın kemiklerinin sızlayacağını, söyleyerek, Tevhide'yi kurtarıyordu. Ama bu seferki talip, çok kararlıydı. İlle de Tevhide ile evlenmeyi kafasına koymuştu. Damat adayı... ailesinin yakınlarından, Harput'un tanınmış ailelerindendi. Daha genç yaşta Amerika'ya gitmiş, servet sayılacak bir para ile dönmüştü. Yani ailesinin dışında kendi şahsi serveti de vardı. İbrahim Efendi'ye en cazip gelen tarafı da buydu. Şehirde oturacağını, Tevhide'yi bir şehirli gibi yaşatacağını, istediği her şeyi alacağını söylüyordu. Bu şartlarda, İbrahim Ağa da, küçük ağabeyi Mustafa Efendi de bu evliliği canı gönülden destekliyorlardı. İkbâl Hanım'ın döktüğü diller de fayda etmemişti. Yüz yıl bekleseler böyle bir kısmet çıkamazdı. Tevhide bu gece sabaha kadar ağlamış, şanşenin çatal pınara bakan tarafında oturmuş, gecenin sessizliğinde, çatal pınarın çok sevdiği, ninni diye kabul ettiği, su sesini dinleyerek, Allah'a Rahmi'yi göndermesi için dua etmişti. Son çare olarak da "Eğer o adama beni verirlerse, gerdek gecesinden önce kendimi öldürürüm," diye karar vermişti. Gözlerinin o şahane mavisi bile gözükmüyordu. Kan oturmuştu. Bu karar Tevhide'yi kaderine razı insanların çaresiz ve sessiz haline dönüştürmüştü.

Rahmi teyzesinin Kurşunlu Camii'nin yakınındaki şahane evinden dışarıya çıkınca, o güzel bahçenin serin havasından sonra, camiinin yanındaki sokaklar çok sıcak ve boğucu gelmişti. Rahmi nereye gideceği konusunda hala kararsızdı. Önce Perçenç'e mi uğrasaydı, yoksa Fransızlara rehberlik edeceği bakır madeninin olduğu, Maden ve yöresini mi gezip, görseydi? Hapishane müdürünün verdiği kâğıdı, alıp almadığını yokladı. Kağıt teyzesinin kendisi için hazırlattığı mintanın cebinde duruyordu. Altında da çok pahalı kumaştan bir şalvar, belinde gri, lacivert çizgili ipek bir kuşak sarılıydı. Rahmi hapishaneden çıkan bir mahkûm değil de, düğününe hazırlanmış bir damat görünümündeydi. Yine yakışıklı, yine başı havadaydı. Sonra karar verdi. İki yılı aşan bir zamandan beri, köyünden ve ailesinden uzaktı. Hasret canına yetmişti. Son günlerde, her gece köyünü ve Tevhide'yi rüyasında görüyordu. Madene gitmeden önce, on gün kadar bir zamanı olduğu söylenmişti. Önce köyüne gidip, ailesini, Tevhide'yi şaşırtacak, sevindirecekti. Köyde bir hafta kadar kalıp, sonra madene gidebilirdi.

Köy mezarlığına yaklaştığında kalbi çok daha hızlı çarpmaya başlamıştı. Köy yoluna saptı, çingene dutları diplerine dökülmüşlerdi, bazıları kurumuş, bazıları ezilmişti. Kara sinekler üzerine konup, kalkıyordu. Bu mevsimde karasinekler çok fazla olurdu. "Olsun, köyümün kara sineklerini dahi özlemişim," diye düşündü. Sonra gülmeye başladı. "Saçmalama Rahmi, karasinekler özlenmez." Aslında dut zamanı çoktan geçmişti. Orak mevsimi başlamıştı. Acaba Remzi işlerle başa çıkabiliyor muydu? "Eğer Dilşat'ın yanından ayrılabilmişse işleri de yapmıştır," diye düşündü. Atını köye değil de, ağalık bağının dar yoluna sürdü. On dakika sonra, komşu bağlardan geçmiş, ağalık bağının sınırlarına girmişti. Hafife Bacı ayvanın damında, kurutulmaya konmuş dutları karıştırıyordu. Karşıdan at üzerinde birinin geldiğini gördü. Aşağıya seslendi:

"Büyük Hanım, bir atlı geliyor." Mustafa Efendi pişot ağacının dibinde kahvesini içiyor, Hayriye Hanım fasulye ayıklıyordu. Oyalı yazmasını burnuna kadar çekti.

"Efendi, biri geliyormuş," dedi.

"Duydum Hayriye, ben sağır değilim, körüm." Rahmi ayvanın arkasında attan atladı. Anası ile babasının olduğu eğri pişot ağacına yaklaştı. Hayriye Hanım,

"Rahmi! Rahmi! Rahmi!" diye bağırıp, yere yıkıldı. Mustafa Efendi bir eli ile pişot ağacını yakalayıp, ayağa kalktı. Bacakları titriyordu. Hafife Bacı "Rahmi Beg! Rahmi Beg!" diye çığlık çığlığa damdan atlarcasına indi. Bir anda pişot ağacının çevresi komşularla dolmuştu. Rahmi şaşkın bir halde, babasının elini öptükten sonra, anasını kucaklayıp, ayvandaki sedire götürdü. Komşular, durumun ne olduğunu anladıktan sonra dağılmışlardı.

Yarım saat geçmeden, bütün köy Rahmi'nin döndüğünü öğrenmişti. Çapraz Mustafa elinde bir okka şeker ile eve döndüğünde, İkbal Hanım isotları ipe dizmekle meşguldü. Biraz daha gecikirse, hava rutubetlenebilirdi. Bu sene henüz kofik kurutmamıştı.

"Hoş geldin herif," diyerek ayağa kalktı. Mustafa Efendi, şekeri uzattı.

"Bunun hepsini reçel yapıp, sonrada bitiremedik diye etrafa dağıtma!" Mustafa Efendi çok cimriydi. İkbal Hanım da aksine ikramı çok seven, cömert, hatırnaz bir kadındı. Bütün köy İkbal Hanım'a bayılır, Mustafa Efendi'yi de hiç sevmezlerdi. Sözüne güvenilmediği için, adını Çapraz Mustafa koymuşlardı. Çocukları yoktu. Mustafa Efendi aniden,

"Biliyor musun İkbal, Rahmi köye döndü!" dedi. İkbal Hanım çok şaşırmıştı. Acele ile şekeri mutfağa koydu.

"Benim eltime uğramam lazımdı, unuttum." diyerek çarşafını acele üzerine takıp, kocasının şaşkın bakışları altında evlerinden çıkıp, hemen bitişik olan Mama Ağa'nın konağına girdi.

Faika Hanım sırın yapıyordu.

"Buyur İkbâl," dedi. İkbal Hanım telaşla,

"Kolay gelsin. Tevhide nerede?"

"Aman nerede olacak? Gözleri kıpkırmızı, yas içinde şanşende oturuyor."

"Benden bir dantel örneği istemişti de. Hemen onu verip, döneceğim."

"Anam boşuna koşup, durma! Onun dantel falan yapacağı yok. Ne bekliyorsa, her isteyeni de bu hallerle bekliyor."

İkbal Hanım merdivenleri çıkarken, o hâlâ konuşuyordu: "Çevremizde görüp de seveceği biri olsa yavuklusu var diyeceğim ama..." İkbal Hanım şanşene varmıştı. Artık Faika Hanım'ı duymuyordu. Kapıyı açtı. Tevhide kapının sesine başını çevirdi:

"Buyur Hanım abla?"

"Kızım bu ne hal böyle? Kendini harap ediyorsun? Gün doğmadan neler doğar. Aslında doğdu bile. Rahmi döndü."

Tevhide birden fırladı. Günlerdir kucağında bir ilmik dahi atmadığı, tığ ve koka fırladı. İkbal Hanım'a doğru koştu. Sonra birden utandı ve olduğu yerde kaldı. "Nasıl da belli ettim," diye düşündü. İkbal Hanım:

"Kızım, ben durumun farkındayım. Benden çekinmene sebep yok. Ben de Mustafa'ya gönül verdiydim. Keşke vermez olaydım. O da işin başka yüzü. Ama gönül vermenin ne olduğunu biliyorum Ayrıca Rahmi sevilmeyecek bir çocuk değil. Ağa oğlu, yakışıklı eh tahsilli de, biraz titiz. O kadar...." Tevhide bunların hiç birini duymuyordu bile. O yavuklusundan bazı şeyler duymak istiyordu ama. İkbal Hanım'ın bildiği de bu kadardı. İkbal Hanım devam etti:

"Kalk, elini yüzünü yıka, üzerine temiz bir şey geçir. Evin altındaki bahçeye in. Anasını, babasını gördükten sonra, eminim seni arayacaktır. Arka bahçe kapısının karşısındaki evde arkadaşı var. Ona da uğrayabilir."

Tevhide birdenbire ayağa kalkıp, pencerenin önüne koştu. Rahmi Çatalpınar'ın yanından, dükkan önüne doğru ilerliyordu. Öyle azametli, öyle gururlu bir duruşu vardı ki, sanki hapishaneden çıkmış bir mahkûm değil de, meydan muharebesi kazanmış bir komutandı. Tevhide perdeyi hafiften araladı. Rahmi ona doğru bakıyordu. Eli ile evlerinin arkasını gösteren bir işaret yaptı. O arada köylüler etrafını sarmaya başlamıştı. Kimisi "Hoş geldin Rahmi Bey", kimisi "Allah bir daha göstermesin," gibi sözler söylüyordu. Tam Bakkal Kâzım'ın dükkanı önünde bir iki dakika durdu. Herkese merhaba dedikten sonra, "Çok yorgunum bir an önce gidip, uzanayım. Yarın görüşürüz," diyerek ayrıldı.

Tevhide merdivenleri koşarak indi. Arkasından da İkbal Hanım koşar adımlarla inmeye çalışıyordu ama Tevhide'ye yetişmesi mümkün değildi. Tevhide küçük bahçeyi geçmiş, arka bahçeye girmişti bile. Faika Hanım çok şaşkındı. Neler olduğunu anlayamamıştı. Tevhide'nin üzüntüsünden delirdiğini zannetti.

"Tevhide nereye?" diye bağırıyordu. İkbal Hanım'ın avluya inmesine iki basamak vardı, birden ayağı kaydı ve taşların üzerine yuvarlandı. Acı bir çığlık duyuldu. Faika Hanım Tevhide'yi bırakıp, eltisinin yanına koştu. İkbal Hanım sessiz bir şekilde yatıyordu. Yüzünde acı bir ifade vardı.

"Gülüş! Gülüş! Soğuk su ve kolonya getir!" diye seslendi. Bir taraftan da eltisinin yüzüne hafif, hafif vuruyordu.

Tevhide'nin kalbi yerinden fırlayacakmış gibi çarpıyordu. Arka bahçenin sokağa açılan kapısının arkasına geçti. Gözünü tahtaların aralık olduğu bir yere dayadı. Hiç beklemedi, Rahmi'nin atının nal seslerini duydu. Kapıyı araladı. Rahmi attan atlamış, atını arkadaşının evi önündeki yabani dut ağacına bağlıyordu. Döndü, Tevhide karşısında kendine gülerek, hasret dolu gözlerle bakıyordu. Bahçe kapısından içeriye daldı. Yayvan gövdesi olan, yaşlı incir ağacının arkasına giderken Tevhide'yi de sürüklüyordu. Ağacın arkasına gelir gelmez, Tevhide'yi kollarının arasına aldı. Saçlarını, ellerini öpüyordu. Tevhide birdenbire:

"Rahmi Beg, beni kaçır!" dedi. Rahmi birden duraladı. Bu şartlarda bunu yapması imkânsızdı. Tevhide henüz küçüktü. Suçlu duruma düşerdi. Maden'de de işi vardı. Bir nevi şartlı, hatta kanunlara uygun olmadan tahliye edilmişti. Bunları Tevhide'ye anlatması imkânsızdı. Kız hem cahil, hem âşık, hem de küçüktü. Cevap vermeyince Tevhide bir adım geriye çekildi.

"Sen beni istemiyorsun. Yahut da oralarda evlendin," dedi. Çok üzgün görünüyordu, gözlerine bir anda yaşlar dolmuştu. Rahmi elini uzatıp, Tevhide'nin ellerini tuttu:

"Bak canım, evlenmedim. Ben orada dört duvar arasındaydım. Ama tam tahliye de edilmedim. Ben bir nevi savaşa gönderildim."

Tevhide şaşkın, "Burada savaş yok ki?" dedi.

"Osmanlı toprağının dört bir yanı işgal edilmiş, birçok yerde savaş var. Burada olmasa bile bu toprağın gençleri olarak, bizimde bu vatanı savunmak vazifemiz. Bana verilen vazife de biraz daha farklı. Maden'e, Fransızlarla beraber çalışmaya ve de onların her hareketini gözetlemeye memur edildim. Sekiz gün sonra gideceğim. Döndüğümde sen benim helâlim olacaksın. Bunu Allah'tan başka kimse değiştiremez. Sana ne üzerine istersen yemin edebilirim."

Tevhide en basit şekilde yapılan bu açıklamayı da anlayamamıştı. Yüzüne mahzun bir ifade ile bakmaya devam ediyordu. Rahmi Bey:

"Bak kısacası şunu demek istiyorum. Ben burada kalamayacağım. Bir müddet uzakta olmam gerek. Ama oraya seni götürmem de imkânsız. En kısa zamanda döneceğim ve seni alacağım." Tevhide boynunu büktü. Gözlerinde yaşlarla:

"Geldiğinde beni bulman imkânsız, öbürsü gün söz kesecekler. Harput'lu bir ailenin Amerika'dan dönen oğluna..."

Rahmi'nin başından aşağı kaynar su dökülmüş gibiydi. Tam o sırada Gülüş'ün kulakları tırmalayan sesi duyuldu:

"Tevhide Hanım, neredesin?" Rahmi Tevhide'nin elini bıraktı.

"Hadi sen koş! Üzülme, ben halledeceğim," dedi ama nasıl halledeceğini kendisi de bilmiyordu. Tevhide bahçe kapısından eve girince, yavaşça sokağa çıkıp, biraz ilerideki arkadaşının kapısını çaldı. Bir müddet bekledikten sonra, arkadaşının anası Emine Hanım kapıda göründü.

"Aaa Rahmi Beg sen mi geldin?" diye şaşkınlığını belli etmişti ama, yüzünün ifadesinden pek de memnun olmadığı belliydi. Ne de olsa Rahmi bir katildi. Oğlunun bir katil ile arkadaşlık etmesi hoş bir şey değildi. Kadın devam etti:

"Oğlum evde yok. Daha yazıdan dönmedi." Rahmi kadının tavrındaki isteksizliği fark etmişti. Atına doğru giderken:

"Selamımı söyle!" dedi ve atına binmeden yularından tutarak, evine doğru yürüdü. Zaten evleri yüz metre ötede idi. Rahmi hem Tevhide'den aldığı haber ile hem de arkadaşının annesinin tavrı yüzünden, üzülmüştü. Kafası karmakarışıktı. Tevhide'nin evlenmesine nasıl mani olabilirdi? Durmadan onu düşünüyordu. Sonunda "Bu konuyu bir babam ile konuşayım" diye karar verdi.

Remzi eve yorgun argın dönmüş, atını ağıla bağlamıştı. Yavaş yavaş merdivenleri çıkarken, Fatma onu karşıladı.

"Biliyor musun, ağabey? Büyük ağabeyim geldi," dedi. Remzi inanmayan gözlerle kız kardeşine bakıyordu, yine de adımlarını daha hızlı atmaya başladı.

Aralıkta annesi börek tepsisini çevirmeye uğraşıyordu. Remzi'yi görünce gülerek,

"Rahmi geldi," dedi.

"Nerede? Hani?"

"Baban ile bir şey konuşuyor." Remzi hızla odaya daldı. Ağabeyine doğru koşup, boynuna sarıldı. Gözleri dolu dolu olmuştu. Hal hatır sorduktan sonra, Rahmi:

"Remzi sen bu konuyu daha iyi bilirsin, Tevhide'yi Amerika'dan gelmiş biri istiyormuş öyle mi?"

"Evet biliyorum. Bütün gençlerin ağzında. Köyde istemeyen kalmadı ki. Kimi bekliyorsa! Ama bu seferkine razı olmuş galiba, yakında söz kesilecekmiş..."

Rahmi sinirlenmişti:

"Söz falan kesilmeyecek!"

Rahmi konuyu anlattığından beri, Mustafa Efendi ne yapması gerek diye düşünüyordu. "Dürüstçe gidip, İbrahim Ağa'ya durumu anlatmam, kızı istemem en doğru yol galiba. Takınacakları tavra göre bir yol çizeriz. Tanımadıkları birine vereceklerine, bildikleri saygın bir ailenin oğluna vermeyi kabul ederler herhalde, iki ailenin de durumu iyi. Daha fazla paraya tamah etmezler zannımca. Ben akşam namazından sonra İbrahim Ağa ile görüşeyim," diye düşündü.

Mustafa Efendi ve Hayriye Hanım, Rahmi'nin bir an evvel evlenip, çoluğa çocuğa karışmasını her şeyden çok istiyorlardı. Böylece durulacağını, adımlarını atarken daha dikkatli olacağını düşünüyorlardı.

Mustafa Efendi akşam namazından sonra Ekşi Mehmet'e, İbrahim Ağa'nın yakınlarda olup olmadığını sordu. Ekşi Mehmet şöyle bir çevresine bakınıp:

"Buralarda görünmüyor ağam, bu günlerde onların meşgalesi çok. Bacısını çok zengin biri istiyormuş," dedi. Ekşi Mehmet, Mustafa Efendi'den oldukça küçüktü.

"Mehmet, beni Mama Ağalara götürür müsün? Yatsı namazından evvel ya Remzi veyahut da Kel Hüseyin oradan alacaklar," dedi. Mustafa Efendi bir elinde bastonu, bir eli ile de Ekşi Mehmet'in koluna girerek, Çatalpınar'ın suyu boyunca yürümeye başladılar. Mama Ağa'nın kapısının önünde durup, kapıyı çaldılar. Biraz sonra Gülüş'ün kocası Şükrü kapıda göründü.

"Buyur ağam, buyur. Sizi buralara hangi rüzgar attı!" Mustafa Efendi bu gibi ziyaretler yapan bir insan değildi. Hele kör olduğundan beri kimsenin kapısından içeriye adım atmamıştı. Ekşi Mehmet de aslında bu ziyarete şaşırmıştı ama sormadı. Mustafa Efendi'yi Şükrü'ye teslim ettikten sonra, evinin yolunu tuttu. Bu gece yatsı namazını evinde kılmak niyetindeydi.

İbrahim Ağa, Mustafa Efendi'yi karşısında görünce şaşırmıştı. Ayağa kalktı. Mustafa Efendi'nin taş avludaki sedire oturmasına yardım etti.

"Hoş geldin, Mustafa Efendi. Bizi memnun ettin," dedi.

"Hoş bulduk, ne var ne yok?"

"Çok şükür kötü bir durum yok." İbrahim Ağa da meraktaydı, ama misafire "Niçin geldin?" diye soramazdı ya; bekleyecekti. Mustafa Efendi dolambaçlı yollardan gitmeyi sevmezdi.

"İbrahim Ağa, ben seninle çok mühim bir mevzuu konuşmaya geldim."

"Baş üstüne, ama önce Tevhide bize güzel birer kahve yapsın."

"Sade lütfen," diyen Mustafa Efendi, "keşke gözlerim açık olsa da, gelinim olacak bu güzel kızı görseydim," diye düşündü. Sade kahveleri hemen gelmişti.

İbrahim Ağa, "Tevhide sen Faika'nın yanına çık. Biz Mustafa Efendi ile bir şey konuşacağız. Lüzum olursa sizi çağırırım," dedi. Tevhide taş basamakları çıkarken, Mustafa Efendi'nin kendisi için geldiğini düşünüyordu. Tevhide üst kata kadar çıkmadı. Orta kattaki merdiven başına en yakın odaya girdi. Kapıyı da aralık bıraktı.

Mustafa Efendi "İbrahim Ağa, biliyorsun Rahmi döndü. Zaten onun hiç ceza yememesi gerekirdi. Bence de, aklı başında olan herkes de bunun böyle olduğunu, hatta onun bir kahraman ve vatanperver olduğunu düşünüyor. Yeni hükümet de bu şekilde düşündüğü için, tahliye ettiler," dedi. İbrahim Ağa halen padişahların en candan taraftarı ve savunucusuydu. Dudaklarını kıvırdı:

"Yeni hükümet de ne demekmiş? Ben öyle bir hükümet tanımıyorum," dedi.

"Neyse, mevzu bu değil. Önemli olan şey, Rahmi'yi suçsuz görüp, salıvermeleri. Onu anlatmaya çalışıyorum. Eh, bu köyün en zengin ağalarından biriyim. Oğlumun tahsili de var. Sizde biliyorsunuz ki yakışıklı ve gözü pek bir çocuk. Allah'ın emri ile bacın Tevhide'yi oğlum Rahmi'ye istiyorum. Bir yüzük takalım. Bahara da davullu zurnalı, müthiş bir düğün yaparız."

İbrahim Efendi hiç de hoşnut olmayan bir surat ve de tavırla:

"Tevhide verildi. Öbürsü gün söz kesilecek. Ama verilmeseydi de yine Rahmi'ye vermek istemezdim. Padişahımız onu katil diye hapse attıktan sonra, hiç kimse onu aklayamaz," dedi.

Bunları kapının arasından dinleyen Tevhide koşarak aşağıya indi:

"Ağabey o bir katil değil, Mıstrik yüzlerce Müslüman öldürmüştü. Daha bir o kadar da öldürecekti. Rahmi Bey bizlerin intikamını aldı, yeni kimselerin ölmesine mani oldu."

İbrahim Efendi kıpkırmızı olmuştu. Ayağa kalktı Tevhide'ye sağ eli ile çok kuvvetli bir tokat indirdi. Tevhide'nin dudağı yarılmış, kanlar akıyordu. Mustafa Efendi ayağa kalkmaya, mani olmaya yeltenmişti ama beceremedi. Geldiğine bin pişman olmuştu. İbrahim Ağa bağırıyordu:

"Seni yüzsüz seni, ne zamandan beri, kızlar ağabeylerine karşı çıkıyor? Hele böyle bir konuda!" diye bağırıyordu Tevhide yazmasının ucu ile kanayan dudağını bastırırken, merdivenlerden koşarak üst kata çıkıyordu. Bir taraftan da bağırıyordu.

"Beni hiç kimse ile zorla evlendiremezsiniz. Ölürüm de evlenmem!"

İbrahim Ağa, "Ben sana bunları ödeteceğim!" diye bağırdı. Mustafa Efendi ayağa kalktı.

"Peki, son sözün bu mu?"

"Evet Mustafa Efendi, bu. Bunda darılmaca gücenmece yok."

"Bacını vermediğin için değil, ama oğlumu katil olarak görmeni affedemem. Şükrü beni eve kadar götürsün," dedi Mustafa Efendi.

Babasını heyecan ile bekleyen Rahmi, konağın kapısının açıldığını duyunca hızla merdivenleri indi. Şükrü'nün kolundan babasını aldı.

"Sağ ol Şükrü. Sen gidebilirsin."

Merdivenlere doğru yürürken sordu:

"Eee, baba neler oldu?" Babasının yüzünden hiç de hoş bir şeyler olmadığını anlamıştı. Mustafa Efendi:

"Kız verilmiş. Artık sözümüzden dönemeyiz," diyor. Rahmi müthiş bozulmuş ve üzülmüştü. Kararlı bir şekilde başını kaldırdı:

"Ama oğlan tarafı dönebilir," dedi. Mustafa Efendi ne demek istediğini pek kavrayamamıştı. Bunu bir temenni gibi yorumladı.

İbrahim Ağa, Mustafa Efendi gider gitmez, Tevhide'nin arkasından yukarıya çıktı. Kızın dudağı hâlâ kanıyordu. Yazmasını dudağına bastırmış, hıçkırıklarla, sarsıla sarsıla ağlıyordu. İshak yanında diz çökmüş,

"Ağlama bibi! Ağlama bibi!" diye yalvarıyor, minik elleri ile sırtını okşuyordu. İbrahim Ağa çok sevdiği oğluna döndü.

"Sen ananın yanına çık bakalım." İbrahim Ağa'nın hırsı hala geçmemişti.

"Söyle bakalım! O yaptığın hareket ne oluyordu? Sende hiç utanmak yok mu? Yabancı bir erkeğin karşısında ağabeyin ile nasıl konuştun?" Tevhide başını kaldırdı. Alt dudağı balon gibi şişmiş, çenesine doğru kanlar akmıştı.

"Ben kötü bir şey söylemedim. Rahmi Beg'in katil olmadığını söyledim."

"Yani beni ona verin, demek istedin?" Tevhide birdenbire ayağa kalktı.

"Evet öyle demek istedim. Bunda ne var? Karılık edecek olan benim. Sizin vereceğiniz hiç kimseye yar olmam!" diye bağırdı. İbrahim Ağa var gücü ile Tevhide'ye vurmaya başlamıştı. Ta ki Faika Hanım kucağında Ömer, yanında İshak ile yanlarına gelinceye kadar. Çocuklar da ağlamaya başlayınca, bu sefer aşağıdan Gülüş ile Şükrü koşarak geldi. Tevhide'yi İbrahim Ağa'nın elinden zor kurtardılar. Kızın her tarafı yara bere içindeydi. Dudağı hâlâ kanıyordu. Hızla bitişik odaya girdi. Gülüş de arkasından soğuk su, kolonya ve bez alıp, yaralarını temizlemek için, Tevhide'nin odasına girdi.

Mustafa Efendi, Rahmi'ye konuşulanların hiçbirinden bahsetmemişti. Tevhide'nin ağabeyine diklenmesinden, tokat yemesinden ve hatta İbrahim Ağa'nın kendi hakkındaki sözlerinden. Biliyordu ki, oğlu bunları duysa çoktan Mama Ağaların kapısına dayanır, yeni bir olay ve rezalet çıkmasına sebep olurdu.

Ertesi günü sabah erkenden uyanan Rahmi, atına atladı. Doğru Odataşıgillerin evinin bulunduğu Canıgüzel pınarına doğru atını sürdü, atından indi. Nasılsa evin oğlu çok geçmeden çıkıp, yazıya gidecekti. Nitekim on dakika ancak beklemişti ki, kapı açıldı, eşek üzerinde Nurettin çıktı. Rahmi yanına yaklaşmıştı.

"Hayırlı sabahlar." Nurettin şaşkın şaşkın,

"Hayırlı sabahlar, Rahmi Bey, geçmiş olsun," dedi.

"Ne tarafa böyle?" dedi Rahmi.

"Kıraçlara doğru."

"Ha iyi, benim de yolum o taraf. Senden bir şey soracaktım. Bizim Remzi Amerika'ya gitmek istiyor da. O toprak ile uğraşacak bir tip değil. Sizin de Harputlu bir akrabanız varmış, oğlu Amerika'dan yeni gelmiş, belki yardımcı olur, diye düşündüm..."

"Olur Rahmi Beg, Co Şerif'i söylüyorsun. Çok iyi bir adamdır, eminim elinden geleni yapar."

"Co Şerif'de ne oluyormuş?"

"Amerikalılar 'Co Şerif' diye çağırıyorlarmış, asıl adı Şefik. Biz şerif yerine esas adını koyarak Co Şefik yaptık."

"Peki, Co şefik buraya ne zaman gelecek?"

"Bu gece gelecek, Mamo'nun dağında bir eğlence düzenledik. Yarın sözü kesilecek ya, adamda para çok. Önce bize bir ziyafet çekecek. Mamo da uzaktan akrabalarıdır da."

"Yani kaç gibi? Bana bir haber verirsen memnun olurum."

"Tamam veririm. Remzi ile dün görüştük ama, hiç böyle bir şeyden bahsetmedi."

"Kim bilir aklı neredeydi. Hadi Allahaısmarladık, akşama görüşürüz."

Akşam namazına bir saat gibi bir zaman vardı. Rahmi hiçbir iş ile ilgilenmemişti. Öğlen yemeğinden sonra eve girip, akşama kadar odasında kaldı. Bir ara Martin'ini temizledi sildi. Sonra dolapta sarılı duran kılıcını çıkardı, evirdi çevirdi, parlattı. Bir ara Ziver uğradı. Rahmi'ye geçmiş olsun diyerek, iyi dileklerini bildirdi. Rüştiyeden bazı haberler verdi. Artık Celâl'den haberler getiremiyordu. Zira Celâl, Mustafa Kemâl'in ordusuna katılmıştı. Akşam üstü, Hafife Bacı kapıda belirdi.

"Rahmi Beg, Odataşı'ların oğlu Nurettin seni istiyor." Rahmi sıçradı.

"Tamam Hafife Bacı, ben iniyorum," dedi. Annesinin veya babasının duymasını istemiyordu. Hem yanına aldığı Martin'den, hem de fazla yakınlığı olmayan Odataşıgil'in oğlu ile ne gibi bir işi olduğundan şüphelenebilirlerdi.

"Merhaba arkadaş!"

Yanında orta boylu, zayıf, güler yüzlü, seyrek saçlı bir genç duruyordu.

"Rahmi Beg, işte sana bahsettiğim Co Şefik." Co Şefik elini uzattı, ama eli havada kalmıştı.

Co Şefik ve Nurettin bu davranışa bir anlam veremediler. Rahmi Bey Nurettin'e dönerek,

"Hadi sizi yolunuzdan alıkoymayayım. Mamo'nun dağına doğru gidelim," dedi.

Co Şefik'e daha evvel niçin arandığı anlatılmış olmalı ki, tuhaf bir hal almış Türkçesi ile, Amerika'ya nasıl gidileceğini anlatıyordu. Yıkık duvarları olan bir arsanın içinden geçerken, Rahmi birden bire atından atladı.

"İn bakalım Co Şefik, seninle görülecek bir hesabımız var!" Şefik'in de, Nurettin'in de rengi sapsarı olmuştu. Nurettin atıldı:

"Ne oldu? Rahmi Bey? Ters bir şey mi var?"

"Evet oldukça ters bir şey var."

Şefik heyecanla,

"Reğmi Beg ne istersen vereyem..." derken giydiği acayip bir şeyin iç cebinden yeşil dolarlar çıkarmıştı. Rahmi dolarları eli ile itti.

"Ulan hergele, ben soyguncu muyum? Koy şu paraları cebine! Seninle hesabım başka!"

"Ne gibi bir hesap bu?"

"Biz bahçemizde yetişen gülleri başkasına koklatmayız!"

Co Şefik, hiçbir şey anlayamamıştı. Şaşkın şaşkın bir Rahmi'ye, bir de Nurettin'e bakıyordu. Nurettin durumu hemen kavramıştı. Ama ne demesi veya ne yapması gerek bilemiyordu. Ayrıca böyle bir durumun oluşmasında yardımcı olduğu için suçluluk duygusu içinde idi. Kendisini Co Şefik'e tuzak kurmuş gibi hissediyordu.

"Rahmi bey daha açık konuş, Şefik yıllardır dilimizi konuşmadığı için unutmuş," dedi.

"Öyleyse şöyle diyeyim. Tevhide benim karım olacak. Hemen bu evlilikten vazgeçip, başka kapıya bakmasını söyle! Eğer direnirse, ne Tevhide'ye, ne de başka kapıya bakamaz. Kapalı göz ile hiç kimseyi göremez, değil mi Co?"

Şefik durumu anlamıştı. Biraz durdu. İçinden "Bir kız için belaya bulaşmaya değmez," diye geçirdi. Henüz Tevhide'yi görmemişti bile. Anlatılanlara göre çok güzelmiş. "Başka güzeller de vardır elbet," diye düşündü.

"Rahmi Beg, ben senin yavuklu olduğunu nereden bilem? Emrin başım üstüne." Rahmi Nurettin'e döndü.

"Bunu bütün köylülere ve hatta civar köylere söyle! Ayaklarını denk alsınlar. Yoksa sonları kötü olur."

Rahmi evinin yolunu tutarken, Nurettin ile Co Şefik de Odataş'ların eve doğru yol almaya başlamışlardı.

"Dostum ben bugün eğlence falan yapmayacağım. Mehmet Amca'ya rica edelim. İbram Ağa'ya yarın söz kesimi olamayacağını bildirsin."

Odataşı'ların Mehmet, caminin sebilinde İbrahim Ağa'yı abdest alırken yakaladı. Kendisi ile görüşmek istediğini söyledi. İbrahim Ağa:

"Tamam gardaş, namazdan sonra, burada buluşalım," diye cevapladı.

İbrahim Ağa eve yıldırım hızı ile girdi. "O uğursuz kız nerede?" diye bağırdı. Faika Hanım ile Gülüş birdenbire fırlayıp, önüne geçtiler. Faika Hanım

"Ne oldu İbrahim Ağa? Yine neye kızdın? Artık kıza bir şey yapma! Hâlâ yara bere içinde, odasından çıkamıyor. Yarın ki söze nasıl çıkacak? Onu düşünüyoruz" diyordu. İbrahim Ağa burnundan soluyordu.

"Yarın söz möz yok. Bütün köye rezil oldum. Ben bunun acısını fitil fitil burnundan getirmezsem, bana da Mama Ağa'nın oğlu İbrahim Ağa demesinler!" diyerek, mutfağa doğru yürüdü.

Ertesi günü öğlene doğru bütün köy Tevhide'nin evlilik işinin bozulduğunu, Rahmi'nin Tevhide'de gözü olduğunu, Şefik denen adama silah çektiğini, eğer sözünü dinlemezse öldüreceğini, hatta bundan böyle Tevhide'ye yan bakan herkesi yok edeceğini söylediğini konuşuyordu. Birinden ötekine söylenen laflara, yeni yeni eklemeler yeni yeni tehditler de ilave ediliyordu.

Bütün bunları Tevhide'ye müjdeleyen yine İkbal Hanım olmuştu. Tevhide sevinçten ne yapacağını şaşırmıştı. Yarasını, acısını unutmuştu. Yüzünde gülücükler uçuşuyordu. İkbal Hanım bu günlerde odasından çıkıp, ağabeyleri ile karşılaşmamaya çalışmasını da tembih etti. Bunlar Tevhide'yi hiç mi hiç ilgilenmiyordu. Onu ilgilendiren tek şey, şimdilik evlenme tehlikesinin bertaraf edilmesi, Rahmi'nin kendisine talip olduğunun bütün köyce bilinmesi idi. Uzun müddet artık yaklaşamazlardı. Bu sevinç ile saçlarını çözüp, aynanın karşısına geçti. Bir de türkü tutturup, lepiska saçlarını taramaya başladı. Ne patlak dudağı, ne kolundaki morlar hiç önemli değildi.

Herkeste olduğu gibi, Hacı Hafız Ağa'nın konağında da bu konu vardı. Mustafa Efendi işin sadece bir tehdit ile hallolmasından memnundu. Çünkü daha başka endişeler taşıyordu. Muzaffer bir eda ile kahvesini yudumlayan Rahmi'ye döndü:

"Evladım bunlara ne gerek vardı? Şurada tahsilli, görgülü akıllı bir kız var. Bence Küçük, Tevhide'den çok daha üstün niteliklere sahip. Sırf güzellikle ne olur?"

"Baba, bunların ben de farkındayım. Ama Küçük bana göre bir kadın değil. Bana kayıtsız şartsız itaat eden, yüzüne bakılır bir kadın lazım. Küçük asla böyle bir kadın olamaz. Çok akıllı, çok bilmiş ve de çok kibirli. Hem bir evden bir gelin adayı yeter. Küçük oğlun, ortanca kızlarına deli gibi aşık. Ne yapsam vazgeçiremiyorum," dedi.

"Peki niye bu kadar uğraşıyorsun? Sen sevdiğini istiyorsun da, o isteyince mi suç oluyor?"

"Ben sevdiğimi istemiyorum, ben bana uygun bir kadın olanı istiyorum. Dilşat bize uygun bir gelin olamaz. Çok dik kafalı ve bilmiş tavırları var. Remzi'yi parmağında oynatacağından korkuyorum."

Mustafa Efendi, Sıdıka Hanım'ın kızlarından birini gelin almak istiyordu. Kendisi akrabalığını yeterince gösterememişti. Şimdi de gösterecek gücü yoktu. Belki bu yolla, oğulları bu bahtsız aileye sahip çıkabilirlerdi. Birden içinde bir ferahlık hissetti. "Ziver altı-yedi ay sonra zabit çıkacak. Çok karakter sahibi bir çocuk, ümit ederim ki ailenin kaderi artık değişecek" diye düşündü.

Rahmi'nin köyde çok az bir zamanı kalmıştı. Harman yerlerini dolaşıyor, alıcılarla pazarlık ediyor. Seneye neler ekilmesi gerektiğini babası ve Remzi ile tartışıyordu. Birden Remzi'ye döndü.

"Galiba aklın başına geldi? Dilşat'tan vazgeçtin herhalde? Artık onlara girip, çıkmıyorsun," dedi. Remzi gayet sakin:

"Benim aklım hep başımdaydı. Dilşat'tan da vazgeçmiş falan değilim. Sen nasıl Tevhide ile evlenmeye kararlı isen, ben de Dilşat ile evleneceğim. Kimse mani olamaz!" Rahmi ayağa kalktı:

"Ben olacağım! Bu evlilik asla olamaz!" Remzi de ayağa kalkıp ağabeyinin karşısına dikilmişti.

"Bana bak ağabey, ne mal ne mülk için seninle kavga etmem, ama bu konuda boşuna yorulup, beni isyan ettirme!

Sözünün geçmeyeceği tek yer burası!" Rahmi birdenbire sağ eli ile, Remzi'nin yüzüne bir tokat attı. Remzi de yıldırım hızı ile Rahmi'nin sol gözüne bir yumruk indirdi. Bu hareketi hiç beklemeyen Rahmi gafil avlanmıştı. Sedirin önünde kanaviçe bir yastık işleyen Mürüvvet çığlık çığlığa bağırmaya başlamıştı. Çünkü Rahmi yanındaki makası kapmıştı. Fatma hemen küçük ağabeyinin önüne geçerek kollarını açtı. Mustafa Efendi ayağa kalkmaya çalışıyordu. Hayriye Hanım ekmekleri sacın üzerinde bırakarak koştu. Neyse ki Fatma'nın bu hareketi Rahmi'yi durdurmuştu. Sedire doğru yürürken Mustafa Efendi kendisinden beklenmeyen yüksek ve sert bir sesle:

"Rahmi! Remzi! Buraya gelin!" deyip biraz bekledi. Onların geldiğinden emin olduktan sonra,

"Bana bakın erkek evladım olsun diye, Allah'a çok dua ettim ve kabul etti. Ne olur bu kadar acımın üzerine, 'Keşke erkek evlat istemeseydim' dedirtmeyin! Bu bana çok daha acı verecektir. Ben iki oğlumun omuz omuza verip, bu malı idare edeceğini, daha da büyüteceğini, bacılarına ve analarına sahip çıkacağını düşünmüştüm, umut etmiştim. Ne yazık ki siz her konuda, her an karşı karşıya geliyorsunuz. Çok kere de aynı kandan, aynı candan olduğunuzu unutuyorsunuz. İşte bu dert beni yok edebilir. Ve tabii bütün aileyi ve bütün serveti de. Rahmi sen! Kayıtsız şartsız herkesi idare edeceğini düşünme! Remzi, sen de ağabeyine biraz daha saygılı ol! Büyüğe hiçbir şekilde el kalkmaz!"

İkisi de sakin bir tavırla dinlediler ama hiç de etkilenmiş gözükmüyorlardı. Hayriye Hanım seslendi:

"Hafife, kapı çalınıyor." Birdenbire kapalı avluya koştu. Bir taraftan da "Eyvah sacın üzerindeki ekmekler yandı," diye söyleniyordu. Ekmekleri Hafife almış, yenilerini koymuştu. Gerçi, hâlâ ekmeklere Hayriye Hanım gibi oval şekil vermesini öğrenememişti ama, en azından yanmalarını önlemişti. Hafife telaşla içeriye girdi.

"Hanım, jandarmalar!"

Hayriye Hanım,

"Nee? Ne jandarması?" diye bağırırken, odadan Rahmi fırladı.

"Ne oluyor? Ne var Hafife Bacı?"

"Beg, jandarmalar geldi. Seni görmek istediler." Rahmi şaşırmıştı. "Allah Allah, ne var acaba?" diyerek merdivenlere doğru yürüdü. Rahmi'nin ilk aklına gelen şey, hapishane müdürünün kendisini tahliye etmesinin üst yetkililer tarafından reddedilmesi olabileceği idi. Kapıda iki jandarma duruyordu. Birisi Perçenç köyünden Kayagiller'den bir gençti. Rahmi ile uzaktan tanışırdı. Ötekini tanımıyordu. İkisi de asık surat ile bekliyorlardı. Rahmi kapıyı sonuna kadar açtı.

"Buyurun içeriye, birer ayran için." Yabancı olan jandarma acele ve kesin bir tavır ile,

"Hayır zamanımız yok. Sen hazırsan gidelim."

Rahmi "Nereye gideceğiz? Diyarbakır'a mı?" deyince jandarma şaşırmış gibi baktı.

"Ne Diyarbakır'ı? Bölge jandarma karakoluna gideceğiz." Rahmi tam anlayamamıştı.

"Peki, giyineyim geliyorum" dedi. Yabancı olan jandarma endişelenmişti. Rahmi'nin başka bir taraftan kaçabileceğini düşünüyordu. Perçenç'li jandarma arkadaşının kolunu tuttu.

"Tamam Rahmi Bey" bekliyoruz. dedi

Hayriye Hanım merakla merdiven başında bekliyordu.

"Ne var? Rahmi ne oluyor?" Rahmi önemsemez bir tavırla,

"Bir şey yok ana. Herhalde bir evrak eksikliği veya bir yanlış anlaşılma. Ben onlarla gidiyorum ama hemen dönerim" dedi.

Jandarma komutanı suratsız bir adamdı. Rahmi'ye iğreniyormuş gibi bir tavırla bakıyordu. Rahmi adamın bu bakışlarından ürkmüştü. Tanımadığı sekiz-on kişi vardı. Onların içinde Odataşıların oğlu Nurettin de vardı. Komutan Nurettin'e dönerek:

"Mustafa oğlu Rahmi bu mu?" Genç adam önüne bakıyordu. Jandarma biraz daha yüksek sesle ve kızgın bir tavırla sordu. Nurettin zor duyulan bir sesle:

"Evet bu," dedi. Komutan üstüne basa basa:

"Yani bu adam, Co Şefik dediğiniz adamı tehdit etti. Bir saat evvel de iki arkadaşı ile Co Şefik'i önce soyup, direnince de öldürdü. Öyle mi?" Nurettin acele ile:

"Komutanım, Rahmi bey Co Şefik'i tehdit etti, üç-dört gün önceydi. Ama bu gün soyup da öldürenin kim olduğunu bilemem." Rahmi donmuş gibi bakıyordu.

"Co Şefik öldürüldü mü?" diye sordu. Komutan müstehzi bir şekilde gülerek:

"Bak bak bak! Yavrucağın haberi bile yok. Peki gözünün çevresindeki morluk ne? Ve neredeydin?" Rahmi iyice sinirlenmişti.

"Komutan ben soyguncu değilim. Hem Co Şefik ile biz anlaştık. Öldürmem için bir sebep yoktu. Ayrıca ben bu gün hiç evimden çıkmadım. Bu morluk da kardeşim ile yaptığım kavgada oldu."

Jandarma yine alaylı bir tavırla:

"Oğlum, senin bu hikâyene kargalar bile güler! Peki Co Şefik ile hesabın neydi? Öldürmen için yeşil Amerikan parasından iyi sebep mi olur?" Rahmi atıldı:

"O çok hususi bir mevzuydu. Yeşil paralarda beni hiç ilgilendirmiyor. Paraya pula ihtiyacım yok."

Jandarma komutanı Rahmi'yi suçlu görmeye kararlı idi. Elini havada daireler çizerek salladı.

"Oh ne güzel! Mevzu hususi, morluk kardeşi tarafından yapıldı! Şahitleri de ailesi! Biz de inandık! Takın kelepçeleri! Doğru, Elâziz'in yeni yapılan hapishanesine!" Rahmi ile beraber olanları seyreden Remzi, komutanın önüne atıldı:

"Ağabeyim doğru söylüyor. O bir şey yapmadı. Gözünü de ne yazık ki ben morarttım" dedi, ama kimse Remzi'yi dinlemiyordu bile, kelepçeler takılmıştı.

Mustafa Efendi böyle durumlardan hem çok utanıyor hem de fazlası ile üzüntü duyuyordu. Oğlunun bir şey yapmadığını biliyordu ama, bütün deliller aleyhineydi. Bu durumda başı yine fazlası ile belada demekti. Henüz hasat mevsimi sona ermemiş, mahsul paraya çevrilememişti. Rahmi için çok kuvvetli bir dava vekiline ve belki de birilerine vermek için paraya ihtiyaç vardı. "Akdeğirmen tarafındaki küçük bağı satsam mı?" diye düşündü. Sonra "Başka çarem de yok galiba. Camiye gidince bir yoklama yapayım," diye karar verdi.

Rahmi'nin yeniden tutuklanma haberi de, köyde her haber gibi çabuk dağılmıştı. Bu habere en çok sevinenlerden biri İbrahim Ağa'ydı. Avluda özellikle de yüksek sesle, karısına bağırarak, Tevhide'ye duyurmaya çalışmış, başarmıştı da.

"Faika! Faika duydun mu? Rahmi iti yine tutuklanmış, Tevhide'yi isteyen delikanlıyı soymuş, sonra da öldürmüş." Tevhide hızla merdiven başına çıktı:

"Yalan! Bunlar yalan! Rahmi Beg para için kimseyi öldürmez!" diye bağırdı. İbrahim Ağa merdivenlere doğru yürüyünce de, koşup odasına girdi. Kapıyı kilitledi. Faika Hanım:

"Yeter İbrahim Ağa, artık biraz sakin ol! sen hiç genç olmadın mı?"

İbrahim Ağa: "Kadınlardan genç, ihtiyar olmaz. Onlar her zaman düşünerek hareket etmelidir."

Bir aydır Rahmi tutukluydu. Henüz mahkemeye çıkarılmamıştı. Hacı Hafız Ağa konağı adeta yastaydı. Oğulları suçsuz olduğu halde, deliller tam aksini gösteriyordu. Sulu bağ satılmış, çok ünlü ve pahalı bir dava vekili tutulmuştu. Yine de olumlu bir sonuç beklenmiyordu. Bu arada evin büyük kızı Mürüvvet, Kesrik'den Kitapsızgil'in oğluna isteniyordu. Ailenin durumu iyiydi. Damat adayı da Elaziz'deki devlet hastanesinde idari müdürlük yapıyordu. Mustafa Efendi bu evliliğe razı olmuştu ama bu durumda kız evlendirmek mümkün değildi. Ağabeyinin aklanması veya cezasını çekip çıkması gerekti. Mürüvvet Hanım'ı bu güne kadar çok kimse istemişti. İlk defa "evet" diyebilecekleri bir kısmetti.

Kızlar ağabeylerini, Remzi'yi sevdiği kadar sevmezlerdi. Aşırı baskısından bunalıyor, bir an evvel kendi yuvalarını kurup, daha hür yaşamak istiyorlardı. Evliliğe sıcak bakmalarının en büyük sebeplerinden biri de bu idi. Mürüvvet Hanım ile Fatma Hanım yatak çarşafını çekiştirerek katlarken Mürüvvet Hanım:

"Biliyor musun Fatma, biz Rahmi ağabeyimin yüzünden evde kalacağız. Onun ömrü hapishanelerde geçecek biz de matemini tutacağız," dedi. Fatma biraz bozulmuştu.

"Abla, ağabeyimin hiçbir günahı yok ki, ne yapsın?"

Mürüvvet:

"Bence var. Mama Ağaların çıyan gözlü kızı için adamı tehdit etmeseydi, bu işler olmazdı" dedi.

Mürüvvet çok ufak, tefek, minyon suratlı, hareketli ve konuşkan bir kızdı. Güler yüzlü idi. Çabuk dost edinirdi.

Fatma ise daha uzun boylu, baba tarafına daha çok benzeyen, kumral, az konuşan bu yüzden de kendini beğenmiş olarak adlandırılan bir kızdı. Fatma ailesine daha düşkün olduğu halde bunu pek gösteremezdi. Her konuda mesafeli bir yapıya sahipti.

Bugün Rahmi mahkemeye çıkacaktı. Bütün ısrarlara rağmen Mustafa Efendi, mahkemeye gitmeye kararlıydı. Mustafa Efendi'yi Hüseyin'in ve Remzi'nin yardımı ile ata bindirdiler. Hüseyin atın yularını tutarak yürüyecekti. Remzi de başka bir atın üzerinde yola koyuldular. Remzi Bey:

"Korkma Hüseyin, biraz yürüdükten sonra sen ata binersin, ben yere gelirim," dedi.

Hayriye Hanım arkalarından bildiği bütün duaları okuyor, göğe üflüyordu. Aynı şekilde Tevhide de bütün gece ağlayıp, dua etmişti. Rahmi'nin beraat etmemesi için dua edenler de vardı. Tabii bunların çoğu, çıkarlarına ters düştüğü içindi.

Mahkemede yeni hükümetin tayin ettiği yaşlı bir hakim, bir müdde-i umumî*, altta da genç bir katip oturuyordu. Rahmi'nin dava vekili, Mustafa Efendi, Remzi ve Hüseyin de dinleyicilerin en önünde oturuyorlardı. Hakim masaya üç kere vurdu. Salonda ses kesilmişti.

Müdde-i umumî iddianameyi okudu. Şahitleri bir bir çağırdı. Karşı taraftan Odataşıların oğlu Nurettin ilk gün jandarmaya söylediği şeyleri tekrar etti. Onların da başka bir şahidi yok gibiydi. Zira olayı bizzat gören olmamıştı. Rahmi Bey'in şahidi olarak Remzi ve Hüseyin dinlendi, ama, ne hakim, ne de müdde-i umumî bu şahitlere rağbet etmiyordu. Remzi kardeşiydi. Birinci dereceden yakı-

---

* müdde-i umumî: savcı

nı. Hüseyin de onların kapısında çalışan bir hizmetkârdı. Tabii ki onların lehine ifade verecekti. Son şahit olarak, o gün eve gelen jandarmalardan birisi, Perçenç'li olmayan jandarma dinleniyordu. Birden mahkeme salonunun kapısı açıldı. Bir jandarma yüzbaşısı içeriye girdi. Hakimin kulağına eğilerek bir şeyler söyledi. Hakim çok şaşırmışa benziyordu. Mustafa Efendi göremediği için, neler olup bittiğini kavrayamıyordu, ama tuhaf bir durum olduğunu hissetmişti. Remzi'ye sordu. Remzi durumu anlattı. Mustafa Efendi'nin rengi sapsarı olmuştu. Acaba ne gibi bir durum ortaya çıkmıştı? Rahmi için iyi bir olayın meydana gelmesi zor bir ihtimaldi. Çünkü, köylülerin çoğu onun hapiste kalmasından ziyadesi ile memnundu.

Hakim yine tokmakla masaya vurdu. Ayağa kalktı. Bütün salon da ayağa kalkmıştı. Remzi babasını da tutup, kaldırmak istedi ama Mustafa Efendi külçe gibiydi. Çabaladı fakat kalkamadı. Hakim gür sesi ile:

"Mahkemeye yirmi dakika ara veriyorum," diyerek aceleyle salondan çıktı. Diğerleri de onu takip ettiler. Remzi Hüseyin'e döndü:

"Sen babamın yanında otur. Ben bir dışarıyı kolaçan edeyim. Belki işe yarar bir haber alırım." Bir taraftan da işaret ediyordu, "bir de sigara içerim" anlamında...

Remzi on dakika sonra geri dönmüştü. Ne yazık ki hiç kimse bir şey bilmiyordu. Mahkemenin başlamasını beklemekten başka çare yoktu. Bekledikleri beş-on dakika hayatlarının en uzun zaman dilimiydi sanki. Birden salon hareketlendi. Hakim kapıda görünmüştü. Kürsüye geldi. Tokmağını üç defa vurdu:

"Sayın mahkeme üyeleri, Adalet hiçbir zaman yanlış karar almaz. Deliller kifayetsiz, şahitler yetersizde olsa, Allah'ın yardımı ile adalet yerini bulur. İsmet oğlu Şefik

21 ağustos pazartesi günü bir soyguna uğramış, direnince de canına kastedilmiştir. Zanlı olarak tutuklanan Mustafa oğlu Rahmi'nin suçsuz olduğu anlaşılmıştır. Yakalanan iki Ermeni Taşnak komitacısı yakalanmış, suçlarını itiraf etmişlerdir. Bu ahval karşısında yüksek mahkeme heyeti Mustafa oğlu Rahmi'nin beraatına karar vermiştir."

Rahmi herkesten çok şaşırmıştı, çevresine inanamıyormuş veya acayip bir şeyler görüyormuş gibi şaşkın şaşkın bakıyordu. Sonra birden toparlandı ve kendisine kızdı. "Bunda bu kadar şaşacak ne var ki? Beklediğimden çabuk meydana çıktı, o kadar!" Birden ürperdi: "O Ermeniler yakalanmayabilirdi de. Rusya'ya veya Suriye'ye kaçabilirlerdi!" Sonra babasına doğru baktı. Koca Mustafa Efendi kupkuru bir kemik yığını gibiydi. Yine göz çukurlarını dolduran yaşlar yanaklarından ip gibi akıyordu. Ayağa kalktı, babasına doğru gitmek istedi. Yanındaki jandarma, hiç de dostane olmayan bir tavırla söylendi:

"Nereye arkadaş, mahkemedesin. Hapishaneden çıkman için bir sürü muamele gerek." Rahmi yerine oturdu.

Remzi çok sevinçliydi. Kendisinin attığı yumruk yüzünden, ağabeyinin kavgalaştığı sonucuna varılmıştı. Gerçi, tek delil değildi ama şüpheleri güçlendiriyordu. Remzi, ağabeyinin tutuklandığı günden beri vicdan azabı çekiyordu. En önemlisi de ağabeyinin kurtulmasıydı. Babasının kulağına eğildi:

"Baba, seni Hüseyin götürsün. Ben ağabeyimi bekleyeyim."

Mustafa Efendi titrek bir sesle:

"Olur," dedi. Hüseyin'in de yardımı ile ayağa kalktı.

Mahkeme salonu boşalmaya başlamıştı. Rahmi de yine jandarmaların arasında çıkıyordu. Remzi'ye taraf dönüp, gülümsedi.

Mustafa Efendi ile Hüseyin konağın kapısından içeri girdiklerinde, Hayriye Hanım ile Hafife Bacı tandır başında bir şeyler yapıyordu. Hayriye Hanım elindeki bezi attığı gibi koştu:

"Efendi ne oldu?" Mustafa Efendi gülerek:

"Korkma Hanım, beraat etti. Yapan iki rezil komitacı Ermeni imiş, yakalanmışlar ve suçlarını itiraf etmişler." Hayriye Hanım da şaşırmıştı.

"Hâlâ Ermeniler böyle şeyler yapabiliyorlar mı?"

"Yine dirildiler, yine teşkilatlanıyorlarmış. Eh, Osmanlı İmparatorluğu diye bir şey kalmadı. Yeni hükümet de her şeyi birden halledemez ki. Bütün düveller de onları maşa olarak kullanıyor. Bundan iyi ortam mı olur? Mustafa Kemâl bu şartlarda bile destanlar yazdırıyormuş." Hayriye Hanım kocasının son cümlelerini duymamıştı. Aklı fikri Rahmi'nin tahliye edilip, edilmediğindeydi.

"Doğru söylüyorsun değil mi?" Mustafa Efendi daha ciddi bir yüzle:

"Benim hiç yalan söylediğimi gördün mü Hayriye?" Hayriye Hanım koşar adımlarla ikinci kata çıktı. Bir taraftan da bağırıyordu:

"Mürüvvet! Fatma! Ağabeyiniz beraat etti!" Kızlar merdiven başına koşarken, Hayriye Hanım konağın selamlık tarafına gitmiş, damdan aşağı sarkarak:

"Sıdıka Hanım duydun mu? Rahmi beraat etmiş. Meğer iki hınzır ermeni adamı öldürmüşmüş!"

Sıdıka Hanım duvarın dibine yaklaştı.

"Gözün aydın Hayriye Hanım, çok sevindim," dedi. Sıdıka Hanım'ın evinde sevinmeyen bir kişi vardı. O da ortanca kız Dilşat Hanım.

Remzi yeni hapishanenin, yüksek duvarlarla çevrili bahçesinin önündeki söğüt ağacına atını bağlamış, kendisi de gövdesine belini dayamış, itina ile sardığı sigarasını içiyordu. Bütün dikkati ile de, hapishanenin kapısına gözlerini dikmiş, Rahmi'nin çıkmasını bekliyordu. Hem ağabeyini almak için sabırsızlanıyordu. Hem de sigara içtiğini göstermemesi gerekti. Fazla beklemedi. Sigarasını hemen toprağa gömdü. Zira hapishanenin kapısı açılmış, Rahmi Bey elinde tahta bavulu ile gözükmüştü. Hızla ağabeyine doğru koştu, coşku ile boynuna sarıldı. Rahmi Bey onun kadar coşkulu değildi:

"Hadi seni bu seferlik affedeyim. Bir daha bana el kaldırırsan, sonunu sen düşün!" Remzi gülerek:

"Ağabey böyle güzel bir günde bunları konuşmayalım." Rahmi hemen konuyu değiştirdi:

"Bir tek at ile mi geldin?"

"Ağabey senin çıkacağını hiç düşünmemiştik. Sen atı al. Ben buğday meydanına kadar ineceğim. Şu zahireci Hüsnü'yü görmem gerek. Harmanlar kalktı, buğdaylar hazır, Hüsnü ortalarda yok. Ben akşamüzeri yürüyerek gelirim. Ne kadarcık yol ki?" Rahmi güldü:

"Hüsnü'nün ne hin oğlu hin olduğunu bilmiyor musun? Güya ilgilenmiyormuş gibi yapıyor. Fiyatı düşürmek için taktiktir bunlar oğlum! Sen önce zahireci Süleyman'a bir "merhaba" de. Sonra da Hüsnü'ye uğramayacakmış gibi yürü. Bak nasıl arkandan koşacaktır. Eh, hadi ben gideyim artık."

Rahmi bir an evvel köye gitmek istiyor, ailesinden çok Tevhide'yi merak ediyordu. Zira ailesinden haber alıyordu ama, Tevhide'den haber veren kimse yoktu. "Acaba ne durumdadır," diye düşündü.

"Köy yolunu tutmadan, jandarma kumandanını görmeliyim, ona bir çift sözüm var" diye düşündü. Kumandan odasındaydı. Odanın önünde duran jandarma erine "Selamünaleyküm diyerek odaya daldı. Kumandan bütün dikkati ile bir evrakı inceliyordu. Rahmi biraz da müstehzi bir tavırla:

"Kumandan Bey, tahliye edildiğimi bildirmeye geldim. Memnun olacağını düşündüm de...." Kumandan gözlerini kısarak Rahmi'ye baktı:

"Ne demek istiyorsun yani?"

"Şunu demek istiyorum. Kanunlara göre suçu ispatlanmamış, yani hüküm giymemiş insan, suçlu sayılmaz. Sadece zanlıdır. Sen bana o gün bir cani muamelesi yaptın ve ayrıca alay ettin. Bu mevkide bir insanın çok daha ölçülü davranması icap etmez mi?" Kumandan kıpkırmızı oldu.

"Bana bak, Rahmi misin ne zıkkımsan tepemi attırma! Odamdan çık" dedi. Rahmi gülerek:

"Kahve de ısmarlasanız oturmam!" burnu ile havayı koklar gibi yaptı: "Burası çok pis kokuyor" diyerek kapıdan hızla çıkıp, atına atladı. Kumandan arkasından uzun süre baktı. "Bende kumandansam sana bu söylediklerini yuttururum!" dedi.

Rahmi köye girdiğinde, çok keyifliydi. Devamlı aynı türküyü mırıldanıyordu: "Bu dere baştan başa ayvalı bağ..." Köye Kuyulu yolundan taraf girdi. Maksadı yine arka sokaktaki Mama Ağaların bahçe kapısında oyalanmaktı. Tevhide'yi görmeyi ümit ediyordu. "Acaba Tevhide duydu mu?" diye düşündü. Sonra ümitsiz bir şekilde "Bir şansımı denerim" diyerek atını hızlandırdı.

Köyde her türlü haber bir saat içinde en ücra köşelere yayılabiliyordu. Tevhide de yine aynı yolla duymuştu. Ne yazık ki İbrahim Ağa suratını asmış, oturuyordu. Bu yeni haber hiç de hoşuna gitmemişti. Nihayet Faika Hanım dayanamadı:

"Kalk da Akdeğirmen'e gidecek buğdayı hazırlat bari bugün! Murtaza'nın işi az iken, öğütsün de getirsin. İyi tembihle, has un yapacaklar." İbrahim Ağa ister istemez kalktı.

"Akdeğirmen'e ben gideyim. Değirmenci, Murtaza'yı dinlemez," dedi.

Ağabeyi evden çıkar çıkmaz Tevhide ayağa kalktı.

"Ben de şu arka bahçedeki domateslere bir bakayım. Olmuşları toplar, sonra da sularım..." diyerek arka bahçeye hızla yürüdü. Sokağa bakan kapıyı araladı. Olmuş domatesleri toplayıp, sepete koydu. Kuyudan su çekmeye başladı. Bir taraftan da düşünüyordu. "Çok geç kaldı. Acaba salmadılar mı? Yoksa geldi geçti mi?" Kuyudan çektiği suyu başka bir kovaya doldururken, bahçe kapısının hafifçe vurulduğunu duydu. Başını çevirince Rahmi ile göz göze geldi. Elindeki su dolu kovayı fırlatarak, kapıya koştu. Bir taraftan da ağlıyordu.

"Ben artık dayanamıyorum. Senin yanında olmak istiyorum. Kaçır beni!"

Rahmi yine Tevhide'yi incir ağacının altına doğru çekerek, başını göğsüne bastırdı. Çenesinden tutarak, yüzünü kendine doğru kaldırıp, gözlerindeki yaşı elleri ile sildi. İçinden "Bu kıza ağlamak da çok yakışıyor, gözleri daha koyu oluyor," diye geçirdi. Sonra ellerini avuçlarının içine aldı. Hafifçe sıkıyordu. Tevhide çok heyecanlanmıştı. Vücudu ateşler içinde yanıyordu. Neredeyse kendini tutamayıp, Rahmi'nin elini yüzünü, dudaklarını öpecekti. Bunları yapamadı ama, yapmak istediği gözlerinden okunuyordu.

"Bak bir tanem sen bunu ne kadar istiyorsan, ben de o kadar istiyorum. Şimdi seni kollarımın arasına alıp, günlerce ve aylarca tutmak istiyorum. Her an gözümün önünde olmanı, başını yastık yerine kollarıma koymanı, açıkçası her şeyinle ve her zaman benim olmanı istiyorum..." Rahmi de kendine hakim olamaz bir duruma gelmişti. Gözlerini kapadı. Tevhide'yi kendinden biraz uzaklaştırdı. Sonra yine devam etti: "Ama dedi ama on sekiz yaşını bitirmen gerek. Zaten durmadan hapse girip çıkıyorum. O zaman uzun süre çıkmamam gerekebilir. Ben hapiste, sen buralarda kalırsın. Ağabeylerin de çok daha fazla eziyet ederler. Nüfus kağıdında doğum tarihin nedir, biliyor musun?"

"Tam bilmiyorum ama, olduğumdan büyük yazdırmışlar"

"Kızlar öyle yazılır. Onu öğrenmeye bak. Bakalım daha ne kadar beklemek zorundayız?"

Rahmi Tevhide'yi kucaklayıp, alnından öptü.

"Korkma, ben Rahmi isem, seni benden kimse alamaz. Bana güven," dedi. Evin önündeki küçük bahçeden bir sesler geliyordu. Sesler netleşti, bu İbrahim Ağa'nın sesi idi:

"Murtaza, ahırdan eşekleri çıkar. Şu buğdayları yükleyelim." Tevhide korkmuştu.

"Rahmi Beg, hemen git. Ben sana haber uçururum," diyerek, yeniden kuyunun başına geçti, kovayı kuyuya sarkıttı.

Rahmi köyde yirmi dört saat kaldı. Sabah erken giyindi. Yanına birkaç gün yetecek kadar iç çamaşırı ve bir miktar para aldı. Babasına akşamdan anlatmıştı. Ardık Maden'e gidip Fransızları bulması, oraları araştırması gerekiyordu. Kendisine inanan ve kıymet veren, hatta bulunduğu mevkii tehlikeye atarak, hapisten çıkmasını sağlayan Diyarbakır hapishane müdürüne karşı çok ayıp olmuştu. Gerçi teferruatlı bir mektup yazarak durumu anlatmış, teyzesi Saadet Hanım'a göndermişlerdi. Müdürün eline geçmiş olmalıydı. Yine de gidip, kendisine verilen vazifeye sahip çıkması gerekiyordu.

Rahmi, Maden'e vardığında iyice yorulmuştu. Önce kalabileceği bir yer bulmalıydı. Dar bir sokakta eşek ile arpa taşıyan ihtiyar bir adama yaklaştı.

"Emmi, burada kalabileceğim bir yer var mı?" diye sordu. Adam uzun müddet düşündükten sonra, çok bozuk bir Türkçe ile:

"Uç yüz arşın git, sol tarafa yüzünü aşağı ustu git... sağda eski bir han olacağdı..." Zor da olsa Rahmi denileni anlamıştı. Adamın dediğini yaptı. Hakikaten sağda hana benzeyen eski taş bir bina vardı, ama duvarlarının taşları arasından içerisi görünüyordu. Kapıdan girerken pis bir koku burnunun direğini sızlattı. Birden Diyarbakır hapishanesine girdiği günü hatırladı. O olay hayatını alt üst etmişti. O katil Ermeni'yi öldürmese mi idi? "Peki katliamlarına devam mı etsindi?" diye düşündü. Tam o sırada üstü başı kir içinde elinde bir bıçak ile şişman bir adam göründü.

"Ne istedün beg?"

"Kalabileceğim bir oda." Adam eli ile sol taraftaki oda gibi bir yeri işaret ediyordu.

"Aha işte, o oda yeni boşaldı."

"Temizlendi mi?"

"Bizim hanımız her daim temüzdür."

Rahmi odaya girdi. İğrenç bir yerdi. "Hapishane bile buradan daha iyiydi." diye düşündü. Yine de elindeki, teyzesinin hediyesi siyah çantayı yatak olduğunu zannettiği yerin üzerine koydu.

"Buranın anahtarı nerede?"

"Bizde anahtar bulunmaz beg. Burada hırğız yohtur." Rahmi Bey içinden "Neyse, paramı kuşağımın içinde saklarım. Başka da çalınacak bir şeyim yok zaten," diye geçirdi.

"Buranın sahibi kim?"

"Benüm beg. Hem sahibü, hem aşçısı, her şeyü benüm."

"Maden ocaklarına Fransızlar geldi mi?" Adam aval aval bakıyordu.

"Burada gavur bulunmaz."

"Onlar yeni hükümetimiz ile anlaşma yapan, yabancı bir devlet. Türkiye ile ortak çalışacaklar." Adam hiçbir şey anlamıyordu, dinledi dinledi...

"Seni benüm uşağa götürem o mürekkep yalamışdur." Rahmi Bey ister istemez, adamın arkasına düştü. Bahçe gibi bir yere doğru yürüdüler. İçeriden kavrulan soğan kokuları geliyordu. Hanın pis kokusu ile karışınca da dayanılmaz iğrenç bir koku oluşturuyordu. Adam büyük bir gururla oğluna sesledi.

"Mirzo buraya gel! Bu beg sana bi şeyler soril" On altı - on yedi yaşlarında ürkek bakışlı bir gençti. Elinde çapaya benzer bir şey tutuyordu. Gözlerini Rahmi'ye dikti, öylece bakıyordu.

"Oğlum burada maden ocaklarını çalıştıran, kimseler var mı? Onlarla görüşmek istiyorum." Oğlan uzun zaman düşündü:

"Seni muhtar emiye götürem," dedi.

Muhtar emmi daha iyice giyimli, biraz daha medeni görünümlü, otuz beş - kırk yaşlarında, tıknaz, bıyıklı bir adamdı. Rahmi ne istediğini anlattı. Muhtar

"Fransızların gelişi altı ay kadar ertelendi. Burada yaşamak için bazı şeyler yapacaklarmış. Kalacakları yer gibi falan..." dedi Rahmi Bey adama teşekkür edip, han gibi yere döndü. Çantasını aldı. Hancı dışarıdaydı. Rahmi'yi görünce, "Burayı begenmedin mi beg? Yohsa seni o galleş muhter mi kandırdı? Bir gün onun leşini sereceğum ama dur bağam ne vakit!" Bir taraftan da şalvarının üstünden bacak arasını kaşımaya çalışıyordu. Rahmi acele ile:

"Dayı benim aradığım insanlar altı ay sonra gelecekmiş, kimse beni kandırmadı. Senin bir gecelik paranı da öderim. Köyüme dönüyorum," dedi. Adam havadan kazanacağı paranın sevinci ile:

"Zati senin sahiden beg oldigin anladımdı," dedi.

İki gün sonra, Rahmi Bey at üzerinde ağalık bağına giderken, Mama Ağaların şanşen camı açıldı. İçinde küçük bir taş sarılı kağıt atın önüne doğru düştü. Rahmi Bey çevresine bakındı. Kimse yoktu, hemen atlayıp, kağıdı aldı. İçinde eski Türkçe ile "teşrinievvel 1320" yazıyordu. Rahmi Bey bunun Tevhide'nin doğum tarihi olduğunu anlamıştı. On sekiz yaşını bitirmesi için, sekiz ay gibi bir zamana ihtiyacı vardı. "Eh, çok da sayılmaz. Önümüzdeki bahar Tevhide'yi yeniden istetirim, eğer vermezlerse günah benden gider," dedi.

Bu kışı köy halkı sakin geçirmişti. Gerçi memleketin bu durumunda kimsenin rahat ve huzur içinde olduğu söylenemezdi. Durmadan muharebeler kazanıldığı haberleri geliyordu ama, halkın bu zaferleri hissetmesi pek mümkün olamıyordu. Onlar bir çok şeyi bulmakta zorlanıyorlardı. İlaç, şeker hatta hatta arazisi olmayanlar için, ekmek bile bulmak bayağı zor bir işti. Ama köylü, özellikle de doğunun ve güneydoğunun köylüsü, her zaman kanaatkâr ve yoktan var eden insandır. Kendi yağı ve tuzu ile kavrulmasını öğrenmiştir. Çoğu umut ve bekleyiş içindeydi. Bazıları ise son padişahın da gitmesi ile dinin ve devletin elden gittiğine, artık dünyanın sonunun geldiğine inanıyor. Cami köşelerinde, söğüt diplerinde yeni hükümetin aleyhinde konuşuyorlardı. Gerçi bu tip insanların sayısı çok azdı. Yine de ötekiler üzerinde de zaman zaman inançsızlık ve güvensizlik yaratabiliyorlardı. Düşüncesi ne olursa olsun herkes bir bekleyiş içindeydi.

Bahar dalları açmaya başlamıştı. Rahmi Bey ağalık bağındaki dut yapraklarının ne durumda olduğuna bakmış, geri dönüyordu. Yine Mama Ağaların şanşenin perdesi kıpırdadı. Bir an Tevhide'yi görür gibi oldu. Hafiften gülerek "Bu kız beni, benim onu sevdiğimden çok fazla seviyor. Ayrıca da itaatkâr ve cesur. Tam bana kadın olacak bir kız! Ehh, bir ay sonra Tevhide'yi istetirim, vermezlerse de... (O arada atının boynunu okşadı) iş sana düşecek dostum!" dedi.

Sıdıka Hanımların önünden geçerken, dış kapının aralık olduğunu, içeriden Ziver'in sesinin geldiğini duydu. Atından atladı. Kapıyı hafifçe tıkırdattı.

"Ziver! Ziver!" diye seslendi. Ziver'in büyük ablası Küçük Hanım kapıya kadar geldi.

"Rahmi Bey siz miydiniz? Buyurun, Ziver içerde giyiniyor. Şimdi çıkar. Ben size bir sabah kahvesi yapayım." Kenara çekilerek Rahmi Bey'e yol verdi. Rahmi avludaki sedirin üzerine oturdu. Çok geçmeden Ziver çıktı. Büyük bir coşku ile Rahmi'nin boynuna sarıldı.

"Hoş geldin ağabey, nasılsın? İyi misin?" Rahmi gülerek:

"Çok şükür, vukuatsız bir kış geçirdik," dedi. Tam o sırada Sıdıka Hanım mutfaktan çıktı.

"Aman Rahmi tahtaya vur oğlum" diyerek Ziver'in yanına oturdu. Mutfağa doğru döndü:

"Küçük, kahveler üç olsun" diye seslendi. Rahmi Ziver'e dönerek,

"Şimdi sen bir Türk zabiti misin?"

"Vallah ağabey ben de bilmiyorum. Aslında Padişah Vahdettin kaçmadan, resmi tayinim Şam' a çıkmıştı. Zannederim gitmeyeceğim. Celâl Ağabeyin izinden yürüyeceğim." Sıdıka Hanım:

"O ne demek?" diye sordu.

"Seninle konuşacağım ana..." Rahmi'ye döndü: "Daha yeni geldim." O sırada Küçük Hanım elinde kahve tepsisi ile mutfaktan çıktı. İncecik, şahane bir vücut, dalga dalga, omuzlarına inen koyu kumral saçları, ince ve anlamlı yüzü ile sahiden saraydan çıkmış bir hali vardı. Yürüyüşü, kahveyi uzatışı bile çok farklıydı. Rahmi dalmış, hayran gözlerle bakıyordu. İster istemez Tevhide ile kıyaslıyordu. "Tevhide renkli, gösterişli ortancalara, bu da zarif bahar dallarına benziyor. Ortancalar bütün gösterişine rağmen etkileyici değildir. Neden acaba?" diye düşündü. Sonra cevabını kendisi verdi: "Onlar grafon kağıtlarından yapılmışa benziyor; cansız gibi, ruhsuz gibi..." Birden irkildi. "Tevhide hiç de cansız gibi değildi. Ama ruhsuz olup, olmadığından pek emin değilim," diye düşündü. Sıdıka Hanım,

"Oğlum ne düşünüyorsun?" diye sormuştu.

"Hiç bibi hiç, öylesine dalmışım. Kahve için teşekkürler." Beyaz fincanları alırken Rahmi ayağa kalktı.

"Ziver ne kadar buradasın?"

"Ağabey sadece bir hafta kadar," dedi. Rahmi biraz üzülmüş gibiydi.

"Yaa, o kadar çabuk mu?"

"Öyle, memleketin ihtiyacı var. Ne yapalım?" Rahmi kapıya doğru giderken "Tevhide'yi kaçırırken bana en sağlam yardımcı Ziver olabilirdi. Ne yapalım gitmesi gerekiyormuş," diye söyleniyordu.

Rahmi'nin canı sıkkındı. Tevhide'ye verdiği sözü tutması için az bir zaman kalmıştı. Bir hafta kadar bir zaman. Aslında davullu, zurnalı, telli, duvaklı bir düğün yapmayı ne kadar isterdi. Tabii anası ve babası da... Mürüvvet yakında evlenecekti, on beş-yirmi gün sonra Kesrik köyüne gelin gidecekti. Tevhide'yi de usulüne uygun olarak almayı çok isterdi. Kim bilir gelinlikler içinde ne kadar güzel olurdu! Gözünün önünde canlandırmaya çalışıyordu. Tam canlandıracağı sırada, Tevhide'nin yerine gelinliğin içinde Küçük Hanım'ın hayali belirdi. Elindeki bıçağı yere fırlatıp, üzüm bağının dibine oturdu. "Bu kızı kafamdan neden atamıyorum. Ben onu sevmiyorum, istemiyorum. Benim sevdiğim Tevhide," diye tekrarladı. Sonra üç adım öteye fırlattığı bıçağı alıp, üzüm bağının dibine geldi. Yeni bir üzüm çeşidi yaratmak için aşı yapacaktı. Bu merak babasından geçmişti.

Köşe odada oturmuş, babasını ziyarete gelen Hacı Hakkı Bey ile sohbet ediyordu. Hacı Hakkı Bey Rahmi'nin İdadi'den de hocası oluyordu. Ona bir başka ilgi ve hürmet gösterirdi. Hafife Bacı, Hacı Hakkı Bey'e ve Mustafa Efendi'ye kahvelerini verdikten sonra tepsideki üçüncü fincanı da Rahmi Bey'e tuttu. Rahmi Bey almak istemiyordu. Hocasının karşısında oturup, kahve içmesi doğru olur muydu? Bilemiyordu. Hakkı Bey durumu anlamıştı.

"Al Rahmi, al! Sen artık koskoca bir delikanlı oldun. Hem kahve içmenin bir hürmetsizlik olacağını sanmam," dedi. Tam Rahmi Bey elini fincana uzatırken, dışarıda silah sesleri duyuldu. Sokağa bakan pencereye koşan Rahmi, camı açıp, muhacir evlerine doğru koşan bir çocuğa,

"Ne oluyor? Ne var?" diye bağırdı. Çocuk korku içinde:

"Birisi vuruldu birisi, bir zabit, şey galiba... Bekoların evinin zabiti," dedi. Rahmi,

"Neee!" diye bağırarak sokağa koştu. Ziver, Mama Ağaların bahçe kapısı önünde kanlar içinde yatıyordu. Başında

Beko ve daha bir sürü adam vardı. Çok kan kaybediyordu. Bir ara bahçe kapısında Tevhide'yi gördü ama şu anda ne Tevhide, ne de cennetteki huriler onu ilgilendirmiyordu. Ziver'i çok severdi. Hem akraba, hem çok mert, yiğit bir delikanlıydı. Sıdıka bibisinin de tek umudu. Üç genç kadının tek geleceğiydi. Ziver'i dört beş kişi kucaklayıp, evine götürmek istedi. Yaşlı bir adam:

""Durun jandarmalar gelsin!" diye bağırdı. Rahmi belindeki beyaz ipek kuşağı çıkarıp, Ziver'in kalbinin altından akan kana bastırdı, ama boşunaydı. Kan oluk gibi akıyordu. Duracak gibi değildi. Rahmi birden ayağa kalktı.

"Kim? Hangi namussuz, hangi vicdansız yaptı?" diye bağırıp, eve doğru koşmaya başladı. Ekşi Ali kolundan yakaladı.

"Rahmi başını belaya sokma! Vertetil'den gelen Dursun Beg ve adamları. Hangisinin kurşunu ile öldü? Belli değil. Ama yakalarlar üzülme." Rahmi bitkindi. Dizlerinin üzerine çöküp, başını ellerinin arasına aldı, hıçkırarak ağlıyordu.

"Ziver'i geri getirir mi?" dedi.

Tam o sırada üç jandarma birden, atlarını hızla Ziver'in yattığı yere doğru sürdüler. Rahmi yavaş yavaş ayağa kalktı. Jandarmaların olduğu yere doğru yürüdü. Ayaklarını sürüyordu, omuzları düşmüş gibiydi. Jandarma kumandanı, Perçenç'li çocuk ve yanında bir başka jandarma vardı. Kumandan Ziver'in başına oturdu, göz kapaklarını açıp baktı. Yakınındaki küçük çukur kan ile dolmuştu. Başını kaldırınca Rahmi ile göz göze geldi.

"Bu işte bir parmağın yok değil mi?" diye sordu. Rahmi jandarmanın yüzüne nefretle baktı.

"Senin ruhun var mı?" diye sordu. Birileri koşup bir çarşaf getirmişti. Ziver'i kollarından ve bacaklarından tutup, çarşafa yatırdılar. Hacı Hafız Ağa'nın konağının önünden yürüyerek, Sıdıka Hanım'ın evine geldiler. Ev bir anda mahşer yerine dönmüştü. İçeriden Sıdıka Hanım'ın ve kızların acı, tüyleri ürperten çığlıkları geliyordu. Rahmi ayaklarını sürüyerek içeriye girdi.

Bugün Ziver'in vuruluşunun beşinci günü idi. Köydeki bütün düğünler, sünnetler geriye bırakılmıştı. Bütün köy Sıdıka Hanım'ın oğlu ve kötü kaderi için yas tutuyordu.

Mürüvvet'in de düğünü ileriye bir zamana atılmıştı. Rahmi kaç gündür Tevhide'ye, bu kaçma işinin bir müddet ertelendiğini söylemeye çalışıyordu ama, bir türlü fırsat yakalayamıyordu.

İkbal Hanım'ların kapının önünden geçerken, kapı aralandı.

"Rahmi Bey! Rahmi Bey! Azıcık bakar mısın?"

"Buyur İkbal diyeze..."

"Salı günü ikindi üzeri, Tevhide arka bahçede olacakmış." Rahmi birden şaşırdı. Demek haberleri ileten ve bazı şeyleri planlayan İkbal Hanım'mış. Tevhide'nin okuma yazması olmadığına göre, doğum tarihini de İkbal Hanım yazmıştır. İkbal Hanım Rahmi Bey'in bu dalgın halini görünce tekrarladı:

"Salı günü ikindi üzeri, Rahmi Bey..."

"Ne yazık ki bu işi ertelemek zorundayız. Bütün köylü Ziver'in yasını tutarken ben bu işi yapamam. Tevhide'ye söyle! Biraz daha sabretsin."

İkbal Hanım, Rahmi bey uzaklaşır uzaklaşmaz hemen kapıyı kapatıp, bitişik konağa girdi. Tevhide Ömer'in elini yüzünü yıkıyordu. İkbal Hanım'ı görünce, çok daha çabuk hareket etmeye başladı. Ömer'in poposuna yavaşça vurdu:

"Haydi bakalım arka bahçeye! Orada atlı birini görürsen bana haber ver!" Çocuk şaşkın şaşkın baktı. Tevhide tekrarladı:

"Haydi! Haydi! Arkadaşın bekliyor!" Sonra gülerek yengesine döndü.

"Salıya tamam değil mi?" İkbal Hanım söylemeye çekiniyordu. Yavaş bir sesle:

"Hayır, tamam değil. Bütün köy Ziver'in yasını tutarken, bu işi şimdilik yapamayız," diye cevap verdi. "Biraz daha beklemeniz gerekliymiş. Hem İbrahim Ağa'mın dediğine göre, artık seni kimse istemeye, hatta kapınızın önünden geçmeye bile cesaret edemiyormuş. Biraz daha bekleseniz belki de iş kendiliğinden hallolacak. Ağabeylerin bakacak ki evde kalıyorsun, mecbur olup bu işe 'evet' diyeceklerdir." Tevhide yengesini dinlemiyordu bile. O kaçma işinin geciktirilmesine çok sinirlenmişti. Hırsla bağırdı:

"Bize ne Ziver Beg'den, köyde hemen hemen her gün bir cenaze olur. Onları beklersek ömrümüzün sonu gelir!" İkbal Hanım sinirlenmişti:

"Kızım, sen ne biçim konuşuyorsun? Onlar akrabalar ve Rahmi Bey Ziver'i çok severdi. Hem kızlar bu gibi şeylerde böyle aceleci ve istekli olmaz, ayıp olur." Tevhide önüne bakıyordu. Sonra birden konuyu değiştirdi:

"Sana soğuk bir ayran yapayım mı?"

Rahmi Bey selamlık tarafındaki büyük odayı ipek böceklerini yetiştirmek için kullanıyordu. Böceklerin yaprakları yiyişi hep ilgisini çekmişti. Küçük daire parçaları çizerek, sıra sıra gidip gelerek, yaprakları koparıyor, dantel gibi işliyorlardı. Birden Dilşat'ı hatırladı. "Bu köyde de ipek kullanımında, ondan daha beceriklisi yok. Sonra Küçük Hanım'ı düşündü. "Allah için hünerli ve güzel kızlar," dedi. Yüksek sesle, adeta birisine duyurmak istercesine " Ben onları sevmiyorum!" diye bağırdı. Sonra birden midesi bulandı. "İpek böceklerinin bu tuhaf kokuları da olmasaydı keşke, o zaman ben dakikalarca bunları seyredebilirdim. Büyük bir fabrikada, düzen içinde çalışan terbiye edilmiş işçilere benziyorlar," diye söylendi. Bugün kendine durmadan iş yaratmıştı. Canı sıkılıyordu. çiftçilik ona göre bir meslek değildi. Akşama kadar güneşin altında, tarlada, çalışmasa bile çalıştırması gerekiyordu. Dersim'den uzak illerden ve köylerden gelen işçileri idare etmek kolay değildi. Az çalışıp, çok kazanmak istiyorlardı. Hatta hiç çalışmadan kazanmak istiyorlardı. Rahmi düşünüyordu: "Bu düşünce tarzı bizim millete mahsus bir şey mi idi? Yoksa insanoğlunun bir zaafı mı idi? Anlatılanlara göre başka milletler öyle değilmiş, bu yüzden de koca Osmanlı İmparatorluğu'nu yıkıp, parça parça edebildiler ya!" dedi.

Birden kapının önünde nal sesleri duyuldu. Abdal Şükür'ün sesini duydu:

"Şu kapıya sorun! Ben bugün Rahmi Bey'i hiç görmedim." Rahmi Bey camın kenarına doğru çekildi. "Hayret" dedi, "Abdal Şükür beni buraya girerken görmüştü. Beni korumaya çalışıyor. Demek ki korunmam gerekiyor. Bu adama da neden "Abdal Şükür" demişler ki? Hiç de öyle bir hali yok. Ayrıca iyi bir insan," dedi. Sokakta bir jandarma eri, bir çavuş ve öteki atın üzerinde de jandarma kumandanı vardı. "Bizzat gelmesi için çok mühim bir sebep olmalı. Bu adam benden nefret ediyor. Sebep mühim değilse bile mühim yapar. Eline düşmemi bekliyor," dedi. Tedirgin olmuştu. Jandarmalar haremlik tarafındaki kapının önüne doğru giderken, Rahmi hızla aşağıya indi. "İyi ki atımı içeriye almışım," diye düşündü. "Bu olsa olsa cezamı doldurmadan salıverildiğimden dolayıdır. Çünkü bu ara ufak da olsa hiçbir şeye karışmamış, köy ve yakınlarında yeni bir olay da yaşanmamıştı. Eğer düşündüğü gibi ise, cezası büyük olabilirdi. Zaten yatması gereken beş yıl vardı. Kaçak sayılırsa bu, on yılda olabilirdi. "Benim kaçmaktan başka çarem yok. Belki hapishane müdürü öldü. Belki de korkusundan kendinin salıverdiğini söylemedi," diye düşündü. Maden'e giderek, Fransızları bir kere daha aramış, yine bazı sebepler yüzünden çalışmalara başlanmadığını öğrenmişti. Jandarmalar kapının önünde birisi ile konuşuyorlardı. Kim olduğunu Rahmi göremiyordu. "Ya Hüseyin yahut da Hafife Bacıdır," diye düşündü. Sonra birden içeriye girdiler. Rahmi atını yularından tuttu. Evin köşesine kıvrıldı. Dükkan önüne inen sokağın başına gelince atına atladı, atının başını dükkan önüne, ters istikamete döndürdü. Köyün dışına doğru dört nala sürmeye başladı. Nereye gideceğini ne yapacağını bilmiyordu, ama dört nala kaçıyordu.

Mezarlığa doğru giderken birden sola kıvrıldı. Önce Sıdıka bibisinin sulu bağındaki ayvanda saklanmayı düşündü. Sonra bu fikri beğenmedi. Ne de olsa akrabalardı. Kendisini orada arayabilirlerdi. Akdeğirmen'e doğru atını sürmeye devam etti. Birden Esatgil'in Kaya Ağa ile burun buruna geldi. Eşeğe un çuvallarını yüklemiş gidiyordu.

"Sen de unları almaya gidiyorsun herhalde Rahmi Beg?" dedi. Rahmi acele ile:

"Evet," diyerek hızla uzaklaştı. "Kaya Ağa mert adamdır. Beni gammazlamaz," diye düşündü.

Perçenç Çayı bir görünüyor bir kayboluyordu. Bazen bahçelerin içinde bazen de yolda görülüyordu. Çok güzel bir bahar günüydü. Ama Rahmi için hayatının en kötü günü olabilirdi. Hayallerinin bir kısmını zaten kaybetmişti, kalan kırıntılarını da bu günden sonra kaybedebilirdi. Yine nal sesleri geliyordu. Hemen yolun sağındaki çalılıkların arkasına girdi.

"Ne olur Yıldırım, ses çıkarma!" diyerek atının boynunu okşadı. İki atlı değirmene doğru gidiyorlardı. Kim olduklarını tam göremedi ama en azından jandarma değillerdi.

"Ben karanlık bastırıncaya kadar burada kalmalıyım," diye düşündü.

Atından atlayıp, kurumaya yüz tutmuş erik ağacının dibine oturdu. Atı da otlamaya başlamıştı.

Güneş batmak üzereydi. Köyün batı tarafında bulunuyordu. Bu tarafta güneş batımı hep güzel olurdu. Her taraf yemyeşildi. Perçenç Çayı'nın sesi bir ninni kadar güzel geliyordu. Ninesi Mürüvvet Hanım'ın ninnileri gibi... Birden gözleri doldu. "Ben ne günah işledim de başım hiç dertten kurtulamıyor?" diye sordu. Cevabını bulamıyordu. Belki o katil Ermeni'yi öldürmemeliydi. Ama hayır, bu asla yanlış bir hareket değildi. "O bizden yüzlercesini daha öldürecekti. Benimkisi cinayet değil, cinayetleri önlemek için yapılan bir hareketti," diye karar verdi. Demek ki kader diye bir şey vardı. Ve kendinin kaderi böyle yazılmıştı. Bir saka kuşu yanına kadar yaklaştı. Sonra birden Rahmi'yi fark edip, panikledi. Nereye kaçacağını kestiremiyordu. "Tıpkı benim gibi," diye düşündü. Birden ayağa kalktı. "Ben saka kuşu değilim. Perçençli Rahmi Bey'im! Şu anda da hiçbir suçum yok. Kimden neden korkuyorum?" dedi. Atını geldiği yöne çevirdi. Sonra tekrar Akdeğirmen istikametine doğru döndü. "Suçsuzluğumu ben biliyorum, ama kimse bilmiyor. Bilseler de inanmak istemeyeceklerdir..." diye düşündü ve atını hızlandırdı.

Akdeğirmen'in eski duvarlarındaki küçük pencereden cılız bir ışık sızıyordu. Kapısı kapatılmıştı. Kapıya hafifçe vurdu. Dört-beş dakika bekledi. İhtiyar değirmenci İso Dayı kapıyı büyük bir gıcırtı ile açtı. Gözlerini kısarak bakıyordu. Sonra birden gülümsedi.

"Ooo, sen misin? Rahmi Beg oğlum, gel! Gel, içeri gir! Ne iyi ettin de geldin. Ben de oturmuş, 'keşke Rahmi Beg buraya gelse' diye düşünüyordum." Rahmi böyle bir karşılanmayı hiç beklemiyordu.

"Neden, İso Dayı?" Bu sefer İso Dayı şaşırmıştı.

"Oğlum, jandarmalar köyün dört bir yanında seni arıyorlarmış. Geçen gün Cengidür'de bir işçinin üstüne yürümüşsün. 'Aklını başına topla! Yoksa ben toplar koyarım!' demişsin."

Rahmi yine bir şey anlamamıştı.

"Eee?" diye sordu.

"Adam bu sabah ölü bulunmuş. Sizin suyun başında. Dün gece su gününüz değil miydi?"

"Evet, ama hem ben su başına gitmedim. Hem de çatıştığım her işçiyi öldürsem, günde bir iki tane öldürmem gerek. Şu Dersim'den gelen işçiler kadar hır çıkarmayı seven, çalışmadan para almayı âdet edinmiş işçiler görmedim. Biri bizim tarlalarda on gündür çalışıyor. Parasını verdim. "Beg bu ne?" diye fırlattı.

"Oğlum, yevmiyen," dedim.

"Ben yirmi iki gündür sizde çalışıyorum" demez mi?

"Buraya arkadaşlarınla beraber gelmedin mi?"

"Evet, onlar da yirmi iki gündür çalışıyorlar, dedi." Dönüp onlara sordum. Bir tanesi hariç ki, o da Dersim'den gelme, "Hee beg, on gün falan oldu," dediler.

"Hepsine onar günlük yevmiye ödedim. Ama kaç gündür orada burada 'Rahmi Beg bizi çalıştırıyor, hakkımızı ödemiyor. İsteyince de öldürmekle tehdit ediyor,' diyerek geziyormuş." İso Dayı sesini çıkarmadan dinliyordu.

"Her neyse, oğlum; ben sana inanıyorum. Dedenin ve babanın ekmeğini çok yedim. Ama şimdi nasıl kurtulursun bilmem? O gün yanınızda olan üç işçi senin aleyhinde şahitlik yapmış, 'Olsa olsa Rahmi Beg'dir,' demişler. Bence buralardan kaç. Seni yarın geceye kadar saklarım. Yanında keşke biraz paran olsaydı. Bende olsa verirdim ama biliyorsun. Biz mal karşılığında çalışıyoruz. Bol bol unum var..."

Rahmi biraz düşündü.

"İso Dayı senden bir şey... hayır, hayır... iki şey istesem olur mu?"

"Emrin başım üzerine yiğidim!"

"Sana iki kısa mektup yazacağım. Birini babama, diğerini de Çapraz'ın karısı İkbal Abla'ya götür. Akşama da cevaplarını iste... Ne olur!" İso Dayı biraz düşündü:

"Tamam senin ve atının karnını doyurayım. Bir yol düşünürüm elbet. Sonra yat uyu. Şu un çuvallarını oda gibi yapayım. Üzerine de bir hasavan örterim, yatarsın. Atını da... Uzakta bir kulübe var, ağaçların arkasında... 1915 yılında Ermeniler oraya silah depolamışlar. Yıkık dökük bir yer... Oraya bağlarım," diyerek, mutfak gibi kullandığı köşeye doğru yürüdü.

Henüz şafak sökmemişti. Rahmi uyanmış, babasına ve Tevhide'ye göndereceği mektupta neler yazacağını düşünüyordu. Değirmenin kapısı vurulmaya başlandı. Birisi var gücü ile bağırıyordu:

"Değirmenci kapıyı aç! Yoksa kırmak zorunda kalırız!"

İso Dayı gözlerini ovuşturarak kapıya doğru giderken, Rahmi araladığı hasavanı düzelterek iyice kıvrıldı.

"Ooo, buyurun komutanlar, buyurun! Size bir sabah çayı demleyeyim. Bilirsiniz çay zor bulunur..." Jandarmanın biri, kaba ve sert bir sesle:

"Çay may istemezük. Perçençli Rahmi Beg'i arıyoruz. Gördün mü?"

"Rahmi Beg burada ne arasın oğlum! Gene ne olmuş?"

Aynı adam aynı tonda cevap verdi:

"Orası seni ilgilendirmez. Soruma cevap ver!"

"Size ne desem inanmayacaksınız. Tavrınızdan öyle anlaşılıyor. Siz girip, içeriyi iyice bir arayın. Ben de o arada size çay yapayım..."

Rahmi içinden "İso Dayı beni burada boğmaya mı çalışıyor? Bu ne ısrar? Bir an evvel şunları savsa da nefes alsam!" diye düşündü.

Bir başka ses:

"Şaban, herif burada olsa bu adam bu kadar ısrar eder mi? Rahmi Beg de burada saklanacak kadar aptal değildir. Hadi civarlara bakalım," dedi. İso Dayı "Yav çağalar, bir çay içmek en fazla yarım saat... Sonra da Taşkıntepe'ye doğru bir bakın...." dedi.

İkinci jandarma:

"Sağ ol dayı, bize eyvallah! Zamanımız yok. Kumandan çok sıkıştırıyor," dedi.

Rahmi uzaklaşan nal seslerini duyduktan sonra hasavanı yine araladı. Sabah ışıkları asırlık değirmenin küçük penceresinden içeriye girmeye başlamıştı. Kalemi eline aldı:

"Mavişim,

Yine başım belada, yine bir şey yapmadığımı iddia edeceğim. Artık inanmanı da beklemiyorum. Kaçmak zorunda kaldım. Yanımda silahım ve cebimde bir mangırım bile yok. Bunun bizim için uzun bir süre daha kavuşamamak olduğunu anlarsın. Artık sana "bekle" demeye de yüzüm yok. Ancak şunu söyleyebilirim, eğer beklersen, ben sözümdeyim. Son nefesimde de olsa, seni karım olarak yanımda görmek isterim.

Rahmi

Not: Mektubu okur okumaz yırt ve yok et."

Rahmi babasına da aynı tarzda bir mektup yazarak, Martin'ini ve bir miktar da para istedi. İso Dayı değirmen kapısını kilitleyip, üzerine "Köye, Ekşigil'e un teslim etmeye gidiyorum. Yarım saat sonra buradayım," yazıp, kapının aralık tahtalarının arasına soktu.

Yaşlı eşeğine bindi. Mektupları da kuşağının içine sakladı. Köye doğru yollandı.

Üçüncü Bölüm

İso Dayı on-on beş dakikadır Çapraz Mustafa'nın kapısını gözetliyordu. Nihayet kapı açıldı. Çapraz Mustafa göründü. Karısı arkasından sesleniyordu. "Armut ağaçlarının solundaki zerzevatları iyice çapalasınlar. Yukarıdakilere de su versinler beg, hadi hayırlı işler." Mustafa Ağa bağ yoluna doğru ilerlerken, İso Dayı gizlendiği köşeden çıkıp, Mustafa Ağa'nın kapısını yavaşça çaldı. İkbal hanım içeriden sesliyordu:

"Yine ne unuttun herif?" Kapıyı açıp da İso Dayı'yı karşısında görünce şaşırdı. İso Dayı hemen kuşağının arasındaki mektuplardan birini çıkarıp, İkbal Hanım'a uzattı.

"Bunu Rahmi Beg gönderdi. Akşam namazında cevabını alacağım." İkbal Hanım'ın cevap vermesine fırsat vermeden, Hacı Hafız Ağa konağına doğru yürüdü.

Kel Hüseyin önde, İso Dayı arkada taş merdivenleri çıkıp, Mustafa Efendi'nin odasına girdiler. Remzi babasının yanındaydı. Galiba mühim bir konuyu tartışıyorlardı ki, İso Dayı'yı görünce sustular. Remzi ayağa kalktı:

"Buyur İso Dayı, hayrola hangi rüzgar attı? İso Dayı mektubu Remzi Bey'e uzattı. Mustafa Efendi'nin okuması imkânsızdı.

Mektupta suçsuz olduğunu, paraya ve Martin'ine ihtiyacı olduğunu yazıyordu Rahmi. Mustafa Efendi yorgun ve küçücük gövdesinden beklenmeyen yüksek ve güçlü bir sesle bağırmaya başladı:

"Neden? Neden? Hep belalar onu buluyor? Ben böyle bir adamın babası olamam! Bu konak içinde eşkıya barındırmaz. Artık benden hiçbir şey beklemesin! Ne para, ne de silah! İso Dayı kendisine aynen söyle!" İso Dayı böyle bir karşılanma beklemiyordu. Kendisi Rahmi'ye inanıyordu, ama babası inanmıyordu. "Acaba ben mi yanılıyorum?"diye düşündü.

Remzi Bey kolunu dürttü. Susmasını işaret ediyordu. İso Dayı "Peki Mustafa Efendi, evlat senin, bana söz düşmez. Allahaısmarladık" diyerek odadan çıktı. Remzi de onu takip etti. Merdiven başına gelince,

"İso Dayı babamın kusuruna bakma, çok acı çekiyor. Kızgınlığı tamamen ağabeyime..."

İso Dayı elini Remzi'nin omzuna koydu:

"Üzülme evlat! Farkındayım, ben de bir babayım."

Remzi Bey:

"Ben akşam namazı sırasında değirmene gelirim. Ağabeyime babamın tavrından bahsetme. Zaten zor durumda, bir de buna üzülmesin."

"Peki evlat, kardaşlık da budur zati. Hoşça kal."

İkbal Hanım mektubu okur okumaz, hemen çarşafını giyindi, eline de temiz bir bezin arasına konmuş birkaç sac ekmeği aldı ve Mama Ağaların konağına koştu.

Büyük avluda da, küçük avluda da kimse yoktu. Tevhide mutfakta sabah kahvaltısı için erişte çorbası pişiriyor. Gülüş ahırda inekleri sağıyordu. Hemen mutfağa dalan İkbal Hanım:

"Eltim nerede?" diye sordu.

"Hem İshak, hem de Ömer su çiçeği çıkarmışlar. Sabaha kadar uyumadılar. Hanım ablam onlarla uğraşıyor. Ağabeyim de dükkan önüne çıktı. Üzüm bağları için kükürt alacakmış."

İkbal Hanım elinin içindeki mektubu açıp, acele okudu. Sonra hemen yanan ocağa attı. Tevhide kızmıştı,

"Bu ne acele, ben de bir elimi değdirip, koklasaydım!" dedi. İkbal Hanım biraz sertçe:

"Sen artık bu adamdan vazgeçsen iyi olur. Sonu kötüye gitmeye başladı." Tevhide başını havaya dikerek:

"Ölürüm, ölürüm de Rahmi'm den vazgeçmem! Ne olur, yalvarırım bunu benden isteme! Tek dayanağım sensin! Bana yardım et!" Tevhide'nin mavi gözlerinden yaşlar akıyordu. Elleri ile gözlerini silerken devam etti:

"Ya Rahmi'nin karısı olurum, yahut da kara toprakların. Benim için başka yol yok." İkbal Hanım yine acımıştı. Hayatı boyunca sevenlere karşı hep anlayış ve acıma duymuştu. Ona göre sevebilmek Allah'ın bir lütfü idi ve saygı gösterilmeliydi. Elini Tevhide'nin sarı, ipek saçlarında dolaştırdı.

"Peki peki ağlama! Ne cevap vereyim?"

"Bu gece yarısı şanşenin penceresinin altında olsun. Tam gece yarısı!" İkbal Hanım şaşırmıştı.

"Kızım kaçmaya falan kalkma! Rahmi nereye sığınacağını bilmiyor. Bir kadınla saklanmak çok daha zordur."

"Hayır korkma! Öyle bir şey yapacak değilim."

Remzi ahırdan eşeği çıkarıp, iki çuval buğdayı üzerine yükledi. Kendisinin yürümesi gerekiyordu. Hayvan hem iki çuvalı, hem de kendisini taşıyamazdı. Kel Hüsen ağıldan çıktı:

"Remzi Beg, bu sıcakta sen değirmene gidemezsin. Ben götüreyim," dedi. Remzi Bey gülümseyerek,

"Hüseyin, ben Akdeğirmen'e gitmeyi çok severim bilirsin," dedi. Hüseyin kendisine bir sır tevdi edilmiş insanın havası ile güldü:

"Bilirim bilirim, yol üstünde Sıdıka bibinin bağına uğrayacaksın değil mi?"

"Haa şöyle anlayışlı ol! Ev halkına da hiçbir şey söyleme! Ben kıraç bağına uğrayacağım."

Remzi yol boyunca birkaç köylü çocuk ve bir iki işçiden başka kimseye rastlamadı.

"İkindi namazını seçmekle akıllılık etmişim. Köyün erkekleri camilerde. Hanımlar da ya evlerinde, yahut da bahçelerde. Bu sıcakta aklı olan sokağa çıkar mı?" diye düşündü.

Akdeğirmen'den iki kişi ellerinde un çuvalları ile çıktılar. Remzi bu insanları tanımamıştı. "Yakın köylerden olmalılar," diye düşündü. İçeriye girdi. Parlak ışıktan gözleri kamaşmıştı. Değirmenin içini pek göremiyordu. İso Dayı üzerindeki unları silkeleyerek Remzi'ye doğru geldi.

"Gel, Remzi Beg oğlum, gel!" Dış kapıya gelip, çevreyi kolaçan ettikten sonra, dış kapının arkasındaki kocaman mandalı indirdi.

"Rahmi Beg, gardaşın geldi!" Rahmi saklandığı un çuvallarının arkasından çıktı. Deminki adamlar değirmende çok oyalanmışlardı. Rahmi'nin de aynı vaziyette durmaktan dolayı bacakları uyuşmuştu. Remzi koşup ağabeyinin boynuna sarıldı.

"Korkma ağabey! Suçsuz olduğun meydana çıkacaktır. Ben arkandayım," dedi. Bu, Rahmi'nin hoşuna gitmişti. Birisinin canı gönülden ona inanması ve desteklemesi maneviyatını düzeltmişti. İso Dayı babasının neler dediğini anlatmamıştı ama Rahmi Bey hiç de hoş karşılanmadığını hissetmişti.

"Korkmuyorum oğlum, bir suçum yok zaten," dedi. Remzi Bey çuvalları değirmen taşına giden geniş, üstü açık, arık gibi şeyin içine boşalttı. İçinden birkaç kat beze sarılmış bir bohça çıktı. Remzi değirmen taşına doğru kayan buğdayların içinden, bohçayı acele ile kaptı. Ağabeyine getirdi. Bohçayı açtı.

"Al, bu senin silahın. Bunlar da evdeki mermilerin tamamı. Bunlar da iç köyneği*, don falan...." Elini şalvarının cebine atarak, bu sefer de küçük bir çıkın çıkardı:

"Bunlar da bulabildiğim kadar para," dedi. Rahmi acele ile ikisini de aldı. Remzi'yi tekrar kucakladı.

"Ulan sen sahiden erkek olmuşsun da haberim yok! Hadi artık oyalanma git! Birileri görürse pirelenirler. Bu köyde beni sevenlerden çok, sevmeyenler var."

İso Dayı'nın gözleri dolmuştu. Kapıyı açıp, Remzi Bey'i uğurladı. Rahmi Bey ise acele ile un çuvallarının arasına girdi.

Remzi "Belki Dilşat oradadır" hevesi ile, Sıdıka bibisinin bağına girdi. Ne yazık ki Beko'dan başka kimse yoktu. Beko yaz armutlarını toplamış, bir sepete doldurmuştu. Suyun kenarına oturup, birer sigara yaktılar. Remzi ağabeyinden, Beko da hala kendine gelemeyen Sıdıka'dan bahsettiler. İkisinin de canı sıkkındı.

İso Dayı akşam namazından biraz evvel, köye doğru yola çıktı. Bir saat olmadan da geri döndü. Elinde mektup falan yoktu. Rahmi merakla sordu:

"Emmi haberler iç açıcı değil galiba? Tevhide de mi benden yüz çevirdi?" İso Dayı hafiften gülerek,

"Hiç zannetmem, çok mert bir kıza benziyor. Senin tam gece yarısı şanşenin altında olmanı istiyormuş." Rahmi şaşırmıştı.

"Benimle gelmeye falan kalkmaz inşallah. Hem ben köye nasıl girerim ki?"

---

* iç köyneği: fanila yerine giyilen bir çeşit gömlek

"Köyde hiç jandarma yokmuş, zannederim civar dağları arıyorlar. Orada da pek bir şey bulamamış olacaklar. ki, Palu tarafına Haşim Bey'in köylerine bakacaklarmış. Onun seni himaye ettiğini düşünüyorlarmış." Rahmi bu habere sevinmişti. Hedefin şaşırması, onun zaman kazanıp, plan yapması demekti.

"Bu iyi bir şey," dedi. İso Dayı tereddüt içindeydi. Nihayet dayanamadı:

"Rahmi, ben sana evdeki mermileri de vereyim. Elaziz'de silah ticareti yapan Kirkor'dan temin edersem sana haber uçururum. Yeni ihtiyaçların olursa da, sen haber iletirsin. Sen bu gece köye indikten sonra, artık buraya dönmemelisin. Doğru Taşkıntepe'nin öbür tarafına geç. Bir - iki haneli bir yer göreceksin. İlk evden, Kürt Mirzo'yu sor. Selamımı söyle, sana yardım edeceklerdir."

"Hepsi iyi de, şu Kirkor'dan silah temin etme işi hoşuma gitmedi. Ben bu güne kadar ne çektiysem Ermeniler yüzünden... Onlardan silah almak gücüme gider. Bana ters düşer!"

"Rahmi Beg oğlum, biz isteyerek mi alıyoruz! Onlar yabancı devletlerden temin ediyorlar, kendi haksız ideallerinde kullanmak üzere, her konuda olduğu gibi bu konuda da sadakatsizliklerini gösterip, para uğruna o silahları satabiliyorlar. Çok derin düşünürsen, bize karşı kullanılacak silahları para ile ellerinden almış oluyoruz."

Rahmi biraz düşündü:

"İso Dayı, ben kırk yıl düşünsem böyle bir izah yolu bulamazdım. Ne akıllı adamsın!" İso Dayı güldü:

"Oğlum, buna 'aklın tecrübe ile birleşmesi' denir. Neyse, sohbet için zamanımız yok. Hadi bakalım sen yola çık. Belki ileride bol bol sohbet edecek zaman buluruz."

Bu yaz gecesinin bu kadar karanlık olması bir şanstı galiba. Rahmi, İso Dayı'nın getirdiği Yıldırım'ın üzerine atladı. At yirmi dört saattir görmediği sahibini görünce keyifli keyifli kişnemeye başladı. Rahmi yine boynunu okşayarak:

"Yıldırım, sus! Ne olur, sus! Sevindiğini biliyorum. Ben de seni özlemiştim," dedi.

Sonra İso Dayı'ya döndü:

"Ben bu iyiliğini nasıl öderim bilemem. Sana iyilik ödemem için, yardıma muhtaç duruma düşmemeni niyaz edebilirim. Şimdilik elimden bu gelir," dedi. İso Dayı'nın bu dua çok hoşuna gitmişti:

"Oğlum, sen kendini kurtar yeter. Sana yazık oluyor. Alelade bir insan değilsin. Bu her halinden belli. Yolun ve şansın açık olsun!"

Rahmi atını köye doğru hızla sürdü. Cebinden Serkisof marka cep saatini çıkarıp baktı. Kendi saatine göre, gece yarısına tam iki dakika vardı. Dükkan önüne inen yolun üzerinde "Bir iki dakika oyalanayım. Şanşenin camında bir hareket görünce atımı sürerim," diye düşünürken, şanşende belli belirsiz bir ışık göründü. Perde yana çekildi. Çok sıcak bir gün olduğundan, camlar zaten açıktı. Rahmi Bey,

"Hadi Yıldırım!" diyerek, atını Mama Ağaların şanşenin altına doğru sürdü. Tam altındayken, bir beyaz torbanın atıldığını gördü. Torbayı yakalayamamıştı. Taşların üzerine hızla düşen torba, gecenin sessizliğinde büyük bir gürültü çıkarmıştı. Konağın lambaları tek tek yanmaya başladı. İbrahim Ağa elinde silah ile kapıda göründüğünde, Rahmi çoktan Sıdıka bibisinin kapısının önünden geçerek, kuyulu yoluna doğru döndü. Kapı aralıktı ve Beko kendisini görmüştü.

İbrahim Ağa silah elinde, Rahmi'nin gittiği yola saptı. Kapının önünde Beko duruyordu.

"Beko at üstünde birisi geçti, gördün mü?"

"Evet gördüm."

"Kimdi tanıdın mı?"

"Nasıl tanıyayım? Ya yine hortlayan Ermeni komitacılardan biri, yahut da bir soyguncuydu."

"Yani tanıdığım birisi değildi? Öyle mi demek istedin?"

"Evet, bu karanlıkta fark etmek çok zor zaten."

"Peki, ne tarafa gitti?"

"Hacı Hafız Ağaların kapısı önünden sola döndü. Kuyulu yoluna veya köyün arkasından Vertetil'e doğru gidebilir..."

İbrahim Ağa, takip etmenin bir işe yaramayacağını anlamıştı. Zaten komitacı veya soyguncu olmadığını da biliyordu. Eve kimse girmemişti. Ne atıldıysa şanşenden atılmıştı.

Hırsla eve girdi. Doğru Tevhide'nin odasına daldı. Tevhide çoktan yatağa girmiş, uyuyor numarası yapıyordu. Silahı başına doğrulttu. Kız yataktan fırladı, duvara doğru çekildi. Ellerini havaya kaldırmış:

"Ağabey ne olur yapma! Beni öldürme!" diye yalvarıyordu. İbrahim Ağa kontrolünü kaybetmişti.

"Çabuk söyle! Aşağıya ne attın? Kime attın?" Tevhide cevap vermiyordu. İbrahim Ağa tüfeği Tevhide'nin alnına dayadı. Avazı çıktığı kadar bağırıyor ve aynı suali soruyordu. Faika Hanım ile çocuklar şanşene girdiler. Çocuklar bağrışmaya başladı. Faika Hanım koşarak kocasına mani olmaya uğraşırken, Ömer de çok sevdiği halasını kurtarmak için, babasının koluna sarıldı. Silah büyük bir gürültü ile patladı. Pek de aydınlık olmayan odada, birisi yere yuvarlanmıştı. Alt kattan gürültüleri duyan Gülüş, büyük fanusu yakarak yukarıya doğru koşmuştu. Faika Hanım yerde kanlar içinde yatıyordu. Sol yanağına saplanan kurşun çene kemiğine girmiş olmalı ki öylece duruyordu. Yanağından kanlar fışkırıyordu. Tevhide'nin göz bebekleri büyümüş, şuursuz bir şekilde bakıyordu. Çocuklar yere çökmüş:

"Ana! Anamız ölüyor!" diye bağrışıyorlardı. İbrahim Ağa elinde tüfeği ile sedirin üzerine oturmuş, sanki kendinin içinde olmadığı bir olayı seyrediyordu. Yüzünde hiçbir ifade yoktu. Gülüş merdiven başına koştu.

"Murtaza koş! İkbal Hanım'la, Mustafa Ağa'yı çağır!" dedi.

İkbal Hanım önden Mustafa Ağa arkadan şanşene girdiler. Mustafa Ağa şaşkın bir vaziyette "ne olduğunu" sordu, İkbal hırsla bağırdı:

"Bırak şimdi ne olduğunu, gelin hanıma yardım etmemiz gerek!" İbrahim Ağa ayağa kalktı.

"Kimseyi çağırmak yok. Siz halledebildiğiniz kadar edin," diyerek tüfeği elinde, odadan çıktı.

Rahmi şanşenden atılan torbanın içinde ne olabileceğini az çok tahmin etmişti, ama eğer sadece mücevher ise, dağlarda hiçbir işine yaramazdı. Onların paraya çevrilmesi gerekti. İso Dayı oraya dönmemesini tembihlemişti ama gitmek zorundaydı.

İso Dayı ile beraber boş bir çuvalın üzerine torbayı döktüler. İçinde az bir para, oldukça yüklü mücevher vardı. İki Reşat beşibiryerde, on tane Reşat altın, iki burma bilezik, iki çift küpe ve çok sayıda tel bilezik vardı. Rahmi paraları aldı.

"İso Dayı sen bunları paraya çevir. Ben bir şekilde alırım veya aldırırım. Başka güveneceğim kimse yok. Hadi sağlıcakla kal!"

"Allah seni korusun oğlum!"

Rahmi Bey çok sevdiği evini, köyünü, ailesini ve de âşık olduğu kızı, karanlık bir yaz gecesinde, nereye gideceğini bilmeden bırakıp, gitmek zorunda kalmıştı. Bu ona çok acı veriyordu. Tasarlàdığı, hayal kurduğu, hatta lâyık olduğu hayat bu değildi. Dağ yoluna vurdu. Yolları bilmiyordu. İçinden "Hiç değilse, parlak yıldızı bulabilseydim," diye düşündü. Sonra atının yularını gevşetti.

"Yıldırım, hayvanların bu durumlarda hissiyatları, insanlardan kuvvetli olur derler. Bu işi sana bırakıyorum. Benim için kaderden daha iyi şeyler düşüneceğine eminim." Yıldırım anlamış gibi, bir yol tutturmuş, kararlı adımlarla gidiyordu. Rahmi Bey atını değil, atı Rahmi Bey'i idare ediyordu.

Galiba yokuş aşağı iniyorlardı. Hava aydınlanmaya başlamıştı. Zayıf bir su sesi duyuluyor, çirkin sesli bir horoz ötüyordu. "Yıldırım, hayat olan bir yere geldik. İnşallah dost hayatlar buluruz," dedi Rahmi Bey.

İki küçük köy evi görünmüştü. Bunlar evden ziyade birer eski kulübeye benziyorlardı.

Rahmi Bey ilk kulübenin kapısını hafifçe vurdu. İçeriden on dört-on beş yaşlarında, esmer bir erkek çocuğu çıktı.

"Buyur gakkoş! Bişey mi istedün?"

"Ben Mirzo'yu görmek istemiştim. Değirmenci İso Dayı'nın adamıyım. Ondan selam ve ekmek getirdim," dedi.

Çocuk içeriye girdi, üç-dört dakika sonra uzun boylu ve cüsseli bir adam göründü.

"İçeri gir gakkoş!"

Rahmi karanlık ve küçük bir yere girdi. Bir kişi daha sedir gibi bir şeyin üstünde oturuyordu. Ayağa kalktı,

"Hoş geldin gardaş." Rahmi tedirgindi, burada mı yaşaması gerekecekti?

"Hoş bulduk," dedi. Kapıda Rahmi'yi karşılayan adam:

"Benim adım Mirzo, bu da Karakoçan'dan Memo, bu delikanlı da Memo'nun yeğeni Hasso... Evimize hoş geldin. İso Dayı'nın dostu, bizim de dostumuzdur... Hasso atı yerine götür! Heybesindeki ekmekleri de içeriye getir! Misafirimiz açtır," dedi.

Köy halkı tamamen Mama Ağaların evinde yaşanan olaylara kilitlenmiş, gibiydi. Her evde, her bağda bu mevzu vardı. Tevhide'nin şanşenden bütün mücevherlerini, hatta Faika Hanım'ında mücevherlerini Rahmi Bey'e attığı söyleniyordu. Tabii Faika Hanım'ın vurulması da, çeşitli yorumlara sebep olmuştu. Bazıları gerçek sebebi, bazıları da olmadık dedikoduları anlatıp, duruyordu. Bunun içinde Faika Hanım'ın uygunsuz bir hareketi olduğu, dokuz yaşında bir çocuk olan İshak tarafından vurulduğu gibi asla hakikat ile ilgisi olmayan dedikodular da vardı. Faika Hanım'ın yüzünden kurşunu, İbrahim Ağa çıkarmış, yaranın üzerine soğuk suyun önüne tutulmuş temiz bezlerle bastırılmış, kan durunca da sigara külü bastırılmıştı. Yani en ilkel şekilde tedavi edilmişti. Kaç gündür de evde yapılan bir merhem ile pansuman yapılıyordu. Ne Faika Hanım, ne Tevhide, hatta ne de İbrahim Ağa insan içine çıkmıyorlardı. Haberlerin çoğu İkbal Hanım, Gülüş ve kocası tarafından yayılıyor, köylü de yeni eklemeler veya değişiklikler yapıyordu.

Tabii bu konu ile ilgili bir sürü mani de ortalarda dolaşıyordu. Hatta köyde belediye olduğu zaman kurulan, köyün saz heyetinden bu güne gelenlerin ağzında ve sazında türkü olarak söylenmeye başlamıştı. Bu manilerin Sıdıka Hanım'ın ortanca kızı ve Remzi Bey'in yavuklusu Dilşat Hanım tarafından çıkarıldığı söyleniyordu:

"Rahmi sürdü atını
Tevhide attı altını
Hangi bağ ödeyecek
Rahmi'nin beratını?"

"Tevhide'nin gözü mavi
İçler acısıdır hali
Üzülme! Sarı kız,
Sözünde durur Rahmi!"

"Şanşene serdim halı
Petekte kaldı balı
Yaklaşmayın sarı kıza
O, Rahmi'nin helalı!"

"Babası bir evliya
Ondan oldu eşkıya
Düğününüz olacak
Belki çıkmaz salıya!"

Dilşat Hanım'ın okuma yazma bilmesi, mani söylemede ki kabiliyeti ve Rahmi Bey ile arasındaki gizli düşmanlık bu manileri çıkarmasına sebep olabilirdi, ama bunu tam olarak bilen yoktu.

Ortada dolaşan sözler, çıkarılan maniler, söylenen türküler her iki aileyi de çok kötü duruma sokmuştu. İbrahim Ağa, Rahmi'nin sebep olduğu bu olaylar yüzünden Hacı Hafız Ağa ailesine; Mustafa Efendi de Tevhide'yi istediklerinde vermeyip de bu durumlara zemin hazırladıkları için Mama Ağalara diş biliyordu. İki ailenin arasında bir soğukluk başlamıştı.

İkbal Hanım, bu sabah Hayriye Hanım'la kahve içmeye gelmişti. İkbal Hanım, Mama Ağa ailesi içinde, köy halkı tarafından en çok sevilen insandı. Hatırnazdı, cömertti, yufka yürekliydi. Hayriye Hanım da İkbal Hanım'ı içtenlikle ve güler yüzle karşıladı. Uzun bir sohbetten sonra, Hafife Bacı'nın yaptığı kahveleri içerken, İkbal Hanım sordu:

"Tevhide'yi istemeyi düşünmüyor musunuz, tam sırası! O kız, o evde uzun süre yaşayamaz. Bu olaydan sonra, İbrahim Ağa onu, ince hastalıktan yatağa düşürür. Bunu yanına koymayacaktır." Hayriye Hanım şaşırmıştı.

"İyi de İkbal Hanım, Rahmi bile burada yok. Kime kız isteyeceğiz? Ne zaman geleceği, hatta gelip gelmeyeceği bile belli değil!"

"Hayriye Hanım, Rahmi'nin Tevhide'yi, Tevhide'nin de Rahmi'yi istediği kesin. Bizim nikâhlarımız vekâlet ile kıyılmıyor mu? Elbet onunla görüşen biri vardır. Ben yabancınız değilim. Rahmi Bey birisine vekâlet versin, olur biter! Ne zaman gelirse de, o zaman gerdeğe girerler. Kız ömrünün sonuna kadar beklemeye hazır." Hayriye Hanım'ın pek aklına yatmamıştı ama...

"Bunları Mustafa Efendi ile görüşmem gerek, son kararı o verir," dedi. İkbal Hanım çok daha ciddi tavırla,

"Çok geç olmamalı! Genç bir kızdır ne yapacağı belli olmaz. Ne bileyim canına falan kıyabilir. Eh, hadi bana allahaısmarladık.... Şimdi herif öğlen yemeğine gelir...."

Jandarma kumandanı Binbaşı Turgut Bey, odasında bir aşağı bir yukarı dolaşıyor, arada bir oda kapısı önünde duran jandarma çavuşuna bağırıyordu:

"Yer yarılıp, içine girmedi ya bu Rahmi iti! Nasıl oluyor da küçücük bir köyde bu herifi yakalayamadınız da elinizden kaçırdınız? Bütün jandarma erlerini onu aramakla görevlendirin!" Çavuş şaşkındı. Kumandanın bu konu ile neden bu kadar ilgilendiğini anlamıyordu. Çok daha vahim vakalar vardı. Daha yeni dört atlı soyulmuş, silahları alınmış, sonra da öldürülmüşlerdi. Gençlerin ailesi her gün jandarma komutanlığının önünde bekliyordu. Buna rağmen kumandan her şeyi Rahmi'yi bulmak için kullanıyordu. Öldürülen işçi, hep kavga çıkaran, hiç kimsenin sevmediği, hilekâr bir adamdı. Ayrıca arayan, soranı da yoktu. Çavuş:

"Kumandanım, elimizde takip edilmesi gereken onlarca dosya var. Nasıl..." Çavuş sözünü tamamlayamadı.

"Yeter! Mazeret ve fikir beyanı istemiyorum. Burada kumandan benim!"

Çavuş selamını çakıp, odadan hızla çıktı.

İso Dayı değirmeni oğluna bırakmış, yaşlı eşeğine binmiş, Elaziz'in yolunu tutmuştu. Heybede taşıdığı kıymetli yükün üzerine biraz ekmek, birkaç parça da taze peynir yerleştirmişti. Heybenin öteki gözünde de, emektar eşeğinin samanı vardı.

Şehre girdikten sonra sola saparak, dümdüz gitti. Sonra tekrar sola saptı. Şehirde büyük gelişmeler yaşanıyordu. Halk yavaş yavaş hilafetin kaldırılmasını, Mustafa Kemâl'in yeni hükümetini kabullenmeye, hatta taraftar olmaya başlamıştı. Bunda Birinci ve İkinci İnönü, Sakarya ve Dumlupınar muharebelerine iştirak eden er ve zabitlerin payı büyüktü. Onlar Mustafa Kemâl'in ne mucizeler yarattığına bizzat şahit olmuşlardı. İçlerinde Mustafa Kemâl'i görme bahtiyarlığına kavuşanlar azdı. Ama onun hakkındaki hikâyeleri ve yaptıkları kahramanlıkları her an dinliyor veya bizzat şahit oluyorlardı. Az da olsa hâlâ eskiyi özleyenler ve çağdışı yaşamayı alışılmış bir hayat tarzı olarak görenler vardı.

İso Dayı tanıdığı tek sarraf olan Hulki Efendi'nin dükkanına vardığına çok sevinmişti. Hem sıcakta yol almak zordu, hem de bu yükü taşımak tehlikeliydi. İso Dayı getirdiklerini çıkardı. Ona göre iyi bir fiyata sattı. Kuyumcu için de büyük bir vurgundu. Değerinin dörtte birini ancak ödemişti. İso Dayı paraları kuşağının içine sardı.

"Martin Kirkor," diye anılan Ermeni tüccarın küçük dükkanına giderek, oldukça yüklü sayıda mermi aldı. Hemen köyün yolunu tuttu. Değirmenin en çok çalıştığı günlerdi. Oğlu idare edemeyebilirdi. Değirmene geldiğinde Remzi Bey'in kendisini beklediğini gördü.

Hal hatır sorulduktan sonra, Remzi Bey İkbal Hanım'ın anasına, anasının da kendine aktardığı sözleri bir bir anlattı. İso Dayı biraz düşündükten sonra, "Ben belki görüşebilirim ama, ben ihtiyar bir adamım. Eğer böyle bir vekaleti üstlenirsem, jandarma beni rahat bırakmaz. Bugünlerde Rahmi'nin bana gelmesi veya birini göndermesi gerekir. Ona aktarayım. Bakalım ne diyecek?" dedi.

Mustafa Efendi, eşi Hayriye Hanım ile hemen her gün bu mevzu üzerinde tartışıyordu. Mustafa Efendi "usulüne uygun düşerse, Tevhide'yi gelin alırız, ama önce Mürüvvet'in düğününü yapmak gerek. Oğlan tarafı sabırsızlanmaya başladı. Eh Mürüvvet de tedirgin. Haksız da sayılmaz. Aylardır ertelenen bir düğünü bekliyor," diye diretiyordu. Bugün yine Kesrik'ten, Kitapsızgil'den birisi gelecekti. Mustafa Efendi:

"Onlara bir nikâh tarihi vermeliyiz. Sence ne zaman uygun?"dedi. Hayriye Hanım biraz düşündü.

"Aslında biz hazırız. On-on beş gün sonra olur," diye cevap verdi ve hemen ilave etti.

"Sen de hocaya bir sor. 'Rahmi bu kadar uzakta iken, bir vekalet alabilirsek, nikah yapabilir miyiz' diye?"

"Olmaması için sebep yok. Bir odada oturup, öbür odadakine vekâlet veriliyorsa, uzaktakinin vekâlet vermesi daha mantıklı değil mi?" Hayriye Hanım biraz düşündü. Böyle derin konulara pek aklı yatmazdı.

"Aman, ben böyle şeyleri bilmem!" diyerek ocakta kaynayan yoğurtlu çorbayı karıştırmak için mutfağa yürüdü.

Remzi ikindiden sonra atı Şimşek'e bindi. Anasına, Harput'a düğüne gideceğini, geç kalabileceğini, merak etmemelerini söyledi. Akdeğirmen'e uğrayıp, İso Dayı'dan emanetleri ve İso Dayı'nın has undan yaptırdığı nefis ekmekleri aldı. Taşkıntepe'ye doğru yola koyuldu.

Bir taraftan da tanıdık birine rastlarsa "Ne gibi bir yalan uydurmak mantıklı olur?" diye düşünüyordu. Zifiri karanlık olmadan, tarif edilen kulübeye varmıştı. Kulübenin kapısını tıkırdattı. İçeriden bir sesler geliyordu, ama kapı açılmıyordu. Çok geçmeden açıldı. Kapıdaki çocuğa,

"Rahmi Bey burada mı?" dedi. Çocuk ne diyeceğini şaşırmış gibi arkasındaki adamlara bakıyordu. Mirzo:

"Ne Rahmi Beg'i kardaş?" deyince, Remzi birden hatırladı:

"Beni İso Dayı gönderdi. Bunları da size getirdim. Rahmi Bey'in kardaşıyım." Adam :

"Haa, söylesene gakkoş! Biz her geleni sorgusuz sualsiz içeriye alamayız," dedi.

Remzi içeriye girdi. Kapıyı kapattılar. Yine aynı adam, çocuğa döndü,

"İbo, sen çingene dutunun üstüne, vazifenin başına. Bak, hiç olmadık anda birileri gelebiliyor," dedi. Çocuk acele ile dışarı çıktı. Remzi kapı açılınca, içeriye giren ışığın yardımı ile çevreyi tam olarak görebilmişti. Odada ağabeyi yoktu. Birden ürperdi. Bir tuzak içinde olabilir miydi?

Sedirde oturan adam kalktı. Sedir sağ tarafa çekildi. Sedirin büyüklüğünün yarısı kadar üstü toprak sıvalı bir kapak kaldırıldı. Mirzo aşağıya eğilip:

"Rahmi gardaş, gardaşın Remzi geldi," dedi. Remzi odanın karanlığına alışmıştı. Artık çevreyi görebiliyordu.

Rahmi Bey yukarıya çıktığında üstü başı toz içindeydi. Zayıflamıştı. Rengi sararmış, yüzünü bir hüzün kaplamıştı. Remzi ağabeyine doğru koştu. Ağlamamak için kendini zor tutuyordu. "Bu kadar itina ile büyütülen Rahmi Bey'in yaşamak zorunda olduğu yere bak!" diye düşündü. Ağabeyi bunları hak etmiyordu. Remzi kendini toparladıktan sonra durumu anlattı. Tevhide'yi isteyeceklerini, ama birisine vekâlet vermesi gerektiğini, söyledi.

Rahmi Bey'in yüzünden bir mutluluk dalgası geldi, geçti. Biraz düşündü.

"Sen!" diye bağırdı. "Senden iyi vekil mi olur! Hem jandarma sıkıştırırsa, kaçmadan önce bana vekâlet vermişti, zaten evlenmek üzereydiler," dersiniz. "Yabancıya vekâlet veriliyor da, neden kardeşe olmasın?"

Öteki iki adam kendi aralarında bir şeyler konuşmaya dalmışlardı. Yarı Türkçe, yarı Kürtçe yaptıkları konuşmadan pek bir şey anlaşılmıyordu. Bu arada Remzi kuşağının arasından çıkardığı paraları, acele ile ağabeyine verdi. O da hemen kuşağına soktu.

"Remzi, bana biraz daha çamaşır getirseydin keşke," dedi. Sonra hemen "Tevhide'yi ne zaman alacaksınız? Damat olarak, bilsem iyi olur!" diye sordu. Remzi yine üzülmüştü.

"Önce Mürüvvet'in düğününü yapacağız. Sonra da Tevhide'nin. Bu günlerde isteyebilirler. Bir söz kesilsin ki köydeki dedikodular durulsun, diye düşünüyorlar.

Ağabey, ben sana çamaşır, yiyecek ve de haber getiririm. Üzülme!"

"Sağ ol Remzi! Sakın sık sık gelmeye kalkma! Dikkati çekersin. Babam avukat tuttu mu? Tuttuysa nasıl tuttu?"

"Evet, aynı avukatı tuttu. Henüz para konusunu halledemedi galiba." Rahmi belini işaret ederek,

"Bunun bir kısmını sana vereyim. Burada parayı ne yapacağım!" dedi ve para destesinden bir miktar çekerek Remzi'ye uzattı. Mirzo ile Memo, münakaşa ediyor gibiydiler. Rahmi ve kardeşi ile hiç ilgili değillerdi. (Rahmi birden hatırlamış gibi) "Haa, ben sana vekâlet de vereyim de, ne olur, ne olmaz, insanlık halidir, gelemeyebilirsin," dedi.

Remzi "Mustafa oğlu Rahmi, ben Mustafa oğlu Remzi'yi, Mama Ağa kızı Tevhide ile sana nikâh kıymak için beni vekil tayin ediyor musun?" diye sordu. Bunu üç kere tekrar etti. Rahmi de üç kere "evet" dedi. Artık Mirzo ile Mehmet susmuş, bu garip konuşmayı dinliyorlardı. Sonra Mirzo gülmeye başladı.

"Rahmi gardaş, herhalde böyle bir nikâh ilk defa olacak!" dedi.

Remzi, ağabeyinin yanından ayrıldıktan sonra aynı yolu takip etmedi. Uzak da olsa şehir merkezine inip, oradan köye gitmenin akıllıca olacağını düşünmüştü. Cebindeki para avukata yetmezdi. Babası şoraklardaki tarlalardan birini satacaktı, ama bu para yine de çok işine yarayacaktı. İşçi paralarını ağabeyine vermiş, babasına da söyleyememiş ve henüz orakçıların parasını ödeyememişti.

Eve oldukça geç bir saatte gelebildi. Odasına girip, bir müddet sedirin üzerinde oturdu. Aklı ağabeyindeydi. Orada nasıl? Ne zamana kadar yaşayabilecekti?

Kesrik'ten gelen Mürvet Hanım'ın dünürleri, Fahri Bey'in acele askere çağrıldığını, düğünün bir müddet ertelenmesinin bir mahsuru olup olmayacağını sordular. Onlara göre, kız evi bu konuda zaten isteksiz davranıyordu. Mustafa Efendi bu habere çok memnun olmuştu. Aile hiçbir açıdan iki düğünü bir arada yapacak durumda değildi. Tevhide'yi o evden kurtarmak acil olduğuna göre, Mürüvvet bekleyebilirdi. Hem yaşı da bunun için müsaitti.

Mustafa Efendi bu sefer doğrudan kendi gitmek yerine, İkbal Hanım'ın tavsiyesine uyarak, İbrahim Ağa'ya aracı olarak, Kaya Dede'nin oğlu Baba Faik'i gönderdi. Cevap gecikmeden gelmişti. İbrahim Ağa çok kızgındı, ama "Bu kızın da artık bu evde kalmaması gerek, hiç değilse teli ile duvağı ile çıksın," demekteydi.

On-on beş gün içinde hazırlıklar tamamlandı. Rahmi Bey'in vekili Remzi Bey'in de "Evet" demesi ile nikâh kıyıldı. Hayriye Hanım mücevherinden birer parçasını kızlara, bir-iki parçasını da Remzi'ye ayırdı, geri kalanının hepsini Tevhide'ye taktı. Davul zurna eşliğinde, yemekler verilerek, dört başı mamur bir düğün yapıldı. Damadın dışında her şey tam ve mükemmeldi. Bu düğün işini iki gün evvelinden haber alan jandarma kumandanı, köyün dört tarafına jandarma yerleştirmiş, düğün ahalisinin çevresini neredeyse kordon altına almıştı.

Tevhide pembe gelinliğinin içinde, başında altın liralarla gelin odasına girdi. Bir müddet çevresine bakındı. "Gerdek gecem böyle mi olmalıydı?" diyerek gelinliğini çıkarıp, sedirin üzerine attı. Konsolun üzerinde çörek ve çeşitli meyveler vardı. Bir müddet onlara baktı. Sonra Rahmi'nin askeri rüştiyede çekilmiş resmini eline alıp, dudaklarına götürdü ve hıçkırarak ağlamaya başladı. Ne kadar zaman ağladığını bilmiyordu. Ayağa kalktı. Uzun, kapalı bir gecelik giyip, gaz lambasını kısmak için eline aldı. Birden oda kapısı açıldı. Tevhide korku ile döndü. Gaz lambası elinde yere yığıldı. Rahmi siyah bir çarşaf içinde karşısındaydı. Hemen çarşafı acele ile çıkardı. Devrilen lambayı alıp, konsolun üzerine bıraktı. Tevhide'yi yatağın üzerine yatırdı. Kolonya ile elini, yüzünü ovaladı. Bir taraftan da söyleniyordu:

"Hadi mavişim! Hadi uyan! Ne büyük tehlikeye atılıp da geldim, biliyor musun? Seni gerdek gecende yalnız bırakacak bir erkeğe benziyor muyum?" Bu arada Tevhide'yi çırılçıplak soymuştu. Kızın güzelliği dayanılmayacak kadar muhteşemdi. Tevhide yavaş, yavaş gözlerini açtı.

"Sensin değil mi? Sahiden sensin?" Rahmi bir taraftan bütün vücudunu öpüyor, ara ara da konuşuyordu:

"Evet mavişim, gözlerini kapama! O mavi gözleri görerek sevişmek şahane bir zevk olacak!" Tevhide kendini bırakmıştı. Bütün vücudu alevler içinde yanıyor, Rahmi'ye sokuldukça sokuluyordu. Gün ışıyıncaya kadar seviştiler. Rahmi oda kapısını açtı. "Haydi gel abdestimizi alalım. Evde kimse yok, çekinme. Hepsi gece yarısından sonra, selamlık tarafına geçti. Sadece alt katta Hafife Bacı var. Bize hizmet etmek için. Ben abdestimi aldıktan sonra gideceğim. Sakın üzülme. Fırsat buldukça seni görmeye geleceğim. Dua et de sağ salim kaçabileyim," dedi.

Kel Hüseyin çuvallara buğdayları doldurmuş, Akdeğirmen'e doğru at arabası ile yola çıkmıştı. Kapının biraz ilerisinde Perçençli jandarma bekliyordu. Hüseyin'i görünce,

"Hayrola sabah sabah, hem de düğün zamanı bu ne acele?"

"Kumandanım, kaç gündür konak doldu taştı. Bugün de bir ton misafir gelecek. Konağın mutfağı boşalmış. Buğdayları Akdeğirmen'e bırakıp, şehre ineceğim. Ama sana bir kahvaltı verecek vaktim var. Araba kapının önünde durur. Hadi buyur," dedi. Jandarma gülerek:

"Ben sizin konağı gözetliyorum. Unuttun mu? Vazife başındayım yani, arkadaş gelinceye kadar bırakamam. Hadi sen işine bak."

İso Dayı kapıda Hüseyin'i karşıladı. Üstteki buğday çuvallarını acele ile kaldırdılar. Çevreyi iyice araştırdıktan sonra, alttaki uzun, ince çuvalın ağzını açtılar. Rahmi acele ile arabadan atladı. Her zaman saklandığı yere, un çuvallarının arasına girdi.

Kumandan yine çılgına dönmüştü. Rahmi'nin gerdek gecesine gelmemesi mümkün değildi. Ama bir haftadır bütün jandarmalar Perçenç'i kordon altında tuttukları halde hiçbir şey görememişlerdi. Sahiden gelmedi mi? Yoksa yine jandarmayı atlattı mı? Eğer öyle bir şey yaptıysa, bu işin altından nasıl çıkacaktı? Şimdiden dedikodular alıp yürümüştü. Millet jandarma kumandanının Rahmi'ye husumeti olduğunu, bütün gücü ile onun peşinde olduğu halde yakalayamadığını, söyleyip duruyordu. Bu adamı nasıl yakalayabilirdi acaba?

Güz, köylerde her şeyin bol olduğu bir mevsimdir. Hasat kaldırılmıştır. Para boldur, meyve boldur hepsinden ziyade de iş boldur. Bastıklar, orcikler, bulgurlar, dövmeler yapılır. İmece usulü ile şehriyeler kesilir. Tandırlar yanar, kışlık ekmekler yapılır. Hacı Hafız Ağa'nın konağı da bu büyük telaşın içinde idi. Tevhide Hanım çok iyi bir gelindi. Hem çalışkan hem de bir köy ağası karısının hasletlerine sahipti. Kaynanası, kayınpederi, onu şimdiden çok sevmişti. Görümceler ile de arası iyiydi. Ama onlar henüz yengelerine fazla ısınamamışlardı. Tevhide gündüzleri öylesiye çalışıyor. Geceleri ise vücudu ateşler içinde, çok sevdiği kocasını bekliyordu. Bazen onun sıcaklığını hissediyor. Yanında olduğuna inanıyordu. Bu günlerde midesi sık sık bulanmaya başlamıştı. Dün kendilerine kahve içmeye gelen İkbal Hanım'a söylemiş, o da "Üşüttün herhalde, kocan yok ki hamilesin diyeyim," cevabını vermişti. Tevhide ilk geceyi kimseye anlatmamıştı. Tabii evin içindekiler durumu biliyorlardı.

Rahmi Bey de aynı duygular içindeydi. O izbe yerde, yatak denen o kirli şiltenin üzerine uzanır uzanmaz, Tevhide'nin şahane vücudu ve arzu dolu mavi gözleri karşısında canlanıyor, arzu ve ihtirastan kıvranıyordu. Bazen "Bari dışarıya soğuk havaya çıkıp, dolaşabilsem... Veyahut da yalnız bir yerde olsam..." diye düşünüyordu. Sonra hâlâ yakalanmadığı için şükrediyor. Tevhide'ye kavuşacağı günün hayalini kuruyordu.

Gıyabında mahkemesi başlamıştı. Rahmi'nin avukatı delil yetersizliği üzerinde duruyor, sadece iki insanın ifadesi ile bir kişinin katil olduğu kanaatine varılamayacağını, suç delilinin bulunmasını talep ediyordu.

Rahmi o geceden sonra çok sevdiği, her an hasretini içinde hissettiği karısının yanına gelememişti. Çünkü kumandan büyük bir inatla, Rahmi'nin etrafındaki çemberi her gün biraz daha daraltıyor, ne derlerse desinler (ki bunların içinde, Rahmi'nin bir müddet sonra suçsuz bulunacağı söylentileri de vardı) ona göre Rahmi azılı bir katildi. İdamı, hatta yargılanmadan öldürülmeyi hak ediyordu.

Tevhide'nin bebeği dört aylık olmuştu. İncecik vücudunda dışarıya fırlamış, sivri bir karınla dolaşıyordu. Hamileliğinin belli olduğu ilk günlerde, köyde çeşitli dedikodular üretilmeye başlanmış. Sonunda Hacı Hafız Ağa konağında böyle bir durumun kabullenilemeyeceği, olsa

olsa Rahmi'nin gelip, damatlık görevini yerine getirdiği kanaati ağır basmış, köylü bu mevzuyu kapatmıştı.

Tevhide mutfakta, çok sevdiği kayınbabasına öğlen yemeği hazırlıyordu. İçinden "Bu adam ne benim babama, ne ağabeylerime, ne de herhangi bir köy erkeğine benzemiyor. Kibar, bilgili, muhterem bir adam..." diye düşünüyor. Kayınbabasına bir lokma fazla yedirebilmek için gayret sarf ediyordu. Çünkü yaşlı adam çok zayıftı. Kaynanası da kendisine çok iyi davranıyor, kızlarına göstermediği sevgiyi, ilgiyi gösteriyordu. Kayınbiraderi Remzi Bey, zaten herkesin sevdiği, çok iyi bir insandı. Görümcelerine gelince, onlar da kendisine çok iyi davranıyorlardı. Ama bu ilgide eksik olan bir şey vardı. Tevhide eksikliği hissediyor, ama ne olduğunu bir türlü bulamıyordu. Sonunda "Galiba onlar beni sevemediler. Sadece iyi davranmaya çalışıyorlar", sonra da "Aman sen de, burada ağabeyimin evinde olduğundan çok daha rahatım. Hem de Rahmi Bey'in karısıyım. Erinde gecinde dönecektir," diyerek ayağa kalktı. Hazırladıklarını tepsiye koyup, odaya girmeye hazırlanırken, Kel Hüseyin acele ile mutfağa girdi:

"Gelin hanım, jandarma kumandanı geldi. Efendi ile ve sizinle görüşmek istiyormuş." Tevhide şaşırmıştı, eli ayağı birbirine dolaşmıştı.

"Efendi babama söyle!"

Hüseyin, Mustafa Efendi'nin odasına girdi. İki dakika sonra çıkıp,

"Kumandanı içeriye almamı, sizin de örtünüp, odaya gelmenizi istedi".

Tevhide odasına çarşafını giymeye girdi. Kumandan da Mustafa Efendi'nin odasına...

"Hoş geldin Kumandan." Kumandan kaba bir sesle,

"Hoş bulduk," dedi ve devam etti: "Rahmi bu eve gelip gidiyormuş. Bir suçluyu saklamak suçtur. Bana yerini söylemek zorundasınız." O arada Tevhide Hanım odaya girdi. Çarşafın içinde bile sivri karnı belli oluyordu. Kumandan şaşkın şaşkın, Tevhide'ye bakakalmıştı. Mustafa Efendi sâkin olmaya çalışıyordu:

"Rahmi ne yazık ki, suçsuz olduğu halde yuvasına gelemiyor. Ayrıca gelse bile, oğlumu gammazlayacak halim yok. Barındırma tabiri ise bence yanlış, çünkü ne burada yaşıyor, ne de saklanıyor. Yaşadığı belli bir yer olduğunu zannetmiyorum. Olsa da söylemem." dedi. "Kumandan, bütün olayların üstüne bu kadar titizlikle gidiyor musunuz? Eğer öyleyse, sizi tebrik edeceğim ama Elâziz'in başı hep belada. İnsanlar öldürülüyor, adamlar soyuluyor. Zannederim faili meçhul dosyaları koyacak yeriniz kalmamıştır." Kumandanın rengi atmıştı. Bu söylenen ağır suçlamaları duymazlıktan gelerek "Gelininizin karnı öyle demiyor," dedi.

Bu sefer de Mustafa Efendi kıpkırmızı olmuştu. Tevhide hemen atıldı: "Kocam ne yazık ki gelemiyor. Bebeğe gelince, o önceden olan bir olay. Neden acele ile evlendiğimizi zannediyorsunuz?"

Kumandan da, Mustafa Efendi de şaşırmıştı. Bu genç ve cahil köylü kızından böyle bir cevap beklenemezdi. Gerçi alışılmışın dışında, biraz pervasızcaydı, ama bu mevzuu kapatmanın tek yolu da böyle bir cevap olabilirdi. Kumandan bu ailenin hiçbir ferdi ile başa çıkamıyordu. Bu da hem kinini hem hırsını daha çok artırıyordu. Ayağa kalktı.

"Dua edin ki doğum temmuzdan önce olsun. Yoksa buluştuğunuza dair, bundan (karnını işaret ediyordu) daha iyi bir şahit olamaz!" Mustafa Efendi müstehzi bir şekilde güldü,

"Kumandan ebelik konusunda da uzmansınız galiba?"
Kumandan bu sefer çok daha fazla kızardı. Ağzını açtı, bir şey söylemek istedi ama vazgeçti, arkasını dönüp, hızla odadan çıktı.

Tevhide çarşafını çıkarırken:

"Efendi baba beni affedin! Böyle bir konuşmayı sizin yanınızda yapmak istemezdim, ama başka çarem de yoktu."
Mustafa Efendi gelinine "Aferin" demek isterdi ama, cevap vermememeyi tercih etti. Yüz bulup da yeni saygısızlıklar yapar korkusu ile...

Şubatın ortalarıydı. Kış Elaziz'de hep sert geçerdi. Bu yıl da daha beter bir kış yaşıyorlardı. Rahmi ve arkadaşları bir odun sobası kurmuşlardı. Odunsuz da kalmıyorlardı, yiyeceksiz de... Hem İso Dayı, hem yakın köylüler, özellikle de Memo'nun akrabaları onları koruyorlardı. Ama Rahmi için bu, hapishaneden çok daha ağır bir yaşam biçimiydi. Zaman zaman "keşke teslim olsaydım" diye düşünüp duruyordu. Ama artık bunun için çok geçti. O jandarma kumandanı kendisini yaşatmazdı. Bir sebep yaratıp, kurşunları üzerine sıkacaktı. Rahmi'nin karısına duyduğu hasret de son safhadaydı. Artık bir işkence halini almıştı, her gece nöbetler yaşıyordu.

Mirzo:

"Rahmi Beg ne düşünürsün?" deyince Rahmi başını kaldırdı:

"Ne düşünmem ki?"

"Arkadaş biz burada hapis gibiyiz, düşünmekle vakit geçmez. Birbirimizle konuşmalıyız. Birbirimize güvenmeliyiz."
Rahmi anlamamış gibi Mirzo'nun yüzüne bakıyordu.

"Ne konuşalım ki?"

"Mesela... şu ünlü Perçenç köyünü anlat. Bir kere Perçenç ne demektir? Ermenice mi? Sen kimin nesisin? Neyin var? Neyin yok? Çok az konuşan bir arkadaşsın. Memo'yu az çok tanıyorum ama senin hakkında tek bildiğim, bir ağa oğlu olduğun, İso Dayı'nın nazarında çok kıymetli olduğun."

Rahmi acele ile,

"Hayır asla, Perçenç bir Ermeni köyü ve adı değildir. Evet, Ermeni vatandaş çoktu ve de köy halkı onlarla bütünleşmişti, büyük bir dostluk içinde yaşıyorlardı. Onların Ermeni, bizim ise Müslüman ve Türk olduğumuzu bile hatırlamazdık. Ta ki İkinci Meşrutiyet'ten sonra, Osmanlı toprağında gözü olan düveller, onları kışkırtıp, olmayacak vaatlerde bulununcaya kadar. Sonra her geçen gün düşmanlık tohumları büyüdü yeşerdi. Bu, 1915 yılında Ermenilerin iyice teşkilatlanarak, silah depolayarak, Cuma namazında, camideki erkekleri yok etme planına kadar sürdü. Sonrası herkesçe bilinir. Bunu anlayan Türkler onlardan önce davrandı, ama biz acıma hissi olan bir milletiz. Mecbur kalmadan hiçbir Ermeni'yi öldürmedik. Onları sürgün ettik. Hem de padişah fermanı ile ve koruma altında," dedi. Mirzo:

"Perçenç bizim dilimizde değil ama?" dedi.

"Evet, aslı Farsça galiba, 'beş kanat' anlamına geliyor. 'Perçenç' beş beylikten oluşuyormuş. Bunlar, bu tepelerdeki Taşkınzadeler, su gözlerinde Baloğulları, bugünkü köyün bulunduğu yerde İshakoğulları. Yani bugün Mısır'ın ünlü paşalarından olan İshak Paşa'nın büyük dedesi... Diğer üçü bilinmiyor..." Mirzo ve Memo uzun süren bu açıklamadan sıkılmış gibiydiler. Rahmi gülerek:

"Tarih dersi gibi oldu değil mi? Neyse, ben İshakoğulları'ndan gelmeyim.

Babam Mustafa Efendi bir komitacı Ermeni hekim tarafından kör edildi. Bu adam bir çok Müslüman da öldürdü.

Onu yok ettim. Bu yüzden ilk cezamı aldım ve en acısı da bir seri katili durdurdum diye, "katil" damgası yedim. Sonrası çorap söküğü gibi geldi. Burada iken evlendim. Karımı bir kere gördüm. Galiba şu anda karnında çocuğumuzu taşıyormuş... Şimdi de siz anlatın bakalım."

Mirzo:

"Ben Dersim'den geldim. Amca oğulları ile, ki şimdi torunların torunları oldu, kan davamız varmış. Sebebini bile doğru dürüst bilmiyorum. Her iki taraf da fırsat buldukça birbirlerinden ikişer, üçer kurşunluyorlar. Geçen yıl onlardan biri babamı, anamı ve ağabeyimi öldürdü. Büyük ağabeyim de altı ay önce karşı taraftan üç genci kurşunladı. Kendisi de ağır bir yara alıp, öldü. Erkek olarak bir ben kalmıştım, bir de bacım Iraz. Onu dayıma teslim edip kaçtım, ama aklım orada. Bir kıza el kaldıracak kadar cibilliyetsiz olurlar mı? Bilemem. Ama son günlerde hep Iraz'ı düşünüyorum. Rüyalarıma giriyor. Yollar biraz açılsın. Her şeyi göze alıp, gideceğim galiba."

O sırada Memo ayağa kalkmıştı:

"Benim anlatılacak hikâyem yok. İftiraya uğradım, o kadar. Biraz dolaşacağım. Bu havada buralara kimse gelemez" diyerek çıktı. Birkaç dakika bekledikten sonra, Mirzo:

"O akrabalarından birinin karısına göz koymuş, kocası şüphelenip takip etmiş, ikisini bir yatakta yakalamış. Karısının üzerine kurşunları sıkıp, buna dönmüş. Memo bu arada silahını ateşlemiş ve adamı öldürmüş. Kendisine göre iftira, ama ben buraya gelip, giden yeğeninin ağzını aradım. Pek iftira gibi gelmedi." Rahmi bu hikâyeyi hiç mi hiç beğenmemişti.

"Bence erkekliğe sığmaz. Akrabanın karısı ile dost olmak. Gerçi o kadın da adi imiş ama, bir erkek biraz güvenilir olmalı" diyerek kapıya doğru yürüdü.

"Ben de biraz temiz hava alıp, yürüyeyim," dedi.

Rahmi şubatın ortalarına doğru, atına atladı ve köye doğru yola çıktı. Artık içindeki hasreti bastıramıyor, kendine hakim olamıyordu. Mirzo ile konuşmuşlardı. Rahmi köyünden dönünce, o da Dersim'e gidecekti. Kar kaplı bir dağda, hatta ovada yol bulmak çok zordu. Atın ayakları kayıyor, ikide bir tökezliyordu. Rahmi yine Yıldırım'ın boynunu okşadı:

"Oğlum biliyorum, çok zorlanıyorsun. Ama sen de benim halimi biliyorsun. Artık duramıyorum beni mavişime kavuştur, ne olur!" Yıldırım gevrek gevrek kişnedi. Bir taraftan da kuyruğunu sallıyordu. Rahmi yine atını okşadı.

"Senin bir de dilin olsaydı, başka arkadaşa ihtiyacım olmazdı," dedi.

Tipi başlamıştı, göz gözü görmüyordu. Hem Rahmi, hem de at çok üşümüşlerdi. El ve ayak parmakları hissizleşmişti. "Acaba Yıldırım da bu kadar üşüyor mu?" diye düşündü. Sonra " Zannetmem, o hareket halinde," diye karar verdi. Atın üzerinden atlayıp, zıplamaya, acayip hareketler yapmaya başlamıştı. At durmuş, Rahmi'ye bakıyordu. Gözlerinde sahibine acıyan bir ifade vardı. Rahmi ellerinin ve ayaklarının canlandığını hissetti." Şimdi de atım donacak, gitmeliyiz," diye düşündü. Yola çıkalı iki saat olmuştu. Aslında Akdeğirmen'e varmış olmaları gerekirdi. İşin korkunç yanı nerede olduğunu da bilmiyordu.

Bir müddet daha büyük zorluklarla ilerlediler. Durmadan atı ile konuşuyordu. At onu dinliyor muydu? Bunu pek anlayamıyordu. Sonra birden ürperdi. "Deliriyor muyum ne? Beni gören birisi, kesin deli sanacaktır," diye düşündü. Rahmi delirmiyordu, ama çok çaresiz ve üzgündü. Tevhide'nin hasretine de hiç dayanamıyordu. Sonra birden hatırlamış gibi, "Acaba Küçük evlendi mi? Ya bizim deli oğlanın aşkı devam ediyor mu?"

Ansızın önünde birkaç ev belirdi. Biraz daha ilerleyince, kendisini Elaziz kışlasının duvarları önünde buldu. Paniklemişti: "Elimle kendimi yakalattıracağım," diye düşündü. Bir an yolunu tayin edemedi. Sonra hemen sola döndü. Neyse ki hava çok soğuk, yollar karla kaplıydı. Sokaklarda kimseler yoktu. Çıkanlar da birkaç çocuk ve işinden dönen birkaç erkekti. Daha da hızlandı. Kesrik'i büyük bir hızla geçti. Perçenç yoluna geldi. İçinden hep dua ediyordu. "Ya rabbim, tanıdık birine rastlamayayım ne olur?" diyerek. Köye döndü. Mezarlıkları geçti. Sulu bağlara giden yola döndü. Nihayet ağ değirmene gelmişti.

İso dayı şaşkınlık içinde Rahmi'yi karşıladı.

"Oğlum sen delirdin mi? Bu havada ve bu şartlarda, böyle tehlikeye nasıl atıldın?" Sonra kendi kendine güldü. "Benimki de laf mı? Damarlarında gençlik kanı, evde de Tevhide gibi bir ahû olursa, her türlü tehlikeye atılır insan," diye düşündü.

"Atını da değirmenin içine al! Ama ocaktan uzak bir yere bağla! Ben hayvanın bacaklarını ovuşturayım. Sen de ocaktan uzakta kendi bacaklarını ve vücudunu ovuştur. Rahat ol, bu havada kimse gelmez. Gelse gelse benim kaşık düşmanı, sıcak bir çorba getirir," dedi.

Bir müddet sonra, Rahmi de atı da rahatlamıştı. "Sıcak bir şey olsa da içsem..." diye düşünürken, İso Dayı:

"Rahmi Beg, ıhlamur içer misin?. Çay her zaman bulunmuyor. O zengin işi. Biz de ıhlamurla idare ediyoruz. Hem bu havalarda çok daha faydalı. Sen akşam namazında köye gidersin. Sokaklarda kimseler olmaz," dedi

Rahmi sadece gözlerini ve ağzını açıkta bırakan, el örgüsü yün başlığı ve aynı yünden eldivenlerini geçirdi. Boynunda da yine yün bir atkı vardı.

"İso Dayı hadi bana eyvallah. Sağ ol! Var ol! Ve bu yaptıklarını helal et! Bir baba ancak evladına yapar, senin yaptıklarını!" diyerek atının yularını tuttu.

Gerçekten de köyün sokakları bomboştu. Buz ve kar her tarafı kaplamıştı. Hacı Hakkı Beyler'in konağı önünden geçerken bir köpek havladı. Köpekler bile bir yerlere sığınmıştı. Sokaklarda yoklardı.

Konağın büyük kapısı kapalıydı. Arkasındaki büyük mandalı indirmişlerdi. Yavaşça kapıyı çaldı. İki üç dakika sonra Kel Hüseyin kapıyı açtı. Ellerini havaya kaldırarak geri geri çekildi.

"Hanım eşkiyaaa!" diye bağırdı. Rahmi atından atladığı gibi, Hüseyin'in boğazına sarıldı.

Bir eli ile Hüseyin'in boğazını sıkıyor, öteki eli ile de başındaki başlığı çıkarıyordu.

"Bir daha, bir daha bana eşkıya deme!" Hüseyin kekeledi.

"Beg! Beg! Ben sahiden eşkıya geldi sandım. Seni tanımadım. Hayriye Hanım taş merdivenlerin üzerinde durmuş, şaşkın şaşkın bakıyordu. Sonra birden oğlunu tanıdı.

Merdivenleri uçarcasına indi. Rahmi Hüseyin'i bırakmış, anasına doğru giderken, bir taraftan da "sus" işareti yapıyordu. Anasına sımsıkı sarılıp, elini öptükten sonra,

"Tevhide nerede? dedi.

"Odasında, çamaşır katlıyor galiba." Rahmi koşarak oda kapısını açıp, içeriye daldı. Tevhide'nin arkası dönüktü. Başını hızla çevirince Rahmi'yi gördü. Elindeki çarşafı fırlatıp, öylece kaldı. Donmuş gibiydi. Rahmi yanına yaklaşıp, kucaklayınca başını omzuna koyarak, hıçkıra, hıçkıra ağlamaya başladı. Bu aylardır çektiği hasretin gözyaşlarıydı. Bin bir zorlukla kavuştuğu, ama yanında olamayan aşkına kavuşmanın coşkusuydu. Rahmi saçlarını okşayıp yüzünü, ellerini öpüyordu. Tevhide biraz kendine gelmişti. Rahmi kulağına eğilip:

"Geceyi bekleyemem, çıldıracağım," diye fısıldadı. Karısını kucaklayarak, geniş, pirinç karyolanın üzerin yatırdı. Ne kadar zaman geçmişti bilmiyorlardı. Henüz hasretleri dinmemişti, bir ihtiras denizi içinde yüzüyor gibiydiler. Oda kapısı ısrarla vurulmaya başladı. İçerdekiler duymuyordu bile, kendi alemlerindeydiler. Sonra Rahmi anasının kendine seslediğini fark etti.

"Rahmi oğlum, köyde jandarma varmış!" Rahmi bu haberi hiç duymamış gibi sakindi. Sevişmeyi bile bırakmamıştı. Sonra bir cevap vermesi gerektiğini düşündü. Bu güzel anı bölmek zordu.

"Ana olursa olsun, onlar benim için değildir," dedi

Hayriye Hanım üstelemedi. Üstelemenin de bir işe yaramayacağını anlamıştı. Ama odanın kapısı önünden de ayrılamıyordu. Bir aşağı bir yukarı dolaşıp duruyordu. Rahmi oldukça uzun bir zaman sonra odadan, saçları ıslak olarak çıktı. "İyi ki sobanın üzerinde sıcak su vardı. Ve iyi ki bu odanın içinde yıkanacak bir yer var," diye düşünüyordu. Oradan doğru babasının odasına geçti. Yüksek sedirin üstünde, Mustafa Efendi'nin kendisi değil de, kurutulmuş gövdesi var gibiydi.

"Baba elini öpeyim," dedi. Mustafa Efendi birden irkildi. Sonra yavaşça:

"Rahmi... oğlum!" diyebildi.

Elini uzattı ve oğlunu kendine doğru çekti. Yine göz çukurlarına sular dolmuştu.

Rahmi gece yarısı anasının ve Tevhide'nin gözyaşları arasında evi terk etti. Yolunu nasıl bulacaktı? Bilemiyordu. Büyük bir korku içinde idi ama gitmesi gerekiyordu.

Rahmi'nin dönüşü gece olmasına rağmen daha kolay olmuştu. "Galiba Yıldırım buradan sonra yolları daha iyi biliyor," diye düşündü. Kulübeye vardıkları zaman yine atı da, kendi de bitkin haldeydiler. Yıldırım'ı kış için hazırladıkları kapalı yere götürdüler. İçeriden sıcak bir battaniye alarak, hayvanın üzerine örttüler.

Rahmi öğlene doğru uyandığında Mirzo'yu hazırlanmış olarak buldu. Memo'nun yeğeni köyde bir ahırda bağlı olan yaşlı atını getirmişti bile. Rahmi Bey:

"Bu havada bu yaşlı hayvan ile nasıl gideceksin? İstersen Yıldırım'ı al," dedi.

"Sağ ol arkadaş! At, silah ve kadın kimseye emanet edilmez. Ben böyle bir hata işlemek zorunda kaldım. Aylardır rahatım, huzurum yok. Hem Yıldırım'a senin ihtiyacın olabilir. Jandarma senin peşinde. Haydi kalın sağlıcakla" diyerek uzaklaştı.

Rahmi Memo'dan hoşlanmıyordu. Hele hele suçunu duyduktan sonra daha da bir soğumuştu. Onu güvenilir bir insan olarak görmüyor ve onunla aynı yeri, hele hele aynı kaderi paylaşmaktan dolayı, daha doğrusu kendini böyle bir insanla aynı kefedeymiş gibi görmekten, müthiş bir utanç duyuyordu. Mirzo delikanlı adamdı. Burayı çekilir hale getiren onun kişiliğiydi. Belki cahildi, görgüsüzdü ama kişilik sahibi bir insan olduğu kesindi. Akıllı ve dürüsttü. Daha ilk günden yokluğunu hissetmeye başlamıştı bile.

Rahmi babası ile konuşmasında, mahkemeden ümitli olduğunu, suçsuz olduğunun ispatlanabileceğini, en azından delil yetersizliğinden serbest kalabileceğini söylemişti. Bu Rahmi'yi biraz rahatlatmıştı. Ama bu şartlarda yaşamaya ne kadar dayanabilirdi? Bunu bilemiyordu.

On beş gündür bu izbe yerde, sevimsiz bir insan ile burun burunaydı. Mart ayı gelmişti. Hâlâ her yerde kar ve soğuk vardı ama şiddetini yavaş yavaş kaybediyordu. Rahmi karısını ve evini her geçen gün biraz daha fazla özlüyordu. "Bari Mirzo dönse" diye düşündü. Kulübenin kapısı önünde oturmuş, karlardan konaklarına benzer bir ev yapmaya çalışıyordu. Bir iki dakika sonra Memo'nun yeğeni de evin yapımına katıldı. Rahmi pek çocuk olmamıştı. Şu anda çocuklaşmış, Memo ile oyun oynuyor gibiydi. Birden Remzi ile büyük avluda yaptıkları kardan adamları düşündü. Remzi bu konuda daha becerikliydi. Galiba biraz sanatkâr yönü vardı. "Bu kadar duygusal olduğuna göre, vardır elbet," diye düşündü. Akşamın alaca karanlığı bastırmıştı, karşıda dağın eteklerinde birden iki kişi belirdi. Rahmi hemen içeriye kaçtı. Tam sediri açıp, Memo ile aşağı inmeye çalışırken, Memo'nun yeğeni seslendi:

"Dayı! Gelen Mirzo Emmi ile bir kadın!" Rahmi ile Memo birbirlerine bakarak, ikisi birden:

"Kadın mı?" diye sorup, acele ile kapıya çıktılar. Evet, gelenlerden biri genç bir kadındı.

Karlara bata çıka yürüyorlar, Mirzo'nun atı da arkalarından geliyordu. Hayvan iyice yorulmuş olmalı ki, bir kadının hızına yetişmekte zorlanıyordu.

Rahmi ayağa kalktı, Mirzo'ya doğru sekiz, on adım yürüdü. Yanında şalvarlı, cepkenli, başında liraları sallanan çok genç ve çok güzel bir kadın vardı. Rahmi Mirzo'nun boynuna sarıldı.

"Tam zamanında geldin. Çok bunalmıştım." Mirzo yanındaki kadına doğru döndü.

"Bacım" dedi, "bacımı yanımda getirmek zorundaydım. Başka bir yol yoktu." Rahmi,

"Hoş geldin bacım," dedi. Kız utanarak, Rahmi'nin yüzüne baktı. Zor duyulan bir sesle:

"Hoş bulmişem beg," dedi.

Rahmi şaşırmıştı. Bir çok güzel görmüştü. Karısı Tevhide gibi, Küçük Hanım gibi... Ama, bu bambaşka bir şeydi. Uzuna yakın boyu, dimdik, dışarıya fırlayacakmış gibi göğüsleri, incecik bir beli ve nefis bir kıvrımla inen kalça ve bacaklarını, kuğuları kıskandıran bir boyun üzerinde, oval, muhteşem güzellikte bir yüz tamamlıyordu. Gözlerini kapattığında kirpikleri yanaklarına kadar iniyor, uzun kirpiklerinin gölgesi koyu yeşil gözlerinde hareleniyordu. Rahmi Bey'in gözü bir ara yanında duran Memo'ya kaydı. Adam kilitlenmiş gibi kıza bakıyordu. Gözlerinde hayranlıktan ziyade, bir kadına duyulan açlık vardı. Rahmi Bey ürktü. İçinden "Çok tuhaf bir grup oluşturduk. Allah yardımcımız olsun," dedi ve Mirzo'ya döndü:

"Hadi içeri girelim. Hem üşümüşsünüz, hem de kalabalık bir grup olduk, çok uzaktan fark edilebilir," diyerek kulübeye doğru yürüdü.

Akşam bastırmıştı. Hepsi sıcak bir çorbanın hayalini kuruyorlardı. Mirzo şaka ve acı karışık bir sesle,

"Aşçınız bu gün izinli mi?" diye sordu. Rahmi buruk bir gülüşle, cevap verdi:

"Aşçı kaçtı. Ne yazık ki yiyeceklerimizi de yanında götürmüş." Mirzo bacısına döndü.

"Iraz getirdiklerinin içinde çorba olacak bir şey yok mu?" Mirzo Türkçe'yi güzel konuşuyordu. Uzun süre askerlik yapmış, asker ocağında öğrenmişti.

Iraz getirdikleri küçük torbaları karıştırdı. İçinde biraz erişte, bir parça tereyağı, biraz peynir ve salça vardı. Ağabeyine döndü.

"Ben size bir çorba yapebilirim," dedi.

Kız sobaya birkaç odun attı. Eğilip, uzunca süre üfledi. Hareketleri de çok zarifti. Dağın başında, zor şartlarda büyüyen bir kızın bu kadar alımlı ve zarif olabilmesi, şaşılacak bir şeydi. Rahmi içinden "Babam bilgili adamdır. 'Zarafet ve asalet doğuştandır. Sonradan kazanılmaz, ancak biraz cilalanabilir' derdi. Babamın her sözü büyük anlam taşıyor..." diye düşündü.

Mirzo ve bacısı yanlarında bir de büyük çarşaf gibi bir şey getirmişlerdi. Memo'nun yeğeni köye koşarak, birkaç çivi, birkaç metre de çamaşır ipi getirdi. Sedirin önüne gelecek şekilde ipi gerdiler. Üzerine de o büyük örtüyü attılar. Böylece sediri görünmez hale getirmişlerdi. Burada Iraz yatacaktı. Mirzo yatağını sedirin önüne taşıdı. Rahmi odanın öbür köşesinde duvarın önünde yatıyordu. Yanında da Memo, bazen yeğeni de kalır, Memo'nun yatağına ilişirdi. Rahmi hep bu çocuğu merak ederdi. Anası babası niye hep burada olmasına, bu tıynetsiz adama hizmet etmesine izin veriyorlardı ki? Çocuğa soramazdı. Daha doğrusu burada, bu soruyu hiç kimseye soramazdı.

Bugün Mirzo ve bacısının gelişi bir hafta olmuştu. Mart ayının ortalarıydı. Hava hâlâ karlı ve soğuktu. Bu arada İso Dayı'dan oldukça büyük torbalar gelmişti. Şu sıralar yiyecekleri boldu. Iraz ev işlerinde de becerikliydi. Yemek ve temizliği o yüklenmişti. Rahmi Iraz'ın gelişinden memnun gibiydi. Bu tatsız yaşamlarına, biraz renk katmıştı. İso Dayı'nın torbalarından birinden bir de küçük not çıkmıştı. "Rahmi Beg, dikkatli olun, jandarma yine işi azıttı." O günden beri içlerinden birisi, dışarıda nöbet tutuyordu. Gündüzleri bu işi Memo'nun yeğeni yapıyordu. Geceleri ise sırası ile herkes iki saat nöbet tutuyordu.

Rahmi'yi rahatsız eden en büyük konu, Memo'nun Iraz'a aç kurt gibi bakmasıydı. Bu tuhaf kafile yeni bir olayı kaldıramaz, hepsinin sonu olabilirdi.

Rahmi ile Memo'nun yeğeni akşama kadar odun toplamışlardı. Memo atların kaldığı yerin bazı yerlerini onarmış, Iraz ile Mirzo da odalarını, hatta alttaki toprak sığınağı temizlemişlerdi. Kendilerince bir nevi bahar hazırlığı yapıyorlardı.

Bu gece herkes yorgundu. Kuru soğanlarını kırıp, mercimek çorbalarını içtikten sonra, yataklarına kıvrılmışlardı. Gece yarısına kadar Memo, sonra da Mirzo, daha sonra da Rahmi Bey nöbet tutacaklardı. Herkes uyuyordu. Rahmi birden sol kolunun tutularak sarsıldığını hissetti. Gözlerini açtı. Memo'nun yeğeni kendi yatağına yaklaşmış. Durmadan kendisini sarsıyordu. Çocuğun yüzüne baktı. Oğlan eli ile sediri gösteriyordu. Sedirde bir boğuşma vardı. Iraz:

"Git! Git! Yapma! Mirzo gakkom seni de beni de öldürür! Ne olur yapma!" diye yalvarıp tepiniyordu. Rahmi yerinden fırladı. Yanında hep hazır duran Martin'ini aldı. Örtüyü açtı ve Memo'yu kolundan tutup, karşı duvara fırlattı. Sonra tüfeği ile kafasına bir tane indirdi.

"Seni ırz düşmanı! Alçak herif! Uçkuruna sahip olamayan it! Ulan senin sokak itlerinden farkın ne? Seni gebertmiyorum. Çünkü Ermeni hekim gibi adamdan sayarlar. Çabuk buradan defol! Donunu da giymeyeceksin! Böylece git ve köye rezil ol!" Memo'nun kafasından kanlar sızıyordu.

"Ne olur Rahmi Beg! Ben ettim sen etme! Donum ile şalvarımı ver!" Rahmi Bey üzerine doğru hamle yaptı:

"İt oğlu it! Böyle gideceksin ki, o köylü senin ne aşağılık adam olduğunu hiç unutmasın! Defol!" Rahmi Bey, kapıyı açtı. Sağa sola baktı.

"Çabuk kaybol! Mirzo seni görmeden, yoksa hepimizin başı yeniden belaya girecek."

Memo elini önüne tutmuş, yalınayak koşar adımlarla gidiyordu.

Arkasından yeğeni de gitmek istedi.

"Dur ulan! O şerefsiz herifin arkasından gitme! Anan baban, seni niye onun hizmetine vermiş? Ne kadar adi olduğunu bilmiyorlar mı?"

"Beg, babamlar çok fakir, benden başka üç kardaşım var. Onun verdiği evde oturup, onun ekmeği ile besleniyoruz. Benim kendisine uşak olmamı istedi. Anam babam da 'he' dediler..."

Iraz perdenin arkasında sessiz sessiz ağlıyordu.

Mirzo kapıyı açtı. Memo'nun yatağına doğru baktı. Yatağında yeğeni vardı. Rahmi Bey de yatağın içinde oturmuş, sigara içiyordu. Bu kaçıncı sigaraydı? Farkında değildi. Odanın içi duman dolmuştu. Mirzo,

"Memo, ayak yoluna mı gitti?" diye sordu. Rahmi Bey sigarasını tabla gibi bir şeyin içine bastırarak, ayağa kalktı.

"Memo artık yok. İyi bir dayak attım ve kovdum. Defoldu gitti." Mirzo Iraz'a doğru baktı:

"Yoksa ona mı bir şey yaptı." Rahmi Bey Memo'nun yaptığından utanmış gibi, önüne bakarak:

"İstedi, ama karşılığında iyi bir dayak yiyip, köyüne donsuz gitti."

"Yani onu sağ mı bıraktın?"

"Mirzo zaten hepimizin başı belada. Yeni belalar almayalım. İçimizde katil olmayan bir sensin. Belki yakında kurtulursun, bakman gereken bir bacın var. O it yüzünden ikinizin de hayatı mahvolmasın, diye düşündüm." Mirzo acı acı güldü.

"Gel dışarıya da nöbeti beraber tutalım. Biraz sohbet ederiz," diyerek Rahmi'den önce çıktı.

Kapının sağında biraz yüksekte, çevreye hâkim bir yere, üzerine oturulacak üç tane büyük taş koymuşlardı. Mirzo oturdu. Rahmi'ye de yanına oturmasını, bir sigara vermesini istedi. Sigarasından derin nefesler çektikten sonra, anlatmaya başladı:

"Bu son gidişimde, Dersim'de dört genci gebertip de geldim. Ben artık idamlık bir adamım. Bu işi herkesin gözü önünde ve büyük bir zevkle yaptım. Benim arkamdan Iraz'ı dağa kaldırmış, tecavüz etmişler. Kız başını alıp gitmiş. Dayım ve oğulları günlerce aramış baygın bir halde bulmuşlar. Bir ayı geçkin bir zamandır yataktaymış. Beni görünce canlandı biraz. Keşke bulmasalardı. Çok daha iyi olurdu."

Rahmi çok üzülmüştü. Dünyada ne vicdansız insanlar vardı. Mirzo'nun omzuna elini koydu.

"Arkadaşım, kızın günahı ne? O benim nazarımda el değmemiş kadar temiz. Ahlaksız olan o itler! Korumasız bir genç kıza yaptıkları bu iğrenç şey, hiçbir kitaba ve insanlığa sığmaz! Bunun için üzülme! Kıza da hissettirme!" Mirzo biraz daha durdu.

"Biliyor musun Rahmi Beg? Başımız büyük belada. O Memo iti donsuz bir vaziyette, her şeyi sallana sallana köye girmenin acısını bizim yanımıza bırakmaz. En kısa zamanda buradan kaçmamız gerek. Muhakkak bir yolunu bulup bizi ihbar edecektir." Rahmi bu tarafını düşünmemişti.

"Doğru ya! Ama nereye, nasıl gideceğiz. Şafak sökmeden hazırlanıp, çıkalım. Herhalde İso Dayı'dan başka gideceğimiz yer yok. Yarın cuma değil mi? Namaz vakti değirmene gidelim."

Perşembe akşam üstü, Perçenç'li Sametoğullarından jandarma Faik ile Esat'ın, askeri rüştiyede talebe olan küçük oğlu Halil dükkan önünde konuşuyorlardı. Ellerinde bir kâğıt vardı. Faik:

"İyi ki sen izne geldin Halil! Ben böyle bir yol düşünmemiştim. Nihayet başardık," dedi. Halil, Rahmi Bey'i askeri rüştiyeden tanırdı. Çok sevdiği ve güvendiği bir arkadaştı. Kendisinden bir iki yaş büyüktü ama çok iyi anlaşır, birbirlerine güvenirlerdi. Rahmi'nin başına gelenleri Faik anlatınca,

"Olmaz böyle bir şey. Rahmi birkaç yevmiye için adam öldürmez. Onun aleyhinde şahitlik yapan işçiler burada mı?" dedi.

"Evet, Uraş'ın oğlunun evinde kalıyor, ona çalışıyorlar."

"Kışın ne işi olurmuş ki?"

"Bilmem, doğru ya, kışın ne iş olur.?" Halil biraz durdu.

"Arkadaş, bu işte bir iş var. Uraş'ın oğlu Rahmi Bey'i hiç sevmez. Parası da kıymetlidir, kimseyi boşuna beslemez. Sen şu işçilerle dostluk kurabilir misin?" Faik biraz düşündü.

"Çalışacağım. Mereği tamir ettirmeyi teklif edeyim. Duvar falan da örüyorlarmış."

"Tamam bir dene," demişti.

Faik adamları eve alıp, çalıştırmaya başlamış, bu arada arkadaşlığı ilerletip, onları bir akşam içki içmeye davet etmişti. Esatgillerin Halil, henüz askeri rüştiyeye dönmemişti.

Faik o akşam işçilerle çilingir sofrasını kurmuş, sohbeti koyulaştırmıştı. Sonradan Halil de içki masasına katılmıştı. Adamlar durmadan konuşuyorlar ve de övünüp duruyorlardı. Faik:

"Biliyor musun Halil? Rahmi Bey belasını da bunlar başımızdan defetti. Rahmi Bey yevmiyelerini vermemek için bunların bir arkadaşını öldürmüş. Gerçi adam da itin biriymiş. Köyde takışmadığı, iftira atmadığı insan yokmuş, arkadaşlarının da parasına el koyarmış, değil mi? Rahmi Bey de korkusuz adamdır doğrusu. Malını, parasını öyle zibidilere yedirmez..." Uzun boylu işçi gülmeye başladı. Arkadaşına döndü:

"Ulan Hasso, bunlar ne deyiler? O da gülüyordu."

"Ne bilem gakkoş, Rahmi Beg cesurmuş da biz de gülmüşüz gibi..." Uzun boylu gülmesini bitirdikten sonra,

"O iti biz öldürdük. Bütün yaz çalıştığımıza el koymuştu. Allah biliy ya, Rehmi Beg'in üzerine atmak aklımıza gelmemişti. O aklı da, sağ olsun Uraş'ın oğlu verdi. Hem paramızı, hem de canımızı kurtardık. Sizleri de Rehmi Beg'den... Köylü bize çok şey borçlu!" dedi.

Jandarma Faik ve Esatgillerin Halil, silahlarını çektiler, adamları jandarma nezarethanesine götürüp kapattılar. Sonra da oturup, akşamki konuşmaları yazıp, şahit olduklarına dair imzalarını attılar. Şu anda da, iki arkadaş, ellerindeki dilekçeyi jandarma kumandanına götürmek üzere buluşmuşlardı. Faik:

"Hadi mesai bitmeden gidelim."

Jandarma kumandanı masasının başında büyük bir çalımla oturuyordu. Faik kapıyı çaldı.

Kumandan:

"Giir" diye bağırdı. Faik önde, askeri elbisesi ile Esatgil'in Halil arkada, girdiler. Faik elindeki kağıdı kumandana doğru uzattı.

"Efendim size Rahmi'nin suçsuzluğunu gösteren bir evrak getirdik." Kumandan birden ayağa kalktı.

"Rahmi suçsuz olamaz!" diye bağırdı. "Bunu kim iddia ediyor?"

"Biz efendim. Biz adamları konuşturduk."

"Size bu görevi kim verdi ki?" Halil dayanamadı.

"Kumandan, asayişi koruma ve suçluyu bulma görevini devlet ona vermiş zaten," dedi.

Kumandan çok sinirlenmişti.

"İyi, mesai bitti. Yarın incelerim. Çıkabilirsiniz." Faik ile Hayri tebrik beklerken, bu davranış karşısında şaşırmışlardı. Ama bir yorum getiremediler. Halil:

"Sizin bu kumandan biraz tuhaf değil mi?" deyince, Faik şaşkınlık içinde,

"Evet" dedi, "özellikle de Rahmi konusunda!"

Kumandan, Faik ile Halil çıktıktan sonra kalkıp kapıyı kapattı. Dilekçeyi dikkatle okudu. "İşgüzar itler!" diye söylenirken, dilekçeyi de en alttaki çekmeceye bir tomar kağıdın altına soktu. Yüzü allak bullaktı. Bu dilekçede yazanlardan hiç hoşlanmamıştı.

O gece yarısını bir saat kadar geçmişti ki, jandarma karakoluna atlı bir adam geldi. Nöbetçi jandarmaya "Rahmi ile azılı bir suçlunun saklandığı yeri bildirecektim. Hemen kumandanı görmeliyim!" diye ısrar etti.

Jandarma kumandanının evine kadar gidildi. Yataktan kalkan kumandan hemen hazırlanıp çıktı. Yanındaki jandarma onbaşısına:

"Başçavuşa söyle, en iyi nişancılardan beş altı tane hazır etsin, baskın var! Baskın yapacağımız suçlular azılıdır. Ölmemek için öldürebilirsiniz. Tabii ki kaçma durumunda da!" Birden akşamüstü kendisine verilen dilekçeyi hatırladı ve içinden "Mesai bitmişti, ben o dilekçeyi okuma fırsatı bulamadım ki! Ancak bu sabah okuyabilirdim," dedi. İhbarı yapan adam bekliyordu. Kumandanın hareket emri vermesi üzerine,

"Kumandanım benim mükafat ne zaman?" diye sordu. Kumandan anlayamamıştı,

"Ne mükâfatı?"

"Katil Rahmi'yi ihbar edene yirmi beş Reşat altını vaat edilmişti ya?"

"Böyle bir şey yok. Bunu sana kim dedi?" Adam içinden "Vay aşağılık Memo! Beni aldatıp, gecenin bu saatinde buralara gönderip, hem de düşman kazandırdın ya, sen görürsün!" dedi.

"Kumandan bir dakika, bunu söyleyen adama 'Hovarda Memo' derler. O da bir katil. Dostunun kocasını öldürmüştü. Şimdi o kulübenin az ilerisinde bir mezra var. Orada saklanıyor. Hadi bana eyvallah!"

Kumandan adamı dinlemedi bile, O Rahmi'yi yakalama peşindeydi. Yüzünde şeytani bir gülümseme, arkasında jandarma erleri, Taşkıntepe'ye tırmanmaya başladılar.

Sabah namazına iki-üç saat kala Mirzo, Rahmi ve Iraz eşyalarını toplamışlardı. Rahmi atları almak için kulübeden çıkmak üzereydi.

Gözcülük yapan Memo'nun yeğeni bağırdı:

"Jandarmalar geliiiy!"

Mirzo ve Rahmi Bey silahlarını kaptılar. Memo'dan kalan silahı da Iraz'ın eline verdiler. Rahmi Bey sordu:

"Kullanmasını bilir misin?"

"Evet beg! Biz ekmek yemeyi öğrenmeden silah kullanmayı öğreniriz." Mirzo:

"Saklanmanın bir faydası olmaz. Memo iti orayı da bildirmiştir. Iraz içeride kalsın, pencereden gözetlesin. Mecbur kalmadan çıkmasın. Sen sağa şu kayaların arkasına bende karla örtülü şu çalılıkların arkasına gideyim" dedi.

Memo'nun yeğeni korku içinde:

"Ben? Ben ne yapayım?"

Rahmi "Sen atların olduğu yere git. Bize dikkat et! Eğer birimiz, 'Haydiii!' diye bağırırsak atları bize doğru sal! Olur mu?"

"Olur beg," dedi ve hızla atların yanına koştu.

Jandarmalar gittikçe yaklaşıyorlardı. En az altı - yedi kişiydiler. En başta da kumandan vardı. Kulübeye yaklaşınca bağırmaya başladı.

"Rahmi çık! Çık da teslim ol! Artık sonun geldi." Biraz bekledi. Bir - iki adım daha yaklaştı. Yine aynı şekilde bağırdı ve ilave etti:

"Çıkmazsan kulübeyi yakacağız!" Iraz kulübenin kapısını açtı:

"Ne diye bağırırsın kumandan? Burada dedigün gibi biri yoh!" Kumandan kıza baktı.

"Ulan bu eşkıyalar yanlarında kadın da taşıyorlar! Ohh ne âlâ iş!" dedi. Iraz sinirlenmişti.

"Ağzını topla komutan! Ben heç kimsenin kadınu degülim. Burada öyle bir kimse yoh."

Kumandan arkasına döndü. Avazı çıktığı kadar bağırdı:

"Üç kişi içerisini arasın. Sedirin altındaki sığınağı da!"

Jandarmalardan üçü silahları hazır vaziyette kulübeye girdiler. Kumandan kulübeye girer gibi yürüdü. Birden Iraz'ın tüfeği tutan sağ kolunu tutup, arkaya doğru büktü ve ensesine tüfeğini dayadı. Bir taraftan da bütün gücü ile bağırıyordu:

"Rahmi, erkeksen çık! Bak kadınını tutuklayıp, götüreceğim!" Rahmi siper aldığı kayanın arkasından fırladı arka arkaya kurşunları savurarak geliyordu.

"Sen ne korkak adamsın! O kız benim kadınım değil, ayrıca ben erkeklerle savaşırım. Senin gibi kadınları siper yapıp, arkalarına sığınmam!" Rahmi kurşunları rast gele sıkıyordu. Bir kurşun kumandanın atına rastladı. At yere yuvarlanmıştı. Rahmi delirmiş gibiydi. Doğrudan kumandana ateş edemiyordu. Çünkü, kumandan Iraz'ı önünde siper olarak tutuyordu. Ona nişan alması imkânsızdı. Kumandan, Rahmi'ye doğru silahını kaldırdı. Tam o sırada saklandığı yerden Mirzo ok gibi fırladı. Kumandan tetiğe parmağını basmıştı ve tüfek patladı. Rahmi hâlâ ayaktaydı ve kumandana doğru geliyordu. Vurulan kumandan idi. Yerde yatıyordu ama Rahmi'ye mermileri boşaltmaya devam ediyordu. Mirzo koşarak, ikisinin arasına girdi. "Rahmi, Iraz sana emanet! O senin üçüncü bacın olsun! Hemen kaçın! Beni kimse kurtaramaz. Zaten idamlığım!" diye bağırıyordu. Bir taraftan da tüfekteki kurşunları sıkmaya devam ediyordu. Birden hareketleri yavaşladı. Sesi çıkmamaya başladı. Yine bir şeyler söylüyordu ama anlaşılamıyordu. Iraz yerde yatan kumandanın üzerinden atlayıp, ağabeyinin yanına koştu. Ne dediğini anlamaya çalışıyordu ama nafile. Tam kalbinden kurşun yemişti. Gözleri açıktı ama görmüyordu. Iraz eğilip, ağabeyinin gözlerini kapattı. Jandarmalar kurşun yağmurunun altına girmek istememiş, uzaktan seyrediyorlardı. Rahmi'nin sağ omuzu sızlayıp yanıyordu, yaralanmıştı. Atların olduğu yere döndü:

"Haydi! Haydi!" diye bağırdı. Yıldırım koşarak Rahmi'ye doğru gelip, önünde durdu. Arkasında da Mirzo'nun yaşlı atı. Rahmi Mirzo'ya taraf baktı.

"Sana söz veriyorum Mirzo. Iraz benim üçüncü bacımdır!"

Kumandanın da son dakikaları gibiydi. Hareketsiz yatıyordu. Gözleri boş boş bakıyordu. Rahmi, ağabeyinin üzerine eğilmiş olan Iraz'ı kolundan tuttu.

"Haydi atına atla Iraz!"

Jandarmalar özellikle yavaş davranıyor gibiydiler. Beş dakika sonra, bir jandarma arkalarında gözüktü. Sonra o da kayboldu.

Rahmi'nin kanaması devam ediyordu. Elbisesinin üzerine kadar kan çıkmıştı. Kan lekesi gittikçe büyüyordu. Iraz Rahmi'nin arkasından geliyordu. Birdenbire kanı fark etti

"Beg dur!" diye bağırdı. Rahmi korkmuştu. Bir jandarmanın kendilerine yetiştiğini zannetti. Birden durdu. Iraz'a bakıyordu.

"Beg kanaman çok fazla, oraya sıkıca bir şey bağlamam ilazım," dedi. Rahmi omzuna baktı. Gerçekten de bayağı kan kaybetmişti. İçi bir tuhaf oluyordu. Iraz başındaki örtüyü çıkardı, yarayı sıkıca sardı.

"Beg, atı ben süreyim. Sen arkamda otur, belimi dut. Birden kötüleşir, düşersin," dedi.

"Hayır! Hayır! Az bir yolumuz kaldı. Hemen gidelim. Cuma namazına daha var, ama bekleyecek durumda değiliz" dedi.

Rahmi gerçekten de kendini kötü hissediyordu. Bir ara başı düşer gibi oldu. O arada Akdeğirmen de görünmüştü. Rahmi zorla kolunu kaldırdı.

"İşte şurası!" dedi. Başı yana düşmüştü. Iraz attan atladı Rahmi'yi atın üzerine yatırdı. Bu defa da üzerine giydiği uzun bol mintanını çıkarıp, Rahmi'yi ata bağladı. Atın yularını tuttu. Kendi atını da sol yanına aldı. Yavaş yavaş değirmene doğru yürüdü. Kalbi küt küt çarpıyordu.

"Ya Rahmi Beg'e de bir şey olursa?" diye düşünüyordu. Oturup hıçkıra hıçkıra ağlamak istiyordu. Ama buna bile hakkı yoktu. Akdeğirmen'in önünde kimse yoktu. Atları arkada bir ağaca bağladı. Rahmi baygındı. Koşarak değirmenin kapısına geldi. İçerisi loştu. Kimse var mıydı? Göremiyordu.

Kendisine doğru yaklaşan adımlar duydu. Babacan tavırlı yaşlı bir adam,

"Kızım sen de kimsin? Ne istiyorsun?" diye sordu. Iraz:

"İso Dayı, sen misin?"

"Evet." Iraz sesini alçalttı.

"Değirmenin arğasında Rahmi Beg var, yaralı, çoğ kan kaybetti." İso Dayı hızla değirmenin arkasına koştu. Iraz da arkasından.

İki saattir, değirmenin en karanlık yerinde, un çuvallarının arkasında, İso Dayı ve Iraz Rahmi Bey'i ayıltmaya çalışıyorlardı. Önce kurşunu çıkardılar. İso Dayı:

"Aslında iyi ki baygın. Bu acıya dayanmak çok zordur," dedi. Sonra yarayı temizleyip, İso Dayı'nın kendi yaptığı bir merhemi üzerine sürdüler. Sonra da temiz bir bez ile bağladılar.

Rahmi Bey yavaş yavaş gözlerini açtı. Ama hiçbir şey göremiyordu. Hem içerisi karanlıktı. Hem de gözlerinde fer kalmamıştı. İso Dayı:

"Geçmiş olsun Rahmi Bey, yaran hafifti ama çok kan kaybetmişsin. Neyse, becerikli hemşirenin de yardımı ile hallettik." Rahmi Bey hâlâ şaşkındı. Nerede olduğunu pek anlayamamıştı.

"Hemşire mi?" İso Dayı kıza bakarak,

"Adın neydi senin güzel hemşire?" dedi.

"Iraz, dayı, Iraz." Rahmi Bey'in yanına yaklaşarak kolunu başının altına soktu.

"İso Dayı'nın getirdiği bu cıvıtılmış üzüm pekmezini iç! Yohsa kendine gelemezsin."

Akşam çoktan olmuştu. Rahmi Bey toparlanmış oturuyordu. Mart ayında ve de cuma günü değirmene pek uğrayan olmazdı. Bir-iki kişinin dışında kimse de gelmedi. Onlar da Perçenç köyünden değillerdi. İso Dayı:

"Rahmi oğlum, sizin izinizi çabuk bulurlar. İlk arayacakları yer de burası olur, herhalde. Karda iz takibi kolaydır. Bence bu gece için en emin yer, sizin konak. Hiç kimse oraya gidecek kadar cesaret göstereceğini düşünemez. Yatsı namazı geçsin, ortalıktan el ayak çekilsin, siz konağa gidin."

"Olur İso Dayı haklısın," dedi Rahmi. Bütün bu çıkmazın içinde kafasına takılan başka bir şey vardı. Iraz'ı Tevhide'ye nasıl kabul ettirecekti? Tevhide bu olanlara inanacak mıydı?

Yatsı namazı kılınalı çok olmuştu. Hava yeniden ayaza çekmişti. Rahmi Bey ve Iraz atlarına bindiler. Konağın kapısına vardıklarında, köy derin bir sessizlik içindeydi.

Yine Hüseyin kapıyı açtı. Tam ağzını açıp, bağırmak üzere iken Rahmi,

"Hüseyin suss!" dedi. "Evdekiler nasıl?" Hüseyin'in elindeki lambanın ışığında, göz bebeklerinin büyümüş olduğunu gördü.

"Hüseyin ne var? Bir şey mi oldu? Evdekiler nasıl?"

"Evdekiler iyi. Sen ölmüşsün. Remzi Beg çok üzgün, diğer ev halkına söylemedi. İşin esasını öğreneyim sonra," dedi.

"Peki, Hafife misafir odasına bu hanım için bir yatak yapsın." Hüseyin tuhaf tuhaf baktı.

"Misafir odası, her taraf dolu. Gelin hanım da Efendi'nin odasında yatıyor. Aralıkta da Remzi Bey."

"Peki peki, ben hallederim." Iraz'a döndü.

"Hadi yukarıya çıkalım," dedi.

Babasının odasına sessizce girdi. Babası gözünün dışında bütün duyuları çok iyi çalışan bir insandı.

"Kim o?" diye sordu. Rahmi Bey yanına iyice sokuldu.

"Benim baba, ben." Mustafa Efendi, heyecanlanmıştı, elleri titremeye başladı.

Bu konuşmalara uyanan Tevhide, tam Rahmi'ye koşacakken birden Iraz'ı gördü ve öylece kaldı. Rahmi karısına doğru yürüdü.

"Mavişim, bu kader arkadaşımın bacısı. Bugün kendisi beni korumak isterken vuruldu. Bacısını bana emanet etti. Ben de yaralı ve yorgunum. Hemen yatarsak iyi olur. Yarın sabaha sana her şeyi daha iyi açıklayabilirim." Tevhide tuhaf tuhaf bakıyordu. Dört beş dakika öylece baktıktan sonra,

"Selamlık tarafı da dahil, bütün konak dolu. Hanköy'den teyzen Senane Hanım, kayınbiraderine Vertetil'den kız alıyormuş. Bütün sülalesi ile burada" dedi. Eli ile kendinin yatağını gösterdi.

"Ben de burada yatıyorum işte!" Rahmi bir yatağa, bir de kendilerine baktı.

"Tamam biz de orada yatarız. Tevhide sen ortaya geç. Iraz'ı bir yanına, beni de öbür yanına al! Iraz artık bu evin üçüncü kızı."

Sabah erkenden Akdeğirmen'e iki beklenmedik ziyaretçi gelmişti. Jandarma Faik ile Esatgil'in Halil. İso Dayı biraz şaşırmıştı ama gençler durumu anlatıp, Rahmi'nin nerede olduğunu, gelip teslim olmasını, ilk duruşmada serbest bırakılacağını anlatınca, çok sevindi.

"Rahmi kendi evinde," deyince, iki genç de gülmeye başladılar. Halil:

"Eh, işte buna Rahmi demişler." İki arkadaş konağa doğru yürümeye başladılar.

Rahmi bundan bir hafta sonra aklanmış olarak evine döndü. Jandarma kumandanının sakladığı dilekçe zor bulunmuştu, ama yine de bulunmuştu. Halil ile Faik kumandanın o belgeyi yok edebileceğini düşünmüşlerdi. İşçiler de ilk duruşmada suçlarını kabullenmişlerdi. Kumandanın Rahmi'ye olan kini astlarının da, üstlerinin de dikkatini çekmiş. Kumandan hakkında derin bir araştırma yapılmış, anneannesinin Ermeni asıllı olduğu, Ermeniler'e büyük bir sempati duyduğu, Rahmi'ye de cani Ermeni'yi öldürdüğünden dolayı kin duyduğu anlaşılmıştı. Ama orduya nasıl girdiği, nasıl bu kadar barındığı çözülememişti. Osmanlı'nın çok zayıf ve idari gücü olmadığı bir dönemde bu işi yaptığı söyleniyordu. Dosya kapatılmıştı. Kumandanı vuran Mirzo zaten ölmüştü.

Rahmi eve döndüğü gece Hacı Hasan Ağagil'in ortanca oğlunun düğünü vardı. Davul zurnanın dışında, köyün saz heyeti de çağrılmıştı. Saz heyeti birçok şarki çaldıktan sonra, Tevhide için söylenen manileri, kendilerince uydurdukları bir makam ile okumaya başladılar. Rahmi Bey önce ne olduğunu anlamamıştı. Son kıtada "Babası bir evliya / Ondan oldu eşkıya" der demez Rahmi bunun kendilerine çıkarılan türkü olduğunu anladı. Hızla ayağa kalkıp, Martin'ini açtığı pencereden yukarıya kaldırıp, ateşledi. Bir taraftan da bağırıyordu:

"Ben eşkıya değilim. Ben eşkıya değilim! Sadece bir katilin, katliamlarına son verdim. Bir daha bu türkülerin çalındığını duyarsam, sahiden eşkıya olurum. Sizin ağzınızı da hiç açılmamak üzere kapatırım!" Düğün halkı önce kaçışmaya başlamış, sonrada camın önüne doğru toplanmış, korku içinde Rahmi Bey'i dinliyordu. Bir müddet sessizlik oldu. Sonra saz heyeti "Bu dere baştan başa ayvalı bağ" türküsünü çalmaya başladı. O günden sonra kimse Tevhide'ye çıkarılan bu manileri ne söyleyebildi, ne de çalabildi.

Üç Yıl Sonra

Rahmi üç yıldır mahkemeye çıkmadan, hapishaneye girmeden olaysız bir hayat yaşıyordu. İlk çocuğu İzzettin 16 Temmuz 1923'de doğmuştu. Elâ gözlü, sarışın bir çocuktu. Mustafa Efendi, annesi Mürüvvet Hanım'ın Rahmi'ye koyamadığı şehit kardeşinin adını Rahmi'nin oğluna koydurtmuştu. Konaktaki hayat sakin görünüyordu. Şu var ki, Rahmi'nin asabi ve sert olan mizacı, hapishane ve kaçak yaşadığı yılların etkisi ile çok daha sertleşmiş, kırıcı ve saldırgan olmuştu. Çok iyi huylu olan kardeşi Remzi ile, sevdiği kız yüzünden durmadan kavga ediyor, Dilşat'tan vazgeçmesi için her yolu deniyordu. İki yıl sonra bir oğlu daha olmuştu. Adını Ali koydular. Ali'nin de gözleri renkli, açık renk saçları vardı. O da güzel bir çocuktu. Çocuklar renklerini anneden almışlardı. Ama Ali'nin hatları babasına benziyordu. Tevhide iki çocuğa rağmen incecik ve çok güzeldi. Kaynanası ve kayınbabası tarafından çok seviliyordu. Konağı çekip çeviriyor, bunu yaparken de zevk ve gurur duyuyordu. Kocasına hâlâ âşıktı ve her dediğini anında yerine getirerek onu kızdırmamaya, mutlu etmeye çalışıyordu.

Buna rağmen Rahmi Bey tam mutlu değildi. Kalbinde ve beyninde onu rahatsız eden bir şey vardı. Arazi ile cân-ı gönülden ilgileniyor, çok çalışıyor ve çalıştırıyordu. Köyde hâlâ sevmeyenleri, ayağını kaydırmak için fırsat kollayanları vardı. Bu yüzden işlenen her suç, çıkan her olayın içine Rahmi Bey'i karıştırmak sıradan bir iş gibi olmuştu.

Rahmi'yi rahatsız eden, kendini büyük bir baskı altında tutmasına sebep olan bir sırrı vardı. Kimseye söyleyemiyor, başka bir çözüm de bulamıyordu. Iraz'ı alıp eve getirdikten sonra, hem karısı hem de anası babası tarafından büyük bir tepki ile karşılanmış, her sözüne emirmiş gibi itaat eden Tevhide Hanım "O kız bu evde durursa, ben sana karılık etmem!" diye dayatmıştı. Rahmi Bey sinirlenmiş, söyleniyordu. Babası Mustafa Efendi "Oğlum ensesiz kadın bile kocasını paylaşmaz, kaplan kesilir. Tevhide de seni hâlâ çok seviyor. Sevgisinden dolayı kimseye kızamazsın ve cezalandıramazsın! Hele hele Tevhide gibi, senin uğruna her şeyi çiğneyen bir kadına... Bu kızı bu evden uzaklaştır. Yoksa herkes tedirgin oluyor. Ben de dahil!" demişti.

Köyde ise dedikodu ayyuka çıkmış, Rahmi'nin dostu ile karısını aynı yatakta yatıracak kadar pervasız olduğu, yakında o kızı ikinci kadın diye alacağını söyleyenler çıkmıştı. Bunun üzerine Rahmi, karısına ve annesine,

"Diyarbakır'da uzak bir akrabası varmış, götürüp onlara teslim edeyim" diyerek Iraz'ı alıp Elâziz'de Ermeni hekimin öldürülmesinde yardımcı olan, çok iyi arkadaşı Lütfü'nün yanına getirmişti. Lütfü'ye durumu anlatmış.

"Ne olursa olsun bu kıza bakmak zorundayım. Onun ağabeyi benim bugün burada olmamı sağlayan insandır. Bu konuda bana bir yol göster ve de yardım et!" demişti. Lütfü uzun süre düşündükten sonra "Rahmi Bey, onu nikâhın altına al. Burada da bir yer tut," dedi. Rahmi kesin bir dille,

"Olmaz, ona bacım gibi bakacağıma söz verdim. Zaten bizim ailede kuma almak adeti de yoktur!" dedi.

"Peki, sen bu kadar güzel ve cazibeli bir kadına hangi sıfatla bakacaksın? Nerede ev tutarsan tut. Mahalleli sizi tefe koyar. Iraz'ı da rahat bırakmazlar," dedi ve devam etti: "Eğer hakikaten bacın gibi göreceksen bile, yine de birkaç komşunun şahit olacağı bir nikah kıy. Hem dedikoduyu önlersin, hem de nâmahremlik ortadan kalkar."

Iraz ile Rahmi, Lütfü'nün anası ile birlikte oturduğu Seko mahallesindeki evde kalıyordu. Iraz bu günlerde devamlı hastaydı. Durmadan midesi bulanıyordu. Rahmi Bey, Iraz'a kendisini bir hekime göstereceğini söyleyince Iraz şiddetle karşı çıkmış ve kesinlikle hekime gitmeyeceğini söylemişti. Rahmi Bey ısrarla nedenini sorunca, ağlamaya başlamıştı. Sonra gözlerinden yaşlar akarken, başını önüne eğmiş, fısıltı halinde:

"Benim yaşamaya hakkım yok. Hep ölmeyi düşündüm ama nasıl ölebileceğimi bilemedim. Ben karnımda o ırz düşmanlarından birinin bebesini taşırım beg!" diye ağlayarak Rahmi'nin ayaklarına sarılmıştı. Rahmi ne yapacağını şaşırmıştı. Iraz'ı nasıl barındıracağını düşünürken, bir de babasız bir çocuk çıkmıştı. O gece sabaha kadar uyumadı. Sabah erkenden,

"Lütfü, Malatya yolunda yeni kurulan yerin, hani Kültür Mahallesi mi neyse işte, en ıssız köşesinde bir ev bul! Birkaç eşya al ve bir de hoca ayarla! Mahalleliden de bir iki kişi çağırın. Iraz'a nikâh yapacağım. Ben birkaç günlüğüne köye gideceğim. Iraz'ı size emanet ediyorum. Benim için çok kıymetlidir," dedi. Cebinden bir miktar para çıkarıp, Lütfü'ye uzattı.

Dört gün sonra döndüğünde, küçük bir ev kiralanmış, içine birkaç eşya konmuştu. Bir gün sonraya da bir hoca çağrılmıştı. Ertesi günü vişne şerbetleri hazırlandı. Lütfü'nün anası Dilber Ana'nın yaptığı çörekler geldi. İki yakın komşu davet edildi. Iraz'a, Dilber Ana'nın sandığından, rengi solmuş bir bindallı çıkarılıp giydirildi. Bir de oyalı yazma Iraz'ın başına örtüldü. Hoca geldikten sonra Lütfü, Rahmi Bey'in vekaletini, yakın komşulardan İhsan Emmi de Iraz'ın vekaletini aldı. Nikâh kıyıldı. Iraz'ın gözleri pırıl pırıldı. Lütfü bir ara lafı döndürüp dolaştırarak, Rahmi Bey'in vergi tahsildarı olduğunu, çok sık yakın köylere gittiğini söyledi ve hemen ilave etti:

"İhsan Emmi, Iraz çok genç ve güzel. Artık sizin de kızınız sayılır. Rahmi Bey yokken göz kulak olursunuz değil mi?"

"Ne demek, tabii, bu konuda hiç şüpheniz olmasın. Iraz bizim de kızımız artık!" diyen İhsan Emmi çok mutlu olmuştu. Kendisine güvenildiği için, eli yüzü temiz bir bey ile komşu oldukları için...

Herkes dağılmıştı. Rahmi'nin gündüz gözü ile evden ayrılması, hatta bu gece ayrılması çok dikkati çekebilirdi. Ne de olsa gerdek gecesiydi. Bir an içinden "Keşke öyle olsaydı," diye geçirdi. Sonra hemen "Sapıtma Rahmi! O senin bacın!" dedi. Sonra yine düşünmeye devam etti."Ben bu gece kalsam mı? Ama kalırsam evdekilere ne derim? Hesap vermek değil ama, merak ederler," diye düşünüp dururken, Iraz başındaki örtüyü açıp, saçlarını beline kadar salmış bir vaziyette, Rahmi Bey'in karşısına geldi.

"Yemeğini hazırlayayım mı beg?" Rahmi yemeği yedikten sonra gitmenin bir sorun olamayacağını düşündü.

""Hazırla Iraz! Ne yemeğin var?" Iraz boynunu büktü.

"Ben fazla yemek bilemem beg, evde bir şey de yok. Bulgur pilavı ile tomatesli yumurta yaparem." Rahmi Bey Iraz'ın konuşmasının her gün biraz daha düzeldiğini fark ettti. Kız sadece güzel değil, kabiliyetliydi de. "Peki yap!" diyen Rahmi içinden "Ya rabbim, bu kızı neden bu kadar güzel yarattın? Dünyada eline yüzüne bakılmayan ne kadar kadın var. Biraz da onlara verseydin. Hadi yarattın, niye bu kadar şanssız yaptın? Niye benim karşıma bu şartlarda çıkardın?" Sonra, Allah'a isyan ettiğini düşündü. Yavaşça "Beni affet Allah'ım," diye yalvardı. Iraz küçük mutfağında, neşe içinde yemek hazırlıyordu. Tepsinin içine koyduğu yemekleri getirirken, kapı çalındı. Pembe Hanım bakır kapaklı, büyükçe bir sahanı uzattı,

"Kızım, sizin kimseniz yok. Bir tavuk kızarttım. Akşam yersiniz. Önceden haberimiz olsaydı, size tatlılı - tuzlulu düğün yemeği hazırlardım," dedi. Iraz çok sevinmişti.

"Sağol, Pembe diyeze," dedi. Daha bir çok şey söylemek istiyordu ama ne diyeceğini bilemiyordu.

Rahmi dışarısını seyrediyordu. Çok şiddetli bir yağmur başlamıştı. Fırtına ile karışık bir yağmur. Rahmi birden kendini rahatlamış hissetti. Bu yağmurda köye dönemezdi. "Onlar da bunu tahmin edebilirler," dedi. Biraz sonra üzerinde Tevhide Hanım'ın kendine verdiği pembe geceliği giymiş olarak, Rahmi Bey'in karşısına geldi

"Yatak hazır! İstersen yatarız," dedi. Rahmi Bey çok şaşırmıştı.

"Ne diyorsun Iraz? Sen benim bacımsın. Çocuğunu ve seni korumak için nikâh kıydım, bunu sana anlatmıştım ya. Evde severek evlendiğim bir karım ve iki de oğlum beni bekliyor." Iraz ağlamaya başladı.

" Ben... ben de zannettim ki, beni beğeniysin..."

"Seni beğenmeye beğeniyorum. Ama seni bacım kabul ettim. Ağabeyine de böyle söz verdim. Hadi sen yatağına git. Ben burada bu divanın üstünde yatarım" dedi. Iraz koşar adımlarla yatağına gitti. Yastığı kucağına alıp, sabaha kadar ağladı. Ona göre Rahmi Bey kendisini kaba saba ve görgüsüz buluyordu. Fazla kadın göz çıkarmazdı ki! Dersim'de hali vakti yerinde olan her erkeğin iki - üç karısı, bir sürü çağası olurdu. Sanki onu bacı değil de karısı yapsa, ağabeyi kızacak mıydı?

Bütün bu düşünceler sonucunda, kendisinin bir bey karısı olmaya layık olmadığı sonucuna vardı. Şafak sökünceye kadar ağladı. Yağmur da gittikçe şiddetini artırmıştı. Sanki camlara yağmur değil de, çakıl taşı düşüyordu. Galiba gökyüzü de, Iraz'ın kaderine ağlıyordu.

Rahmi ise reddedip de içeriye gönderdiği kadına büyük bir arzu duymaya başlamıştı. Kendisine zor hakim oluyordu. Bir ara arka kapıyı açıp, yağmurun altında sırılsıklam oluncaya kadar dolaştı. Divanın üzerine döndüğünde iyice yorulmuştu. Sabaha karşı ıslak elbiseler içinde uyuyakalmıştı.

Bu üç sene içinde itiraf etmese de Rahmi'yi çok etkileyen bir başka olay da, Küçük Hanım'ın evlenerek, Ergani'ye gitmesiydi. Gelin faytonunun gidişini seyrederken, neredeyse ağlayacaktı. Bir an koşup, "Gitme!" demeyi düşünmüş, sonra da "Hangi sıfatla konuşuyorum?" demişti. Arkasından kaç dakika baktı? Bilemiyordu. Beko'nun sesine uyandı:

"Rahmi Bey, içeriye gelip bir kahve içer misin?" Beko'nun davetine uyup, içeriye girip, bir kahve içmişti ama, bibisinin evi artık eskisi gibi cazip gelmemişti.

Bundan sonraki günlerde Iraz asla Rahmi Bey'e karşı öyle bir davranış içinde olmadı. Nikâhtan yedi buçuk ay sonra çok zor bir doğum yaparak, bir erkek çocuk dünyaya getirdi. Ağabeyinin adını koydular. Mirzo çok gürbüz ve güzel bir çocuktu. Dayısına da çok benziyordu. Rahmi Bey en az haftada bir gün uğruyor. Geç saatlerde, komşuların ve küçük Mirzo'nun uyuduğu bir zamanda arka kapıdan kaçıyordu. Iraz'ın yanında geçirdiği saatlerde kendini zor zaptediyor. Onu yatağa sürükleyip, saatlerce sevişmemek için büyük bir güç sarf ediyordu. Bu, Rahmi Bey'i daha da çekilmez hale getirmişti. Rahmi Bey böyle saatlerin sonunda, karısı ile çok daha ihtiraslı bir şekilde sevişiyordu. Zira çok kere kollarında tuttuğu karısı değil, Iraz'dı. Bundan dolayı da ayrıca üzüntü duyuyordu.

Mürüvvet bir buçuk sene evvel evlenmişti. Remzi Dilşat ile evlenmekte ısrar ediyordu. Rahmi de babasını etkileyerek, onu maldan mahrum edeceğini söylüyordu.

Rahmi bağdaki zerzevat evleklerini kazdırmış, bahçeye domates, biber ve patlıcan diktirmişti. Bir haftadır Iraz'a uğrayamamıştı. Aklı ve kalbi orada idi. Mustafa Efendi hastalanmış, bayağı ağırlaşmıştı. Onu öylece bırakıp hiçbir yere ayrılması mümkün değildi.

Üç gündür Remzi ortalarda yoktu. İşin tuhafı Sıdıka bibisinin ortanca kızı Dilşat da yoktu. Dilşat'ın Küçük Hanım'a misafir gittiği söyleniyordu ama Rahmi bu işten başka kokular alıyor ve hırsından küplere biniyordu. Bütün bu olanlar fena halde canını sıkıyordu. Sinirlendiği bir konu daha vardı. Bu arazi için her şeyini feda eden, canı çıkasıya çalışan kendisiydi. Ama babası gözlerini kapar kapamaz, hepsi gelip hak iddia edecekti. Babasına ağalık bağı ile on-on beş kilelik sulu araziyi kendisine vermesini teklif etmişti. Mustafa Efendi ise bu işe pek sıcak bakmıyordu. "Senin uğruna çok mal sattım. Avukatlara yedirdim. gerisini eşit olarak bölüşün! Onlar da benim evladım," diye diretiyordu. Hatta Rahmi geçen gün yine bu konuda yaptıkları tartışma sonucunda iyice sinirlenmiş, "Baba ben yolumu çizmiştim. Bugün şerefli ordunun şerefli bir zabiti olacaktım. Bütün bunlar da başıma gelmeyecekti. Herkesin malını korumak için mi hayatımı mahvettim? Hem meşhur bir söz vardır: at binenin, kılıç kullananın, toprak da işleyenindir. Bence çok doğru bir laf!" diye bağırmış, babası bu soruya bir cevap verememişti. Çünkü Mustafa Efendi yıllardır bu soruyu kendine soruyor, cevabından da çok rahatsız oluyordu.

Rahmi Bey kendini bu karmakarışık düşüncelerin içinden çıkarmak için, mutfakta ekmek yapan karısına sesledi.

"Tevhide bana bir sade kahve yap!" Tevhide eteğini silkeleyip, cezveyi eline almıştı ki Remzi Bey içeriye girdi. Doğru babasının odasına geçti.

Rahmi Bey "Ooo, Remzi Bey, feneri nerede söndürdün?" dedi.

"Elaziz'de."

"Kaç gündür Elâziz'de ne halt ediyordun?"

"Evlendim." Rahmi ayağa fırlayıp, Remzi'nin üzerine yürüdü. Remzi de ayağa kalkmıştı.

"Bak ağabey! Ben artık çocuk değilim. Beni son dövmeye kalktığında cevabını almıştın. Bu hatayı bir daha işleme sakın!" diye cevaplarken, Mustafa Efendi bağırdı:

"Yeter! Yeter, eşek kadar insanlarsınız! Yeter artık! İyi veya kötü, onun da koynuna alacağı kadını seçmek hakkı var. Ama en azından bana söyleyebilirdin," dedi

"Baba beni affet! Sana saygısızlık yapmak istemedim. Ama bu olayları çok daha fazlası ile yaşardık," diye cevapladı Remzi.

Rahmi'nin bozuk olan maneviyatı daha da bozulmuştu. Tevhide'nin getirdiği kahveleri baba-oğul içmeye başladılar. Remzi Tevhide'ye:

"Anam nerede?" diye sordu.

"Hanım Hafife Bacı ve Hüseyin ile selamlıktaki depoyu düzenliyor. Üzüm desteleri tavana asılacak da..." Remzi ayağa kalktı.

"Baba hoşça kal!" diyerek depoya, anasının yanına gitti. Mustafa Efendi:

"Rahmi oğlum, bazı şeyler vardır ki, önleyemezsin! Değiştiremezsin! İnsanlar nerede doğacağını, kimi seveceğini ve nerede öleceğini asla kendileri tayin edemezler. Bunları onlara kader çizer. Tabii ki bu şartları daha iyi, daha güzel yapmak için gayret sarf edebilirler ve bir yere kadar da başarırlar. İnsanlara gördüğün yanlışları söyle! İkaz et! Ama 'İlla da benim doğrularıma uyun!' diye dayatma! Hem faydası olmaz hem de sen kötü kişi olursun." Rahmi babasını dinledi, ama hiçbir cevap vermedi. Birkaç dakika sonra aklı tamamen Iraz'daydı. O güzel vücudu ile kayar gibi önünde dolaşıyordu. Ve Iraz'ı her düşündüğünde vücudunu acayip bir ateş basıyordu. Odadan çıktı. "Tevhide biraz odaya gel!" dedi.

Tevhide eteklerindeki unu silkeleyip, yanındaki beze pembe-beyaz yüzündeki terleri sildi ve koşarak odaya girdi. Rahmi Bey büyük bir sabırsızlıkla,

"Soyun Tevhide," dedi.

Birkaç dakika sonra yatağın içinde Tevhide'nin yerinde Iraz vardı ve az rastlanan tutku dolu sevişme sahneleri yaşıyorlardı.

Tevhide saçlarını kurularken düşünüyordu. "Rahmi beni çok ama çok seviyor. Tabii ben de onu..." Ocağın başına geldiğinde leğendeki hamurun iyice kabarıp taştığını, ocağın da sönmek üzere olduğunu gördü. Gülerek ve büyük bir şevkle ocağını tutuşturmaya başladı.

Rahmi Bey de atına atlamış, önce ağalık bağına uğramış, üzüm, armut, domates ve bir sürü sebze alarak atın terkisine yüklemişti. Dükkan önünden geçerken besili bir koyunun kesildiğini gördü.

"Kazım, bizim eve bir but ve kaburgasını gönder," dedi. İçinden "Alıp Iraz'a da götürsem," diye düşündü. Köy halkı merak edecekti. Kazım'a döndü.

"Öteki but ile kolu da koy. Ayrı ayrı sar. Eve ben götüreceğim," dedi.

Rahmi konağın büyük kapısının önünde durup,

"Hafife! Hafife! Gel bunları al!" diye sesledi. Eve aldığı etleri, çıkarıp Hafife'ye verdi. Ben gecikebilirim. Hatta gelmeyebilirim. Şehirde işim çok. Senetle alınmış bütün araziler tapuya kaydediliyor da..." dedi, acele ile yola koyuldu.

Dördüncü Bölüm

Iraz bir haftadır küçük evinin işini bitirir bitirmez dar, toprak yola bakan küçük pencerenin önüne oturup, yolu gözetliyor. Gördüğü her karartıyı her silueti, Rahmi Bey sanıp, kalkıp kapıya koşmaya hazırlanıyor, kalbi hızla çarpıyor. O olmadığını fark edince gözlerine dolan yaşları silip, tekrar pencerenin önüne oturuyordu. Yanında sarı sayfaları olan bir defter ve bir de kurşun kalem vardı. Pakize'nin oğlu Zihni mahalle mektebine başlayınca. Iraz da onunla beraber ders çalışmaya, kibar bir hanım olabilmek için kendini yetiştirmeye başlamıştı. Çünkü ona göre Perçenç'li Rahmi Bey'e eş olmak kolay bir şey değildi. O çok kültürlü ve bilgili bir beydi. Tanıdığı hiç kimseye benzemiyordu. Ne yazık ki üç gündür bir harf bile yazamamış, "Elif, be..." deyip bırakmıştı. Mirzo ile bile meşgul olamıyordu. Hele oğlunun durmadan,

"Babam ne zaman gelecek? diye sorması, sinirlerini iyice geriyordu.

Mirzo'nun varlığı, Iraz'ı rahatsız etmekteydi. Bir evlat olarak seviyor, kanı kaynıyordu ama o olayın bir mahsulü olması Iraz'ı çileden çıkarıyor, zaman zaman çocuğa ters davranıyordu. Sonra üzülüp, "Bu çağanın günahı ne ki? O zavallım ne yapsın?" diyerek gönlünü almaya çalışıyordu.

Iraz da büyük bir duygu karmaşası içindeydi. Acaba Rahmi Bey ile nikâhlanmasaydı, bir başkası onu kadını yapar mıydı? Bu soru aklına gelir gelmez, müthiş geriliyor ve ürperiyordu. Rahmi Bey'den bir başkasını asla yanına yaklaştıramazdı. Asla onun elinden başka bir el tenine dokunamazdı. Iraz Rahmi Bey'e duyduğu bu sevginin bir kadının bir erkeğe duyduğu sevgiden daha başka bir boyutu olduğunu fark edemiyordu. Rahmi Bey kendisine saygılı davranmış, büyük bir mertlik sergilemişti. Iraz bunu tahlil edemiyordu ama, bir şekilde hissediyordu. Bu da Rahmi Bey'i gözünde erişilmez yapıyordu.

Bu gece sabaha kadar uyumadan ağlamış, bir ara bitkin düşüp, dalınca da tuhaf rüyalar görmüştü: Rahmi Bey bir dağın tepesinde oturmuştu. Iraz dağa tırmanıp, yanına çıkmaya uğraşıyor, biraz yaklaşınca da birileri onu dağdan aşağı iteliyordu. Iraz yılmadan tırmanıyordu. Onu itenler bazen Tevhide Hanım, bazen ağabeyi Mirzo, bazen de kendisine tecavüz eden o iğrenç adamlar oluyordu. Rahmi Bey ona "gel" işareti yapıyordu ama yanına çıkabilmesi için hiçbir yardımda bulunmuyordu. Iraz ter içinde kalmıştı. "Rahmi beeeg! Rahmi beg!" diye avazı çıktığı kadar bağırınca, yanında yatan küçük Mirzo uyandı:

"Ana, babam yok ki, niye bağırıyorsun?" diye sordu ve hemen ilave etti. "Babam bizi sevmiyor mu? Yoksa artık gelmeyecek mi? Biliyor musun Yusuf'un babası da onları sevmiyormuş, gitmiş, bir daha da gelmemiş." Iraz acele ile,

"Hayır oğlum, baban gelecek!" dedi ama, "Acaba?" diye endişelenmekten de geri kalmadı.

Yerinden kalktı. Rahmi Bey'in iç gömleklerinden birini alıp, kokladı ve göğsüne bastırıp, yatağa yattı. Ama sabaha kadar uyuyamadı.

Rahmi Bey Elazize girmişti, Iraz'ın oturduğu yere varması için şehri boydan boya geçmesi gerekiyordu. Şehir cumhuriyet ilan edildikten sonra hızla, büyük bir gelişim içine girmişti. Bir haftada bile yeni yeni binaların ortaya çıktığını görebiliyordu. Çarşı her gün biraz daha büyüyordu. Zahireci Turgut Bey'in açtığı kumaş mağazasındaki kumaşların güzelliği, bütün kadınların dilindeydi. Hatta Fatma geçenlerde yanına yaklaşmış, Rahmi Bey'e "O mağazadan bana bir entarilik al ağabey, kayısı rengi olsun," demişti. "Oraya uğrayıp, ailenin bütün kadınlarına birer entarilik alsam mı? Acaba, et bozulur mu?" diye düşündü. Sonra birden bire sol tarafa, yeni oluşan çarşının içine girdi. Büyük mağazanın önündeki çocuğa,

"Bu atı biraz tut! Buradan bir şey alıp, çıkacağım. Sana nohut ekmeği alman için para veririm," dedi. Çocuk çok sevinmişti:

"Peki emmi!" dedi.

Rahmi Bey mağazanın büyüklüğü karşısında şaşırmıştı. İnsan burada ne alacağını şaşırıyordu. Tezgahtar gence sordu:

"Oğlum, genç bir kıza kayısı rengi bir entarilik alacağım. Bana gösterebilir misin?"

"Kumaşı ne olacak?"

"Ben anlamam oğlum. İnce bir şey olsun. Fazla kalın olmasın..."

Genç tezgahtar, tezgahın üzerine bir sürü kumaş döktü. Hepsi birbirinden güzeldi. "Şu kayısı renginden iki entarilik, şu maviliden de iki entarilik kes. Bunlara uygun yazman var mı?"

"Var emmi."

"Her biri için bir yazma ve dikmek için iplik ver." Tezgahtar hepsini getirdi. "İkisini ve malzemelerini bir paket yap. Diğer ikisini de bir paket. Dur! dur! Bir de üç yaşında bir erkek çocuğu için mintan ve şalvarlık ver, onlar için de iplik koy."

Kültür mahallesindeki evin dar sokağına sapar sapmaz, Iraz görmüştü. Elini kalbinin üzerine koyup bastırdı. İşte soylu begi yine gelmişti. Odasına girip, bir köşede sakladığı kırık aynaya baktı. Saçlarını düzeltti. Kapıya koştu.

"Buyur beg!" Boynuna sarılmamak, hislerini belli etmemek için kendini çok zorluyordu. Rahmi Bey de aynı mücadeleyi veriyordu. Gülerek:

"Iraz, et getirdim. Bir kısmını kıyma yap. Akşama iri köfte yaparsın. Kıymanın bir kısmını da kavur. O budu da kavurma yap. Sonra bozulur. Gene de bahçedeki kuyuya salla."

Iraz iri köfteyi konakta kaldığı günlerde öğrenmişti. Ama kavurma nasıl yapılacak, onu bilmiyordu. Rahmi Bey ona birkaç kere pişirilmiş ve dondurulmuş kavurma getirmişti. Rahmi Bey, Iraz'ın entarilik kumaşı olan paketi de çıkardı.

"Iraz bak sana ne aldım!" Iraz paketi aldı, ama pek sevinmiş görünmüyordu.

"Iraz sevinmedin mi?" Iraz bembeyaz dişlerini açarak güldü.

"Çok sevindim beg, ama ağır olmaya çalışıyim."

"Iraz, sen olduğun gibi kal! Böyle çok daha hoşsun. İçinden geldiği gibi hareket et. Kendini zorlama! Şey, şey gibi... Karın altından çıkmış, dağlardaki nevruza benziyorsun." Iraz şaşırmıştı.

"Yani, baharın geldiğini bildiren çiçek gibi mi?"

"Evet, aynen öyle." Iraz kollarını açıp, iki adım attı, sonra aniden durdu. Yüzündeki ifade ciddileşti. Rahmi Bey fark etmişti. Önce boynuna atılmadığı için üzüldü. Ama hemen "İyi ki yapmadı. Artık dayanamıyorum. Kucakladığım gibi odaya götürebilirdim," diye düşündü. Acele ile sağına dönüp, küçük Mirzo'yu kucakladı.

"Sana da mintan ve peynir şekeri getirdim!" der demez çocuk kucağından atlayıp, anasının elindeki pakete doğru koştu. İlk defa birisi ona özel olarak bir şey getirmişti. Mirzo da Iraz da şu anda kendilerini bir başkalaşmış hissediyorlardı. Iraz durmadan "Nevruz gibi, nevruz gibi!" deyip duruyordu.

Rahmi Bey aniden fark etmiş gibi, "Herkese birer, Iraz'a iki entarilik aldım..." diye düşündü. Duygularını kabul etmekten korkuyordu, utanıyordu, kendisini arkadaşı Mirzo'ya karşı suçlu hissediyordu. "Bunda bir şey yok, öbürlerinin entarileri çok," dedi ama bulduğu cevaba kendisi de inanmamıştı.

Iraz mükemmel bir iri köfte, yanına soğuk yoğurtlu çorba yapmış, bir de un helvası kavurmuştu. Rahmi Bey, "Tevhide'ninkinden güzel. Tıpkı anamın yemekleri gibi," diye düşündü. Sonra da Iraz'ı Tevhide ile, iki çocuğunun anası ile kıyasladığı için üzüldü.

"Iraz eline sağlık, çok güzel olmuş. Ooo, helva da mı var! Bu ziyafet niye?"

"Beg, kaç gündür gelmedin ya, seni ağırlamak istedim." Rahmi Bey üzülmüştü.

"Iraz ben evli barklıyım. İki çocuğum, idare etmek zorunda olduğum araziler ve iki ihtiyar var. Babam hasta idi." Iraz elini uzatıp, Rahmi Bey'in dudaklarının üzerine koydu.

"Sus beg, benim senden hesap sormak ne haddime! Yalnız çok sevindiğimi anlatmak istedim," dedi. O güzel gözleri ıslanmış ve harelenmişti. Rahmi Bey:

"Iraz, bana sorabilirsin. Bunun için sana kızmam. Hatta..." dedi ve sustu. "Mutlu olurum," diyecekti, ama vazgeçti.

Çok güzel bir eylül gecesiydi. Eylül'ün bolluğu, güzelliği ve hüznü yaşanıyordu. Iraz:

"Bey, kahveni arkada içmek ister misin?"

"Orada oturacak bir şey var mı ki Iraz?"

"Evet, sağlam portakal sandıklarından küçük sedir gibi bir şey yaptım. Yanında da oturak var. Kahveni üstüne koyarsın."

Iraz bu düzeni, Rahmi Bey'in eve geldiğini, komşulara göstermek için kurmuştu. Arka kapının önünde söğüt ağacı vardı. Birkaç da kadife çiçeği tohumları atmıştı. Galiba bu işi biraz geç yapmıştı ki, kadife çiçekleri ancak eylülün ortasına doğru açabilmişlerdi.

Iraz Rahmi Bey'i gönderdikten sonra, her zamanki kadar üzülmemişti. Paketi açıp, açıp hediyelerine bakıyor. Durmadan da "dağda açan nevruz gibi" deyip duruyordu. Bey olmak çok farklıydı. Ne babasından anasına, ne de Dersim'deki hiçbir erkekten karılarına, hatta yavuklularına böyle bir şey söylendiğini duymamıştı. Onların en büyük iltifatları "Gel hele, gel gancuk, yanıma gel!" gibi sözler olurdu. Iraz birden düşündü: "Ne kadar kaba ve bilgisizlermiş. Ne iyi ki ben bir beg tanıyabildim. Elini sürmese de bir begin karısı olmak çok hoştu.

Eve döndüğünde vakit oldukça geçti. Tevhide uyumamıştı. Ali'yi ayağında sallıyor, Ali de durmadan ağlıyordu. Kızamık çıkarmıştı ve ağır geçiriyordu. İzzettin de geçirmişti ama çok hafif, çocuğu da ev halkını da sarsmamıştı. Ali bugün akşam üstüne doğru bayağı ağırlaşmış, göz kapaklarına kadar kıpkırmızı olmuştu. Annesine hiçbir iş yaptırmamış, durmadan kucağında veya ayağında olmuştu. Tevhide'nin de anasının da yüzleri asıktı. Fatma ise çoktan uyumuştu. Babası ise,

"Neredesin Rahmi?" diye sormuş, cevap alamayınca üstelememişti.

Rahmi Bey karısına paketi uzattı.

"Senin ile Fatma'ya birer entarilik aldım" dedi. Tevhide elini uzatıp paketi almadı, cevap da vermedi. Oğlunun başını okşayarak,

"Bak Ali, baban geldi. 'Baba baba' diye ağlıyordun...." Galiba karısı kendisine bir şey anlatmak istiyordu. "Entarilik falan istemem. Ben kocamı ve çocuklarımın babasını yanımda istiyorum" gibi. Rahmi üzgündü. İstemeyerek herkesi mutsuz ediyordu. Kendisi ise herkesten daha mutsuz, daha bir zor durumda idi.

Rahmi Bey Ali'yi kucağına alıp, biraz dolaştırdı. Çocuklarını kucaklamanın bir erkek için zayıflık olduğunu, köy ahalisince hoş karşılanmadığını biliyordu, ama o bu çağdışı görüş ve âdetlere pek kıymet vermezdi. Çocuklar, hatta bütün insanlar, hatta hatta bütün canlılar sevgi isterdi. Sevgi canlılara verilecek en güzel hediyeydi. Ali babasının kucağında uyumuştu.

"Tevhide bu uyudu. Yatağına koyayım mı?"

"Benim yatağıma koy. Bu gece yanımda yatsın, durumu iyi değil," diyen Tevhide'nin kendisine olan kızgınlığından mı, yoksa gerçekten endişelendiği için mi böyle davrandığını pek anlayamamıştı. Rahmi Bey böyle muamelelere alışkın değildi. Başka bir zaman olsa, karısının arkasından birkaç kurşun sıkardı, ama kendini suçlu hissediyor, anlamazlığa vuruyordu. Babasının odasındaki geniş sedire yattı. Uzun süre yatakta döndü, durdu. Kuyulu yolu tarafında birkaç köpek durmadan havlıyordu. Hele bir tanesi acı acı uluyordu. Köpeklerin uluması köy halkınca iyiye yorulmazdı. Rahmi'nin batıl itikatları yoktu, ama yine de etkilendi. Zira sinirleri çok gergindi. Sabah ağarırken ancak uyumuştu.

Sabah babası ile kahvaltı ederken Mustafa Efendi akşam ki soruyu tekrarladı:

"Rahmi dün neredeydin? Daha doğrusu şöyle sorayım: Sık sık şehre, kime, neye, gidiyorsun? Sabah başlayıp gece yarısına kadar süren hükümet işi olmaz. Bana sakın böyle bir yalan söyleme!" Rahmi afallamıştı. Kafasında makul bir cevap bulmaya çalışırken, babası çok daha etkili bir sual sordu:

"O kadına gidiyorsun değil mi?" Rahmi irkildi:

"Hangi kadına baba?"

"Oğlum, benimle oyun oynama! Dağdan getirdiğin kıza. Anan da Fatma da çok enfes bir güzelliği olduğunu söylediler. Senin karın da çok güzel, ağa kızı, fedakar bir kadın ve sen ona, bir dağ dikenine bütün bunları feda mı edeceksin? Karın huzursuz, anlamıyor musun?"

Rahmi babası ile açık açık konuşmanın gerektiğini, artık saklayamayacağını anlamıştı.

"Baba söylediğime zor inanacaksın. Hatta inanmayacaksın ama sana doğruyu söyleyeceğim. Beni anlamaya çalış. O kızı neden buraya getirdiğimi defalarca hepinize anlattım. Harfiyen doğruydu. Onları tekrarlamayacağım. Evden alıp götürdüğümde yalan söyledim. Onun hiçbir yakını yoktu. Olan yakınları zaten kan davası güden ve kızı bu hale sokan insanlardı. Ağabeyi Mirzo benim hayatımı kurtarmıştı ve ben ona söz vermiştim. Hiç kimse için bu sözden dönemezdim..." diyen Rahmi babasına o günden bu güne kadar olan bütün olayları anlattı.

Rahmi bir iki dakika durdu. Sonra,

"İşte her şey bu. Siz benim yerimde olsaydınız ne yapardınız?" Düşünme sırası Mustafa Efendi'ye gelmişti. Rahmi'ye döndü.

"Hafife'ye seslen, iki acı kahve yapsın... Rahmi, ben de daha iyi bir fikir bulamadım ama şunu ilave edebilirim. Senin yaptığın sadece bir vefa borcu veya acıma değil! Sen bu kızı seviyorsun. Hem de aşk diyebileceğimiz kadar büyük bir sevgi ile. Bu şartlarda, kıza el sürmeden yaşaman çok zor. Hem senin hem de o kızın ve de elini dokunabildiğin herkesin hayatı mahvolur. İşçilerden birini bulup, o kızı evlendirelim. Ne olacak? Sen hemen boşarsın. Kocasının da bir çatışmada öldüğünü, bizim himayemiz altında olduğunu söyleriz." Rahmi Bey irkilmişti.

"Hayır baba, öyle bir şey yapamayız."

"Niye?"

Rahmi bocalıyordu.

"Şeey baba, şeyy... Iraz istemez."

"Bir kere sor bakalım. Bence istemeyen sensin."

"Peki sorarım," diyen Rahmi'nin yüzü allak bullaktı. Tıpkı duyguları gibi. "Baba ben atımı tımar edip, değirmene kadar gideceğim," diyerek odadan çıktı. İçinden "Iraz'ı bir başka erkeğin kollarına vermek mi? Bunu asla yapamam!" diye söylenip duruyordu.

Remzi Dilşat'ı da alıp şehirden dönmüştü. Rahmi Bey'in korkusundan, babasının konağına karısını getirememişti. Sıdıka Hanım Remzi'ye "Gelip kendileri ile yaşamalarını" teklif etmiş, o da çaresizlikten kabul etmişti. Onların zor geçindiklerini, küçücük bir evde bir çok insanın yaşadığını biliyordu ama yapacak başka bir şeyi de yoktu. Herhalde babası ona da yardımcı olurdu. Dilşat'ın zaten o evin geçiminde büyük payı vardı. Sıdıka bibisinin evinde yaşıyordu ama, her sabah konağa uğrayıp, nereye gidilecek, ne iş yapılacak diye soruyor, o tarladan ötekine koşuyordu. Bu sabah yine uğradı, babasına hal hatır sorduktan sonra, Marğo'daki tarlaların birine gitmek için ayağa kalktı. Hayriye Hanım, küçük oğlunun arkasından dışarıya çıktı:

"Remzi, paraya ihtiyacın vardır, şunu al," diyerek kesesinden çıkardığı bir miktar parayı Remzi'ye uzattı. Remzi'nin cidden paraya çok ihtiyacı vardı.

Rahmi Bey de Remzi'nin arkasından kalkmıştı.

"Baba birkaç işçi kaldı. Onlara bu gün yapacakları işleri tarif edeyim. Sonra da ağ değirmene uğrayıp, İso Dayı'yı sorayım" diyerek çıktı.

Annesi Rahmi'yi görünce hemen lafı değiştirerek, Remzi'ye şehriye kesmek istediklerini, Akdeğirmen'den unu ne zaman alacağını sordu. Remzi'ye yardım ettiğinin Rahmi tarafından görülmesini istemiyordu.

"Ana, değirmene ben gidiyorum. İso Dayı'yı soracağım. Unu da sorar hazır ise getiririm. Remzi Marğo'ya gidip, işine baksın. Hadi bana eyvallah," diyerek çıktı.

İso Dayı değirmenin üst tarafındaki küçük evinde yatıyordu. Genç karısı kapıyı açıp, Rahmi Bey'i görünce sevinmişti.

"Hoş geldin Rahmi Beg. Bizim herif de kaç gündür seni sorup duruyordu!"

"Şehirdeydim. İso Dayı nasıl?" İçeriden İso Dayı'nın sesi duyuldu.

"Hoş geldin Rahmi Bey oğlum! Dur, kapının önüne çıkayım da, seninle bir güzel kahve içelim. Çiçeklerimiz solmamıştır herhalde. Günlerdir dışarıya adım atmadım."

Karısının itirazına rağmen, İso Dayı Rahmi'nin de yardımı ile kapısının önüne çıktı. Sedirin üzerine oturdu. Zayıflamıştı, rengi sararmıştı, yüzündeki çizgiler daha da artmış ve derinleşmişti. Rahmi yüzüne dikkatle bakıyordu. İso Dayı:

"Çok çöktüm, değil mi Rahmi Bey?" deyince, Rahmi zoraki bir gülüşle:

"Yok o kadar değil, yaşına göre iyisin. Hem senden kaç kere rica ettim. Bana sadece Rahmi de!"

"Peki Rahmi, duyduğuma göre sık sık kayboluyormuşsun. Bu konuda çeşitli rivayetler var, ama ben senden dinlemek isterim." Rahmi biraz sıkıldı.

"Yahu İso dayı, niye herkes benimle ilgili? Ben hiç kimsenin bir şeyi ile ilgilenmem. Ta ki bizzat bana dokununcaya kadar. Herkesin fikri önemli değil, bu rivayetler hakkında sen ne düşünüyorsun? Sen benim için anam, babamdan sonra en önemli insansın. Belki onlar kadar." İso Dayı bu söze çok memnun olmuştu. Karısının getirdiği kahveyi alırken, öksürmeye başladı. Kadın kahveyi geri aldı. Bir müddet bekledi. Kocası sakinleşince, tekrar eline verdi. Kahveden bir yudum alan İso Dayı:

"Biliyor musun Rahmi? Ben bu sarmaşık çiçeklerini sadık kadınlara benzetirim, ne olursa olsun tutundukları dalı bırakmazlar. Rengarenk görünüşleri ve de çabuk hırpalanıp solmalarını da... Kadınlar da öyle değil midir? İhanet ve sevgisizlik onları hemen soldurur. Ha, bana bir şey sormuştun değil mi? Düşüncemi? Sen bence o güzel kıza gidiyorsun. Onu ikinci bir kadın yaptın."

Rahmi bir tuhaf olmuştu. Yirmi dört saat içinde, kendisine en yakın olan iki insan, yaşadıklarını nasıl da doğru olarak keşfetmişlerdi. İnkâr gereksizdi. Birden ürperdi. Acaba Tevhide de biliyor muydu? İso Dayı fersiz gözlerini Rahmi'nin yüzüne dikmiş, cevap bekliyordu.

"Haklısın, İso Dayı; ama bildiğiniz gibi değil. Görünüşte öyle olsa da aslında ikinci karım yapamadım," diyerek Mirzo'ya verdiği sözü ve bu güne kadar yaşadıklarını anlattı.

İso Dayı üzülmüştü.

"Evlat, anlatmadığın bir şey var. Senin Iraz'a duyduğun sevgi ve arzu. Farkında mısın bilmem, demin bana 'İkinci karım yapmadım' demedin, 'Yapamadım' dedin. Bu şu demektir, istiyorsun ama yapamıyorsun. Bu iş çok zor bir yola girmiş. Şimdi hayatındaki iki kadını da olmaları gereken yere oturtamamanın yarattığı mutsuzluğu, üçünüz de yaşıyorsunuz. Çözümü de yok gibi." Rahmi başını kaldırdı.

"İso Dayı, iki değil, üç kadın!" İso Dayı şaşırmıştı.

"O kim?"

"Sıdıka bibimin büyük kızı, Küçük Hanım. Ne idüğü belirsiz bir adamla evlendi. Çok mutsuzmuş. Onu da aklımdan çıkaramıyorum. Belki diğer iki kadına hissettiğim arzu ve sevgi yok, ama büyük bir hayranlık ve beğenme vardı. Hâlâ da var."

"Oğlum, neden onunla evlenmedin? Beğenme ve hayranlık, her zaman çılgın sevgilerden daha iyidir ve uzun ömürlüdür. Çok akıllı ve becerikli bir kadın olduğunu söylüyorlar. Şimdi de ne idüğü belirsiz adamı, adam sırasına oturtmuş, galiba?"

"İso Dayı, çok gururlu, çok bilgili ve kibirli bir kızdı. Bana itaat etmez," diye düşündüm.

"Çok yanılmışsın! Akıllı insan, nerede itaat edip, nerede etmeyeceğini bilir. Tabii ki yaptığın bir çok yanlışa karşı çıkacaktı. Belki de seni frenleyecek, bu durumda olmamanı sağlayacaktı."

Rahmi çok üzgündü:

"Evet, belki de. Yalnız bende bir tuhaflık var. Yakınımdaki herkesi mutsuz ediyorum. Anamı, babamı, kardeşlerimi, karımı ve Iraz'ı... Yapmak istemiyorum, ama başaramıyorum. Bu da beni kahrediyor. İso Dayı üzgündü. Elini Rahmi'nin omzuna koydu.

"Çünkü oğlum, sen çok mutsuzsun! Parası olmayan para, aklı olmayan akıl, mutluluğu olmayan da mutluluk dağıtamaz! Sen mutlu değilsin ki, başkasına, olmayan şeyi nasıl vereceksin?" Rahmi hiç bu şekilde düşünmemişti. İtiraf etmeliydi ki, çok mutsuzdu.

İso Dayı devam etti:

"Başka hususlar da var. Zabit olmak istedin, olamadın, oldurmadılar. Bu gün Atatürk'ün yanında olacağın kesindi. İyi bir çiftçisin, rahat bırakmıyorlar. Hiç desteğin yok. Remzi dünya iyisi bir çocuk, ama hiçbir konuda vasatı geçemez., Bu konuda da fazla şanslı sayılmazsın. Karın çok güzel, ama seni doldurmuyor, fazla akıllı değil. Onunla yarım saat konuşabildiğini zannetmiyorum. Ha, haksız olduğun bir çok olay da var. Bunlar da mutsuzluğunun ve tatmin edilememenin sonucu. Bir de şunu unutmamalısın! İnsanlar çok kere verdikleri kadarını da alamazlar. Sen hep fazlasını istiyorsun ve bekliyorsun. Sana yakın olan iki kadını düşün! Onlar için kusursuz bir erkek olduğunu, onları mutlu ettiğini söyleyebilir misin? Hayır. O halde onlardan nasıl her şeyleri ile mükemmel olmalarını ve seni her açıdan tatmin etmelerini bekliyorsun? Bu çok haksız bir durum değil mi? Önce çevrene bir şeyler ver, sonra almayı bekle! Bu denge yaşamın her alanında olmalıdır. Vermeden alınmaz!"

Rahmi bütün bunları konuşmaktan sıkılmıştı. İso Dayı konuştukça, çevresinden ziyade kendinde noksanlıklar veya fazlalıklar olduğunu kabullenmek zorunda kalıyordu. Halbuki, yanlışların sorumluluğunu bir başkalarına yüklemek kolay ve rahatlatıcı bir yoldu. Ayrıca, bütün yaşananların tahlili yapılsa da, çözümü yoktu. En azından şimdilik. İso Dayı bu güne kadar kendine bile itiraf etmediği "karısının fazla akıllı ve zarif olmadığı" konusunu nasıl keşfetmişti? Bu konuşmalardan yorulmuştu ama, bunu sormadan bu konuyu kapatamazdı.

"Peki ne yapabilirim İso Dayı? Ayrıca Tevhide'nin beni doldurmadığı sonucunu nasıl çıkardın?"

"Bak oğlum, Küçük Hanım'dan bahsederken onu 'çok akıllı, zarif ve bilgili' diye tarif ettin. O zaman sana fazla gelen bu meziyetlere, bugün özlem duyuyorsun. Bu ne demektir? Hayatını paylaştığın kadında bu meziyetler yok. Çözüme gelince zor olduğunu söyledim. Belki de Iraz'ı gerçekten ikinci karın yapmalısın. Zaten hiç kimse senin ona el sürmediğine inanamaz. Hem sen rahatlarsın, hem Iraz mutlu olur. Belki evdeki karına da çok daha iyi davranabilirsin."

"Bunu düşüneceğim. İso Dayı, ben buraya sana yardımcı olmaya gelmiştim. Hep benden konuştuk. Sana hekim getireyim mi? Herhangi bir şeye ihtiyacın var mı?"

"Oğlum kaç kere hekim geldi. Biliyorsun, para puldan yana ihtiyacım yok. İhtiyacım olan seni görmekti. Beni çok sevindirdin. Hele bu kadar yakın davranmakla... Arada bir uğrayıp, bu ihtiyarı sevindir, yeter. Zannımca artık bana kimse bir şey yapamaz! Ömür konusunda Allah'ın bana karşı cömert davrandığını söylemeliyim. Artık almak istiyorsa, direnmem boşuna olur. Haydi, beni yatağıma götür! Sen de işlerinin başına dön!"

Dün bütün günü üzüntü ve koşuşma ile geçmişti. Maalesef İso Dayı bu dünyayı terk etmişti. Rahmi ile yaptığı son konuşma hâlâ kulaklarında çınlıyordu. Rahmi Bey mezara ağlayarak indirmiş, cidden babasını kaybetmiş kadar acı duymuştu. Böyle hisseden yalnız Rahmi değildi. Köy halkının neredeyse bütünü bu tok gözlü, yarı filozof, herkese bir iyiliği dokunmuş babacan adam için gözyaşı dökmüştü.

Rahmi Bey dört gündür şehre inmemişti. Bu sabah erkenden kalkıp, işleri yoluna koydu. Eve gelip yıkandı. Çamaşırlarını değiştirdi. Atına binip, şehrin yolunu tuttu.

Önce çarşıya uğradı. Yeni açılan kuyumcudan bir alyans, bir de ince burma bilezik aldı. Kasaplardan et, sebze, çay, şeker ve kahve aldı. Yıldırım'ı Kültür Mahallesi'ne doğru sürdü. Birden çoktandır atı ile konuşmadığını fark etti. Yine boynunu okşayıp,

"Yıldırım beni affet! Seni çok ihmal ettim, sakın 'yaşlandım da sahibim beni sevmiyor' diye düşünme! Biliyorsun içim çok karışık," dedi. At her zamanki gibi kuyruğunu sallayıp, hafiften kişnedi. Ana yoldan eve doğru döndüğünde, birkaç ev yapımına başlandığını gördü. İçinden "Burayı da doldurmaya başladılar. İnşallah tanıdık biri gelmez," diye geçirdi.

Iraz kapıda karşılarken gözlerinin içi pırıl pırıldı. Küçük Mirzo da ileride mahalledeki birkaç çocukla çelik çomak oynuyordu. Koşarak geldi.

"Baba, bana ne getirdin?"

"Bu sefer akide şekeri aldım. Hadi sen biraz daha oyna!"

Iraz Rahmi Bey'in getirdiklerini yerleştirdi. Odaya yanına geldi.

"Yorulmuşsundur bej, biraz ayaklarını soğuk suda yıkayayım mı?" Iraz her görüşünde biraz daha düzgün konuşuyordu. Eskiden yalınayak dolaşmayı çok severdi. Artık terliksiz yere basmıyordu. Rahmi Bey Iraz'a bakıyordu, bugün bir başka güzeldi. Üzerinde Rahmi Bey'in aldığı kayısı rengi elbise ve ona uygun baş örtüsü vardı. Iraz tekrarladı.

"Bej ayaklarını yıkayayım mı?" Rahmi bey gülüyordu.

"Bizim kadınlarımız ayaklarımızı yıkamaz."

"Ama ben istiyorum. Sana hiçbir şey veremiyorum. Hiç değilse arada bir ayaklarını yıkayayım."

"Peki o zaman, yıka!"

Iraz birkaç dakika sonra gülerek, mutlu bir yüzle çıktı. Elinde su dolu bir leğen ile odaya girdi.

"Bej uzat ayaklarını!" Rahmi Bey çoraplarını çıkarmak için eğildi.

"Sen ayaklarını uzat! Yorulma! Ben çıkarırım," dedi. Rahmi Bey ayaklarını uzattı. Sağ eli ile de Iraz'ın baş örtüsünü açtı. Şimdi çok daha muhteşem görünüyordu.

Iraz, Rahmi Bey'in ayaklarını ihtimamla tutup, ılık suya sokmuştu. Iraz yıkamıyor, okşuyordu. Öyle bir mutluluk ve zevk duyarak bu işi yapıyordu ki, karşıdan görenler, ayak yıkamıyor da, büyük bir zevk içinde sevişiyor zannedebilirlerdi. Bazen ellerini diz kapaklarına kadar götürüyor, bacaklarını okşuyordu. Rahmi Bey çok etkilenmişti. Hemen orada, Iraz'ı yere yatırmak ve sahip olmak istiyordu. Tam ellerini uzatacakken, kapı hızla vuruldu. Pembe Hanım bağırıyordu:

"Iraz! Mirzo düştü! Başı yarıldı kanıyor!" Rahmi Bey çıplak ayaklarla, Iraz da başı açık bir şekilde koştular. Mirzo ayağa kalkmıştı ama çok ağlıyordu. Alnından aşağıya kan sızıyordu. Çocuğu içeriye getirip kanayan yerini limon kolonyası ile sildiler. Sonra temiz bir bez ile üzerine bastırdılar.

"Iraz, bir hekime götüreyim."

"Yok bej, bizim çocuklarımız ne yaralar alır! Hekimin yüzünü görmeden ölenlerimiz çoğunluktadır. Bu kadarcık bir şey için hekim mi olur. Bizim..." dedi devam etmedi.

Iraz "bizim tadımızı kaçırdı" diyecekti, vazgeçti.

Iraz Küçük Mirzo'nun eline Rahmi Bey'in getirdiği rengarenk akide şekerlerinden birkaç renk seçerek verdi. Bir müddet aralıktaki sedire yatmasını söyledi. Kendisi de yerde duran leğeni alarak bahçe kapısını açıp, döktü. Sonra Rahmi Bey'in yanına geldi.

"Akşama kalacak mısın bej? Ne yemek yapayım?"

"Akşam yemeğine kesin kalacağım. Bir güveç yap!" Iraz ayakta duruyordu. Galiba güvecin nasıl yapılacağını bilmiyordu. Rahmi Bey gülerek "Ben de yemek işinden pek anlamam ki!" dedi. Iraz üzülmüştü. Beyinin istediği yemeği bilmiyordu.

"Ben Pembe diyezeden sorup geleyim." Kapıya çıktı, içinden öfke ile söyleniyordu: "Şu Mirzo da kafasını kıracak zamanı buldu!"

Akşam yemeğini yedikten sonra, Iraz Rahmi Bey'e bir kahve yapıp, kendisi de karşısına oturdu. Elinde iki şiş vardı ve bir atkı örmeye çalışıyordu.

"Iraz, yünü ve şişleri nereden aldın?"

"Pembe diyeze aldı. Hani sen bana para vermiştin ya, ondan biraz vardı."

"Aaa, ben ne zamandır sana para da bırakmadım!" Elini şalvarının cebine attı. Yeni kağıt paralardan birkaç tane çıkarıp, Iraz'a uzattı.

"Bey, bunlar çok fazla!"

"Iraz, bir tarafta sakla. Ne olur, ne olmaz! Peki, o atkıyı kime örüyorsun?"

Iraz gülerek başını 'hayır' anlamında salladı. "Söylemem bej."

Vakit epeyce geçmişti. Iraz oğlunu da alıp, yatak odasına çekildi. Rahmi Bey sedirde oturuyordu. Aslında oturduğu da pek söylenemezdi. Kalkıp odayı adımlıyor, sonra oturuyor, sonra tekrar kalkıyordu. Vücudu alev içindeydi. Bir an evvel Iraz'ı kollarının arasına almak istiyordu. "Mirzo uyumuştur. Artık dayanamayacağım," diyerek, bugün kuyumcudan aldığı alyans ve ince burma bileziğin içinde olduğu kutuyu aldı, elbiselerini çıkararak, sedirin ucuna koydu. Yastığın birini devirdi. Çünkü küçük Mirzo'yu alıp, buraya yatıracaktı. Yarı soyunuk şekilde odaya sessizce girdi. Iraz ve oğlu uyuyordu. Iraz uyurken bile iç gıcıklayıcı idi. Rahmi Bey "Oğlan da ne kadar dayısına benziyor," diye düşündü. Çocuğun yanına yaklaştı. Tam kucaklamak için ellerini uzatırken, çocuk birden bire büyüdü. Yatakta yatan çocuk Mirzo değil, cüsseli, iri yarı arkadaşı Mirzo'ydu. Gözlerini ovuşturdu. Iraz'ın yanında yatan, bir küçük Mirzo, bir büyük Mirzo oluyordu. "Deliriyorum galiba," dedi. Yatağın baş ucunda duran eski sandığın üzerine elindeki kutuyu koyarak, acele ile dışarı çıktı. Telaş içinde giyindi. Atına atlayıp, köyün yolunu tuttu.

Iraz sabah kalkıp da sandığın üzerinde kutuyu görünce, sevinçle açtı. İçinden bir yüzük ve bir de bilezik çıkmıştı. Rahmi bej dün gece onun odasına girmişti. Küçük Mirzo'ya doğru baktı. "Belki de sen olmasaydın. Ben bu sabah sahiden Rahmi bej'in karısı olacaktım. Ben onun koynuna gideyim," diyerek acele soyundu. Üzerine Pakize Hanım'ın verdiği ince bir gecelik giydi. Saçlarını omuzlarına döktü, yalınayak, koşar adımlarla, Rahmi bej'in yattığı odaya girdi. Kalbi çarpıyor, bacakları titriyor, bütün vücudu alev almış, yanıyordu. Ne yazık ki sedir boştu. Bir kenarda dün ayaklarını yıkarken çıkardığı çorapları duruyordu. Çorapları ellerinin içine alıp, yüzüne kapattı. Gözyaşları kuruyuncaya kadar ağladı.

Rahmi Bey köy yolunda devamlı düşündü. "Allah benim Iraz'a karım gibi davranmamı istemiyor. Bu gün iki defa beni Iraz'a sahip olmaktan men etti. Sözümde durmalıyım, ama nasıl, ne zamana kadar? Vücudumun her zerresi o kadını isterken, sözüme nasıl sadık kalabilirim? Allah'ım bana yardım et!"

Eve geldiğinde Tevhide hâlâ uyumamıştı. Kocasına hiçbir soru sormadı. Sadece ifadesiz bir yüzle "yemek isteyip, istemediğini" sordu. "Hayır," cevabı alınca da yatağına girdi.

Rahmi Bey karısının yanına uzanıp, sevişmek istedi. Ama ne kendisinde, ne de karısında yeterince bir istek yoktu. O kadar mutsuz ve morali bozuktu ki, karısı ile Iraz olarak bile sevişemedi. Sabaha kadar döndü, durdu. Tevhide de yanında durmadan dönüyordu. Bir zamanlar içinde olmak için can attıkları yatakları onlara batıyordu.

Ertesi akşam Hacı Hafız ağaların su günüydü. Haftada bir, on iki saat Meryem Dağı'ndan çıkarak, dört köyü geçen su, Perçenç köyü için hem büyük bir nimet, hem de bir şer kaynağıdır. Bu su uğruna bu güne kadar çok kavgalar çıkmış, çok yiğitler yitirilmiştir. Ama o sudan vazgeçmek demek, köylü için yaşamaktan vazgeçmek demektir. Her şeye rağmen bu hayat veren ve hayat alan suya sahip çıkmaları gerekiyordu. Rahmi her su sırasında gerilir, tedirgin olurdu. Zira olaysız bir su nöbeti geçmezdi. Tabii bunda, her türlü olayın içine Rahmi Bey'in karıştırılması gibi bir alışkanlığın yerleşmiş olmasının da etkisi çoktu. Remzi'yi gönderemiyordu. Çünkü herhangi biri gelip de, "Remzi Bey benim ekinim çok susuz. Ne olur bu suyu biraz bize çevireyim," dese, Remzi Bey:

"He kardaş, canın sağ olsun. Su sizden kıymetli mi?" der ve de suyun yolunu kendi eli ile değiştirirdi. Bu yüzden her su nöbetinde, Rahmi Bey'in bölüşme noktasında olması şarttı. Ve oraya dua ederek giderdi, "herhangi bir maraza çıkmasın," diye.

Rahmi Bey suyun başında bekliyordu. Bu gece suyun diğer yarısı da Sait oğulları ile Ketogil'indi. Saitoğulları'ndan Reşat, Ketogil'den de Fehmi suyun başındaydı. Reşat suyu çevirmiş tarlanın başına gitmişti. Rahmi Bey bir kenarda sigarasını içiyor ve Iraz'ı düşünüyordu. Rahmi Bey hep suyun başında olurdu. Sulama işlemini, Remzi Bey ile Kel Hüseyin yaparlardı. Bir ara suyun başında bağrışmalar duyuldu. Rahmi Bey acele ile koştu. Fehmi yerde boylu boyunca yatıyordu. Reşat da hızla bağların arasından kaçıyordu. Rahmi Bey,

"Fehmi! Fehmi!" diye bağırdı. Fehmi çok kan kaybediyordu. Kuşağını çıkarıp, kanayan yere sarmak istedi ama karnının üstünde, kalbinin altında bir yerdi. Başaramıyordu. O ara suyun başı kalabalıklaştı. Arkadan da iki jandarma göründü. Bir tanesi Rahmi'ye yaklaştı:

"Kalk ayağa, bunu sen yaptın tabii!" Rahmi şaşırmıştı.

"Başçavuşum bunu ben yapsam, burada durur muyum? Hem niye yapayım?"

"Niye olacak, bu lanet su yüzünden? Peki sen değilsen kimdi?" Rahmi tereddüt geçirdi. Söylemesi mi gerekiyordu. Söylememesi mi? Gammazlamak mertliğe sığar mıydı? Bir tarafta da kendi hayatı vardı.

"Bak başçavuşum, bu gece bu su üç aile arasında pay ediliyor. Bizden başka bir aile daha var. Gerisini siz bulun artık. Başçavuş bu sözlerin üzerinde durmadı.

"Peki, sen bir kavga veya münakaşa gördün veya duydun mu?" Rahmi Bey yine susuyordu.

"Bakın, benim bıçağım bile yok." Jandarma,

"Bu yaralıyı acele Elaziz hastanesine kaldırın! Şunun bileklerine de kelepçeyi takın, götürün" dedi.

Fehmi ağır yaralı idi. Kurtulma ihtimali çok azdı. Rahmi olanları sonradan, bir bir anlatmıştı ama, kimse inanmamıştı. Olaydan yirmi dört saat sonra Reşat hiçbir şey olmamış gibi gelmiş, çok sâkin bir şekilde "Olay gecesi orada olmadığını, Kerhat'taki tarlanın başında olduğunu, tabii ki Rahmi Bey'in böyle bir ifade vereceğini, gerçi olayı görmediği için de, Rahmi Bey'in yapıp yapmadığı hakkında fikir yürütemeyeceğini söyleyerek, çok inandırıcı (!) bir ifade vermiş. Şahit olarak da hizmetkârları Yusuf'u göstermişti. Rahmi Bey'in Fehmi'nin iyileşmesine dua etmekten başka bir yolu kalmamıştı.

Rahmi üç gündür jandarma karakolunun nezaretinde idi. Remzi her gün uğruyor, bir ihtiyacı olup, olmadığını soruyor, Fehmi'nin durumu hakkında bilgi veriyordu. Maalesef Fehmi'nin durumunda bir iyileşme görülmüyordu.

Ertesi gece sabaha karşı tabanca ve tüfek sesleri ve de sokakta koşuşmalar başladı. Rahmi bunları ancak seslerden anlayabiliyordu. Demir parmaklık kapının önünde bekleyen nöbetçi jandarma erine sordu:

"Kardeşim, neler oluyor?" 'Rahmi Bey'e, söylesem mi, söylemesem mi?' diye tereddütle bakan er, sonunda söyleme kararı almış olacak ki,

"Kürt bastı gakkoş!" dedi. Rahmi Bey anlayamamıştı.

"O da ne demek?"

"Kürt Sait diye bir herif varmış, onun adamları hükümet konağını ele geçirmişler. Her yeri işgal ediyorlarmış, uymayanları hemen oracıkta öldürüyorlarmış.

"Söyle kumandanına! Bizi burada ne tutar? Bıraksın da memleketimizi savunalım, büyük bir ailem var. Onları korumam lazım!" derken kapıya doğru yürümüştü. Jandarma eri tüfeğini Rahmi'nin kafasına doğru tuttu.

"Hişt, adam yerine koyduk, cevap verdik diye, yüz bulma! Şimdi seni delik deşik ederim!"

Rahmi odanın sağındaki, dar tahta sedire oturdu.

Koşuşmalar ve telaş çoktu. Ama Rahmi'ye kimse bir şey anlatmıyordu. Tüfek ve tabanca sesleri hiç kesilmiyordu. Remzi de üç gündür gözükmemişti. Yoksa onların başına da mı bir şey gelmişti? Ya Iraz ve oğlu? Acaba ne durumda idi. Ya Fehmi, ölmüş müydü acaba? Eğer öldüyse ben artık gök yüzünü göremem. Artık bu benim sonum olur. Iraz ve oğlunun da! Benim çocuklarıma ve karıma Remzi bakar. Merhametlidir. Dilşat da bakar. Bu düşüncesinden rahatsız olmuştu. Çünkü Dilşat'ın iyi taraflarını kabul ederse, ona karşı davranışlarının haksızlığını da kabul etmiş olurdu. Rahmi Bey söylediği şeyden vazgeçemezdi. Bu erkekliğe sığmazdı. "Ben neler saçmalıyorum?" dedi. "Bütün bu şeyler olmayacak! Olmamalı! Çünkü yine suçsuzum," diye düşünürken, Remzi demir parmaklıkların gerisinde gözüktü.

"Ağabey, kaç gündür gelemedim. Kürtler büyük olay çıkardılar. Çok büyük çatışmalar oldu. Herkes evlerine kapandı. Millet korku ve panik içinde. Görecektin, Kürt Sait'in bir adamı, hükümet konağının taş merdivenlerine oturmuş, yanındaki ıstampaya, tükürükle ıslattığı parmağını batırıp, kağıtların altına basarak; vali, komutan, nüfus müdürü tayin ediyordu. Hallerini görecektin. Ama askerlerimiz toparladı ve isyancıları yakaladı."

Rahmi,

"Remzi tamam, anladım. Özet olarak, Kürtler isyan etti ve bastırıldı. Fehmi ne durumda?"

"Haa, bak esas onu söyleyecektim. Fehmi bu sabah gözlerini açmış ve ifade vermiş, senin suçsuz olduğunu, kendisini Reşat'ın bıçakladığını söylemiş."

"Ulan hergele bu şimdi mi söylenir? Neyse, o zaman niye ben halâ buradayım?"

"Bu üç-dört gündür, her şey çok karışıktı. Şu sıralar nerdeyse haber gelir."

Remzi sözünü bitirmemişti ki, iki jandarma arasında elleri kelepçeli Reşat, nezarethanenin kapısı önünde gözüktü. Jandarmanın birinin elinde bir kağıt vardı. Onu nöbetçi jandarma erine uzattı. Er kağıda uzun uzun baktı.

"Ben okumak bilmem gardaş, başçavuşa götür."

Çok geçmeden başçavuş geldi:

"Bu tutukluyu salın! Ötekini içeri koyun!" diyerek acele ile uzaklaştı.Anlaşılan henüz Kürt isyanı olayı tam olarak halledilememişti.

Rahmi'nin eve gelişi evi bir bayram yerine döndürmüştü. Tevhide ile anası ağlıyor, çocuklar babalarının yanından ayrılmıyor. Mustafa Efendi de kahve üstüne kahve içiyordu.

"Oğlum, eğer Fehmi ölseydi, bu sefer asla kurtulamazdın. Üç gündür uyumadan dua ettim. Allah dualarımı kabul etti!" Rahmi Bey ev halkını görmüştü. Ama aklı Iraz'da idi. Zavallı kadın ne yapmıştı acaba? Kürtler oralara kadar gitmişler miydi? Hemen bir mazeret bulup, şehre 'de inemezdi. Çok endişeli ve üzgündü.

Ancak dört gün sonra şehre inebilen Rahmi Bey yine atının terkisini doldurmuştu. Iraz için özel bir şey almamıştı ama, küçük Mirzo'ya şekerler, kuru yemişler ve eve bir sürü yiyecek...

Kapı uzun süre açılmadı. Rahmi Bey endişelenmeye başlamıştı ki, Iraz'ın fısıltı gibi sesi duyuldu:

"Kim o?" Rahmi Bey Iraz'ın sesini duyunca sevinmişti. "Çok şükür hayatta" dedi.

"Benim Iraz! Benim, aç! Kapı hızla sonuna kadar açıldı. Iraz ayakta öylece duruyordu. Saçı başı dağınık, üzerinde eski bir elbise, gözlerinin yeşili bile solmuş gibiydi.

"Iraz, niye öyle duruyorsun? Geldiğime sevinmedin mi?" Iraz ağlamaya başladı.

"Sevinmez olur muyum bej! Sen benim her şeyimsin. Zannettim ki bizimkiler sana bir şey yaptı. Hem sevindiğimi gösteremem ki, içimden sana sarılmak geliy, ama kızarsın." Rahmi Bey kollarını açtı.

"Sarıl Iraz! İstediğin kadar sarıl! Kızacağımı kim söyledi?" Iraz bir anda kollarını Rahmi Bey'in boynuna doladı. Bütün gücü ile sıkıyordu. Rahmi Bey de omzuna koyduğu saçlarını hafiften öpüyor ve kokluyordu. Iraz'ı hafifçe kaldırdı. İçeriye girdiler. Rahmi Bey birden son geceyi ve kendi kendine verdiği sözü hatırladı. Iraz'ı yere koydu.

"Iraz atın terkisinde bir şeyler var. Onları içeri alalım. Küçük Mirzo nerede?"

"Herhalde arkadaşları ile oynuyordur." Iraz tekrarladı.

"Bizimkiler mi size bir şey yaptı? Onların huyudur, silahları ile olay çıkarmadan yaşayamazlar. Sizlerden ne istediler ki? Bizim millet çok kötü."

Rahmi Bey Iraz'ın saçlarını okşamak için elini uzattı ama hemen vazgeçti. Bir daha ona dokunursa, kendi kendini frenleyemeyeceğini düşündü.

"Iraz her milletin iyisi de kötüsü de vardır. Ağabeyini düşün! Katıksız bir Kürt idi, ama hayatımda tanıdığım en mert, en dürüst ve en fedakâr insandı. Irklar, milletler değil, kötü olan cehalettir. Sizin ırkınızın kötü olduğunu zannetmiyorum. Ama çok cahiller. Cahil insan çabuk etkilenir. Onları da Ermeniler gibi kullanan insanlar var. Yalnız bir konuda haklısın. Kürt ırkı, her türlü sorununu silah yolu ile halletmeye alışmış, silahı çok seviyor, hemen silaha sarılıyor. Kendilerine ayırım yapıldığını söylüyorlar. Belki imkânsızlık... Yaşadıkları yerlerde Türkler'in daha mı iyi hayatı var sanki? Veya burada Kürtlere ayırım yapan mı var? Hayır, ama böylece beyinleri yıkanıp, ellerine silah tutuşturuluyor." Iraz söylediği her şeyi anlayabilmiş miydi? Rahmi Bey bunu bilemiyordu ama, kendisini can kulağı ile dinliyordu. Ve çok zeki bir kız olduğu kesindi.

Beşinci Bölüm

yedi yıl sonra

Bu yedi yıl da Rahmi Bey'in hayatında, sakin bir dönem olmuştu. Arada sırada jandarmalar yine konağın kapısına gelip, hatta Rahmi'nin bileklerine kelepçe de takmışlardı ama, bunlar küçük olaylardı. Veya Rahmi gerçekten olayın içinde değildi. Bunlardan biri, Hırhırik'li Reşat'ın babasının ayağından vurulma olayıydı. Bunun içinde birkaç gün dağlarda saklanmak zorunda kalmıştı. Remzi ile de hemen her hafta, hatta iki üç günde bir, bıçaklı, tabancalı kavga etmiş, onları canından bezdirmişti. Ama bütün bunlar Rahmi Bey için pek olay sayılmazdı. Rahmi Bey bu dönemde, daha ziyade arazinin büyük bir kısmını elde etmek için planlar kuruyordu. Babasına, "Madem Remzi sözümüzü dinlemiyor, onun bu malda hakkı yok. Kızlar zaten başka bir evde, başka bir kısmet içinde olacaklar. Baba toprağından onu işleyenler, idare edenler kadar mal almaya ne hakları var? Ağalık bağını ve tarlaların bir kısmını üzerime yapacaksın," diyerek, her gün aciz taciz ediyordu.

Remzi ile Dilşat kendilerinin ve olacak çocuklarının geleceği olan toprakları kaybetmemek için bir karar almıştı. Yalandan boşanmış olacaklar, Mustafa Efendi'nin ölümünden sonra tekrar bir araya geleceklerdi. Bu konuda birbirlerine söz vermişlerdi. Onlara göre; yaşlı, zayıf ve kör olan bu adamcağız daha fazla yaşayamazdı. Zaten Remzi'nin de askerlik yapması gerekiyordu. Bu plan üzerine Remzi beş yıl evvel askere gitmişti. Dilşat Hanım, Remzi'nin gidişinden yedi ay sonra bir kız çocuğu doğurmuş, adını da Semahat koymuşlardı. Çok güzel bir çocuktu. Çocuk üç yaşına gelinceye kadar, Rahmi Bey görmemişti. Ev halkının da görmediğini zannediyordu. Ama onlar gizli gizli çocuğu sevmeye gidiyorlardı. Hele Fatma Semahat'ı çok seviyor, sık sık Sıdıka bibinin evine kaçıyordu. Fatma ağabeyine kinlenmeye başlamıştı. Remzi'ye ve Dilşat'a çektirdiği eziyet için, babasına mal için yaptıklarından dolayı... Ne yazık ki karşı çıkması mümkün değildi. Hiçbir faydası da olamazdı. Sadece Rahmi Bey üzerindeki baskıyı artırır, hayatı daha çekilmez hale getirirdi. Semahat dört yaşında, gerçekten çok güzel, çok akıllı ve de uslu bir çocuktu. Fatma ağabeyinin şehre indiği bir gün Semahat'ı konağa getirmişti. Rahmi Bey aniden eve uğradı ve çocuğu gördü. Ev halkı çok korkmuştu. Şimdi silahlar patlayacak, yine kurşunların üzerinde atlamak zorunda kalacaklardı. Ama beklenilen olmadı. Rahmi çocuğa baktı baktı:

"Bu, Remzi'nin kızı değil mi?" diye sordu. Kimse cevap veremiyordu. Fatma atıldı:

"Evet, ben çok seviyorum ve sık sık görüyorum." Rahmi çocuğa yaklaştı.

"Güzel kız, kucağıma gel bakayım! Ben senin amcanım." Çocuk hemen kucağına hoplayıp, amcasının boynuna sarıldı. Baba özlemi çekiyordu ve aynı kanı taşıyorlardı. O günden sonra, Rahmi Bey de Semahat'ı çok sevmeye, sık sık konağa aldırmaya başlamıştı.

Remzi Bey de uzun bir askerlikten sonra evine dönmüş, yine konakta olan Semahat'ı görmüş, ev halkı kendi kızı olduğunu saklamaya çalışmışlardı. Remzi Bey aynı gün dükkan önünde durumu öğrenerek, karısına koşmuştu. O gece konağa gelen Remzi Bey herkesin içinde "karısından ayrılmadığını ve ayrılmayacağını, karısı ile yaptıkları plan gereği ayrı kaldıklarını söylemiş" konağı terk ederek, Sıdıka bibinin küçük evine yerleşmişti.

O günden sonra, Rahmi Bey ile Remzi arasındaki, sonu gelmeyen kavgalar yeniden başlamıştı.

Iraz'ın oğlu on bir yaşındaydı. Büyük Atatürk'ün başlattığı devrimlerin en önemlilerinden olan, harf devrimi de dört yıl evvel kabul edilmişti. Şimdi çocuklar, yeni Türkçe harfler ile tahsil yapmaya başlamışlardı. Iraz'ın oğlu evlerine en yakın okul olan İstasyon caddesindeki Atatürk İlkokulu'na gidiyordu. Yine de evi ile mektep arasında üç dört kilometrelik bir yol vardı. Çocuk anasına benzemişti. Akıllıydı ve kavrama kabiliyeti fazlaydı. Iraz da onunla beraber, bu sefer de yeni harfleri öğrenmiş, okuma yazmaya başlamıştı. Yalnız okuma yazma değil, tarih, coğrafya ve hesap dersleri ile de ilgileniyor, Mirzo ile saatlerce ders çalışıyordu. Türkçe'sini düzeltmiş, şehirli bir kadın gibi konuşmaya ve davranmaya başlamıştı. Giyimi bile farklılaşmıştı. Bu hali ile, konaktaki kadınlar yanında, çağ dışı kalmaya başlamıştı.

Rahmi Bey'in dikkatinden asla kaçmıyordu. Iraz'ın bu hallerini gördükçe, sevgisi daha çok büyüyor, üzerine eklenen hayranlık da karışınca, ona karşı duyduğu istek dayanılmaz bir hal alıyordu. Bu seneler içinde de, birkaç defa birbirlerine çok yakınlaşmışlar, fakat Rahmi Bey'in güçlü iradesi sayesinde, asla birlikte olmamışlardı. Bu durum her ikisini de çok hırpalıyor, Rahmi Bey hıncını çevresinden, Iraz da Küçük Mirzo'dan çıkarıyordu.

Seneler bir çok şeyi eritiyor, yok edebiliyordu ama Iraz'ın güzelliğini asla! O çıldırtıcı güzelliğe, şimdi bilgi ve zarafet de eklenmişti.

Tevhide Hanım da hâlâ çok güzeldi. Ne yazık ki kendini yetiştirecek ve bunun önemini kavrayacak bir kişiliği yoktu. İyi bir ev kadını, itaatkâr bir eş, saygılı bir kadın olmaktan öteye gidemiyordu. Hatta kaba davranışları, özellikle eltisi Dilşat Hanım tarafından karikatürize edilerek anlatılıyor, espri konusu oluyordu. Örneğin, iki-üç günde bir, tabağın içinde bir-iki kaşık yemekle gözükür, damdan seslenirdi:

"Dilşat Hanım! Dilşat Hanım! Al ha, Semahat'a yemek getirdim. Hanım Zalım'a dökecekti. Ben bırakmadım. Semahat yer," dedim. Zalım, Rahmi Bey'in av köpeği idi... Veya deli camızın ondan başka kimse tarafından sağılmadığını, onu sağmak için oyalı yazmasını örtüp, altın hapını takması gerektiğini anlatır, kahkahalarla gülerdi. Sohbetleri ve latifeleri dar bir çerçeve içindeydi. Rahmi Bey arada sırada karısı ile sohbet etmek ihtiyacını duyar, kesinlikle mantıklı bir cevap veya bir fikir bulamadığı için, vazgeçer ve "Keşke Iraz'ın yanında olsaydım," diye düşünürdü.

Bütün bunlara rağmen Tevhide'nin güzelliği, ev kadınlığı, kocasına bağlılığı, kayınpederi ve kayınvalidesine saygısı ve evlatlarına düşkünlüğü tartışılamazdı. Bulunduğu ortama göre çok az bulunabilir bir eşti. Ama bu eş, Rahmi Bey gibi zeki, kuvvetli bir kişiliği ve çevresine göre çok aydın bir insan olunca, Tevhide Hanım, zayıf ve tatsız kalıyordu. Yeni evliliğin cinsel çekiciliği de azalınca, büyük bir boşluk doğuruyordu. Ama karısına da bir sevgi duyuyor, onun kendisine olan bağlılığını hep takdir ediyordu. Kısacası, Rahmi Bey aradığını bulamayan, istediği yere gelemeyen, çelişkiler ve içinden çıkılmaz, erişilmez aşklar yaşayan bir köy ağasıydı.

Rahmi Bey nihayet babasını ikna edip, daha doğrusu bezdirip, ağalık bağını üzerine yaptırmıştı. Rahmi Bey için böyle dört bağ ve bir çok tarla satılmıştı, ama bu bağ aile fertleri için hatta çevre için, özel bir anlam taşıyordu. Orası ailenin geçmişi ile bütünleşmişti. Kimse büyüklüğünü veya içindeki meyveleri hesap etmezdi. Orası aileyi anlatan, geçmişini ve geleceğini yansıtan bir yerdi. Bu yüzden bütün kardeşler çok üzüldü. En çok da Fatma üzülmüştü. İkinci sınıf bir evlat olmayı gurur meselesi yapıyordu. Mürüvvet de üzülmüştü ama artık o hayatını, kocasının hayatına bağlamış, iki çocuğu ile uğraşıyordu.

Iraz küçük evinin işini bitirdikten sonra, hep oğlunun yanına oturup, onunla birlikte ders çalışırdı. Bir müddettir ki çocuk, derslerine eski ilgiyi ve önemi göstermiyordu. Yine öyle bir hava içindeydi. Akıllı bir çocuktu ama son günlerde üzerine bir haylazlık çökmüştü. Iraz birkaç defa ikaz etti. Sonra bağırmaya başladı:

"Sen ne haylaz bir çocuksun. Ne idüğü belirsiz baban gibi!" Ve suratına bir tokat indirdi.

Çocuk annesinin yüzüne bir tuhaf bakıyordu. Birden başını kaldırdı.

"Sen beni diğer annelerin çocuklarını sevdiği gibi sevmiyorsun! Hani babamı çok beğeniyordun. O bir beydi? Akıllıydı? Okumuştu? Aslında o da, ne seni, ne de beni yeterince sevmiyor. Herkesin babası akşam olunca evine geliyor. Bizim babamız ne zaman aklına eserse... En fazla iki üç saat geliyor!" diye bağırıp, bahçe kapısının önüne çıktı. Hıçkıra hıçkıra ağlamaya başladı. Iraz sık sık buna benzer davranışlarla çocuğu üzüyor ve ağlatıyordu. Elinde değildi. Bu çocuk ona geçmişini hatırlatıyordu. Bugün biraz ileri gitmişti galiba. O da içeride ağlamaya başladı.

"Allah'ım, ben bu kadar acı çekmek için ne günah işledim? Ya küçük Mirzo, onun da bir günahı yok. Zavallı çocuğa haksızlık ediyorum," diyerek kapıya koşup, oğlunu kucakladı. Şimdi de Iraz, hıçkıra hıçkıra ağlıyordu. Mirzo annesinin çenesini tutup, kendine doğru kaldırdı.

"Anne, ben seni çok seviyorum. Babam az gelse de, seni de beni de az sevse de ben hep senin yanında olacağım. Zabit olup, seni gezdireceğim. Üzülme, ne olur!" Iraz daha da içlenmişti:

"Tamam yavrum, artık ağlamıyorum," diyerek gözlerini sildi. İçinden "Bu zavallı çocuğa bir daha böyle yüklenmeyeceğim," diye söz verdi.

Hayriye Hanım kocasının yanına oturmuştu. Rahmi de pencerenin önündeki sedirde... Remzi Bey "Bu geceki suyu nerelere bağlamak gerek?" diye ağabeyi ile konuşmaya gelmişti.

Hayriye Hanım,

"Remzi biraz otur! Ben de sizlere bir şey söyleyecektim. Hazır hepiniz bir arada iken."

Tevhide Hanım kahveleri getirip, hepsinin eline verdikten sonra, o da kocasının yanına oturdu.

Hayriye Hanım:

"Dün bize Hafo ile anası geldi. Hacı Hakkı Beyler, Fatma'yı Niyazi'ye almak istiyorlarmış. Onlardan bir ağız yoklaması yapmalarını istemişler," der demez, Rahmi ayağa kalktı:

"Olmaz böyle bir şey! Ben Niyazi'ye kız vermem!" Mustafa Efendi şaşırmıştı,

"Neden oğlum? Soyu sopu belli bir aile, Niyazi akıllı ve çalışkan. Niye vermiyorsun?"

"Hallaçgil'den hiç çıkmıyor. Kaç defa çekip, rica ettim. 'Ermeni de olsa mahallemizin namusu, tam evimin karşısı, ben böyle şeye göz yumamam' dedim. Hiç aldırmadı!" Hayriye Hanım,

"Ben hiç Niyazi'yi bu taraflarda görmedim Rahmi?"

"Evet, son altı yedi aydır yok. Ha, o ne kurnaz adamdır! Fatma'yı istemeye niyetlenmiş ondandır. Benim ölümü çiğnemeden Fatma'yı Niyazi'ye veremezsiniz!" Remzi sinirlenmişti.

"Bir tek istediği ile evlenmek, beyimizin hakkıdır. Bizim böyle bir şeye hakkımız yok! Nasılsa onun dediği olacak! Bana niye soruyorsunuz ki? Ben Niyazi'yi severim. Hangimiz bekârken çapkınlık etmedik ki?" Rahmi de ayağa fırladı:

"Çek git ulan! Tepemi attırma! Suya muya da gelme! Ben hallederim. Sen git karının dizinin dibinde otur!"

Remzi çoktan odadan çıkmıştı. Rahmi'nin son sözlerini duymadı bile.

Geceki su, Hacı Hafız Ağalarla, Hacı Hakkı Beyler arasında bölüşülecekti. Akşam namazından sonra, Rahmi Hüseyin'i ağalık bağına, sonra da karpuz tarlasına gitmek için tembihledi. Kendisi de her zamanki gibi tüfeğini alarak suyun başına gitti. Suyun başında Hacı Hakkı Bey'in oğlu Enver vardı. On beş gün evvel de yine onunla beraber nöbet tutmuş, su yüzünden tartışmışlardı. Enver bayağı ileri gitmiş, Rahmi'nin başını tutarak, suya doğru eğmiş ve bağırmıştı:

"Suyun önüne şu taş kafanı koyarsan, ancak bana mani olabilirsin. Ben senin sözüne inanmam. Ben uzaklaşınca bu suyu çeviriyorsun!" Rahmi ilk başta suya dokunmadığını, suyun azaldığını, kendi taraflarına da az gittiğini söylemişti, ama inandıramamıştı. Sonunda Enver, bugüne kadar Rahmi Bey'e hiç kimsenin söylemediği laflar sarf etmiş, son olarak da:

"Eşkıya bozuntusu sen de!" diye bağırmıştı. Bu, Rahmi'yi çileden çıkaran bir kelimeydi. Enver'i yakasından tutup,

"Sana bu sözlerini yutturacağım. Hem öyle yutturacağım ki, bir daha söyleyemeyeceksin!" diyerek suyun başından uzaklaşıp, eve doğru yürümüştü.

Şimdi yine yan yanaydılar. Her an bir olay çıkabilir düşüncesi ile Rahmi suyun başından uzaklaşmaya niyetlenirken, arka arkaya üç el ateş edildi ve Enver suyun kenarına yuvarlandı. Rahmi Bey elinde tüfeği öylece duruyordu. Birden bire kaçmaya başladı. Doğru konağa gidip karısına,

"Benim acele ile Sivrice'ye gitmem gerek!" dedi. Tevhide Hanım şaşırmıştı:

"Ne Sivrice'si? Bu saatte mi?"

"Fazla soru sorma! Acelem var. Birileri ararsa Bu sabahtan Sivrice'ye gittiğimi söyleyin." Acele ile taş merdivenleri indi. Tam ahırdan atını çıkaracaktı ki büyük kapının önünde nal sesleri duyuldu. Ne yapacağını şaşıran Rahmi acele ile selamlık tarafındaki büyük, karanlık depoya girdi. Dışarıda olanları bilmiyordu. Burada buğday çuvallarının arasında ne kadar durabilirdi! Tam o sırada babasına bir şey sormak isteyen Remzi, zavallı babasının yine jandarmalarla konuştuğunu duydu.

"Oğlum burada değil. Bu sabah Sivrice'ye gitti."

Jandarmalar bütün evi aramaya başladılar. Haremlik tarafının, selamlık tarafının bütün odalarını didik didik arıyorlardı. O arada bütün ev halkı ile çocuklar da uyanmışlardı. Göz bebekleri büyümüş, korku içinde olanları anlamaya çalışıyorlardı. Üst katlar bitince, aşağıya avluya indiler. Remzi ağabeyinin Sivrice'de olmadığını biliyordu. Acele ile sokağa çıkıp, ağabeyini aramaya koyuldu. Jandarmaların geldiğini bildirmeli idi. Ağabeyi hiçbir yerde yoktu.

Rahmi bir taraftan da düşünüyordu: "Eğer burada saklı halde bulunursam, suçu peşinen kabul etmem gerek.

Bu iyi bir fikir değildi. O halde en iyi yol 'evime yeni geliyormuşum, hiçbir şeyden haberim yokmuş' gibi avluya çıkmak..." Rahmi öyle de yaptı. Üstünü başını silkeleyip, bir de ıslık tutturarak avluya çıktı. Ahırdan çıkan jandarmalarla yüz yüze geldi. Jandarmanın biri,

"Ooo, beyimiz nereden buyuruyorlar?" deyince, "ne var? Yine ne oluyor? Ben dükkan önündeydim. Bir sürü insan vardı. Bir olay da duymadım," dedi.

Jandarma yüzüne acırmış gibi bir ifade takınarak,

"Vah! Vah! Zavallının hiçbir şeyden haberi bile yok! Süleyman şunun ellerine kelepçeyi tak!" dedi. Tüfeğini de Rahmi'ye doğru kaldırmış, bekliyordu. Merdivenlerden Hayriye Hanım ve İzzettin acele ile indiler. İzzettin koşarak, jandarmanın önüne geçti.

"Vurma onu! Jandarma emmi, o benim ile Ali'nin babası. Sonra bizim babamız kim olacak?" Jandarma çocuğa doğru baktı. İzzettin'in tavrı jandarmaya dokunmuştu. Memlekette onun da aşağı yukarı İzzettin kadar bir oğlu vardı.

"Üzülme bozo! Babanı vurmam. İnşallah tez günde size döner," dedi.

Bu ev halkının, iki jandarmanın arasında, elleri kelepçeli bir vaziyette Rahmi Bey'in götürülüşünü seyretmek, kaderiydi galiba. Hepsi bir köşeye çekildi. Sessiz sessiz ağlamaya başladılar. Fatma öylece donmuş gibi ifadesiz bir yüzle duruyor, İzzettin "Ağlamayın! Jandarma emmi babamı vurmayacak, geri gönderecek!" diye bir annesine, bir ninesine koşuyordu. Mustafa Efendi de hiçbir fikir beyan etmiyordu. Adeta dilini yutmuştu. Ali ise öylece bakıyordu.

Rahmi Bey acele bir sorgulama ile, tevkif edildi. Bu sefer sadece kelepçe değil, ayaklarına pranga da takılmıştı.

ifadeler ve görgü şahitleri çok güçlüydü. Silah sesini duyan üç arkadaş, ne olup bittiğini anlamak için suyun başına koşmuşlar. Enver kanlar içinde yatıyormuş, ama henüz canlıymış. Bu üç kişinin duyabileceği şekilde,

"Beni Rahmi vurdu!" demiş. On beş gün evvel su başında olan kavga da, müdde-i umumiye anlatılmıştı.

Rahmi bütün gücü ile vurmadığını, Enver ile arasında vuracak kadar bir düşmanlık asla olmadığını, kendisinin Enver'in vurulduğu anda dükkan önünde Ekşi Memet, İbrahim Ağa ve Bakkal Kâzım ile birlikte olduğunu, jandarmadan iki dakika evvel eve girdiğini, su yüzünden köyde her ailenin birbiri ile münakaşa ettiğini söylemesine rağmen, prangalar takılarak hapse atılmıştı. Aslında, 'dükkan önünde beraberdik' dediği kişiler de bu ifadeyi doğrulamıştı, ama karşı tarafın iddiası ve şahitleri çok daha güçlüydü.

Bu şartlarda mahkeme bir buçuk ay sonraya atılmıştı. Delillerin toplanması, varsa yeni şahitlerin bulunması için. Rahmi'nin silahına da el konulmuştu. Silahtan altı kurşun eksikti.

Bu haber köyde bomba gibi düştü. Rahmi'yi sevmeyenler, ki bunlar bayağı çoktu, neredeyse zil takıp oynayacaklardı. "Bir daha gökyüzünü göremeyeceğini, hatta büyük bir ihtimal ile idam edileceğini," söyleyip duruyorlardı.

Mustafa Efendi yine bir mal satmak zorundaydı. Bu sefer çok büyük paralar ve çok güçlü bir dava vekili gerekiyordu. Elâziz'de yeni yeni yıldızı parlayan dava vekili Şaban Bey ile anlaştılar. Şaban Bey'in tek şartı vardı: Rahmi ile birkaç görüşme yapmak. Bu görüşmeler sonucunda, onun suçsuz olabileceği kanaatine varırsa, davayı üstlenecekti. Ona göre dava vekilleri, suçluları temize çıkarmak için değil, adaleti yerine getirmek için vardı. En azından, kendi inancı ve prensipleri bu doğrultudaydı.

Rahmi'nin tutuklanmasının üzerinden bir hafta kadar bir zaman geçmişti ki, köyde hızla bir dedikodu yayıldı. Enver'in annesi Hayriye Hanım'a taziyeye giden Dilşat Hanım da, Enver'in ve Niyazi Bey'in annesi, Hayriye Hanım da bu haberi almıştı: Bu cuma gecesi kıyamet kopacakmış, her şey de onu işaret ediyormuş, bina çoğalmış, zina çoğalmış ve Azrail'in görevini insanlar görüyormuş.

Dilşat Hanım bu haberden bayağı etkilenmişti. Ağabeyi tutuklandığından beri, konakta yatan Remzi Bey'e Cuma gecesi gitmemesini, çok korktuğunu, evde hasta annesi ve bir çocukla ne yapacağını söyleyip duruyordu. Remzi Bey de konaktakiler uyuduktan sonra geleceğine söz vermiş ve dediği gibi hareket etmişti.

O sabah erkenden Tevhide Hanım duvarın üzerinden, eltisine sesledi:

"Dilşat Hanım! Dilşat Hanım! Remzi Bey'e söyle eve gelsin. Fatma evde yok. Aramadığımız yer kalmadı. Ayna tutup, kuyunun içine bile baktık," dedi.

Sese uyanan Remzi Bey şalvarını çabucak giyindi. Sokağı dolaşmadan duvarın üzerinden atladı. Bütün komşular orada idi. Ama nafile, Fatma bulunamıyordu. İçeriye kasap Osman'ın karısı girdi.

"Boşuna aramayın! Tevhide Hanım, Hacı Hakkı Beyler bu gece yarısı köyü terk etmişler. Galiba Fatma Hanım onlarla gitmiş!" Önce kabullenmek istemeyen ev halkı, Fatma'nın yastık kılıfının içinde el yazısı ile bir not bulunca, artık aramaktan vazgeçmişlerdi.

Notta: "Sebebim, ağalık bağıdır. Bu konakta kendimi hep ikinci sınıf olarak hissettim ve baskılardan bunaldım. Anam babam beni affetsin, Fatma," yazılıydı. Remzi notu alıp, ağlamaya başladı. "Fatma ben sana ne yapmıştım? Ağabeyinden intikam alırken, beni hiç mi düşünmedin? Ben şimdi dükkan önüne nasıl çıkacağım?" Bu olay Hacı Hafız Ağa konağında, Rahmi'nin tutuklanmasından çok daha derin yaralar açmıştı. Konağı ürküten bir başka konu da, bunu Rahmi Bey'e nasıl duyuracakları idi?

Birçokları Fatma ile Niyazi'nin birbirlerinde gözü olduğunu, birçokları da Hayriye Hanım'ın Rahmi'den intikam almak için yaptırdığını, asla nikâhın kıyılmayacağını söyleyip, duruyorlardı. Aslında "kıyamet kopacak" hikâyesi de, çok zeki bir kadın olan Hayriye Hanım tarafından uydurulmuştu. Sokağa kimselerin çıkmaması ve de Remzi Bey'in karısı ile kızının yanında olması için...

Rahmi'ye duyurma işini de galiba Hayriye Hanım ayarlamıştı. Rahmi'ye düşmanlığı ile bilinen Uraş'ın oğluna bu haberi Rahmi'ye bildirmesini söylemiş, o da büyük bir keyif ile yapacağını, o anda Rahmi'nin yüzünü görmenin çok keyifli olacağını söyleyerek, görüşme gününde, hapishaneye koşmuştu. Rahmi Uraş'ın oğlunu karşısında görünce şaşırmıştı. Herkes ziyaretine gelebilirdi ama bundan asla beklemezdi.

"Yav Rahmi bej, seninle pek dost olamadık ama, içim elvermedi. Hepimiz insan oğluyuz başımıza neler geleceğini bilemeyiz. Bu arada sizin aile üst üste felaket yaşıyor. Her ikisi içinde 'Üzülme! Geçmiş olsun!' demeye geldim. Biliyorum senin gibi bir insan için, eline kelepçe, ayağına pranga taktıran bir düşmana bacısının kaçması, hazmedilecek bir şey değil! Ama sakin olmaya çalış! Kader bu!" Rahmi Bey aval aval bakıyordu. Sonra bağırdı,

"Ne zırvalıyorsun be?"

"Yahu sen duymamış mıydın? Fatma Hanım, Niyazi Bey'e kaçmış. Henüz nikâhları da olmamış." Rahmi kıpkırmızı olmuştu. Acele ile koğuşa girdi. Ayaklarında pranga olduğu için yürüyemiyordu. Prangalar bacaklarını kesmişti bile. Koğuşun duvarlarına başını vuruyor.

"Keşke idam edilseydim de bu anı yaşamasaydım!" diye bağırıp duruyordu. Koğuştaki mahkumlar onu tutmaya, teskin etmeye çalışıyorlardı, ama boşuna! Gürültüye gardiyan geldi. Rahmi'ye teskin edici bir iğne yapılması için, hapishane hekiminin yanına götürdü. Döndüğünde sakindi ve hemen uyudu.

Ondan sonraki birkaç gün Rahmi hiç konuşmadı, yemedi, içmedi ve uyumadı. Gözlerini ranzasının tavanına dikerek düşündü, düşündü. Bütün düşünceleri Fatma üzerinde yoğunlaşmıştı. Arada bir de Iraz'a kayıyor, ona nasıl, kiminle haber yollayacağını, hapiste olduğu sürece onu kime emanet edeceğini düşünüp duruyordu. Lütfü de, tapu kadastro müdürlüğünde iş almış ve Diyarbakır'a gönderilmişti. Başka da güvenebileceği kimse yoktu. Hayır aslında vardı ama, söyleyemezdi, bir yere kadar yüzü tutmazdı, belki de yaptıklarından utanırdı. Yoksa Remzi herkesten çok güvenilirdi ve de fedakârdı. Neyse, şimdi asıl meselesi, Niyazi'yi ve Fatma'yı nasıl bulup, intikamını nasıl alacağıydı. Gözleri prangadan ağrıyan ayak bileklerine kaydı. "Bu iş, bu vaziyette ve bu dört duvar arasında imkânsızdır."

Gardiyan Rahmi'nin adını çağırıyordu, ranzanın kenarına tutunup, birbirinden ayıramadığı iki ayağını da yere koymaya çalıştı, zar zor ayağa kalkıp, bir ayak boyu atabildiği adımlarla yürüdü. Gelen Remziydi. Remzi bir bakışta, ağabeyinin olayı duyduğunu anlamıştı. Bitkindi, perişandı. Yüzü alabildiğine gergindi.

Bu durumda Remzi biraz rahatlamıştı. Çünkü ağabeyine nasıl söyleyeceğini bilemiyordu.

"Ağabey zannımca olayı duymuşsun. Zamanında o kızı onlara verseydik, bunlar olmayacaktı."

Rahmi yumruğunu demir parmaklıklara vurdu.

"Remzi, onlar için mazeret bulmaya kalkma! Verilmeyen her kız kaçar mı? Mürüvvet'i de birçok kimseye vermedik. Kaçtı mı? Bu bir gönül işi değil, intikam! Göreceksin onlar nikâh falan yapmayacaklardır."

Remzi:

"Ağabey, şu anda önemli olan senin durumun, onu sonra hallederiz" dedi.

"Remzi beni delirtme! Bu olaydan önemli hiçbir şey yok. Ermenilerin silah işleri, şimdi Kirkor'un elinde imiş, ona git sana bir silah temin etsin. İkisini de ortadan kaldır."

"Ağabey, yerleri belli değil, kimi ortadan kaldırayım? Dur bakalım önce yerlerini tespit edelim, sonra ne yapıp, yapmayacaklarına bakalım. Hâlâ aynı fikirde isen tamam."
Rahmi:

"Hiçbir şey beni bu fikirden vazgeçiremez." Ayaklarına bakarak, "bunların dışında" dedi.

"Neyse, gelelim senin işe, dava vekili Şaban Bey ile anlaştık. Yalnız seninle görüştükten sonra davayı kabul edip, etmeyeceğini bildirecek. 'Ben suçsuz olduğuna inanırsam, o sanığı müdafaa ederim' dedi."

"İyi, görüşelim, benim bir korkum yok. Şimdi çıkmak için çok daha acil bir sebebim var."

Bu görüşmeden sekiz-on gün sonra, gardiyan yine Rahmi Bey'i çağırdı. Bu seferki ses tonu daha yumuşak ve saygılıydı. Rahmi gelenleri görünce, nedenini anladı. Rahmi Bey'e akraba olan Elâziz belediye reisi Hürrem Müftigil ve askeri rüştiyeden çok samimi arkadaşı Celâl Dora, ki şu anda Atatürk ordusunun genç ve kıymetli subaylarından biriydi.

Celâl Bey ve Hürrem Bey Rahmi'yi bu vaziyette görünce çok üzüldüler. Celâl Bey,

"Hürrem, bu çocuk böyle mi olacaktı?" dedi. Hürrem Bey cevap veremedi. Zira Rahmi yaklaşmıştı. İkisi de neredeyse ağlayacaklardı. Hürrem Bey:

"Geçmiş olsun, Rahmi. Galiba Şaban Bey davanı kabul etmiş, ona teslim edildiysen korkma! Yıldızı her gün parlayan, kıymetli ve dürüst bir adam. Celâl de aynı dileklerde bulundu," dedi ve devam etti:

"Bizim buraya gelişimizin bir sebebi daha var. Hürrem ile beni, Hacı Hakkı Bey ve Muhtar Hilmi Bey ziyaret ettiler. 'Bizim bu mevzuda hiçbir kötü niyetimiz yok. Oğlumuz kızınızı zaten beğeniyordu ve biz Allah'ın emri ile istemiştik. Vermediler. Bu elim olay olmasa da kızı kaçıracaktık. Rahmi Bey'i ikna edin. Kaçırma olayı ile, Enver'in vurulması olayının hiçbir alakası yok. Fatma kıymetli gelinimizdir. Nikâhını da yaptık' dediler. Senin gençleri affetmeni, bu işin peşini bırakmanı rica ediyorlar."

Rahmi hiç cevap vermiyordu. Yüzü gerilmişti, dişlerini gıcırdatıyordu. Hürrem:

"Bak Rahmi! Senin durumun hiç de iç açıcı değil, düşündüğün şeyi nasıl yaptıracaksın? Tabii ki Remzi'ye... Bütün konak, karın, çocukların, ananız ve babanız ne olacak? Remzi de senin yanına tıkılırsa?" Rahmi Bey Hürrem'in sorusuna içinden 'bir de Iraz ve oğlu var' diye ekledi.

Ama hâlâ cevap vermiyordu. Bu sefer Celâl üsteledi.

"Rahmi senin söz vermeni bekliyoruz. Bizim memleketimizde kaçırma olayı, ikinci bir evlenme şeklidir. Bunu bu kadar büyütme!" Rahmi tekrar ayaklarına ve ellerine baktı.

"Ağabeyi bu durumda iken mi?" Celâl gülerek,

"Oğlum, sen bu durumda olmasan, senin bacını kaçırmaya İtilaf Devletleri bile cesaret edemezdi!" dedi. Rahmi hafiften gülümsedi. Bu söz gururunu okşamıştı.

"Peki, ben onlara herhangi bir şey yapmayacağım. Size söz veriyorum."

Hürrem, "Bizi kırmayacağını biliyordum. Sağ ol dostum. Seni buradan kurtarmak için elimizden gelen her şeyi yapacağız," diyerek ayrıldılar.

Altı aydır Rahmi'nin mahkemesi devam ediyordu. İki taraf da yeni şahitler yeni iddialar ortaya atıyordu. Şaban Bey çok iyi bir dava vekiliydi ama karşı tarafın eli kuvvetliydi. Ancak Rahmi'nin ayağından prangaları ve ellerinden kelepçeyi çıkarttırmıştı. Dört duvar arasında bu gibi işlemlerin yersiz olduğunu, bunun henüz suçu tespit edilmemiş bir mahkûm için hak edilmemiş bir işkence ve ceza olduğunu ileri sürmüş ve başarmıştı. Rahmi bundan dolayı büyük bir fiziksel rahatlama duymuştu. Duygusal yönden ise çok perişandı. Evdeki çocuklarını, özlüyor, merak ediyordu ama onları, canı gönülden koruyacak bir, hatta birkaç yakını vardı. Rahmi olsa da olmasa da hayatlarını devam ettirebilecek imkânlara sahiptiler. Iraz ile oğlu ne durumdaydı? Mektepler çoktan açılmış, havalar soğumuştu. Şu anda ne mektep ihtiyaçları karşılayabilecek paraları, ne yiyecekleri ne de odun kömürleri yoktu. "Acaba Remzi'ye söylesem mi?" diye düşünüp duruyor bir türlü karar veremiyordu.

Iraz iki ayı geçkin bir zaman camın önünde Rahmi'nin gelmesini bekledi. Ne yazık ki her akşam aynı acı ve ümitsizlikle yatağa girip, sabaha kadar gözyaşı döktü. Bir köşesinde sakladığı birkaç kuruşu oğlunun mektep masraflarına, biraz yiyeceğe, biraz da odun almaya harcamıştı. Zaten çok az bir paraydı ve bitmişti. Rahmi'nin aldığı bileziği ve yüzüğü asla satmak niyetinde değildi. Onlar Rahmi'den kalan ve kalıcı olan hatıralardı. Elbiseler kaç yıldır giyile giyile solmuş ve eskimişlerdi. Üç ayın sonunda ağlayarak, bileziğini çıkarıp, Pembe Teyze'ye verdi.

"Bunu İhsan Emmi satıp, bize biraz odun, bulgur, mercimek, kuru fasulye ve yağ alsın, ne olur?" diyerek yalvardı. Pembe Teyze çok üzülmüş, hemen kocasına Iraz'ın istediklerini yaptırmış, kendi evlerinden de, biraz kavurma, biraz erişte ve biraz da üzüm pekmezi koyarak getirmişti.

"Iraz, bu pekmezi küçük Mirzo'ya yedir. Çocuğa biraz da ıhlamur içir. Hem zihni açılır, hem de öksürüğüne iyi gelir. Çocuk uzun zamandır öksürüyor," dedi.

Pembe Teyzelerin de durumu pek iyi değildi. Kocası evkafta küçük bir memuriyetten emekli olmuştu. Evleri barkları yoktu. Aldığı birkaç kuruş ile geçinmekte zorlanıyorlardı. İhsan Efendi, henüz fazla yaşlı sayılmazdı. Çalışabilirdi. İş aramaya başlamıştı. Harput'taki, Selçuklular devrinden kaldığı söylenen, Saray Hatun Camii'ne bir bekçi ve bakıcı aranıyordu. Kabul edilirse, Harput'ta boş ev çoktu. Sayılı aileler artık yeni merkeze Elâziz'e taşınmışlardı. Pembe Teyzeler de Harput'a taşınıp, orada yaşamlarına devam edeceklerdi. Birden "Biz de gidersek bu zavallı kadın ve çocuk ne olacak?" diye düşündü ve ilave etti: "Artık onun kocası dönmez. Adamcağız vurulmuştur muhakkak. Soyup, sonra da öldürdüler! İyi biri olsa da bu kızı baş göz etse!" diye düşündü.

Bir iki gün sonra Iraz'a bu fikrini açmıştı. Iraz şiddetle karşı çıktı.

"Ben asla başka bir erkeğin karısı olamam!"

"İyi de kızım, hayatını nasıl devam ettireceksin?"

"Allah rızkımızı bir yerden verir elbet." İçerden küçük Mirzo'nun öksürük sesleri geliyordu.

Pembe Hanım,

"Mirzo mektebe gitmedi mi?"

"Hayır Pembe Teyze, çok öksürüyor, ateşi de var."

"Ben Mardinli'lere bir sorayım. Onun çocuğu da hasta idi. Belki ilaçları kalmıştır" diyerek kalktı.

On beş dakika sonra elinde bir sürü yarım kalmış ilaç şişeleri ile döndü. Niye, ne için verildiğini bilmiyorlardı. İlaç, ilaçtı. Elbette Mirzo'ya bir tanesi iyi gelirdi. Ne yazık ki beklenen olmadı. Mirzo'nun öksürüğü artmış, ateşi yükselmişti. Çocuk hızla kilo kaybediyordu. Beş-on gün sonra yataktan kalkamaz hale gelmişti. Bu akşam annesinin kaynattığı su, soğan ve bulguru yemeyi reddetmiş, aç yatmıştı. Zaten iştahsız olan çocuk yal gibi bu yemekleri hiç yiyemiyordu. Iraz iki-üç gecedir oğlu ile aynı yatakta yatıyordu. Sabaha karşı Mirzo'yu çok kuvvetli bir öksürük nöbeti tuttu. Çocuk saatlerdir öksürüyordu. Birden ağzından kan boşanmaya başladı. Iraz bir bez almak için dışarıya koştu. Döndüğünde Mirzo'nun başı yastıktan düşmüş, hareketsiz yatıyordu. Gözlerini bir noktaya dikmişti. Iraz elindeki bezi fırlatıp,

"Mirzooo! Mirzoooo!" diye bağırmaya başladı. Ne yazık ki Mirzo artık duymuyordu. Iraz deli gibi sokağa çıkıp, Pembe Teyzelerin kapısını yumrukladı. Birkaç saniye içinde kapı açılmıştı.

Iraz sadece "Mirzooo! Mirzoo!" diyerek, dizlerine vuruyordu. Bir anda yakın komşular kapılarının önüne çıkıp, sonra da Iraz'ın küçük evine doluştular.

Iraz on gündür Pembe Teyzelerde kalıyordu. Artık yapayalnızdı. İçindeki acılar çok büyüktü. O sadece evladını kaybetmenin acısını yaşamıyordu. Evladına, evlat gibi yaklaşamamanın acısını da yaşıyordu. Bu acı ise ötekinden çok daha kahrediciydi.

Pembe Teyzelere müftülükten haber gelmiş, İhsan Emmi camiye bakıcı olarak kabul edilmişti. Gitmek için hazırlanıyorlardı. Pembe Teyze komşularına camiye bakıcı olarak gittiklerini, söylemek istemiyordu. Ne de olsa bir memur karısıydı. Şimdi cami de olsa temizlik ve bekçiliği kabul edemiyordu. Bu konuyu sır olarak saklamayı kocasına da kabul ettirmişti. Ayrıca bir şey daha kabul ettirmişti. Iraz'ı da beraber götürmek. Iraz çok iyi bir kızdı. Onlara evlatlık eder, seneler önce evlenip, Adana'ya giden kızları Saniye'nin yerine geçerdi. Ne olacaktı sanki; hem emekli maaşları, hem de yeni alacakları aylık onları gül gibi geçindirirdi.

Iraz zorla da olsa bu teklifi kabul etmişti. Zaten başka da çaresi yoktu. Aylardır ev kirasını da verememişti. Ev sahibi ilk aylar kibarca hatırlatmış, şimdi haklı olarak, daha katı davranmaya başlamıştı. Evini boşaltmasını istemişti. Nereye, nasıl gidebilirdi? Bu insanlar çok iyi kişilerdi. Onları bir ana baba gibi görüp, rahat ettirmeye çalışacak bir evlat olacaktı.

Üç gün içinde, Pembe Hanımlar da Iraz da zaten çok az olan eşyalarını toplamış, evlerini boşaltmış, mahalledeki birkaç komşuya da, Adana'ya kızlarının yanına gideceklerini söylemişlerdi. İhsan amcanın "Hanım böyle yalan olur mu? Bir şehrin içinde, bir gün nasılsa görürler," demesi üzerine "Ne yapalım, yapamadık, alışamadık, döndük deriz," cevabını vermişti.

Rahmi hapse gireli neredeyse bir yıla yaklaşıyordu. Iraz'ı düşünmekten başka hiçbir şey ile ilgilenemeyen Rahmi Bey, sonunda konuyu Remzi'ye açmaya karar verdi.

Bu gün görüşme günüydü. Rahmi çok heyecanlı ve tedirgindi. Gardiyan adını söyleyince, çabucak ayağa kalktı. Evet, Remzi gelmişti. Evdeki insanları, işleri ve davanın gidişi hakkında bir sürü sual sorduktan sonra, tereddüt içinde,

"Remzi ben senden bir şey isteyeceğim," dedi.

"İste ağabey, ne istersen yaparım. Yeter ki gücüm yetsin."

"Bana ne olursa olsun, aramızda ne geçerse geçsin, bu konuyu hiç kimseye açmayacağına ve asla bana karşı kullanmayacağına söz ver. Seni kızdırabilirim. Yine yaptıklarına karşı çıkabilirim. Ama sen bu konuyu unutacaksın."

"Beni kızdıracağından ve her şeye karşı çıkacağından eminim. Huylu huyundan vazgeçer mi? Biliyor musun ağabey? Sen evine çocuklarına dön de, hepimize, her şeyimize karışabilirsin. Yeter ki dön!" Remzi'nin de Rahmi'nin de gözleri dolmuştu. Remzi devam etti: "Söz vermeye gelince, benim tamam demem yeter, hem sen benim ağabeyimsin. Sırrını başkalarına nasıl söylerim?" dedi.

Rahmi Remzi'nin samimi olduğundan emindi. O iyi bir insandı, sevecendi, insanlara olan güvenini ve sevgisini kolay kolay kaybetmezdi.

"Dinle öyleyse" diyerek Iraz ile olan her şeyi anlattı. Şimdi nasıl merak ve üzüntüden kıvrandığını da ilave etti. "Bu zavallı kadın ile oğluna git. Durumumu anlat. Onların bakımını üstlen Remzi. Ben çıkıncaya kadar. Çocuklarıma, karıma bakacağın gibi. Tabii, inşallah çıkarsam. Çıkamazsam, ölünceye kadar bu ağır yük senin omuzlarında olacak!"

Remzi çok üzülmüştü. Bir müddet sustu.

"Üzülme ağabey, şimdi buradan çıkınca hemen Iraz'ı bulacağım. Rahat ol! Zaten senin bir sırrın olduğunu anlamıştım da. Tabii tam olarak ne olduğunu çözememiştim."

Rahmi:

"Acaba Tevhide de bir şeyler anlamış mıdır Remzi?"

"Onu bilemem. Karın sana hala kör kütük aşık üzülme! Bir şeyler sezse de, yüzüne gelmeyecek, sessiz sessiz kaderine boyun eğecektir."

Rahmi kendini kuş kadar hafif hissediyordu. Öyle mutlu bir yüz ile koğuşa girdi ki, koğuştakiler,

"Hayrola Rahmi Bey tahliye emrin mi çıktı?" diye sordular.

"Yok, sadece iyiye gidiyormuş. Ona sevindim," diyerek konuyu kapattı.

Öğle saati çoktan geçmişti. Remzi Bey yemek falan düşünmeden, Kültür Mahallesi'nin yolunu tuttu. Remzi Bey'in bu taraflarda pek işi olmazdı. Bu taraflar ne kadar da güzelleşmişti. Gazi Caddesi'nin sağına beş tane aynı biçimde ev yapılmış, adı da "beş kardeşler"miş. Karşısında "Halkevi" diye bir yer açılmış, tek katlı, küçük, ama kendine has mimarisi olan değişik bir yapı. Burada her türlü kültür faaliyetleri yapılıyormuş. Halkevini biraz geçince, genişçe çok güzel bir park yapılmış. Remzi içinden, "Mustafa Kemâl, gerçekten büyük insan. Bir milleti, görgüsü ile bilgisi ile, hayat tarzı ile değiştiriyor. Bunu hiç kimse kolay kolay başaramaz. Çünkü insanların en zor vazgeçtikleri şey alışkanlıklarıdır. Bak Hacı Hakkı Bey'e, fesi çıkarıp da şapka giymeyeyim diye, bu kadar emek verdiği İdadi'deki hocalığından vazgeçti, emekliliğini bile alamadı," diye düşündü. Bu düşüncelerle Kültür Mahallesi'ne geldiğini fark etmemişti bile, neredeyse geçip, Malatya'ya doğru yol alacaktı.

Rahmi Bey'in tarif ettiği evi kolaylıkla buldu. Kapıyı uzun süre çaldı. Hiçbir cevap alamadı. Zaten evde bir hayat olduğuna dair hiçbir emare de yoktu. Sonra en yakın evin kapısını çaldı.

Kapı açılmıştı, içeriden orta yaşa yakın, Mardin şivesi ile konuşan esmer bir kadın çıktı. Remzi ne istediğini anlattı. Kadının yüzünde üzgün bir ifade belirdi.

"Haa o mu? Iraz'ı sorisen sen. Zavallımın çağası öldü. İnce ğastelikmiş. Ben çok ilaç da verdim ama olmadı. Ömrü o kadarmış. Iraz zavallısı da çok sıkıntıya girdi. Kirasını ödeyemedi. Herhalde onun gişisi öldürüldü. İhsan Emmilerle Adana'ya göç etti. Onlar Iraz'ı çok sevilerdi. Doğrusu iyi taze idü..."

"Peki bir adres falan bırakmadılar mı?"

"Yooh."

"Peki İhsan efendilerin bir yakını yok muydu?"

"İşte, Adana'da bi kızları varmış. Başka bilmem kardaş. Benim bildüğüm bu kadar," diyerek birden bire kapıyı kapattı. Remzi Bey birkaç yere daha sordu. Onların o kadar bile bilgisi yoktu. Çok üzülmüştü. Ağabeyine nasıl söyleyecekti? Bir taraftan da onu düşünüyordu.

Remzi "Perşembeye kadar bu konuyu düşünürüm, bir şekil bulurum elbet" diyerek, Hürrem Müftigil tarafından yaptırılan Elâziz'in kasaplar çarşısına doğru yürüdü. Bu çarşı İstanbul'un Eminönü'ndeki Kapalıçarşı'nın küçültülmüş bir modeliydi. Burada kasap dükkanları, manavlar, bakkallar, alt tarafında kadayıfçılar vardı. Dilşat'ın ve anasının istediği bazı siparişleri almak için çarşıya girdi. Çarşı her mevsimde serin ve güzel olurdu.

Elâziz'de bu sene kış, her sene olduğundan çok daha şiddetli geçiyordu. Evlerinden çıkabilmek için ev halkından birinin, kapılarının önünde biriken bir-bir buçuk metre yüksekliğindeki karı atması gerekiyordu. Böyle günlerde şehre inmek, ihtiyaçları temin etmek de büyük zorluklar içinde yapılıyor, bazen de yapılamıyordu.

Hapishanede bu mevsim çok daha zor geçiyor, yapacak işleri olmayan, dört duvar arasındaki insanlar çok daha bunalıyor ve geriliyorlardı. Bu durum hepsinin sinirlerini bozuyor, patlamaya hazır birer bomba haline geliyorlardı. Hapishaneye üç-dört ay evvel, yeni bir mahkûm getirdiler. Rahmi mahkûmun yüzünü görür görmez tanıdı. Bu, Mirzo ile saklandıkları zaman yanlarında olan Memo idi. Yine bir tecavüz davasından içeriye atılmıştı. Rahmi adamı görür görmez, Iraz'a tecavüz etmeye kalktığı o geceyi hatırladı. Yüzü gerildi. Saçları diken diken oldu. İçinden "Rahmi! Sakin ol, davan iyiye gidiyor. Bir ırz düşmanı için, tahliyeni tehlikeye atma!" diye düşünüp, başını diğer tarafa çevirdi. Memo odaya girer girmez:

"Ooo, Rahmi begimiz de burada imiş, vallahi seni gördüğüme sevindim. Ne de olsa eski arkadaşız. Eski dostlar, düşman olmaz!" dedi. Bir taraftan da pis pis sırıtıyordu. Rahmi Bey:

"Seninle hiç dost olmadık Memo! Olacağımızı da zannetmiyorum. Benim ırz düşmanları ile işim olmaz!" dedi. Memo kıpkırmızı olmuştu.

"Kuyruğunu sallayan dişiye herkes gider. Mesela kaçmak istemeyen bir gacoyu zorla kaçırabilir misiniz?" deyince, Rahmi Bey ayağa fırladı. Boğazına parmaklarını geçirip, koğuşun duvarlarına yapıştırdı. Koğuştakiler ayağa kalkıp, Rahmi ile Memo'nun arasına girmeye çalıştılar ama nafile. Koğuşun en yaşlı mahkumu Sülo, bütün gücü ile bağırdı:

"Rahmiii! Dur! Beş paralık bir adam için ipe gitme! Çocuklarını düşün!" Rahmi birden toparlandı. Çocuklar gözlerinin önüne dikilmişti, yanlarında da belli belirsiz bir hayal belirmişti. Kendisine sevgi ile bakan bir çift yeşil göz. Ellerini çekip, ranzasına doğru yürüdü. Ama bütün gece uyumadı. Bu laflar karşısına hep çıkacaktı. Ve Perçençli Rahmi Bey kendisine yapılan bu büyük hakaretin intikamını alamamıştı. Iraz'ı bulamamanın acısı yanında, bu da hep içinde bir yara olarak kalacaktı.

Bu gün yine görüşme günüydü. Remzi'den çocuklarını getirmesini istemişti, ama bu havada gelmeleri imkânsızdı. Belki Remzi bile gelemeyecekti. Gardiyan kendi adını söyleyince, her zamanki gibi koşar adımlarla çıktı. Evet tahmin ettiği gibi sadece Remzi gelmişti.

Bir süre konuştular. Sonra Remzi, ağabeyinin yüzüne dikkatle baktı:

"Neyin var ağabey, çocukları getiremedim diye mi durgunsun?" Rahmi durgun değil, kızgındı.

"Tabii ki çocuklarımı görmek istiyordum, ikisini de çok özlemiştim. Ama esas sebep o değil" diyerek olayı anlattı ve devam etti. "Bak Remzi! Bu senin için de, benim için de yüzümüze her an indirilecek bir kırbaç olarak kalacak. Ben buradan çıkmadan bu işi hallet. Kimse senin böyle bir şey yapacağını düşünemez. Niyazi şehre dönmüş ve bir çilingir dükkanı açmış. Dükkanı Gazi Caddesi'nin bir altında, kapalı çarşıya giden yolun üzerindeymiş. Ben içerdeyken bunları öğrendim. Kirkor'a gidip, silah almak ve pusu kurmak da senin işin. İyi bir plan yap!"

Remzi biraz düşündü. Bu kendisine göre bir iş değildi. Ama ağabeyinin söyledikleri de doğruydu.

Remzi dükkanın yerini çabuk buldu. Birkaç gün Niyazi'nin kaçta dükkanı kapattığını ve hangi yolla gittiğini takip etti. Niyazi Kışla mahallesine gidiyor, her akşam duvarları yıkık bir evin arsası içinden geçiyordu. Bu arsada rahatlıkla pusu kurulabilirdi. Ertesi sabah Kirkor'a gidip, gerekli ismi söyleyince, hemen kurşun dolu tüfeği almıştı.

Perşembe günü akşam üstü, yıkık duvarlı arsadaki duvarların birinin arkasına geçti. On beş-yirmi dakika sonra Niyazi Bey, elinde dolu bir file ile gözüktü. Bir taraftan da ıslıkla bir türkü tutturmuştu. Remzi Bey tüfeği Niyazi Bey'e doğrulttu. Elini tetiğin üzerine getirdi. Birden Fatma'nın sesini duydu.

"Yapma ağabey! Çocuğumu babasız bırakma!" Kucağında beş-altı aylık bir bebek vardı. Tüfeği indirdi, gözlerini ovuşturdu. Fatma da, Niyazi de yoklardı. Yıkık duvarın üzerine oturdu. Gözlerinden yaşlar akıyordu. "Ben bu işleri yapamam! Hiç kimse kimsenin canını almamalı! Hele birbirlerini sevdiler diye!" Ayağa kalktı. Doğru Kirkor'a gidip, silahı teslim etti.

"Hallettin mi bej?" diyen Kirkor'a cevap bile vermeden köyüne gitti.

Gece yatakta kocasının bir türlü uyuyamadığını gören Dilşat Hanım, "Remzi Bey, bir şey mi var?" diye sordu. Remzi Bey olayı anlattı ve ilave etti.

"Fatma'nın kucağında bir bebek vardı!" Dilşat Hanım kocasının saçlarını okşadı:

"Benim iyi kalpli kocam, Allah senin böyle bir günah işlemene mani olmuş. Gerçekten Fatma'nın altı aylık bir kızı var. Sakın böyle bir şeye bir daha kalkma! Semahat'ı düşün, babasız kalmasını ister misin? Sen o iblise uyma!" 'İblis' diye, Rahmi Bey'i kastediyordu. Remzi Bey ağabeyine böyle hitap edilmesinden hoşlanmıyordu ama, karısına da bu yüzden kızamazdı. Hayatlarını zindana çevirmişti.

Remzi ağabeyini beklerken, korku içindeydi. Şimdi fena halde köpürecek, kendisine olmadık şeyler söyleyecekti. Kendi kendine telkin ediyordu. "Sakın kızma Remzi, o dört duvar arasında, sinirleri çok gergin. Kafasında bir sürü mesele ile boğuşuyor. Eh, biraz da huysuz." Rahmi Bey görünmüştü. Yaklaşır yaklaşmaz sordu:

"Hallettin, değil mi?"

"Hayır ağabey," diyerek dün gece başından geçenleri anlattı. Rahmi köpürmüştü.

"Defol! Defol! Seni gözüm görmesin. Benim bu kadar korkak kardeşim olamaz! Ulan, sen o şalvarı çıkar da, çok bilmiş karın sana güzel bir fistan diksin! Erkeğim diye gezmeye hakkın yok senin!" Remzi hiç cevap vermedi. Hapishanenin çıkış kapısına doğru yürüdü.

Nisan ayının ortalarıydı. Havalar oldukça ısınmış, ilkbahar kendini hissettirmeye başlamıştı. Ne Hacı Hafız Ağa'nın konağında, ne de hapishanenin dört duvarı arasında bahar hissedilmiyordu. Oralarda mevsimler hep kış, günler de hep geceydi. Aydınlık olsa bile, içleri kararmış insanların dışarıdaki aydınlığı fark edebilmesi mümkün değildi. Bu köklü,varlıklı, geleceğe güvenle bakan ailenin neredeyse son on beş yılı, hapishane yollarında veya mahkeme salonlarında geçiyordu. Böyle bir hayat tarzı kolaylıkla kabul edilebilir yaşam biçimi değildi. Hapishane de ise, durum çok daha ağırdı. Bu insanların çaresizliklerine çare bulma imkânları da yoktu. Çünkü bir gayret sarf etme, hayat şekillerini değiştirmek için bir şeyler yapabilme, sevdiklerini görebilme şansları da ellerinden alınmıştı. Bir çoğu bu cezayı hak etse de, onları bu duruma düşüren, kendilerince haklı sebepleri vardı. Ya yetişme tarzları veya kişiliklerindeki bir noksanlık, hatta bazen fazlalık, suç işlemelerine sebep oluyordu. Bütün bunlara rağmen, suç suçtu ve cezayı gerektirirdi. Bazıları yıllardır bu şartlarda yaşamak zorundaydılar. Tabii bu durum, bozuk olan kişiliklerini çok daha bozuyor, hepten dengesiz bir insan haline getiriyor. Bazıları karısını, bazıları çocuklarını, bazıları yavuklularını, bunlara sahip olmayanlar da evlerinin önündeki söğüt ağacını veya sokakta ara sıra kendisine kuyruk sallayan köpeğini özlüyordu. Kısacası, hapislik çok zor işti.

Bu iki mekânda bahar hissedilmese de, yaşanmasa da, bütün canlılığı ve güzelliği ile gelmişti. Baharlar açmış, bazı ağaçların yaprakları yeşillenmişti. Çatalpınar'ın suyu çoğalmış, su sesi köyün uzaklarından da duyulur olmuştu.

Mustafa Efendi bu gece sabaha kadar dua etmişti. Hayriye Hanım ve Tevhide de aynı yolu seçmişlerdi. Üçünün de Allah'tan istedikleri tek şey, Rahmi Bey'in beraat etmesiydi.

Mustafa Efendi aile fertleri arasında en iyimser olanıydı. Çünkü dava vekili Şaban Bey'in anlattığına göre, şimdi yeni bir teknik geliştirilmiş, maktulün üzerinden çıkan kurşunun, hangi silahtan çıktığı veya çıkmadığı tespit ediliyormuş, bu işin adına 'balistik tetkiki' deniyormuş. Avrupa'da birkaç yıldır kullanılmasına rağmen, Türkiye'de bu iş yeni başlamış ve sadece Ankara'da, Emniyet Genel Müdürlüğü'nde, yapılıyormuş. İki duruşma evvel Şaban Bey hakimden müvekkilinin silahını balistik tetkikten geçmesini istemiş, hakim de kabul etmişti. Bu duruşmaya bu raporun gelmiş olması gerekiyordu. Böyle olunca da Rahmi için elle tutulur bir kanıt bulunmuş olacaktı. Sadece karşılıklı dinlenilen şahitler, her iki taraf içinde inandırıcı olmaktan uzaktı.

Rahmi Bey de aynı heyecan ve gerginlik içindeydi. Bu celsede mahkemenin karar vermesi bekleniyordu. Beraat etme veya ağır bir ceza alma şansı yarı yarıyaydı. Mahkeme öğlenden evveldi. Görüşme saatine kadar, hapishaneye haber gelmesi mümkün değildi.

Rahmi Bey yirmi dört saattir bir lokma bir şey yememişti. "Belki de bu akşam anamın yaptığı isotlu köfteyi yiyebilir, çocuklarımı kucaklar, Tevhide'nin yaptığı kahveyi içebilirim. Hatta Kel Hüseyin'in yalanlarını bile dinleyebilirim. Yıldırım'ı sevebilirim..." Sonra birden toparlandı. "Fazla ümitlenmeyeyim. Yıllarca bu odada da kalabilirim. Bu insanların içinde, bu iğrenç Memo'nun yüzüne bakarak..." diye düşünürken, gardiyanın sesi sessizliği bozdu:

"Rahmi Bey! Ziyaretçin var. Rahmi Bey bozulmuştu. "Bu davetin 'Rahmi Bey, seni müdür bey bekliyor' diye olması çok daha güzel olurdu," diye düşündü. Demir parmaklıkların dışında Remzi ile beraber, Kel Hüseyin de bekliyordu. Bu, galiba iyiye alametti. Beraat ettiği günler Kel Hüseyin gelirdi. Remzi gülerek,

"Hadi geçmiş olsun. Bu sefer de atlattın. İnşallah bu son olur..." dedi. Rahmi Bey artık bir şey duymuyordu. Bağırması mı gerekti? Koşması mı? Birilerinin boynuna mı sarılmalıydı? Ama Rahmi Bey bunların hiç birini yapmadı. Başını tavana kaldırdı.

"Iraaaaz! Geliyorum!" diye bağırdı. Kel Hüseyin çok şaşırmıştı.

"Remzi bej, Rahmi bej delirdi mi?" Remzi bey gülerek, elini Hüseyin'in omzuna koydu.

"Yok Hüseyin, o Farsça 'Yaşasın geliyorum demek' dedi. Hüseyin cahilliğinden utandı. Uzunca bir "Haa" çekip, "Cahillik işte!" dedi.

Hacı Hafız Ağa konağı düğün bayram yapıyordu. Koçlar kesilmiş, dualar okunmuştu. Selamlık tarafında Mustafa Efendi, köyün bütün erkeklerinin "gözün aydın" dileklerini kabul ediyordu. Bu tahliyeye sevinmeyenler de orada idi. Artık Rahmi Bey köydeydi. Ters gitmeye gelmezdi. Haremlik tarafında da, Hayriye Hanım, Tevhide ve evin gelini olarak yeni yeni kendini kabul ettirmeye çalışan Dilşat, köyün hanımlarını ağırlıyorlardı.

Seko mahallesindeki ahşap çıkması olan evde ise yas vardı. Enver'in annesi Hayriye Hanım ellerini göğe açmış, hem beddua ediyor, hem de bu adaletin adalet değil, adaletsizlik olduğunu, oğlunu Rahmi'nin öldürdüğünden adı gibi emin olduğunu söyleyip, dizlerine vurarak ağlıyordu.

Rahmi hapisten çıktığı ilk gece yatağa uzanıp, karısını kendine çekmek isterken Tevhide Hanım:

"Rahmi bej kusura bakma! Ben şimdiye kadar ne sana akıl verdim, ne bir sual sordum, ne de duyduklarımı, bildiklerimi dile getirdim. Sen hep benim gözümde sevdiğim, inandığım Rahmi bej olarak kaldın ve kalacaksın. Ama artık hapishane yolu gözlemek istemiyorum. Gücüm kalmadı. Oğlanlar büyüdü. Rahmi İzzettin on iki yaşında ve değişik bir çocuk. Arazi ile, işle hiçbir ilgisi yok. Okumayı da sevmiyor. Geçen gün "Ben çalgıcı olacam," demez mi! Ağzım dilim uçukladı. Bu konaktan bir tek çalgıcı çıkmamıştı! Allah korusun, onu da mı görecektik! Demem şu ki bu eve bir bej, bana bir koca, çocuklarıma da bir baba gerek. Ne olur eski işleri karıştırma! Fatma'yı da Niyazi'yi de unut. Bir Niyazi'yi öldürmen sana bu kadar iş açar, değer mi?"

Rahmi Bey şaşırmıştı, karısı hiçbir mevzuda bu kadar güzel ve mantıklı konuşamaz, bu cümleleri bir araya getiremezdi.

"Tevhide, bu sözleri sana kim öğretti?"

"Hiç kimse, belki de çok acı çektim ondan." Biraz durdu. "Eh, biraz Dilşat Hanım öğretti."

Rahmi Bey gülmeye başlamıştı:

"Kabul etmeliyim ki dava vekili Şabaniye akıllı kadın ve ayrıca güzel de konuşuyor!" dedi. Tevhide Hanım gücenmişti,

"Ne yani, ben akılsız mıyım?" Rahmi Bey kuvvetle karısını kendine çekti.

"Bu kadar sohbet yeter. Ben bir buçuk yıldır bir kadın kokusu (ve hemen düzelterek) yani senin kokunu almadım. Haydi gel ve kendini bana bırak!" Rahmi Bey saatlerce sevişti. Bu yatakta iki kadın vardı, âşık olduğu Iraz ve minnet ile karışık bir sevgi duyduğu, çocuklarının annesi Tevhide. Bir buçuk yıldır frenlediği arzuları da bu iki güçlü duygunun üzerine eklenmişti.

Rahmi hapisten çıkalı on-on beş gün olmuştu. Ankara'da ağır ceza reisi olan akrabaları Reşat Köymen'den bir mektup gelmişti. Bu mektup daha evvel babası Mustafa Efendi'nin yazdığı mektuba cevaptı. Mustafa Efendi Rahmi'nin aklanacağını, birkaç defa hapse girse de sonunda beraat ettiğini, Ermeni hekim davasının ise dosyası ile beraber yok olduğunu, çünkü Diyarbakır hapishanesinin arşiv bölümünde çıkan bir yangınla bütün kararların ve dosyaların yok olduğunu, siyasi mahkumların zaten affa uğradığını, Rahmi'nin de siyasi mahkum addedildiğini yazmış, payitahtın Ankara'da ona bir memuriyet bulmasını rica etmişti.

Cevap olarak gelen mektupta Rahmi'nin on beş gün içinde Ankara'da olması yazılıydı.

Rahmi iki gün içinde yola çıkmalıydı. Eğer orada yaşamaya intibak ederse, karısını ve çocuklarını da oraya aldıracaktı.

Rahmi Bey bu işe çok hevesli görünüyordu. Mustafa Efendi de öyle. Aslında Mustafa Efendi, hâlâ bu arazinin Rahmi olmadan zor idare edileceğini düşünüyordu, ama Remzi de elinden geleni yapıyor, bazı meseleleri iyi huyu ve davranışı ile çözümleyebiliyordu. Remzi hiç kimse ile düşman değildi. Olamazdı da!

Rahmi'nin ise Ankara'ya gitme hevesi, çok başka bir sebebe dayanıyordu. Önce Adana'ya uğrayıp, Iraz'ı arayacaktı. Ama nasıl? Onu kendisi de bilmiyordu.

Yorucu bir yolculuktan sonra Adana'ya gelmişti. Bir kamyonun arkasında. Yollar çok kötüydü. Güneydoğunun havası da çok ağır ve sıcaktı. Kamyon şoförü "Bej Adana'ya geldik. Sen nerede ineceksin? Bizim yazıhane iki yüz metre ileride," dedi.

"Ben de orada ineyim şoför efendi," dedi. Nereye gideceğini, ne yapacağını bilmiyordu ki.

Yazıhanenin önünde inince, şoför:

"Bej bir soğuk ayran iç, biraz dinlen öyle gidersin," deyince, Rahmi bu teklifi hemen kabul etti. Yazıhanenin önünde geniş yapraklı, Rahmi Bey'in bu güne kadar görmediği bir ağaç vardı. Onun altındaki gem iskemlesine oturdu. Şoför de karşısına. Şoför,

"Bej, fazla konuşmayı sevmiysin ama, belki yardımım olur. Ne yapmaya geldin Adana'ya? Pamuk tarlalarında çalışmak için erken." Rahmi Bey düşündü: "Birilerine bir şeyler sormam gerek. Aksi halde sokak sokak, ev ev bütün Adana'yı dolaşamam ki!"

"Birini arıyorum. On sene evvel buraya gelin gelmiş, adı Saniye." Şoför gülmeye başladı.

"Koca Adana'da, on sene evvel buraya gelin gelen Saniye'yi mi arayacaksın? Bej, sen akıllı birine benziyorsun ama..."

"Bir yıl evvel de yanlarına anası ile babası geldi. Adları İhsan ile Pembe, yanlarında da bir genç kadın geldi. Çok güzel, yeşil gözlü, adı Iraz." Şoför yine gülmeye başladı:

"Bej, beni güldürme! Hiç değilse, şu, Saniye mi neydi... Onun kocasının ne iş yaptığını bilsen."

Adam birden ciddileşti ve devam etti: "Anlaşıldı bu, bir gönül işi. Sen o yeşil gözlüyü arıysin."

Rahmi cevap vermedi. Bir süre sustu.

"Galiba adam ilk mektep hocası imiş."

Rahmi adamdan ve sokaktaki insanlardan, ne kadar ilk mektep varsa öğrendi. Beş gündür buradaydı. Bazı mekteplerde ilgi gösterip, soru sormasına fırsat veriyorlardı. Bazıları ciddiye almayıp, gülüyordu. Yorgunluktan ayaklarının altı su toplamıştı. Nerede, hangi sokakta olduğunu bilmeden dolaşıyordu. Arada bir kunduralarını çıkarıp çıplak ayaklarını Seyhan nehrinin pek de serin olmayan sularına sokuyor ve her seferinde, Iraz'ın ayaklarını yıkadığı günü hatırlayarak, daha büyük bir istekle aramaya devam ediyordu. Bu, gideceği son mektepti. Üç derslikli küçük bir mektep, şehrin dışında, yeni kurulmuş bir mahallede idi. Tıpkı Kültür mahallesinde olduğu gibi. Öğretmenler derste olduğu için, müdürün odasına girdi. Derdini anlattı. Adam orta yaşlı, iyi giyimli bir beydi. Bu nasılsa gülmemişti. Gözlerini kısarak, Rahmi Bey'in yüzüne dikkatle baktı:

"Siz hiç de aptal veya bilgisiz bir adama benzemiyorsunuz. Aradığınız şeyi hiç düşündünüz mü? Karısı Saniye, kaynanası Pembe, kayınpederi İhsan olan, yanlarında da yeşil gözlü kız olan bir öğretmen. Biz öğretmenlerimizin çok kere eşlerini hiç görmeyiz. Kaynanalarını, kayınpederlerini de. Koca Adana'da bu yolla birini bulacağınızı nasıl düşündünüz?"

Rahmi düştüğü gülünç durumdan utanmıştı. Müdüre, "Haklısınız, zamanınızı aldım. Özür dilerim" diyerek odadan çıktı. Çok yorgun ve üzgündü. Adana'nın sıcaklığı da dayanılır gibi değildi. Her şeyin üstünde, Iraz'ı bu yolla bulmaktan ümidini kesmişti. Okulun bahçesinde birkaç çiçeği sulayan adama yaklaştı.

"Ankara'ya nasıl ve nereden gidebilirim?" diye sordu.

Adam kendisine bir şey sorulmasından memnun, uzun uzun, eli ile, kolu ile tarif etti.

Rahmi Bey önce postanenin yerini öğrenmişti. Tarif üzere yol alırken, önünde giden bir genç erkek, bir genç kadın gördü. Kadına dikkatle bakınca, bu kadının Iraz olduğuna karar verdi. Gerçi arkasından görüyordu. Kadının başı açıktı. Uzun, dalgalı, gece gibi siyah saçları omzuna kadar dökülmüştü. Boyu, yürüyüşü, kalçalarının kıvrımı aynı idi. Senelerce sadece uzaktan bakıp, incelediği ve iç geçirdiği, Iraz'ı ve o şahane vücudunu tanıyamaz olması imkânsızdı. Koşmaya başladı ve hemen onları yakalayıp, kadının omzuna dokundu,

"Iraz! Iraz!" diye sesledi. Kadın yüzünü dönmüştü. İri burunlu, esmer, çatık kaşlı bir genç kadındı. Rahmi Bey şaşkın şakın bakarken, yüzüne çok güçlü bir yumruk indi. Rahmi Bey dengesini kaybedip, bir kaç adım attı ve kaldırım taşlarının üzerine düştü. Adam bağırıyordu.

"Ne günlere kaldık yahu! Kocasının yanında bile kadınlara asılan sütsüzler var."

Rahmi Bey yerden kalktı. Adamın yanına doğru yaklaştı. Adam yine elini kaldırmaya yeltenmişti. Rahmi Bey bileğinden yakalayıp, kolunu kuvvetlice tuttu.

"Özür dilerim arkadaş, ben sadece bir yakınıma benzettim." Adam hala öfkeliydi.

"Senin gibi serserilerin en meşhur mazeretidir. Birine benzetmek numarası..." Rahmi Bey:

"Kardeşim, cidden doğru söylüyorum." Adam hâlâ söyleniyordu. Rahmi Bey de sinirlenmişti.

İçinden "O kadını sen bile hediye etsen istemem!" diye bağırmak geldi. Sonra pişman oldu. Zavallı kadının suçu yoktu.

"Eh, sen bilirsin, inanırsan inan, inanmazsan da inanma!" diyerek yürüdü. Adamın attığı yumruk çene kemiğini acıtmıştı. Çenesini ovuşturdu. Fazla da önemli değildi. Kalbinde hissettiği acı yanında, bu hiçbir şey sayılmazdı.

Ankara tren garına ineli on-on beş dakikayı geçmişti. Valizi elinde, öylece dikilmiş duruyordu. Yolcuların hepsi bir şeylere binip gitmişlerdi. Ne de çok otomobil vardı. Elaziz'de sayıları ancak dört-beş tane olan otomobillerden burada beş - on dakika içinde belki on tane görmüştü. Rahmi Bey sıkılmaya başlamıştı. Bekletilmeye, hele hele önemsenmemeye hiç dayanamazdı. Tam gişelere dönüp, Elâziz için bilet almaya karar vermişken siyah, güzel bir araba hemen önünde durdu. İçinden resmi elbise giyinmiş bir şoför indi.

"Beyefendi, Rahmi Bey siz misiniz?"

"Evet benim." Şoför hemen arka kapıyı açtı.

"Buyurun efendim," dedi. Rahmi Bey'in elindeki valizi de almış, arabanın arkasına yerleştirmişti.

Caddeler geniş ve bakımlıydı. Ağaçlar ve çiçekler dikilmişti. Şoför:

"Buraya Kızılay derler bey, şehrin yeni parlayan, gözde semti," dedi. Büyük mağazalar olan, iyi giyimli insanların dolaştığı bir yerdi. Çok da kalabalıktı. Şoför sağ taraftaki caddeye girdi.

"Burası da Necati Bey Caddesi," dedi.

Bir-iki kilometre daha gittiler. Üstünden de yol olan bir köprünün altından geçip sol tarafta, biraz yüksekte olan, geniş bahçe içinde, iki katlı bir evin önünde durdular. Şoför,

"Beyefendi işinde tabii. Sizi hanımefendi ağırlayacak," diyerek kapıyı açan hizmetçiye valizi uzatıp, kendisi acele ile uzaklaştı.

Altıncı Bölüm

Rahmi Bey on altı gündür Ankara'daydı. Geldiğinin ertesi günü, Fikri Bey'in bulduğu işe başlamıştı. Memuriyet ona göre bir iş değildi. Her şefin, her müdürün karşısında ceket iliklemek, kravat takmak, istediği zaman, istediği yerde sigara içememek, belli saatlerde kalkıp, belli saatlere kadar bir odada, bir masanın başında oturmak, Rahmi'nin kabulleneceği bir hayat tarzı asla olamazdı. İçten içe kızdığı bir şey daha vardı. O köyünde Perçenç'li Rahmi Bey'di. Köyündeki insanlar, kendisine, sevsinler veya sevmesinler bir saygı göstermek zorundaydılar ve gösteriyorlardı. Ama burada evrak memurundan bir kademe üstün, sıradan bir memurdu. Kendisini sayanlardan çok, onun sayması gereken insanlarla bir aradaydı.

Evini özlemişti, çocuklarını özlemişti, karısının her sabah sağdığı taze sütü özlemişti, Çatalpınar'ın sesini, köpeğini, köyünü sokağını özlemişti. Yıldırım'ın kişnemesini, Ali'nin ağlamasını, her şeyden çok da Iraz'ı özlemişti.

Odada altı kişi çalışıyorlardı. İki tane de hanım memur vardı. Birisi genç ve güzelceydi. Öteki orta yaşlı, kumral, aklı başında bir hanımıydı. Ama genç olanı için bunları söylemek pek yerinde olmazdı. Hem dış görünüşü, hem de davranış biçimi ile, Rahmi Bey'in alışkın olmadığı ve asla beğenmediği bir kadın tipiydi. Rahmi Bey'e de göz süzüp, duruyor. Sık sık bahaneler uydurup, Rahmi Bey'in tahta masasının yanına geliyordu. İki gündür işi daha da azıtmıştı. Masanın yanına gelip, iyice sokuluyor, ya göğüslerini ya da bacağını Rahmi Bey'e değdiriyordu. Rahmi Bey'e göre bu tip kadınlar, ancak belli yerlerde olur, para karşılığı erkekleri memnun etmeye çalışırlardı. Bu tiplerin bir devlet dairesinde, devletin memuru olarak çalışmasına izin verilmemeliydi. Ama kavun değildi ki, koklayarak alsınlar. Bir-iki görüşme veya basit bir imtihanla, insanların ahlak ve kişiliklerinin kalitesini anlamak mümkün değildi. Onun memleketinde kadınlar, durumları ne olursa olsun ilk hareketi erkeklerden beklerlerdi. Tabii bu işi meslek edinmişlerin dışında olanlar...

Rahmi Bey, her gün çalıştığı yerin önünde simit satan kıvırcık saçlı çocuktan bir simit aldı. Ulus'taki Atatürk heykelinin yanına kadar gitti. Heykeli inceliyordu. Baktı, baktı... İçinden "Bir de canlı olarak kendisini görseydim keşke!" diye söylendi. Sonra elindeki simite baktı. Esmer ve sert bir simitti. Sırf çocuğa acıdığı için her gün bir simit alıyordu. Herkesin içinde simit yemeye de utanıyordu. Tıpkı Adana'nın simitlerine benziyordu. "Keşke her iki memleketten de birer simit ustası gelse, Elâzığ'da simitin ve nohut ekmeğinin nasıl yapıldığını öğrense..." diye düşündü. Lezzeti de güzel değildi. Sonra elindeki simide bakan dört-beş yaşlarındaki bir çocuğa uzattı. Çocuk acele ile simidi kapıp, iştahla yemeye başladı.

"Rahmi Bey, sen bu durumlara düşecek adam mıydın?" diye söylendi. "Şimdi anamın yaptığı nefis bir yemek olacaktı. Yanında buz gibi ayran, karşımda da karım." Orada biraz durdu. "Hayır hayır, Iraz olacaktı. Sinekleri kovacaktı." Yine duraladı. "Olmaz! Eğer bir daha Iraz'ı görmek nasip olursa, ben onun sineklerini kovacağım." Sonra yine durdu."Atma Rahmi! Yapamayacağın şeyleri söyleme!" Sonra gülmeye başladı. Bu ağlamak ile gülmek arasında bir şeydi galiba "Çok saçmalamaya başladım. Deliriyor muyum ne?" diyerek, Büyük Millet Meclisi'nin önüne doğru yürüdü. Bahçe kapısında bir görevli, karşısında da üç tane temiz giyimli adam duruyordu. Onların arkasında durdu. Görevli,

"Peki hadi geçin! Çiçeklere falan dokunmayın!" dedi. Adamlar hemen içeriye girdiler, Rahmi de arkalarından. Görevli onu da, o kafileden zannetmişti. Hiçbir şey demedi.

Meclisin bahçesi çok güzeldi. Rahmi önce sinirlendi. "Bu kadar emeği buraya vereceklerine, benim memleketime bir çok şey yapabilirlerdi," diye düşündü. Sonra "Haksızlık ediyorum. Bu millet için neler yapmış bir kahramana ve onun dava arkadaşlarına bir bahçeyi çok görmemeliyim," dedi ve yürüdü. Sağ taraftaki bankta genç bir çift oturmuş, birbirlerine sokulmuş fısıldaşıyordu. Kıza dikkatli bakınca, heyecanlandı. Yakınlarına kızın yüzünü iyice görebileceği bir yere kadar geldi. Yine yanılmıştı. "Her gördüğüm siyah saçlı güzeli Iraz zannediyorum, benim halim ne olacak ya rabbim!" diye düşündü ve acele ile Meclis'in bahçesinden çıktı. Öğlen paydosu bitmişti. Yine aynı tahta masa, aynı insanlar ve aynı iş. İyice bunalmaya başlamıştı. Masasına henüz oturmuştu ki, Zeliha yine yanına yaklaştı.

"Rahmi Bey, siz öğlenleri nerede yiyorsunuz? Biraz ilerde havuzlu, yeni bir yer lokanta açıldı. Yemekleri hem çok güzel, hem de uygun. Hele Ankara tavası!" Sonra sesini kıstı:

"Akşam çıkışta, sizi Meclisin sağındaki dar sokakta bekleyeceğim." Rahmi Bey'in cevap vermesine zaman bırakmadan, masasına döndü.

Rahmi Bey, o gün öğlenden sonra hiç kalem oynatmadı. Zeliha'nın teklifini düşünüyordu. Hiç de beğendiği bir kadın tipi değildi. Ama günlerdir elini bir kadına sürmemişti. İçindeki kadın isteği, dayanılmaz bir safhaya gelmişti. Bu konuyu nasıl ve nerede halledebileceğini de bilemiyordu. Mesainin bitmesine çok az bir zaman vardı, Rahmi hâlâ bir karara varamamıştı.

Önündeki evrakları çekmecesine koydu. Ceketini aldı. Ankara'nın sıcağı da dayanılır gibi değildi. Terlemeye başlamıştı. Bu biraz da içindeki savaştan kaynaklanıyordu.

Kendini birden bire dar sokakta buldu. Zeliha gülerek Rahmi'ye yaklaşıyordu:

"Merhaba yakışıklı. Hemen bir taksiye atlayalım mı?"

Rahmi "Olur," dedi.

Kadın cilveli bir şekilde bir taksi çağırdı. Rahmi Bey şoförün yanına oturmaya niyetlenmişti ama Zeliha kolunu sıkarak,

"Arkaya gel hayatım!" dedi.

Rahmi Zeliha'nın yanına oturdu. Zeliha her dakika biraz daha Rahmi'nin yanına sokuluyordu. Şoför bir müddet sonra sordu.

"Abla, iç Cebeci'ye" değil mi?

"Evet, evet."

Nihayet, Zeliha'nın pek de küçük olmayan kalçalarının bir kısmı, Rahmi Bey'in kucağındaydı.

Dar, inişli yoluşlu sokaklardan geçip, eski üç katlı bir evin önünde durdular. Rahmi Bey taksinin parasını ödedi. Eski tahta merdivenlerden, Zeliha önde, Rahmi Bey arkada, gıcırtı sesleri arasında ikinci kata çıktılar. Daha kapıdan içeriye girer girmez, Zeliha,

"Biliyor musun Rahmi? Seni gördüğüm ilk günden beri, seninle yatağa girme hayali kuruyordum," deyiverdi. Rahmi Bey şaşırmıştı. Anasının dışında hiçbir kadın ona "Rahmi" diye hitap etmemişti ve hiç bu kadar pervasız bir kadın görmemişti.

Bazen midesi bulanarak, bazen kollarındaki kadının kim olduğunu unutmaya çalışarak Zeliha ile sevişti. Onu karısı veya Iraz olarak tahayyül etmeye çalışmadı. Sevdiği iki kadına da hakaret etmiş olacağını, onları basitleştireceğini düşündü. İşi bitince yataktan hemen fırlamıştı. Zeliha,

"Yarın yine buluşuruz, değil mi Rahmi?" diye sordu. Rahmi kesin bir tavırla:

"Hayır," dedi. Zeliha bozulmuştu:

"Neden, ben seni beğendim de, sen mi beni beğenmiyorsun?"

"Öyle bir şey demedim."

"Ama tavırların onu gösteriyor."

"Bak, ne sen bana göresin, ne de ben sana göreyim." Zeliha gittikçe sinirlenip, kırıcı bir tavır almaya başlamıştı.

"Haklısın, sen ter kokan karınla sevişmeye alışmışsın Rahmi Bey!" Zeliha'nın yüzüne bir tokat indirdi.

"Karımı ağzına alma! Ben kaliteli ve kadın gibi kadınlarla sevişmeye alışkınım. Ar damarı patlamışlarla değil. O yüzden seni belki de memnun edemedim. Yataktan çıkmak için sabırsızlanıyordum!" diyerek kapıya doğru yürüdü. Zeliha koşarak, önüne geçti:

"Eee, burası Dingo'nun ahırı değil, öde bakalım." Elini açarak uzatmıştı.

Rahmi Bey elini cebine attı. Fazla da parası kalmamıştı. Cebinden bir kağıt para çekip, fırlattı. Zeliha arkasından bağırıyordu:

"Seni o masada oturtmam köy ağası! Başının çaresine bak!"

Rahmi kendini, Anafartalar Caddesi'ne inen dar bir sokağın içindeki evine zor attı. Hemen banyo diye kullandığı izbe yerde soğuk su ile bir banyo yaptı. Doğru, Necati Bey

Caddesine, Fikri Bey'in evine gitti. Kapıyı her zamanki gibi hizmetçi açmıştı,

"Buyurun Rahmi Bey," diyerek kenara çekildi.

Fikri Bey ve eşi oturma odasında oturuyorlardı. Karı koca Türk müziği hayranı idi. Dede Efendi, Lemi Atlı, Şevki Bey gibi bir çok bestekârın bütün eserleri mevcuttu. Evlerinde çok güzel bir gramofon ve birçok da taş plak vardı. Bu iki insan birbirlerine çok uygun, görgülü ve kültürlü kişilerdi. Çevrelerinde huzur ve kalite vardı. Karşılıklı oturmuş, kahvelerini içerken, Şevki Bey'in eşsiz eseri "Dil yâresini andıracak yâre bulunmaz" şarkısını dinliyorlardı.

Rahmi Bey söze nasıl başlayacağını bilemiyor, çok sıkılıyordu. Sonunda Fikri Bey sordu:

"Rahmi senin bir sıkıntın var galiba? Bana bir şey mi söylemek istiyorsun?"

"Evet, ama utanıyorum. Size çok zahmet verdik. Ben başaramadım, memleketimden uzakta, köyümden uzakta bir hayat kuramayacağım. Kendimi kökleri bir yerde, dalları başka bir yerde olan bir ağaç gibi hissediyorum. Biraz sonra kuruyacağımı hissediyorum." Biraz duraladı.

"Hem biliyor musunuz Fikri Dayı, ben orada bir şeydim. Burada ise hiçbir şeyim, bu da çok ağırıma gidiyor. Tevhide'yi, çocuklarımı getirsem, onlar da aynı şeyleri hissedeceklerdir. Yaşlı anam, babam, kardeşlerim, ben kızsam da kavga etsem de onlarla bir bütünüm..." Fikri Bey ve eşi çok dikkatle dinliyordu. Gramofondaki plak bitmişti. Hanım kalkıp, yeni bir plak koydu. "Yâd ile geçti zamanım, ağla gönül, yan gönül," Rahmi şarkıya takılmıştı.

"Bu şarkılar kimin eseri Fikri Dayı?"

"Büyük üstad Şevki Bey'in, hoşlandığına sevindim. Yüksek bir zevkin olduğunu gösteriyor."

Sonra devam etti: "Gelelim deminki konuşmana, hissiyatını ne güzel ifade ettin. Yıllardır dışarılarda okudum, buralarda çalıştım ve çalışıyorum. Ne yazık ki ben de kendimi hâlâ boşlukta hissedebiliyorum. Zaten sana bir masa bir sandalye çok dar gelir. Sen uçsuz bucaksız mekânların adamısın, amma..." dedi ve Rahmi'nin yüzüne dikkatle bakmaya başladı, "Bir insan bir kere, iki kere, haydi diyelim ki üç kere yanlış yere suçlanır, ama bundan sonrası kimseye inandırıcı olmayacaktır. Başını beladan uzak tut."

"Fikri Dayı, inan ki ben başımı beladan uzak tutmak için elimden geleni yapıyorum ama bela beni çok sevdi, bir türlü yanımdan ayrılmıyor. İnanın biraz kalsam burada da karşıma çıkacaktır. Mekânların fazla rolü yok. Bela isterse insanı her yerde bulabiliyor, çeşidi değişik oluyor o kadar!" Bunu söylerken bu gün yaşadıklarını düşünmüştü. Fikri Bey de eşi de Rahmi'nin burada da hoş olmayan bir şey ile karşılaştıklarını anlamışlardı.

"Beni affetmenizi, memleketime dönmem için izin vermenizi rica edeceğim. Size söz veriyorum, çok daha dikkatli olacağım."

Fikri Bey:

"Peki Rahmi, yarın şoföre biletini aldırtırım," dedi.

Rahmi Bey müsaade isteyerek kalktı. Kendini daha mutlu, daha dinç hissediyordu. Necati Bey Caddesi'nden Kızılay'a, oradan da Sıhhiye'ye yürüdü. Sokaklar hâlâ insanlarla doluydu. Otobüsler sık sık gelip, gidiyordu. "Buranın insanları gündüz değil, gece yaşıyor galiba" diye düşündü. Ankara güzel bir güz mevsimi yaşıyordu. Bu gün ilk defa Ankara'da güz mevsiminin bu kadar güzel olduğunu fark etti. Sarı ve kırmızı gazeller, kaldırımlara dökülmüştü. Tuhaf bir duygu yaratıyordu. Güzellikle hüznün, aşkla ihanetin, vuslat* ile hasretin karışımı gibi. Rahmi Hukuk Fakültesi'nin karşısındaki parkta oturdu. Çevresine baktı baktı. Mevsimler dünyanın, güneş etrafında dönmesinden oluşmuyordu. Gerçek mevsimleri, insanlar kendi içinde yaşıyorlardı. Biraz durdu. "Galiba cennet, cehennemi de bu dünyada yaşıyoruz veya en azından provasını yapıyoruz. Bu da kendi içimizde oluyor," diye düşündü. Sonra ıslık çalmaya başladı. "Gözlerin bir içim su, seni sevdim doğrusu." Rahmi köyüne gitme kararı aldıktan sonra, karakıştan çıkmıştı.

Ertesi günü çalıştığı daireye uğradı. Elindeki dilekçeyi müdüre verdi.

"Sizleri tanıdığım için mutluyum, ama ailevi sebeplerden dolayı memleketime dönmem gerekiyor efendim," diyerek ayrıldı.

Rahmi'yi elinde valizi ile konak kapısının önünde ilk gören, oğlu İzzettin oldu. Elindeki çelik çomağı fırlatarak, " Babam geldi! Babam geldi!" diye bağırmaya başladı. Mustafa Efendi hariç herkes toplanmıştı ve hemen herkes ağlıyordu.

Rahmi gülerek,

"Şu valizimi al Hafife! Bu nedir yahu? Giderken ağlıyorsunuz, gelirken ağlıyorsunuz. Ben şehir ile Perçenç arasında bir yer bulup, orada oturayım bari!" Hayriye Hanım, gözlerini koluna sildi:

"Rahmi oğlum, sevinçten, sevinçten!" dedi.

---

* *vuslat: kavuşma

Rahmi'nin Perçenç'e döndüğünün haftası ancak olmuştu. Dükkan önünde hayvan kesilip, kesilmediğine bakmaya giden Rahmi, Bakkal Kâzım'ın önünde bir sürü adamın toplanmış, fısıltı halinde bir şeyler konuştuğunu gördü. Yanlarına yaklaştı,

"Ne var? Yine ne oluyor?" diye sordu. Ekşi Memet,

"Duymadın mı Rahmi Bey? Esat'ın oğlu Halil şehit edilmiş." Rahmi çok üzülmüştü. Halil'i severdi. Çok mert ve dürüst bir çocuktu. Kendisini dağlardan o kurtarmıştı. Nasıl unutabilirdi?

"Nee? nasıl?" diye bağırdı.

"Palu tarafında yine küçük çapta bir Kürt ayaklanması olmuş, Paşa da Halil'in emrine bir müfreze asker vererek, isyanı bastırmaya göndermiş ve çatışma esnasında şehit edilmiş," dedi. İbrahim Ağa'nın büyük oğlu İshak:

"Memet Emmi, Rahmetli Halil'in babasının çok heyecanlı bir hikâyesi varmış, değil mi?" Mehmet,

"Evet," dedi ve devam etti: "Halil'in babası Esat, bin dokuz yüzlü yılların başında, on-on bir arkadaşı ile beraber Amerika'ya çalışmaya gitmişler. Epeyce bir kalıp, oldukça da yüklü para biriktirmişler, tam dönmeye karar vermişler ama bir Ermeni, bunları soymuş. Ermeni'den paraları geri almak için, aralarında kura çekmişler, bu da Kayagil'in Esat'a çıkmış, Esat parayı almış almasına ama kendisini vurmak isteyen Ermeni'yi de öldürmek zorunda kalmış. Arkadaşlarına paraları vermiş, kendisi de Boston cezaevine gönderilmiş. Arkadaşları köye dönmüşler. Ne yazık ki, içlerinde, Kaya'nın oğlu Esat yokmuş. Kaya dede bunu hazmedememiş, iki urup arazi ile iki urup suyunu satmış, altınları beline bağlamış, Yanına kardeşi Ahmet'i ve kardeşi

Mehmet'i de alıp, Çukurova'yı bin bir güçlükle geçenek, Amerika'ya küçük baş hayvan taşıyan bir gemi ile yola çıkmış. Lazkiye limanına varmış. Biliyorsunuz o devirde Perçenç'ten Amerika'ya giden çok fazlaydı. Perçenç'li bir avukatla da irtibat sağlanmış. Ama yine de Esat'ı gizlice hapishaneden kaçırmak zorunda kalmışlar. Dönüşü de çok zahmetli geçmiş ve Esat'ı getirmek uğruna yollarda hem Ahmet'i hem de Mehmet'i kaybetmiş. Esat evine, karısına ve çocuklarına kavuşmuş. İşte Halil bu olaydan sonra dünyaya geldi. Bilirsiniz 'Kaya Baba bir kardeş, bir de evlat feda edip, bir torun kazandı' derler. Ve yine anlatılanlara göre, belinde hâlâ altınların izi varmış. Zavallı şimdi o torunu da kaybetti." İshak:

"Şimdi öyle babalar var mı, hiç zannetmem." dedi. Ekşi Memet:

"Sen kendi babana göre fikir yürütüyorsan, o zaman haklısın."

Rahmi bunların hiçbirini dinlemiyordu. Esatgiller'e doğru yürüdü. Ama ne demesi, ne yapması gerek pek bilemiyordu. Aslında Rahmi Bey'i de teselli edecek birisi gerekti.

1937 yılında unutulmayan bir olay daha yaşamıştı. Atatürk Elâziz'i ziyaret edecekti. Rahmi Ankara'da bulunduğu süre içinde, Atatürk'ü görmeyi çok arzu etmiş, ne yazık ki başaramamıştı. Bu fırsatı kaçırmamalı idi. Halkevinde balo olacağı gece halkın arasına karışarak beklemişti. Hem belki Iraz da heveslenir, Atatürk'ü görmeye gelirdi. O kız böyle şeylere çok meraklı idi. Tam o sırada arabadan Hürrem Müftigil ile Küçük Hanım'ın indiğini, halkevine girdiğini gördü. Bir türlü bir anlam vermemişti. Küçük Hanım ne kadar da güzeldi ya rabbim! Peki burada ne işi vardı? "Neyse bunu Hürrem'den öğrenirim," diye düşünürken, kalabalıkta müthiş bir dalgalanma oldu. Çocuklar bağrışmaya askerler koşuşmaya başladı. Atatürk'ü uzaktan da olsa görmüştü. Anlatılanların eksiği vardı fazlası yoku. Böyle bir şahsiyeti görmek bir şerefti. Ama onun yanındaki paşanın yerinde olamamak ise, içinde bir ömür sızlayan bir yara olarak kalacaktı. Omuzları düşmüştü, dalgın atına binip, köyünün yolunu tuttu.

Yedinci Bölüm

yedi yıl sonra

Rahmi bu süre içinde ne karakola ne de mahkemeye gitti. Gerçekten beladan uzak durmaya çalışmış ve başarmıştı da. Çatıştığı, savaş halinde olduğu iki insan vardı: Remzi ile karısı. Galiba köylü de onunla uğraşmaktan vazgeçmişti. Zira onlar da Rahmi bey ile başa çıkamayacaklarını kabullenmek zorunda kalmışlardı.

Mustafa Efendi ve Hayriye Hanım hâlâ yaşıyorlardı. Remzi büyük kavgalar sonucu köyü terk etmiş, Elâziz'e yerleşmişti. Semahat'tan başka bir kızı bir oğlu daha olmuştu. İkinci kız Naşide şimdi altı yaşındaydı. Hıfzı da dört buçuk… Kız çok akıllı ve usluydu. Oğlan ise çok yaramaz ve güzel. Semahat on altı yaşına girmişti. Hanım, becerikli ve çok güzel bir kızdı. Naşide bu sene Rahmi Bey'in izin vermesi ve nüfus kağıdını bizzat çıkarttırması sonunda ilk mektebe kaydolabilmişti. Bunda Niyazi Bey'in kız kardeşi Bedriye Hanım ve muallim kocasının da çok rolü vardı. Zekeriya Bey, küçük kızın mektebe başlaması için Dilşat Hanım'ı ve Remzi Bey'i ikna etmek için bayağı uğraşmıştı. Rahmi Bey bu gibi kararlar için en son merci idi. Onun da izin vermesi ile, Naşide bu sülâlede okuyan tek kız unvanını da almış oldu. Remzi Beyler bu sene köye dönmüşler, Mustafa Efendi'nin konağının haremlik bölümünü Rahmi'ye, selamlık bölümünü de Remzi'ye vermesi üzerine, kendi tapulu malları olan konağın bu bölümüne yerleşmişlerdi. Remzi Bey Fatma ile uzun yıllar evvel barışmıştı. Niyazi Bey'in işlerinde çalışıyordu. Çilingirlik işini bırakan Niyazi Bey müteahhitliğe başlamış, başarılı da olmuştu. Şimdi hava alanı büyütülüyor ve tamir ediliyordu. Remzi Bey'in bu işin üzerinde durmasını istediğinden, onlar da köye taşınmak zorunda kalmışlardı. Köy ile havaalanının arası sadece bir buçuk - iki kilometreydi.

Rahmi Bey Naşide'nin sadece nüfus kağıdını çıkartmamış, önlük, defter, kalem de almıştı. Bu küçük kızı seviyordu. Çok zeki ve cesurdu. Sık sık çevresine "Bu kız keşke erkek olsaydı, tüm sülaleye kol kanat gererdi. Ben de gözü açık gitmezdim. Oğlanlarda pek iş yok!" deyip duruyordu. Dilşat Hanım da her seferinde "Aman aman, Allah yerinde kalsın, kendisi gibi kol kanat gerecekse hiç germesin" diye söyleniyordu.

Rahmi Bey'in büyük oğlu, babasının bütün muhalefetine rağmen astsubay okuluna gitmişti. Şimdi havacı astsubay olarak Karadeniz sahilinde, Merzifon diye bir yerde, askeri bir havaalanında görevliydi. Bundan iki ay evvel, Rahmi Bey Semahat'ı İzzettin'e istemiş, ama Dilşat Hanım'ın, şiddetli muhalefeti ile karşılaşmıştı. "Onlar kardeşler, aynı kadının sütünü emdiler" diye bir yalan uydurmuş, İzzettin'e süt veren kadına da bir yazma oyalayarak, tasdik ettirmişti.

Ali iyi bir çocuktu. Az konuşan, terbiyeli ve dürüst. Ailesine ve akrabalarına düşkün, ama kendini gösterdiği hiçbir konu yoktu. Her şeyde vasatı geçemiyordu. Geçmek de istemiyordu. Böyle bir ideali yoktu. Yani Rahmi Bey, iki oğlundan da pek tatmin olmuş sayılmazdı. Ona göre insanlar alelâde olmamalıydı. O zaman ne o kişi, ne de o tip insanların meydana getirdiği toplumlar bir adım öteye gidemezlerdi. Çünkü alelâde, yani vasat, herkes gibi, bir özelliği olmayan kişiler, bir şey yapıp ortaya çıkaramazlardı. Hayal güçleri, zekâları kısıtlıydı. Mütevekkil ve bulduğuyla yetinen insanlardı. İşte Rahmi Bey'e göre küçük kız da alelâde değildi. Onda kıvılcım görüyordu. Yine babası ile bu konuda yaptıkları bir sohbet sırasında, Mustafa Efendi,

"Sen alelâde olmadın da, ne oldun?" diye bir soru sormuş. Rahmi Bey sesini alçaltarak,

"Eğer bıraksaydın, şimdi Atatürk'ün mesai arkadaşlarından biri olabilirdim. Bak Celâl'e..." dedi. Mustafa Efendi hiç cevap vermedi. Zaten bu konuda kendini suçlu hissediyordu. Rahmi'nin bazı isteklerini de bu suçluluk duygusu altında, kabullenmek zorunda kalıyordu. Ve Mustafa Efendi ömrünün sonuna kadar bu sözü unutmadı: "Eğer bıraksaydın, Mustafa Kemâl'in mesai arkadaşlarından biri olabilirdim."

Rahmi bu on yıl boyunca Iraz'ı aradı. Elâziz'in sokaklarını dolaşıyor. Her gün gelişen şehrin hemen her köşesinde "Belki dönmüştür. Belki şu evdedir. Belki de evlenmiştir..." diyerek, adım adım dolaşıyor. Bazen kendini hiç görmediği ücra bir köşede buluyordu.

Günde bir-iki kişiyi ona benzetiyor. Heyecanı ve üzüntüyü aynı anda yaşıyordu. Ona olan aşkı, tutkusu her geçen gün büyümüştü. Zaman en iyi ilaç değildi. Belki sathi yaralar için olabilirdi. Ama insanın kanına, yüreğinin, beyninin içine işlemiş yaralara ne zaman, ne de hiçbir şey merhem olamıyordu. Bütün bunların üzerine bir de suçluluk duyuyordu. Mirzo'ya verdiği sözü yerine getirememişti.

Küçük Naşide, yani Naşo da amcasını tuhaf bir şekilde seviyordu. Annesinin ve teyzelerinin devamlı Rahmi Bey aleyhinde konuşmaları onu etkilemiyor. Amcasına beddua ettikleri zaman da, o da içinden "Allah'ım sen bunların sözüne uyma!" diye yalvarıyordu.

Küçük kızın son günlerde artan bir korkusu vardı. Amcası ağalık bağının üst kapısından girince, sol tarafa bir ceviz ağacı dikmişti. Çocuk kimden, ne zaman duymuşsa "Ceviz ağacının gövdesi, onu diken kişinin boynunun kalınlığında olursa, o kişi ölürmüş," diye bir şey duymuş ve çok etkilenmişti. Belki de Rahmi Bey'e yapılan beddualaların da bu etki de rolü vardı. Elinden gelse o ağacı kökünden çıkaracaktı. Her bağa girişinde ağacı inceliyor, sonra da amcasının boynuna bakıyordu.

Naşo mektebe ilk başladığı gün "aferinler" almaya da başlamıştı. Herkesten önce okumuştu. Çok güzel manzume okuyordu. Ders çalışma işini, bütün bakımını, güzel ablası yüklenmişti. Onun yetişemediği yerlerde, dedesini ve amcasını devreye sokuyor, istediği şeyi muhakkak öğreniyordu. Amcası nereden, nasıl buluyordu bilinmiyordu, ama hep elinde gazete olur; günlük olayları, siyaseti ve dünyayı takip ederdi. Rahmi Bey yine ayvanın önünde, eğri pişot ağacının altında oturmuş elindeki gazeteden bazı bölümleri Mustafa Efendi'ye okuyordu.

Mustafa Efendi,

"Bugünkü başmakale de ne var Rahmi?" dedi. Rahmi Bey cevap vermeden, Naşo atıldı:

"Başmakale nedir amca?"

"Her gazetenin birkaç muharriri vardır...."

"Muharrir ne amca?" Mustafa Efendi kızdı.

"Naşo, rahat bırak! Yine ahiret suallerine başlama!" Rahmi Bey:

"Bu gazeteden önemli şeyleri babama okuyayım. Sonra sana hepsini anlatacağım" dedi.

Rahmi Bey söz verince yapardı. On-on beş dakika sonra Naşo'yu karşısına alıp 'gazete nedir, muharrir nedir, gazetede bir yazının devamı nasıl bulunur, devletler neden kavga eder' gibi konuları anlattı.

Rahmi Bey büyük bir sabırla ve de kızın anlayabileceği şekilde anlatıyordu. Böylece Naşo yazma konusundaki ilk derslerini de almış oldu. Sonra amcasına döndü. Bu konuşmalardan cesaret alan küçük kız,

"Amca ne olur boynunun kalınlığını ölçebilir miyim?" dedi. Rahmi Bey çok şaşırmıştı.

"O neden?" diye sordu. Naşo korkarak, ceviz ağacı hikâyesini anlattı. Rahmi Bey güldü.

"Peki Naşo, ölmemi mi, ölmememi mi istiyorsun?" Küçük kızın gözleri dolmuştu.

"Amca, o ağacı çıkar. Ölmemeni istiyorum." Rahmi Bey yine güldü.

"Sen akıllı bir kızsın. Öyle batıl itikatlara inanma!"

"Batıl itikat ne amca?" Mustafa Efendi bunalmıştı.

"Off Naşo, yeter artık, bırak da oğlumla biraz sohbet edeyim!" dedi. Yaşlı adam da haklıydı. Ona zaman ayıran pek az insan vardı. Ayıranların sohbetleri de bu kültürlü köy ağasını tatmin etmekten uzaktı. Rahmi'nin sohbetinden de çok hoşlanırdı. Ama eğer Naşo oradaysa bu sohbet, sohbetlikten çıkıyordu. Mustafa Efendi içinden "İyi ki bu kız devamlı bu evde değil..." diye geçirdi. Aslında kendisi bile o küçük kızı karşısına alır, uzun uzun konuşurdu. Ona ilk tahrir ödevini de kendisi yazdırmıştı ve bundan büyük bir haz duymuştu. Zaman zaman evdekileri de şikâyet ederdi. Karısının çok inatçı olduğundan, kolay kolay bir şeyi anlayamadığından, mesela kendisinin sağır değil, kör olduğunu, bağırarak konuşmaması gerektiğini, ama karısına bunu hâlâ öğretemediğini söyler dururdu.

Rahmi Bey son zamanlarda din konusuna el atmış, bu konuda çeşitli kitaplar okumaya başlamıştı. Din alimlerini inceliyor, bulabildiği eserleri okumaya, anlamaya çalışıyordu. Camiye de sık sık gider olmuştu. Zaman zaman bir dini liderin, müridi olmayı düşünüyor ama sonra, Allah'ın 'ben aracı kabul etmem" dediğini, Müslümanlıkta bu gibi şeylere yer olmadığını hatırlıyor ve vazgeçiyordu.

Ama her insanın bir ideali, bir gayesi olmalıydı. İdealleri ve gayesi olmayan insan kendini boşlukta hisseder ve yaşama sevincini, yaşama isteğini kaybederdi. İşte Rahmi Bey de kendini boşlukta, amaçsız, hatta lüzumsuz bir insan olarak hissetmeye başlamıştı.

Mart ayıydı, henüz kendisinin yapması gereken işler fazla yoğun değildi. Zaten son senelerde fazla çalışmıyordu da. Çalıştırmayı tercih ediyordu. Gönlü yorgundu, isteksizdi. Sabah erkenden şehre indi. Buğday meydanını, odun meydanını, hergele meydanını gezdi. İstasyon Caddesi'ne indi. İstasyona gitmeden sol tarafa yeni bir lise yapılıyordu. Sağ tarafta da bir şarap fabrikası. "Bu düzenleme birbirine çok ters. İki ayrı amaca hizmet edecek iki binayı karşı karşıya koymuşlar," diye düşündü. Tren istasyonuna geldi. O sırada bir tren istasyona yanaştı. İçinden bir çok insan indi. Bazılarını koşup, karşılayanlar vardı, mutluluklarını yüzlerinden okumak mümkündü. İki aile çocukları ile beraber öylece duruyorlardı. Beyin birisi subaydı, yanında eşi ve iki çocuğu vardı. "Diğeri de yine Elâziz'e tayin edilmiş bir memur olsa gerek..." diye düşündü. Yüzlerinde endişe ve biraz da korku vardı. Elâziz şarkın bir köşesi idi. Nelerle karşılaşacaklarını bilmiyorlardı. Rahmi Bey hafiften güldü. "Ben sizi bir de giderken görmek isterdim. Nasıl iki gözünüz iki çeşme olup, ağlayacaksınız!" dedi. Gerçekten de hep öyle olurdu. Elâziz'e bir gelirken, bir de giderken ağlarlardı. Bütün yabancılar Elâziz halkının misafirperverliğine, kültürüne, okuma-yazma seviyesinin yüksekliğine ve de bolluğuna hayran kalırlardı. Yabancı ailelerin yanına birer faytoncu yanaştı. Eşyalarını faytoncunun yanına yerleştirip, kendileri de arkaya oturdular. Rahmi Bey arkalarından baktı. "Keşke Iraz da bu trenden çıksaydı. Ben de onu karşılasaydım..." diye düşündü. Sonra birden atına atlayıp, hızla Harput'a doğru yol almaya başladı.

İki saattir Harput'taydı. Bildiği bütün yatırları gezdi. Sonra Sara Hatun Camii'ne girdi. İki rekat namaz kılıp, dua etti. Dualarının çoğu, Iraz'ın hayatta olması ve onu bulması üzerine idi. Camii henüz boştu. Öğlen namazı kılınmıştı, ikindi namazın da henüz zaman vardı. Rahmi Bey namazı bitirmek üzereydi ki, bir ses duydu:

"Rahmi Bey, ben Allah'la senin aranda olamam. Sadece Allah'a giden yolda sana yardımcı olurum. Korkma gel!" ve önünden bir gölge geçti. Rahmi Bey namazı bitirip selam verdikten sonra, çevresine göz attı. Kimseler yoktu. Şu anda caminin imamı içeriye giriyordu. İmama doğru yürüdü.

"İmam Efendi camiden sakallı, cübbeli bir adam çıktı mı?" İmam düşündü.

"Hayır görmedim," dedi.

Rahmi Bey camiden çıktı, acele ile söğüt ağacına bağladığı atını çözdü. At Yıldırım'ın torunu idi. Yıldırım kadar asil ve hızlı değildi. Yıldırım Rahmi'nin kara gün dostu idi ve de geçmişi. Bu atını da seviyordu ama Yıldırım kadar hiçbir atı sevemezdi. Tıpkı Iraz kadar hiçbir kadını sevemeyeceği gibi. Sonra birden Yıldırım'a nasıl kurşun sıktığını hatırladı, gözleri doldu. İçi sızladı. "Başka çarem yoktu ki" dedi. Hayvan iyice yaşlanmıştı. Zaten uzun ve Rahmi ile beraber, çileli, zor bir yaşamı olmuştu. Ağalık bağına girerken birden ayağı kesilmiş bir ağaç köküne takıldı. Ön ayakları üstüne çok feci bir şekilde düştü. Rahmi'yi de fırlatmıştı. Rahmi kalktı. Hayvanı kaldırmaya çalıştı. Boşuna uğraşıyordu. İki ön ayağı da kırılmıştı. Dikkatle atının yüzüne bakıyordu. Tevhide, annesi ve çocuklar koşarak gelmişlerdi. Rahmi Bey atın başını okşuyordu. Ama atın gözlerinden bir insan gibi yaş akıyordu. Çok acı çekiyordu. Bu yaşlı hayvanın iyileşmesi de imkânsızdı. Rahmi belinden tabancasını çıkardı. Kalbinin olabileceği yeri hesapladı. Tabancayı kaldırıp nişan aldı. Çocuklar ağlamaya başladı. "Baba ne olur yapma!" Rahmi Bey,

"Tevhide bu çocukları uzaklaştır!" dedi. Tevhide çocukların elinden tuttu, çekiştirerek ayvana doğru götürüyordu. İzzettin arkasına dönüp baktı. Rahmi Bey silahını indirmişti. Çocuklar ayvana girer girmez iki el ateş edildi. İzzettin hemen fırlayıp, babasının yanına koştu. Göğsünü yumruklamaya başladı.

"Sen kötüsün! Sen kötüsün! Hani Yıldırım'ı çok seviyordun?" Rahmi Bey ağlamak üzereydi. Ama bunu çocuklarının yanında asla yapamazdı. O güçlü ve korkusuz Rahmi Bey'di. Tabancasını çayıra fırlatıp, Yıldırım'ın yüzüne bir kere daha baktı. Acıları dinmişti. Huzur içinde bir görünümü vardı. Hızla yürüdü. Senelerdir gitmediği yaşlı armut ağacının dibine geldi. Oturup, gövdesine sırtını dayadı. Ağladı ağladı... Ayvana döndüğünde sâkinleşmişti. İzzettin ile Ali'yi çağırdı.

"Atımı vurduğum an, hayatımın en acı anlarından ikincisi idi. Ayağıma pranga takıldığı gün bile bu kadar acı duymamıştım. Ayağı kırılan bir at çok acı çeker, dayanılmaz bir acı. Bunun iki ayağı da kırılmıştı. Yaşlıydı, iyileşmesine ve hayatını devam ettirmesine imkân yoktu. Onu öyle bıraksa idim, o acı ile yiyemez, içemez, abdestini yapamazdı. Günlerce acı çeker, zayıflar, üzerine sinekler konar, kalkar. Ben ve de siz bu manzarayı seyredebilir mi idik? Yahut da Yıldırım'ın bu vaziyette on-on iki gün yaşaması onu ve bizi mutlu eder miydi? Çok sevmek, bazen de sevdiğinin yerine acı çekmeyi kabullenmektir. Benim de yaptığım buydu."

Çocuklar anlamış mıydı? Rahmi Bey bunu hâlâ bilemiyordu.

Bildiği tek şey duyduğu acıya rağmen bu işi yapması gerektiğiydi. Sonra tekrar, biraz evvel camide yaşadığı olaya döndü. "Beni çağıran kimdi?" diye düşündü. Birden bire bulmuştu: "Kim olacak aptal Rahmi! Kaç gündür gidip gitmemekte tereddüt ettiğin Hacı Tevfik Efendi idi!"

Bu olaydan sonra bile, Rahmi hâlâ tereddüt içindeydi. Bu gün günlerden cuma idi. Babasının koluna girip, onu Cuma namazına götürmüş, kendi de öğlen ve Cuma namazını kılıp, babasını eve getirmişti.

"Hafife babamı yukarıya çıkar! Ben şehre ineceğim," dedi.

Şehrin içine girip, sola kıvrıldığı yerde, küçük bir dükkan vardı. Dükkanın sahibi daha evvel Hacı Hafız Ağa konağında hizmetkâr olarak çalışmıştı. Sonra biriktirdiği paralarla, küçük bir bakkal dükkanı açmıştı. Rahmi Bey dükkanın önünde attan indi.

"Ne haber Hamdo? Duyduğuma göre zengin olmuşsun!" diye takıldı. Hamdo elini havada döndürerek salladı.

"Nerede zenginlik beg? Dükkân-ı Hamdo, bir kalıp sabun!" Rahmi Bey gülmeye başlamıştı: "Bu ne demek Hamdo?"

"Beg para yoh ki bi şey alam,dükkânın içinde birkaç kalıp sabun, birez de bulgur var. Onunla zengin nasıl olunur?" dedi.

"İnşallah sigaran vardır. Bana dört-beş paket Yenice sigarası ver." Uzun zamandan beri, tütününü kendi sarıp içmiyordu. Sonra devam etti:

"Sen Hacı Tevfik Efendi'nin evini biliyor musun?"

Hamdo evi hararetle tarif etti. Ev kocaman bir bahçe içinde iki katlı, büyükçe bir evdi. İkinci kata, bahçeden çıkan bir merdiven vardı. Büyük bahçe kapısından at ile girdi. Hemen birisi koşup atını aldı.

"Hoca seni bekliyor muydu?"

"Hayır," dedi.

"O halde arkamdan gel! Eğer müsaitse seni alır," diyerek yürüdü adam.

Evde bir sürü insan vardı. Adam büyük bir odanın açık kapısından başını içeriye soktu. Rahmi Bey de yanında idi. Odadakiler koyu bir dini sohbet içinde idiler. Adam, "Hocam biri..." derken, Rahmi'ye döndü, "Senin adın neydi gardaş?" diye sordu. Rahmi Bey ağzını açmadan içeriden.

"Rahmi Bey'i içeriye al, İbrahim!" diye bir ses geldi. Rahmi Bey "İçeride beni tanıyan biri var herhalde..." diye düşündü. Ayakkabılarını çıkararak içeriye girdi. Pencerenin önünde yaşlı olmayan, sakallı bir adam oturuyordu. Bu, camide hayal meyâl gördüğü adama çok benziyordu. Adam sağ yanındaki boş yeri işaret etti:

"Otur! Atakta durma! Bugün geleceğini tahmin etmiştim. Nihayet karar verdin demek." Sonra kapıda bekleyen adama döndü.

"İbrahim! Rahmi Bey'in atını gölge bir yere alın!" dedi.

Rahmi Bey çok şaşkındı. Acaba rüya mı görüyordu? Adamın casusları mı vardı? İyi ama kafasının içindeki düşünceler nasıl biliyordu?

Hacı Tevfik Efendi:

"Rahmi Bey ben ne ermişim, ne de falcı. Seninle yüz yüze gelmedik. Ama o katil Ermeni'yi öldürdüğünden beri, seni özellikle Harput ve civarında herkes tanır. Gün geçmez ki seninle ilgili bir hikâye anlatılmasın. Şimdi de dine düştüğünü, bir arayış içinde olduğunu duydum. Eh, gerisi de biraz altıncı his, biraz tahmin, biraz da mantık diyelim."

Rahmi bir müddet sustu. O "biraz"lar bütün bu olanları içine alabilir miydi? "Hayır!" diye kendi kendini cevapladı. Bu işin içinde sır gibi, ruh gibi bir şeyler de olmalıydı.

Rahmi bugün sadece dinledi. Çünkü sohbete katılmak için, bu konuda ne derin bir bilgisi, ne de geçmişi vardı.

Hacı Tevfik Efendi ilk başlangıç için ona bazı dualar okumasını tavsiye etti. Her sözünün içinde, insanları sevmenin ve affetmenin gerekliliğini vurguluyordu. Israrla vurgulamaya çalıştığı en önemli şey. "Öbür dünyaya kul hakkı ile gitmeyin! Allah affedicidir. Ama eğer kul sizi affetmemişse, Allah da etmeyebilir," fikrini içeren cümlelerdi. Akşam olmak üzereydi. Odadaki misafirler, bir bir gitmeye başlamışlardı. Rahmi Bey,

"Hocam, ben de müsaadenizi isteyeyim artık" dedi. Hacı Tevfik Efendi:

"İlerideki günlerde seninle uzun sohbetler yapacağız inşallah. Şimdi birkaç dakika bekle!" diyerek, kapıya döndü.

"İbrahim, üst kata çık. Nuriye Bacı'ya, 'sende Rahmi Bey'in bir emaneti varmış' de! Al da gel!"

Rahmi yine şaşırmıştı. Hiç uğramadığı bir yerde, adını ilk defa duyduğu bir kadında ne gibi bir emaneti olabilirdi ki? Sonra "Olsa olsa yeni müridlere verilen bir kitap, yol gösterici bir şey olabilir," diye düşündü.

İbrahim biraz gecikmişti. O sırada içeriye girdi. Elinde hiçbir şey yoktu. Sonra arkasına döndü. Eli ile birine "gel" işareti yaptı. İçeriye çarşaflı, çok zayıf bir kadın girdi. Rahmi Bey dikkatle bakıyordu. Kadın yaklaşınca Rahmi Bey birden sıçradı.

"Iraz! Iraz!" diye bağırmaya başladı. Sonra birden durdu. Hacı Tevfik Efendi'ye doğru eğildi.

"Bağışlayın efendim. Kendimi kontrol edemedim."

"İleride oğlum, ileride her türlü duygunu kontrol altına almayı öğreneceksin," dedi ve devam etti, "Nikâhınız vardı, değil mi?"

"Evet efendim."

"Gerçi durumu biliyorum, ama namahremlik olmasın," diye sordum. "İstediğin an Iraz'ı buradan alabilirsin. Şimdi alamayacağını biliyorum."

Iraz hıçkıra hıçkıra ağlıyordu. Rahmi Bey yanına yaklaştı. Ya rabbim, ne kadar çok zayıflamıştı. İlk bakışta sadece gözleri tanınıyordu.

"Iraz bana üç gün müsaade, geleceğim ve seni yanıma alacağım. Sadece üç gün."

Hacı Tevfik Efendi'ye döndü.

"Size ne demem? Nasıl medyun olduğumu anlatmam imkânsız!" dedi.

Rahmi Bey, iki gündür yine Kültür mahallesi çevresinde ev arıyordu. Buraya yakın bir yere kurulan orman fidanlığından dolayı, Kültür mahallesi de kalabalıklaşmıştı. Çeşitli memurlar ve çalışan işçiler vardı. Bunlar iş yerine yakın yerlerde oturmayı tercih ediyorlardı. Yine de kalabalığı ve hareketliliği en az olan mahallelerden di. Perçenç'lilerin pek uğradığı bir semt de değildi. Gerçi Rahmi Bey artık bu konunun gizli kalmasını fazlaca önemsemiyordu. Karısı da duyarsa duysundu. "Ona durumu bir kere daha izah ederim. İnanmak veya inanmamak onun sorunu..." diye düşündü. Aynı şey bütün çevresi içinde geçerli idi. Bu konuda uygulayabileceği daha mantıklı bir şekil bulamamıştı ve bulamıyordu. Bu dayanılmaz sevgi de onun yüreğine Allah tarafından bırakılmıştı. İnsanın bir kimseyi sevip, sevmemesi elinde değildi ki!

Rahmi Bey nihayet küçük bahçesi, içinde kuyusu olan mazbut, şirin bir ev buldu. İki oda, bir mutfaktan oluşan evi döşedi. Mutfağındaki dolapları bile doldurdu. Iraz'a, moda olan sarı pirinç bir karyola ve takımını aldı. Kendisi içinde oturma odasında yatabileceği bir divan koydurdu. Rahmi Bey üç gün içinde, perdeleri ve zevkle seçilmiş eşyaları ile, lüks olmayan, ama bir yuva olduğu anlaşılan küçük, sevimli bir ev yaratmıştı.

Hacı Tevfik Efendi'nin evine girerken kalbi küt küt çarpıyordu. "Ey koca Rahmi ellisine yaklaşıyorsun! Bu ne hal böyle?" diye sordu.

Iraz evini görünce sevincinden ağlamaya başladı.

"Niye ağlıyorsun Iraz? Ben kadınları anlayamıyorum."

Iraz, gözlerini sildi.

"Bey, sen yıllarca canından çok sevdiğin bir adamın ölü mü, yaşıyor mu olduğunu bilmeden, her dakika yolunu bekledin mi? Her gece rüyanda görüp, ağladın mı? Ağaçların yaprak vermesinin, çiçeklerin açmasının, kışın bitmesinin ancak onunla olabileceğini fark ettin mi? Ben bunları yıllardır biliyorum. Son üç gündür, karakışın bittiğini, dünyada her şeyin, zor hatırladığım anamın dizlerine başımı koyduğum zamanki gibi devam ettiğini fark ettim. Gözlerim bir şeyleri görür oldu. Yaşadığımı hissetmeye başladım. Bu gözyaşları belki de yaşamadığım seneler için ağıt, belki de hayata döndüğüm için sevinç gözyaşlarıdır.

Sen bunları bilemezsin bey! İstediğin her şeyi almış bir insansın."

Rahmi Bey ağlamamak için büyük çaba sarf ediyordu. Birden Iraz'ı kendine çekti. Saçlarına bir öpücük kondurdu.

"Ben de bütün bunları biliyorum Iraz! Aynı şeyleri yaşadım. Hayatımda hiçbir şey dıştan göründüğü gibi değildir. Bence bütün insanlar iki hayat yaşıyor. Birincisi içinde yaşadığı hayat, ikincisi herkesin gördüğü hayat." Iraz son cümleleri pek duymamıştı.

"Sen kimi bekledin bey?" Rahmi Bey, Iraz'ı çenesinden tutup, başını yukarıya kaldırdı. Biraz daha kendine yaklaştırdı, nefesinin ve vücudunun sıcaklığını hissediyordu. Yine vücudu alevler içindeydi. Kalbi hızlı hızlı çarpmaya başlamıştı. Fısıltı halinde devam etti:

"Seni bekledim Iraz seni!" dedi ve birden uzaklaştı. Iraz yine şaşırmış, öylece bakakalmıştı.

"Essahtan mı bey?" diye sordu. Rahmi Bey'in arkası dönüktü. Yine fısıldar gibi,

"Essahtan Iraz! Hem de çok fazla essahtan!" dedi ve devam etti.

"Iraz, sen Hacı Tevfik Efendi'nin oraya nasıl gittin? İhsan beyler ne oldu?"

"İhsan Emmi ile Pembe Teyze yaşlanmışlardı. İhsan Amca artık caminin temizliğini yapamıyordu. Ben camide kimse yokken gidip, onun işlerine yardım edip, dönüyordum. Evde de Pembe Teyzenin tabii. Bir gün sabah namazından çok erken camiye gitmiştim. Orada sarıklı, cübbeli bir adam, arkasında da birkaç kişi vardı. Hemen camiden çıkmaya çalıştım ama adamlardan biri koşarak geldi. 'Hoca seni görmek istiyor' dedi. Gittim. O zat Hacı Tevfik Efendi imiş. Benim kim olduğumu, camide bu kadar erken saatte ne yaptığımı sordu. Anlattım. 'Kızım benim evimde çok insan çalışır. Bir gün zor durumda kalırsan, bana gel! Adım Hacı Tevfik Efendi'dir' dedi. Altı ay sonra İhsan Emmi öldü. Pembe Teyzeyi de Adana'daki kızı Saniye ve kocası alıp götürdü. Kalmıştım yine ortada. Birden aklıma Hacı Tevfik Efendi geldi. Sora sora buldum. Aşağı yukarı sekiz yıldır oradayım. Benim gibi bir çok kimsesiz insan var. Hepsine de çok iyi davranıyorlardı. Biliyor musun bey, öyle bir insana rastlamam da bir şanstı. Eh, kader arada bir küçük şans kırıntılarını da benim önüme atıyordu. Orasının bana başka bir faydası da oldu. Devamlı okudum. Yeni şeyler, yeni kelimeler, hepsinden önemlisi de insan olmayı öğrendim galiba" dedi. Rahmi Bey:

"Sen zaten iyi bir insandın ve öğrenmeye meraklıydın. Orası sana bu imkânı sağlamış. Ben de oraya düştüğün için şükrediyorum." İçinden "Bu güzellikle kendini fuhuş yuvasında da bulabilirdin," diye düşündü.

Rahmi Bey artık hemen her gün şehre iniyordu ve yine her gün Iraz'a uğruyordu. Geceleri pek az kalıyor, yine büyük bir mücadele vererek, divanın üzerinde uyuyordu. Sık sık Hacı Tevfik Efendi'ye uğruyor. Dini sohbetlere katılıyordu. Hacı Tevfik Efendi'nin en sevdiği müritlerinden biri olmuştu. Zekiydi, kavrama kabiliyeti çoktu. Aklına ve mantığına uymayan her şeye karşı çıkabiliyordu. Ayrıca çok ölçülüydü. 'Dindarım' diye bütün gününü seccade üzerinde geçirmiyordu. Bir aile babasıydı ve bir köy ağasıydı. Görevlerini yerine getirmesi gerekirdi. Ve daha hoş görülü olmaya başlamıştı. Artık sevmeyenlerinin sayısı günden güne azalıyordu. Rahmi Bey bir gün Hacı Tevfik Efendi'nin:

"Keşke din ile uğraşan bütün insanların ve dindar insanların senin gibi akıllı ve sorgulayıcı olması, bu işi bilerek yapması mümkün olsaydı. İslam dini, cahillerden ve menfaati için dini kullananlardan çok çekti. Bizim dinimiz, akıl çerçevesi içinde kabullenilecek bir dindir. Safsata ve cehalet dinimiz için en büyük tehlikedir," demişti. Galiba bu sözleri ile Rahmi Bey'i niçin çok sevdiğini anlatmaya başlamıştı.

Rahmi Bey, 1949 yılında babasını kaybetti. Tam doksan yedi yaşında, hâlâ güçlü bir hafızaya sahip, asırlık Mustafa Efendi de nihayet son durağına yolcu edilmişti. Çok yaşlı olmasına rağmen arkasından ağlayanları çok olmuştu. Köy asırlık bir çınarını ve belki de ilk defa sahip olduğu, kültürlü köy ağasını kaybetmişti.

Rahmi Bey oğlu Ali ile beraber, arazisini yönetiyor, konağın kapısını açık tutuyordu. Ama ne eski debdebe, ne de eski Rahmi Bey yoktu.

Iraz'ı bulmasının üstünden üç yıl geçmişti. Bütün arzu ve tutkusuna rağmen, hâlâ Iraz'a sahip olmamıştı. Bu onun içinde bir savaşın yaşamasına sebep oluyordu.

Iraz hayatından memnun görünüyordu. Artık Rahmi Bey'in bir gün gerçekten kocası olacağından, onun kollarında sabahlayacağından ümidini kesmiş, arzularını ve kadınlığını çok derinlere gömmüştü. Bu üç yıl içinde kaç defa Rahmi Bey Iraz'ın yatak odasının önünden dönmüştü, kim bilir! Iraz da öyle...

Rahmi Bey'in bu günlerde bir başka sıkıntısı vardı. Iraz asla eski sağlığına dönememişti. Bütün ihtimamına rağmen gün günden zayıflıyordu. Son günlerde öksürmeye de başlamıştı. Ne kadar ısrar ederse etsin, hekime götürmeye ikna edememişti.

Halbuki bu konuda çok ün yapmış, İnönü ilk mektebinin yakınında, Remzilerin üst katında oturan bir hekim vardı: Adı Rıza Cankatan. Tabii evine götüremezdi. Dilşat görebilirdi. Görmese de, doktorun eşi Feriha Hanım ile çok samimiydi. Kayınbiraderi Rahmi Bey'i de çok yakından tanıyordu. Ama Rıza Bey'in, hemen hükümet konağına yakın da muayenehanesi vardı. Oraya götürebilirdi. "Onu başka bir yolla hekime götürmeliyim," diye düşündü.

"Iraz, yarın öğlenden sonra seni Hacı Tevfik Efendi'ye götüreceğim. Sana yeni bir dua verecekmiş, hem de görmek istiyor" dedi Rahmi. Iraz güldü. Hem Rahmi Bey ile beraber sokağa çıkacaktı. Hem de yıllarca kendisine evini açan zatı görecekti. Ona doğru dürüst teşekkür bile edememişti.

Iraz da artık bir çok Elâzığlı kadın gibi, çarşaf yerine pardesü veya manto giyinip, eşarp bağlıyordu. Bir çoğu döpiyes veya tayyör de giyiniyordu, ama Rahmi Bey henüz o kadar modern değildi. Ayrıca artık dindar bir insandı. Hiçbir şeyin ölçüsünü kaçırmamalıydı.

Iraz faytonun içinde çevresine bakarak giderken, Hacı Tevfik Efendi'ye gitmediklerini fark etti.

"Bey, nereye gidiyoruz?"

"Bir aile dostuna Iraz, uğramam gerek de.

Dr. Rıza Bey'in muayenehanesinde bir hasta vardı. Iraz durumu anlamıştı, ama yapacak bir şey yoktu. On dakika kadar oturdular. Muayenehanenin kapısı açıldı. Yaşlı bir bey, yanında da bir hanım çıktılar. Doktorun verdiği reçete ellerinde idi. Ama Rıza Bey bir türlü bu ilaçları nasıl kullanacağını anlatamıyordu. Rahmi Bey'e doğru baktı.

"Ooo, hoş geldiniz Rahmi Bey, hemen geliyorum." Sonra adama döndü. "Evinizde okuma yazma bilen kimse yok mu?

"Var toğtor..."

"O zaman eczacı beye selam söyle, üzerlerine okunaklı bir şekilde açık açık yazsın. Birkaç gün sonra da öğrenirsiniz, zaten. Söylemiştim bu ilaçtan üç tertip kullanacaksınız."

"Tertip nasıl bir ilaç?" Rıza Bey sinirlensin mi, gülsün mü, karar verememişti.

"Yani bu reçetedeki ilaçlar bitince bir daha alacaksın, onlarda bitince bir daha ... Ve onları tarif edildiği gibi içip, bitireceksin. Neyse başka bir soru sormadan 'Allahaısmarladık' diyerek gitmişlerdi."

"Nasılsınız Rahmi Bey?"

"Teşekkür ederim doktor, sizler nasılsınız?" Doktorun cevap vermesine zaman bırakmadan:

"Iraz biraz rahatsız da..." dedi. Iraz'ı tanıştırmamıştı. Rıza Bey'in de bir şey sormasına fırsat vermemişti. Çünkü ne demesi gerektiğini bilmiyordu.

Iraz ise bu konuşmadan, doktorun kendisini bildiğini zannetmiş, bundan tuhaf bir zevk duymuştu.

Rıza Bey, Iraz'a döndü,

"Iraz Hanım, neyiniz var?" Iraz düzgün bir Türkçe ile,

"Doktor Bey, iki sene önce çok şiddetli üşüttüm. Biraz dikkat ettim. İlaç falan aldım. Sonra düzeldim, ama sık sık tekrarlıyor. İştahsızım, kilo kaybediyorum, son altı aydır da arada bir öksürüyorum..." Rahmi Bey lafa karıştı:

"Son günlerde öksürüğün arttı Iraz."

Rıza Bey uzunca bir muayeneden sonra,

"Seni bir aynaya sokayım" dedi, "Üstündekileri çıkar."

Iraz şaşırmıştı. Doktor devam etti: "Sadece iç fanilan kalsın. Tabii sadece üst kısımdakileri çıkar." Iraz Rahmi Bey'e bakıyordu. Rahmi Bey gülerek,

"Hadi Iraz, şu odaya gir! Doktorun dediklerini yap!" dedi.

On beş dakika sonra Iraz önde, doktor arkada çıktılar.

"Rahmi Bey bu iğneler yeni çıktı. Bunlar en az otuz gün yapılacak. İyi beslenecek, üşütmeyecek ve yorulmayacak. Bir ay sonunda görmem gerek. Sen de akşam üstü uğra da bir çay içelim," dedi.

Rahmi Bey Iraz'ın ilaçlarını aldı, onu eve götürdü. Bakkala uğrayıp yakınlarda bir iğneci olup, olmadığını sordu. Biraz sonra bakkalın çırağı, yanında da orta yaşlı bir hanım geldiler. Iraz düşünemediğinden, Rahmi Bey de Iraz'ın yanında konuşmak istemediğinden, hastalığın ne olduğunu sormamışlardı. Rahmi Bey,

"Bak Iraz, benim hatırımı sayıyorsan, kendine iyi bak!" deyince, Iraz uzun kirpiklerini araladı:

"Niye bey? 'Benimle uğraşmaya, evini ihmal etmeye, çocuklarını ihmal etmeye devam et' diye mi? Benim bu dünyada ne işim, ne de bekleyenim var." Rahmi Bey birden sinirlenmişti. Iraz'ı omuzlarından tutup, sarstı:

"Ne biçim sözler bunlar? Ölmeni istemiyorum! İstemiyorum!" Iraz korkmuştu. Gözlerini kocaman kocaman açtı. Yüzü yeşil çim ile kaplanmış gibiydi. Rahmi Bey'in neden bu kadar kızdığını anlayamamıştı. Sonra mutfağa doğru yürüdü.

"Peki beyim," dedi.

Rahmi Bey, Dr. Rıza'nın karşısında oturmuştu. Doktorun yüzü gergin ve üzgündü:

"Rıza Bey, kız kardeşiniz maalesef verem. Çok iyi bakılması gerek. Hatta eşi, çocukları da çok dikkat etmeliler. Mikrop alabilirler."

"Doktor o benim kız kardeşim değil, himayemde biri, ama çok da önemli. Ne olur? Onu bu hastalıktan kurtarın ve rica edeyim Remziler bu konuyu duymasın."

"Nasıl istersen Rahmi Bey, elimden geleni yaparım. Biraz gecikilmiş de..."

Rahmi Bey Iraz hakkında önceden bir açıklama yapmayı düşünmemişti. "Varsın kız kardeşim bilsin," demişti ama, eve gidince Dilşat'a veya Remzi'ye "Kardeşinizin hastalığına çok üzüldüm. Geçmiş olsun," diyebilirdi.

Iraz bu gece çok mutlu idi. Bey kendisini doktor ahbabına götürmüştü. Bu demekti ki, kendisini yanında taşımaktan utanmıyordu. Ayrıca sağlığı ile bu kadar ilgilendiğine göre, Iraz'ı sahiden seviyor olmalıydı. "Peki ama, bir erkek, sevdiği kadına, kaç yıl el sürmeden, nasıl durabilir? Hayır! hayır! O sadece Mirzo'ya verdiği sözü tutuyor. Belki seviyor ama, benim onu sevdiğim gibi değil. Hem o kadar güzel karısı olan beni ne yapsın? Üstelik de ağa kızı..." Kendi kendine söylendi: "Benimki de çöplükte uyuyup, ağa oğlunu rüyada görmek gibi oluyor," dedi. Yine de içinde bir sevinç ve bir aydınlık vardı.

Rahmi Bey Sarıyakup'tan gelen ve akraba olan Necip Ağa ile sohbet ediyordu. Hafife akşam yemeğinin hazır olduğunu bildirmişti. Necip Ağa ve Rahmi babasının odasına geçtiler. Dışarıda bir gürültü koptu. Bağrışmalar, sevinç çığlıkları geliyordu. Rahmi "Nedir?" diye sormak için kalkarken, Hafife Bacı kapıda göründü:

"Rahmi Beg, oğlunuz geldi!" Rahmi Bey şaşırmıştı,

"Hangisi?" diye sordu. Mustafa Efendi güldü.

"Rahmi, Ali zaten burada değil mi? Olsa olsa, Bozo olur," dedi. Evde İzzettin'e hâlâ "Bozo" diye hitap ederlerdi.

İzzettin bir aylık bir izin ile gelmişti. Geçen sene Merzifon'dan, Ankara Etimesgut askeri üssüne tayini çıkmıştı. İzzettin elini yüzünü yıkayıp, sofraya oturdu. Anasının yemeklerini özlemişti. Hacı Hafız Ağa konağı bu gün mutlu bir gün yaşıyordu. Rahmi hariç, Iraz'ın hastalığı onu fazlası ile endişelendiriyordu. Birden Necip Ağa'ya döndü.

"Necip Emmi, sizin oralarda kimsesiz bir kız çocuğu var mı? Şöyle, on iki-on üç yaşlarında?"

Necip Ağa:

"Ne yapacaksın Rahmi? Hafife yetişemiyor mu?" dedi.

"Yok yok, yetişiyor. Eskiden olsa belki yetişemezdi ama konakta kim kaldı ki? Ben bir arkadaşımın bacısı için istiyorum. Zavallı hasta da! Fazla iş yok. Ona hizmet edecek. Evde kimse de yok."

"Bizim Yusuf'un altı kızı var. İlk ikisi bizde çalışıyor. Üçüncüsünü de sana gönderir." Yusuf, Necip Ağa'nın konağında çalışan hizmetkâr idi. Rahmi Bey sevinmişti.

"Tamam, yarın değil, öbürsü gün, ben gelir alırım."

İki gün sonra atın arkasına bindirdiği Yusuf'un kızı Esma ile, Iraz'ın kapısını çaldı. Iraz Rahmi Bey'in yanında bir kız görünce şaşırmıştı.

"Bu da kim?" diye sordu.

"Sana getirdim Iraz, yanına yoldaş olur ve sana yardım eder."

"Bey, sen beni ciddi ciddi hasta sayıyorsun." Rahmi acele ile:

"Hayır, evde yalnız kalmandan da rahatsızlık duyuyorum," dedi.

Iraz Esma'nın gelişine karşı çıkmıştı ama, sonradan çok memnun kalmıştı. Kız hem çalışkandı, hem de her şeyi çabuk kavrıyordu. Iraz onu eğitmeye, üstüne başına bir şeyler dikmeye başladı. Kız da ona canı gönülden hizmet edip, arkadaşlık ediyordu. Iraz kendini daha iyi hissetmeye başlamıştı. Öksürüğü azalmış, bir iki kilo da almıştı.

İzzettin on beş gündür Perçenç'teydi. Bağın güzel zamanıydı. Akşam üstü gecesefalarının arasına sakladığı rakı kadehini doldurup, doldurup boşaltıyordu. Tevhide Hanım ile Rahmi Bey kaç gündür Kaloş Efendigil'in güzel bir kızı olduğunu, artık baş göz edilme zamanının gelip de geçtiğini söyleyip duruyorlardı. İzzettin de her seferinde şakaya bozup, henüz çok genç olduğunu, gençliğine doyması gerektiğini söylüyordu. Bağın üst kapısından bir genç kadın, yanında da dört-beş yaşlarında iki çocuk girdiler. Genç kadın Hocagil'in oğlu Selami'ye bir şeyler sordu. O da eli ile Rahmi Beyler'in oturduğu tarafı gösterdi.

Genç kadın yaklaşmıştı ama ev halkından hiç kimsenin tanıdığı biri değildi. Birden İzzettin fırladı:

"Sen burada ne arıyorsun Leman?" Kadın esmer, uzun boylu ve güzelceydi.

"Kocamı, yani bu çocukların babasını, yani seni arıyorum!" dedi. Leman'ın elinden tuttuğu erkek çocuğu İzzettin'e doğru bir iki adım attı. Babasının kendisi ile meşgul olmadığını görünce, öylece kaldı. Rahmi Bey ayağa kalkmış, İzzettin'in önüne dikilmişti:

"Bu taze doğru mu söylüyor?" İzzettin önüne bakıyordu. Rahmi Bey daha yüksek sesle bağırdı:

"Sana soruyorum, bu taze doğru mu söylüyor?"

"Evet baba!"

"Peki karını, çocuklarını niye bıraktın? Niye bize evli olduğunu söylemiyorsun?"

"Ben kendimi evli saymıyorum. Boşanmayı kabul etmediği için, hâlâ evliyim."

"Peki bu çocuklar, senin değil mi? Bunları yaparken de mi kendini evli saymıyordun? Nereden baksan en az dört - beş senelik evlisin. Ama ailenin haberi yok. Bu ne demek oluyor?"

İzzettin "Şeyy baba, şeyy.." diyerek saçma sapan şeyler söylemeye başlamıştı. Rahmi Bey oğlunun yüzüne tükürmek veya adamakıllı dövmek istiyordu, ama bu kocaman adama nasıl böyle bir şey yapardı? Yüksek sesle bağırdı:

"Ulan hayvan, bu aileden belki her şey çıktı ama çocuklarını bırakıp, kaybolacak kadar bir sütsüz çıkmadı. Yazıklar olsun sana!" Leman hâlâ ayakta idi. Ona taraf döndü.

"Otur kızım otur, yorgunsundur," dedi. Tevhide Hanım şaşkın şaşkın bakıyordu. Rahmi acele ile ayvana girdi. İçinde akide şekerleri olan bir cam şekerlik alarak döndü. Leman'a dönüp eli ile çocukları işaret etti:

"Bunların adı ne?" diye sordu,

"Bu Erkan, bu da Reyhan." Çocukların yüzünde de çok şaşkın bir ifade vardı. Ayrıca biraz da korkuyorlardı galiba. Gösterilen yerde hareketsiz oturuyorlardı. Şekerleri bile ağızlarına atamadılar. Rahmi Bey çok kızgın ve üzgündü.

"Tevhide, çocuklara yemek hazırla, açlardır" diye sesledi. Hafife Bacı ile Tevhide Hanım yemek hazırlamak için ayvana doğru gittiler.

Leman Hanım çocukları ile beraber birkaç gün bağda kaldı. İzzettin çocuklarına dahi yeterince ilgi göstermiyordu. Rahmi Bey ve Tevhide Hanım gerekeni yapmaya çalışıyorlardı ama yetersizdi. Çünkü oğulları "Bu iş bitmiştir, ayrılacağım!" diye diretiyordu. Rahmi Bey'in pek yapacağı bir şey yoktu. Oğluna çeşitli yollardan baskı yapmaya çalıştı ama boşunaydı. Tevhide Hanım bazı şeyleri merak ediyordu. Bir ara Leman Hanım'a sordu:

"Kızım, nasıl evlendiniz?"

"Anne, aynı mahalledeydik. Beni görmüş, beğenmiş, araya oradaki bir-iki komşuyu soktu. Babam da münasip gördü, evlendik."

"Baban ne iş yapıyor?"

"Terzi, babam terzi. Terzi Dursun derler," diyerek tekrarladı.

Rahmi Bey oğluna barışmayı kabul ettiremedi ama çocukları ile ilgileneceğine, yeterince nafaka vereceğine söz verdirmişti. Leman da çocuklarını alarak Merzifon'a geri döndü.

Rahmi Bey yine çarşıya girmiş, Iraz'a ve Esma'ya bir şeyler almıştı, mutfak içinde alışveriş ettikten sonra, yine Kültür mahallesinin yolunu tuttu. Bu sefer çok çeşitli yiyecek almıştı. Iraz'ın iyi beslenmesi gerekiyordu. Iraz yiyecekleri yerleştirirken gülerek,

"Bey, benim ışkını* sevdiğimi nereden bildin?" deyince, Rahmi bey güldü:

"Iraz Elâzığlı olup da ışkını sevmeyen yoktur ki! Sahiden seviyorsan, bir ışkınlı yumurta yap!" da yiyelim.

Iraz Rahmi Bey'in üzgün olduğunu anlamıştı. Neden olduğunu sordu.

Rahmi Bey İzzettin'in durumunu anlattı ve ilave etti.

"Hayatımda çaresiz kaldığım nadir anlardan biri oldu. Ben karı-kocanın birbiri ile geçinememesini, sevgilerinin bitmesini, hatta hatta hiç tercih etmem ama, yürümüyorsa ayrılmayı da anlarım. Ama bir babanın çocuklarını ihmal etmesini, onlara maddeten ve manen babalık etmemesini anlayamam ve affedemem. İzzettin daha çocukken benim istediğim gibi bir evlat olamayacağını anlamıştım. Daha çok Mama Ağalar'a benzer. Ama çocuklarına böyle bir şey yapabileceğini düşünmemiştim." Iraz elini Rahmi Bey'in omuzu üzerine koydu.

---

* ışkın: Elâzığ yöresinde yetişen, taze soğana benzer görünümü olan, ekşi ve buruk bir sebze

"Rahmi Bey, bu kadar üzülmeyin! Her ana-baba çocuklarını en iyi şekilde büyütmek ister, karakter sahibi bir insan olması için çabalar, ne yazık ki bu çok kere mümkün değil. Kader diye bir şeyin olduğunu da kabullenmek gerek."

Rahmi Bey biraz düşündü:

"Iraz, ben kaderi üç yerde kabul ederim: Doğarken, severken, ölürken! İnsanların bunları istedikleri gibi ayarlaması veya seçim yapması mümkün değildir. Gerisi ya kendilerinin, ya da yetiştirenlerin hatasıdır." Bunu söylerken, babasının onu askeri okuldan alıp, eline silah verişini hatırlamıştı. Sonra devam etti:

"Iraz, sen kendini ne kadar güzel yetiştirdin. Nadir kadınlar senin kadar güzel ve mantıklı konuşur, gerçi erkekler de öyle ya! Bak sen de olduğun gibi kalıp, bunu Dersim'de doğmana bağlar ve kadere kızabilirdin. Ama cehalet hiçbir zaman kader veya birilerinin bir insana yüklediği bir yük değildir. İnsanlar kendileri cehaleti yenmek isterlerse, başarırlar." Sonra gülerek "Bizi de dinleyen iki şey... şeyy..." biraz duraladı, "Gibi değil de, iki filozof zannedecekler" deyiverdi!

Iraz "Biz ne gibiyiz?" diye sormak istedi ama bunun cevabı gerçekten çok zordu. Iraz da Rahmi Bey de cevaplayamaz ve açıklayamazlardı.

Iraz'ı hekime götürüşünün üzerinden altı ay geçmişti. Elâzığ yine beyaz gelinliğini giymişti. Her taraf kar ile kaplanmıştı hava sıfırın altında eksi yirmi yedi, yirmi sekizlerde dolaşıyordu. Rahmi Bey bir haftadır Iraz'a uğrayamamıştı. Müthiş bir tipi ve buz vardı. Atın ayağı kayar ve kırılabilirdi. Ayrıca Iraz'ın evinde hiçbir şey eksik değildi, kendisinden başka! Kendinin yok olması ise, Iraz için havanın, suyun, güneşin yok olması kadar önemliydi. Rahmi

Bey olmadığı zamanlar, Iraz'ın dünyası kararıyor, yemiyor, içmiyor, gülmüyor, hatta nefes alamıyordu. Hemen hemen bütün zamanlarını pencerenin önünde Rahmi Bey'in yolunu gözetleyerek geçiriyordu. Yirmi dört saattir sobayı da yakamamışlardı. Baca tıkanmıştı. Iraz ile Esma, boruları sökmüş, silkelemiş, içlerini temizlemişlerdi ama boşuna çabalamışlardı. Bacanın içinde bir şey vardı. Onların yapabilecekleri bir iş de değildi. Iraz bir aydan beri yeniden zayıflamaya ve öksürmeye başlamıştı. Bugün ateşi de çıkmıştı. Öksürüğü sıklaşarak, nöbetler halini almıştı.

Rahmi Bey on-on iki gün sonra geldiğinde, Esma ile onu, mangalda kömür yakarak, masa gibi bir şeyin altına koyduklarını, üzerine de bir yorgan örtüp, kürsü yaptıklarını gördü. Onun içinde büzülmüş oturuyorlardı. Iraz çok zayıflamıştı. Rahmi Bey şaşırdı:

"Iraz, sana ne oldu?" Iraz cevap vermek isterken, öksürük tuttu. Dakikalar sonra sakinleşerek:

"Herhalde yeniden hastalandım," diyebildi.

Iraz'ı bin bir zorlukla Dr. Rıza'ya götürdü. Ne yazık ki doktor, yine aynı iğneleri ve aynı ilaçları vermekten başka bir şey yapamadı.

"Rahmi Bey üst üste birkaç kere çok şiddetli üşütmüş, galiba gıdasına da bakamamış. Yapacak başka bir şey yok" diyerek, artık çaresiz bir durumda olduklarını anlatmaya çalışmıştı.

Yapılan iğneler, verilen şuruplar da pek bir şey yapmıyordu. Rahmi Bey üç gündür evine gidememişti. Bu gece akşamüstü Iraz biraz daha iyi görünüyordu. Esma'ya kendisine bol naneli, kavurmalı bir erişte çorbası yapmasını söyledi. Kız çorba, yumurta gibi basit şeyleri yapabiliyordu. Rahmi Bey:

"Benim birini görmem gerek, akşam yemeğine buradayım," dedi. Iraz istemeyerek:

"Bey, kaç gündür buradasın. Çocukların seni bekler," dedi ama Rahmi Bey'in yüzüne korkarak bakıyordu, "birden kabul eder de köyüne dönerse!" diye...

Rahmi Bey iki saat kadar sonra elinde kat kat sarılı, fırından yeni çıkmış, kâğıt kebabı ile gelmişti. Iraz'ın iyi yemesi gerekiyordu. Bir tek erişte çorbası ile olmazdı.

Iraz bu akşam gerçektende iyi yedi. Sanki kendini daha iyi hissediyordu. Karşılıklı kahvelerini de içtikten sonra, Rahmi Bey artık yatmasının gerektiğini, vücudunun dinlenmeye ihtiyacı olduğunu söyledi. Ama Iraz, durmadan bir şeyler icat edip, yatmamaya çalışıyordu. Iraz nihayet yatmaya razı olmuş, odasına gitmişti.

Rahmi Bey de divanın üzerinde bir müddet döndükten sonra, uykuya dalmıştı. Birden dürtüldüğünü hissetti. Iraz'dı, Rahmi Bey sıçradı:

"Iraz hasta mısın? Ne var?" Iraz saçlarını omuzlarına dökmüş, Yıllar evvel komşusunun verdiği açık geceliği giymişti. Çok zayıftı, ama hâla çok güzeldi. Rahmi Bey'in ellerini tuttu.

"Ne olur, bu gece benimle uyu! Sadece uyu! Başka bir şey istemiyorum," dedi.

Rahmi Bey hemen kalktı. Iraz'ın eli elindeydi. Onunla beraber yatak odasına girdi. Yatağı açtı. Uzandı. Iraz'a da 'gel' işareti yaptı. Iraz yanına uzandı. Başını Rahmi Bey'in koluna koymuştu. Başı yanıyordu, ateşi vardı. Rahmi Bey Iraz'ın ateş gibi yanan vücudunun üzerinde ellerini gezdirmeye başladı. Sağ elini göğüslerinin üzerine getirdi. Hâlâ dipdiri ve çok güzeldi. Iraz Rahmi Bey'in elini tuttu.

"Hayır! hayır! Yıllarca bu anın hasreti ile yandım. Artık her şey için çok geç. Sen verdiğin söze sadık kal. Sonra sana sözünü bozdurdum diye ben üzülürüm." Rahmi Bey:

"Ben... ama ben, çok istiyorum." Rahmi Bey'in elini gücü yettiğince sıktı:

"Ben artık istemiyorum. Hiçbir şey için, gücüm ve isteğim yok. Artık çok geç. Bu gece kolunda yatıp, sıcaklığını duymak istiyorum. Hepsi o kadar! Sadece sana bir şey soracağım. Geçen gün biz 'şeyy... şeyy... demiştik, kalmıştın? Biz neydik? Rahmi Bey? Biz neydik?"

"Biz birbirlerini deli gibi seven, ama aptalca verilmiş bir söz için acı çeken iki âşıktık."

Iraz'ın yüzü birden aydınlandı.

"Sen de bana, âşık mıydın?"

"Evet Iraz, çılgınca!" Iraz yine öksürmeye başlamıştı. Bir müddet sonra sakinleşti. Başını Rahmi Bey'in göğsüne koydu. İyice sokuldu. Hemen uyumuştu.

Rahmi Bey sabah gözlerini açtığında oda aydınlanmıştı. Iraz hâlâ kolunun üzerinde öylece yatıyordu. Yüzünde çok mutlu bir ifade vardı. Gözleri kapalıydı. Geceliği hafifçe açılmış, şahane göğsü ortaya çıkmıştı. Rahmi Bey uyandırmaya kıyamadı. İçinden "biraz daha yatsın" diye düşündü. Iraz'a sokuldu. Sonra birden geri çekildi. Iraz'ın vücudu buz gibi idi ve ağzının kenarında küçük bir kan pıhtısı vardı. Rahmi Bey bütün gücü ile:

"Iraaaaaazzzzzzz! Iraaaaaaaaaazzzz!" diye bağırdı. Yüzünü kendine iyice yaklaştırdı.

Esma koşarak gelmişti.

"Ne oluyor beg? Niye bağırıyorsun?"

"Iraz! Esma, Iraz artık yok... diyebildi. Koca Rahmi Bey Iraz'ın üzerine kapanmış, hıçkıra hıçkıra ağlıyordu. Kaybettiği her şey için, en çok da delice sevip, yıllarca dokunamadan seyrettiği bu şanssiz ve eşsiz güzel kadın için.

Komşular gelmeye başlamıştı. Birisi Rahmi Bey'in omzuna dokundu.

"Artık bu yataktan çıksan iyi olur." Rahmi Bey pijamalıydı ve hâlâ Iraz'ın yanındaydı. Rahmi Bey'in şaşırdığı bir şey de, Iraz'ın gözlerinin kapalı oluşuydu. Kollarında ölmüştü, "Acaba ondan dolayı olabilir mi?" diye düşündü.

Iraz'ı Perçenç'teki aile mezarlığına gömdürdü. Kardeşi Remzi'yi çağırmıştı. Mahalleden birkaç kişi ile. Cemaati çok azdı. Iraz'ın hayatında fazla insan olmamıştı. Acılarını hep yalnız yaşamıştı. Mutlulukları ise o kadar azdı ki, belki de sadece bu geceydi.

Rahmi Bey konağa döndüğünde bitkindi. Karısı Tevhide Hanım, yüzüne tuhaf bir şekilde baktı. Kızgın mı, acı mı çekiyor, üzgün mü, belli değildi.

"Başın sağ olsun! İkinci karını kaybetmişsin Rahmi Bey!"

"O hiçbir zaman karım olmadı. Korumak zorundaydım. Sana anlatmıştım."

Tevhide Hanım:

"Sevmek zorunda değildin!" deyince Rahmi Bey çok üzüldü:

"İnsanlar zorunda oldukları için veya istedikleri için sevmezler. Bu olayın yaşanması gerekti. Kaderimizde varmış. Sen hâlâ benim karım, çocuklarımın anasısın. Yanımda kıymetin ve yerin var. Bu konu artık açılmamak üzere, burada kapansın!"

Rahmi Bey konuyu kapatmıştı. Bu günden sonra hiç kimse ona Iraz'dan laf etmedi. Ama Iraz, kalbine ve kafasına o kadar yerleşmişti ki, ne aşkı ne de kendisi canlılığından hiçbir şey kaybetmedi.

Rahmi Bey birkaç yıldır Niyazi Bey ve kız kardeşi Fatma ile barışmıştı. Yeğenlerini, kardeşini, hatta Niyazi Bey'i çok seviyor, her şehre inişinde uğruyordu.

Konağın bugünlerde çok telaşı vardı. Küçük oğlu Ali Bey'i Tadım ağalarından birinin kızı Müzeyyen Hanım ile nişanlamışlardı. Yakında düğünü olacaktı. Ağalık bağına kazanlar kurulmuş, yemekler yapılmıştı. Bütün aile orada idi. Sadece Dilşat Hanım ve çocukları yoktu. Bir - iki ay evvel, Rahmi Bey ile Remzi Bey yine Dilşat Hanım konusunda tartışmışlardı. Rahmi Bey şehirde idi. Fatma'nın oğlu Ümit'i göndererek Remzi Bey'lerin kapısını çaldırdı.

Dilşat Hanım kapıyı açıp da Ümit'i görünce,

"Gel kurban olam, kaynanan seni sevecek. Kavurmalı sac ekmeği yaptım, gel!"dedi.

Dilşat Hanım Ümit'i çok severdi. Ümit de yengesini ve özellikle de yemeklerini!

"Yenge, sonra gelirim, şimdi dayım Naşo'yu istiyor. Bir - iki kıyafetini koy da köye götürecekmiş" dedi. Dilşat Hanım küs de olsa, kavgalı da, kayınbiraderinin sözünün üstüne söz koyamazdı. Hemen denileni yaptı.

Naşo artık orta okul öğrencisiydi. Ama o kadar ufak tefekti ki, görenler ilkokulda sanıyorlardı. Ağalık bağına uzun süredir gelmemişti. Kapıdan girer girmez, ceviz ağacına koştu. Ceviz ağacının gövdesi biraz daha kalınlaşmıştı. yüzünde bir üzüntü ve korku belirmişti.

Rahmi Bey durumu fark etti:

"Naşo, yine mi ceviz ağacını ölçtün? Ben sana böyle kocakarı laflarına inanma demedim mi? O ceviz ağacı ise ben de çınar ağacıyım, korkma! Kolay devrilmem!" dedi.

Düğün güzel olmuştu. Davullu - zurnalı, bol yemekli bir köy düğünü. Naşo köy düğünlerini çok severdi. Hele Ali ağabeyinin halay çekmesini... O köyde en güzel halay çeken delikanlıydı. Damat olduğu için de her çeşit halayın başında, beyaz oyalı mendili ile o vardı ve bütün köy kızları onu seyrediyordu.

Tadım'dan gelin alınıp da eve getirildikten sonra, Naşo Fatma halaları ile beraber şehre dönmüş, düğünü evdekilere bütün teferruatı ile anlatmıştı. Küçük Hanım:

"Dilşat, farkında mısın? Bu kız her şeyi çok güzel anlatıyor. Gitmiş kadar olduk," dedi.

Aradan üç yıl geçmişti. Köyde işlerin çoğu Ali Bey tarafından yürütülüyordu. Hacı Hafız Ağa ailesinde hiç kimse çiftçiliği fazla benimsememişti. Ali Bey de bunlardandı. Galiba onların içinde hep, kalem efendisi olma gibi bir arzu yatıyordu. Ali Bey de bu işi sırf babasının korkusu ile, kurulu düzeni dağıtmamaya gayret ederek yapıyordu. Ali Bey ile Müzeyyen Hanım'ın çocukları olmuyordu. Ali Bey'in çocukluğunda geçirdiği bir hastalık sonucu meydana gelmiş üzücü bir durumdu bu. Büyük kaynana Hayriye Hanım hâlâ hayattaydı. Artık tatlı bir bunak olmuştu.

Gelini Tevhide Hanım'la bütün bir ömür güzel geçinmişti ve cidden sevmişti. Yeni gelin Müzeyyen Hanım'a aynı sevgiyi göstermiyor, çocukça tepkiler veriyordu. Bu bazen kızmalara, çok kere de gülmelere sebep oluyordu.

Rahmi Bey dine daha çok düşmüştü. Daha sakin bir hali vardı. Görünüşte huzurlu gibi idi ama Iraz hiç mi hiç aklından çıkmıyor, bu yüzden de tuhaf bir suçluluk duyuyordu. Hacı Tevfik Efendi'ye daha sık gitmeye başlamıştı.

1953 yılı Mart ayının sonlarıydı. Karlar yavaş yavaş erimeye başlamıştı. Rahmi Bey atının üzerinde şehre doğru yola çıkmıştı. Birden atını Kekliktepe'ye doğru sürdü. Atından indi, uzun müddet yerde bir şeyler aradı. Sonunda aradığını bulmuştu, yeni açmış bir nevruz çiçeği. İhtimamla kopardı. Atına atlayıp, hızla geri döndü. Mezarlık girişinde atını bağlayıp, mezarlığa girdi. Iraz'ın mezarının baş tarafına nevruz çiçeğini koydu. Ağlıyordu. Uzun süre öylece kaldı. Mezarın başına taş diktirmemişti. Çünkü ne yazdıracağını bilemiyordu? Sadece "Iraz"? Rahmi Bey'den başka hiç kimseye bir şey ifade etmezdi. Zaten Rahmi Bey'den sonra hiç kimse Iraz'ı ziyaret de etmezdi. Yavaş, yavaş mezarlıktan ayrıldı. şehre doğru yol almaya başladı.

Hacı Tevfik Efendi bu gün yalnızdı. Büyük odada tesbihini çekiyordu. Rahmi'yi görünce yüzünde bir gülümseme belirdi:

"Gel Rahmi, hoş geldin!" dedi ve devam etti; "Hayatın çok zor geçti. Çok mücadele verdin. Ama içindeki mücadele, seni her şeyden çok yıpratıyor. Galiba biraz sohbet etmenin zamanı geldi, değil mi?" Rahmi Bey de sanki böyle bir teklifi bekliyordu.

"Evet hocam, sizi rahatsız etmeyecekse?"

"Hayır başla!"

"Ben huzur bulamıyorum. Hayatımda bazı şeyler var ki, hâlâ doğru mu, yanlış mı olduğuna karar veremedim. Belki bir çok yanlış veya zararlı iş yaptım ama bu birkaç olay beni çok üzüyor. En başta Iraz konusu, nerede hatalı idim? Onu sevmemek elimde olabilir miydi?... İkincisi jandarmanın atını vurdun. Doğrusunu söylemek gerekirse, jandarmayı vursam bu kadar üzülmezdim. Çünkü onu kendimi korumak için yapmak zorunda olacaktım. Ayrıca suçsuz olduğum halde üzerime çok geliyordu ki, o da suçsuzluğumu öğrenmişti. Ama atın hiçbir günahı yoktu. Üçüncüsü anamın, babamın istediği gibi bir evlat olamadım. Özellikle babam üzüntü içinde öldü. Dördüncüsü de kardeşim Remzi ve karısına biraz fazlaca yüklendim galiba..."

Hacı Tevfik Efendi, biraz düşündü.

"Başka bir şey yok mu Rahmi Bey?"

"Var hocam, onun hesabını sadece Allah'a vermem gerekecek. Çünkü işlediğim günahın esas sebeplerini kimselere açıklayamam. Hakime de açıklayamadım. Öbür dünyayı bekliyorum."

"Haklısın, anlatmak istemediğini sakın anlatma!" Hacı Tevfik Efendi, tam bilemese de neyi kastettiğini anlamıştı: "Oğlum ben ne Allah, ne peygamber, ne de onlardan yetki almış bir kişiyim. Ben sadece çok okuyan, senden çok tecrübeleri olan bir din adamıyım. Sana söyleyeceklerim, benim şahsi görüşlerimdir. İki dostun sohbeti gibi. Bence en önemlisi, hayatının uzun yıllarını alt üst eden Iraz konusundan bahsedelim. Bu mevzuda senin yapacağın hiçbir şey yoktu. Bu kadar büyük bir irade göstermen, senin ne kadar karakter sahibi olduğunu gösterir. Evet, çok acı çektiniz. Verdiğin sözü tutmak için bu kadar acıya değer miydi? Ayrıca onu karın gibi kabul edip, korusaydın, arkadaşın Mirzo rahatsız mı olurdu? Bence hayır! Ama sen, zor olan yolu seçtin ve de muvaffak oldun. Bu mevzunun bu yönü artık seni rahatsız etmemeli. Ama içinde küllenmeyen o ateşi hep hissedeceksin bu kesin."

Rahmi Bey, son gece bu sözünü neredeyse bozacağını, buna da Iraz'ın mani olduğunu söyleyememişti. Hacı Tevfik Efendi devam ediyordu:

"Jandarmanın atını öldürmen de kendi yaşamını kurtarman içindi. Üzerine gelinmesini önlemeye çalışıyordun. 'Anamın, babanın istediği gibi bir evlat olamadım' diyorsun. Oğlum sen toprak adamı değildin. Bunu çok küçük yaşlarda belli de ettin. Babanın ısrarı ile, güçlü köy ağası olmayı üstlendin. Yanlış yola zorla sokuldun. Yanlışlar, yeni yanlışların doğmasına sebep olur. Suçların yeni suçlar, muvaffakiyetlerin yeni muvaffakiyetler doğurduğu gibi... Kardeşin ile durumuna gelince, Allah 'Kul hakkı ile karşıma gelmeyin' demiş. İkiniz de bu dünyada iken, eşi de tabii. Onların gönüllerini almaya, seni affetmelerini sağlamaya çalış, artık biraz huzur bul ve kendine eziyet etme! Bence bu da günahtır!"

Rahmi Bey bu görüşmeden sonra, bu konulara bir daha dönmedi. İçindeki fırtına asla dinmemişti ama, artık iyi bir köy ağası, iyi bir koca, iyi bir ağabey, kısacası iyi bir insan olmaya çalışıyordu. Bir yere kadar da başarıyordu.

Naşo üniversiteye gidecekti. Tabii, yine Rahmi Bey'in müsaadeleri ile! 1955 yılının yirmi iki eylül günüydü. Genç kıza göre mevsimlerin ve ayların en güzeliydi. İşte yine o güzel günlerden biriydi. Üniversiteye gitmek, Naşo'nun hep istediği bir şeydi. Ama memleketini ve sevdiklerini bırakmak, genç kız için çok acı geliyordu. Sevinç ile üzüntüyü bir arada yaşıyordu. Sebebi ne olursa olsun, ayrılık zor bir şeydi. Ağalık bağının kapısından içeriye girer girmez, gözü yine ceviz ağacına takıldı. Ceviz ağacının gövdesi bayağı kalınlaşmıştı. Bu Naşo'nun korkularının yaklaştığını gösteriyordu. Her ne kadar amcası ona bu gibi şeylerin uydurma olduğunu söylemişse de, bu konu çocukluğundan beri genç kızın korkulu rüyalarından biri olmuştu. Ayrılık üzüntüsüne belli belirsiz bu korkuyu da eklemişti.

Amcası, yine eğri pişot ağacının altında annesi ve karısı ile kahvesini içiyordu. Bu sefer hizmet eden gelinleri Müzeyyen Hanım'dı. Saygılı bir kadındı. Sesini yükselttiğini henüz kimse duymamıştı. İyi bir ailenin, iyi terbiye almış kızıydı. Yazmasını ağzını örtecek şekilde kapatmıştı. Kara kaş, kara gözlü idi. Rahmi Bey,

"Hoş geldin Naşo!" derken kız yine amcasının boynuna

bakıyordu ve üzgündü. Cevizin gövdesi bayağı kalın gibi duruyordu.

"Amca, veda etmeye geldim." Rahmi Bey biraz durdu.

"Veda etme Naşo! Veda kelimesi bana hep ağır ve soğuk gelmiştir. Sadece 'şimdilik Allahaısmarladık' de. Senin okumana müsaade ettiğim zaman, sen liseyi bitirinceye kadar, Elâzığ'da bir üniversite açılacağını, kuvvetle ümit ediyordum. Eğer, siyasetçilerimiz dürüst davransaydı... Rey korkusuyla abuk sabuk kararlar almasaydı, burada şimdi gerçekten bir üniversite olacaktı ve sen uzağa gitmeyecektin. Ta, kırklı yıllarda İstanbul Üniversitesi rektörü merhum Cemil Birsel, üniversite haftasında yaptığı konuşmada 'Elâzığ, Türkiye nüfus oranına göre, üniversiteye en fazla talebe gönderen şehirdir. Bu sebeple burada acilen üniversite açılması gereklidir' diye beyanat vermişti. Şu anda bile Türkiye'de okuma yazma seviyesi en yüksek ikinci şehir olmasına rağmen, bu şehirde hâlâ üniversite açılamamıştır. Bu olumsuz durumun en büyük sebebi, siyasilerimizin memleket gerçeklerini değil de, reylerinin hesabına göre hareket etmelerinden dolayıdır. Atatürk biraz daha yaşamalıydı..." dedi. Rahmi Bey Naşo'ya okuması için izin vermişti ama, şu anda da, bir genç kızı uzaklara göndermenin endişesini taşıyordu.

Eylül ayında ağalık bağına gelinir de üzüm yenmez mi idi? Rahmi Bey kendi eli ile topladığı üzümleri getirdi. Biraz daha sohbet ettikten sonra, Naşo ayağa kalktı:

"Gitmem gerek amca, geç kalmamalıyım."

Önce ninesine sarıldı. "Allahaısmarladık," dedi. Bütün bunlardan bir şey anlamamış olan yaşlı kadın.

"Rahmi, bu kız nereye gidiyor?" diye sordu. Rahmi Bey anlatmaya çalıştı. Hayriye Hanım, bir Rahmi Beye' bir de Naşo'ya bakarak:

"Evlenip de çocuk büyüteceği yaşta, gurbet ellerde okumaya mı gidiyor! Tuh tuh tuh başımıza taş yağacak. Sen de buna izin verdin öyle mi? Oğlum oralarda orospu olursa biz ne yapacağız?" Rahmi Bey de, oradakiler de gülmeye başlamışlardı. Rahmi Bey, Naşo'nun eline oldukça yüklü bir para sıkıştırdı.

"Kızım senden her şey olur. Hakim de savcı da, doktor da. Benim senden istediğim bu aileden olduğunu, Yalçıntürk soyadını taşıdığını unutma. Şerefini ve iffetini muhafaza et! Kendine vakur olabilme imkânı tanı."

Naşo bağdan uzaklaşırken içinde bir boşluk hissediyordu. Bu ne biçim bir duygu idi? Hissettikleri sadece bir duygu değildi, bin bir çeşit duygunun yarattığı bir karmaşa idi. Ve kulakların da hep "Kendine vakur olma imkânı tanı," diyen amcasının sesi vardı.

Rahmi Bey ve ailesi kışı sakin, ama doğudaki bütün kışlar gibi, soğuk ve monoton geçirmişlerdi. Heyecanları yoktu, idealleri de yoktu. Ama her zaman büyük veya küçük bir dertleri olurdu. Bu seferki dertleri Ali ile Müzeyyen'in bebeklerinin olmayışı idi. Doktor doktor gezdikleri halde, hiçbir olumlu sonuç alamamışlardı.

Yine mart ayı gelmişti. Rahmi Bey'in şehre inmesi gerekiyordu. Atına bindi.

"Hadi Yıldırım!" dedi. Sonra durdu, "Yıldırım mı? Artık bu atta Yıldırım'ın bir damla kanı bile yoktur belki de, bu kaçıncı göbek, ben de unuttum," diye söylendi. Bu atını da çok seviyordu. Bütün atlar ve hatta bütün hayvanlar gibi. Atların ve itlerin bir çok insandan daha sadık ve dost olduğunu düşünürdü. Onlar menfaatleri için hareket etmezlerdi. Sevgi alır, sevgi ve sadakat verirlerdi. Bu düşünceler içinde yine atını mezarlığa doğru sürmüştü. Bir an duraladı. Acaba Kekliktepesi'nde nevruzlar açmış mıydı? Kendini yokladı. Kekliktepesi'ne çıkmayı göze alamadı ve içinden "Otur oturduğun yerde Rahmi! Eski çamlar çoktan bardak oldu. Senin de dağlarda at koşturma devrin çoktan bitti," diye düşündü. Atını bağlayıp, köy mezarlığına girdi. Sol tarafa döndü. Burada yeşil bir türbe vardı. Yanında da büyükçe bir kaya, kayanın toprakla temas ettiği yerde bir nevruz çiçeği çıkmıştı. Çok şaşırdı. Nevruz yüksek dağlarda olan, çok nazlı bir çiçekti. Burada nasıl hayat bulmuştu? Galiba bu nevruz kendisi için açmıştı. Nevruzu kopardı. Iraz'ın mezarına geldi. Nevruzu üzerine koydu.

"Sen gideli kaç yaz, kaç bahar geçti! Nevruzlar açtı soldu. Benim içimdeki Nevruz'um hiç ama hiç solmadı. Bilmeni istedim." dedi. Yanaklarından süzülen yaşı sildi. Diğer mezarlara da uğrayıp, birer Fatiha okudu. Sonra telaş içinde şehre doğru gitmeye başladı.

Kız kardeşi Fatma Hanım'ın bahçe kapısında atından indi. Çünkü atın üzerinde iken kapıdan geçemiyordu. Atını da bahçeye soktu. Küçük havuzun başındaki, henüz açmamış leylak ağacına atını bağlayıp, taş merdivenlerden üst kata çıktı. Kapıyı hafifçe çaldı. Evin en küçük kızı Sevinç kapıyı açtı. İlkokul son sınıfta, yuvarlak iri gözleri olan, her an bir şeylere şaşırmış gibi bakan, sevimli bir kızdı. İki yanında örgü halinde sallanan kumral saçları vardı. Şu anda Fatma'nın yanında olan tek evladıydı. Kızın örgüsünü çekerek başını okşadı.

"Fatma yok mu?" diye sordu. Küçük kız heyecanla,

"Evde dayı, buyur," diyerek mutfağa annesinin yanına koştu.

Rahmi Bey cumbanın hemen yanındaki sedire oturdu. Arkasına yaslandı. Fatma Hanım elini kurulayıp, mutfaktan koşarak gelmişti.

"Hoş geldin ağabey, ne iyi ettin ben de özlemiştim! Bu kış mevsimi hiç de hoş değil. Gidip gelmek zor oluyor." Fatma birden ağabeyinin hiç cevap vermediğini fark etti. Hemen yanına yaklaşıp, yüzüne doğru eğildi. Gözleri bir noktaya takılmıştı ve hareketsizdi, sarsmaya başladı:

"Ağabey! Ağabey! Ne olur bana cevap ver! Ne olur gözlerini aç!"

Artık Perçençli Rahmi Bey kimseye cevap veremezdi. Huzuru asla bulamadığı bu dünyaya gözlerini genç sayılabilecek bir yaşta kapamıştı. Bu dünyada bulamadığı huzuru, belki de öbür dünyada bulurdu. Kim bilir?

Köye inen yol, taziyeye gelenlerin arabaları ile günlerce tıkalı kaldı. Civar şehirlerden, her meslekten, her cins insan gözyaşı döküyordu. Rahmi Bey'in bir zamanlar düşmanları olduğunu, kimse asla düşünemezdi. Rahmi Bey'in gözleri ile beraber, Perçenç köyünde bir devir de kapanmıştı. En azından onunla bir devri yaşamış olanlar için…

Son söz

Ben amcamın ölümünü üç ay sonra öğrendim. Ankara'da, Bahçelievler'de kız arkadaşım Melek Beyazbulut (Harman) ve ailesiyle kalıyordum. Liseyi beraber bitirmiştik. İkimiz de Hukuk Fakültesi'nde öğrenciydik. Kardeşim Hıfsı, Elâzığ'dan gelmişti. Kahvaltı yaparken gayet sâkin bir sesle, "Biliyor musun, amcam öldü..." dedi. Şaka yapıyor zannettim. Yüzüne baktım; hayır, şaka değildi. Lokma boğazımda kalmıştı. Konuşamıyordum; ama o anda bile aklıma 'ceviz ağacı' gelmişti. Saçma olduğunu biliyordum ama bu bende bir takıntı olmuştu. Çok sevdiğim ceviz ağacı, artık benim için biraz da değişik bir anlam taşıyordu. Korku muydu? Merak mı? Bir sır mı? Bilemiyorum.

Bu yıl, yani 2005'in Haziran ayında, ısrarla memleketime imza günleri için çağrılmıştım. Tabii, yaşadığım yerleri ve de ağalık bağını ziyaret ettim. Kapıdan girer girmez, yine sol tarafa ceviz ağacına baktım. Yerinde yoktu. Eğri pişot ağacı da, eski ayvanın altında dedem, ninem, amcam, yengem, babam, annem de yoktu. Sağıma döndüm. Baba Faikler'in bağı da duruyordu. Ne yazık ki, onun içinde de arkadaşım, dostum Selâmi Çetindağ da yoktu. Zaman acımasızdı, insan hayatındaki birçok şeyi alıp götürüyordu, insafsızca... Ağaçlar, üzüm bağları yine eski yerindeydi.

Ama ağalık bağı artık, bizim için ağalık bağı mıydı, bilemiyorum! Çok tuhaf olan bir şey vardı: Köklerimin orada olduğunu hissediyordum. Belki de şu yaşlı dut ağacının kökleriyle özdeşleşmişti. Bundan dolayı olacak herhalde, yarım asırdır İstanbul gibi bir şehirde yaşadığım halde, asla İstanbullu olamamıştım. Kendimi hep boşlukta hissetmiştim. Evet, evet, köklerim şu dut ağacının veya şu armut ağacının köklerine dolanmıştı, ayrılmıyordu. Ayırmak da istemiyordum ki. Orası benim toprağımdı.

Ağalık bağının yeni sahipleri bana dut ikram ettiler. Bizim bağın dutu da bir başka oluyordu. İçinde yaşayanlar çok iyi insanlardı, güle güle otursunlar.

Size amcam hakkında yaşadığım bir hikâyeyi de anlatmadan yapamayacağım:

1960'lı yılların sonbaharıydı. Artık İstanbul'da yaşıyorduk. Çalışıyordum ve bir kızım vardı. Kaloriferli bir daire arıyorduk. O zamanlar İstanbul'da bile kaloriferli binalar çok azdı. Kadıköy iskelesine bakan güzel bir apartmanda kiralık bir daire vardı. O zamanın zenginlerinden Elâzığlı Ahmet Süt'e aitmiş. Daireyi gezdik, beğendik. Apartman görevlisi ellili yaşlarda bir adamdı. Şivesi bana çok tanıdık geldi.

"Amca, nerelisin?" diye sordum. Ben henüz yirmi üç yaşlarında falandım.

"Elâzığ'lıyım kızım, Perçenç köyünden," dedi.

"Aa, demek ki o yüzden bu kadar yakın hissettim. Ben de oradanım!"

"Kimlerdensin?"

"Hacı Hafız Ağa'nın torunu, Remzi Bey'in kızıyım," dedim. Adamcağız tanıyamamıştı. Ben de "Rahmi Bey'in yeğeniyim," diye ilave ettim. Adam koşarak yanıma geldi, elimi öpmek istedi.

Yanımda kayınvalidem ve eşim vardı. Şaşırmışlardı.

"Estağfurullah!" diye elimi çektim. Adamın gözleri yaşarmıştı.

"Dün gece amcanı rüyamda gördüm. Öbür dünyada Hacı Tevfik Efendi'nin katibi olmuştu," dedi. Uyandığımda düşündüm ve dedim ki, "Rahmi Bey, sahiden Hacı Tevfik Efendi'nin katibi olmuştur. O ne yaptıysa en iyisini yaptı."

Biraz durdu.

"Sen şimdi bu evi istiyor musun?" diye sordu.

"Evet, tabii verirlerse..."

"Ne demek vermemek? Sen bu evde kiracı olmak isteyeceksin de vermeyecekler öyle mi? Bu bir şereftir," dedi.

Daireyi, kirasını da indirerek vermişlerdi. Ama biz bazı sebeplerden dolayı taşınamadık. Ahmet Süt için de, ismini hatırlayamadığım o amca için de, tabii o anda bile, güçlü kişiliğiyle bana yardımcı olan amcam için de Allah'dan rahmet dilerim.

İşte bütün bu yaşananlardan sonra tekrar ailemden yazmak durumunda kaldım. Beni anlayacağınızdan eminim. İnşallah hoşça vakit geçirmişsinizdir. Başka bir hikâyede ve daha güzel günlerde buluşmak üzere.

Saygılar
Naşide Gökbudak (Yalçıntürk)

Rahmi Yalçıntürk ailesinden
kalan ve hâlâ bu soyadı taşıyanlar:

* Ali Yalçıntürk: Dört yıl evvel kalp krizinden vefat etti. Çocuksuzdu.
* İzzettin Yalçıntürk: İki yıl evvel yine aynı hastalık sebebiyle vefat etti. İki çocuğu vardı.
* Erkan Yalçıntürk: Evli ve iki çocuğu var. Serkan Yalçıntürk ve Yasemin...
* Reyhan Yalçıntürk: Şu andaki soyadını bilemiyorum. İki çocuğu var: Belgin ve Engin.
* Hıfsı Yalçıntürk: Remzi Bey'in oğlu.
* Remzi Yalçıntürk: Hıfsı Bey'in oğlu. İki çocuğu var. Doğuş ve Damla Yalçıntürk.
* Hilâl Yalçıntürk: Remzi Bey'in kızı. Irmak adında bir kızı var.

Romanda adı geçen Celâl, ünlü Kore kahramanı CELÂL DORA'dır.

Yine üç romanımda da adı geçen HURREM MÜFTİĞİL, Elazığ'a çok emek vermiş bir siyasetçidir. Belediye reisliği ve birkaç dönem milletvekilliği yapmıştır. İkisine de rahmet dilerim.

Çeşitli kaynakları inceleyerek bana Perçenç ve amcam hakkında çok kıymetli bilgiler gönderen MUHAMMET ÇETİNDAĞ'a,

Bana 'Türk Edebiyatı' dergisinde yayımlanan ve ödül alan hikâyesini vererek, hem bu konuda bilgilendiren hem de yazmam için teşvik eden GÜNERKAN AYDOĞMUŞ'a, Eşim YALÇIN GÖKBUDAK'a,

Bütün kitaplarımı yayımlanmadan evvel okuyarak, bana kıymetli fikirlerini bildiren ve çok iyi bir okuyucu olan FAHRETTİN SEPİN'e,

Beni yazmam için ikna eden, yüreklendiren ve hep destekleyen AYDURAN BİNGÖL'e

Yine, asistanım gibi çalışarak bana her türlü yardımda bulunan yeğenim HİLÂL YALÇINTÜRK ve REMZİ YALÇINTÜRK'e,

Ve ayrıca her konuda desteklerini gördüğüm,

Fırat Üniversitesi doçentlerinden HÜSAMETTİN KAYA'ya doçent yardımcısı GÜLDAL ÇETİNDAĞ'a,

Bir Elâzığ tutkunu olan, yaptığı işlerle Elâzığ'a ve Elâzığlılara, sevgisini ispatlamış olan TÂLAT AKGÜN'e, Gazeteci ŞENER BULUT'a,

Elâzığ'lı bütün şair ve yazarlara,

Ve başından beri yanımda olan bana inanan,

GÖNÜL TÂLU ve TUNCAY ÖKTEM'e teşekkürlerimi bildiririm.

Naşide Gökbudak

İletişim: *e-mail: nasidegokbudak@superonline.com*